**中国文学海外传播研究书系**
北京师范大学中国文学海外传播研究中心
张 健　张清华　主编

# 认同与『延异』
## 中国当代文学的海外接受

刘江凯 著

北京大学出版社
PEKING UNIVERSITY PRESS

图书在版编目(CIP)数据

认同与"延异":中国当代文学的海外接受/刘江凯著. —北京:北京大学出版社,2012.10

(中国文学海外传播研究书系)

ISBN 978-7-301-21414-5

Ⅰ.①认… Ⅱ.①刘… Ⅲ.①中国文学-当代文学-中外关系-文化交流 Ⅳ.①I206.7

中国版本图书馆 CIP 数据核字(2012)第 241719 号

书　　　名：认同与"延异"——中国当代文学的海外接受
著作责任者：刘江凯　著
责 任 编 辑：吴　敏
标 准 书 号：ISBN 978-7-301-21414-5/I·2532
出 版 发 行：北京大学出版社
地　　　址：北京市海淀区成府路 205 号　100871
网　　　址：http://www.pup.cn　电子信箱：pkuwsz@yahoo.com.cn
电　　　话：邮购部 62752015　发行部 62750672　出版部 62754962
　　　　　　编辑部 62752025
印　刷　者：北京世知印务有限公司
经　销　者：新华书店
　　　　　　650mm×980mm　16 开本　23 印张　331 千字
　　　　　　2012 年 10 月第 1 版　2012 年 10 月第 1 次印刷
定　　　价：42.00 元

未经许可,不得以任何方式复制或抄袭本书之部分或全部内容。
版权所有,侵权必究
举报电话:010-62752024;电子邮箱:fd@pup.pku.edu.cn

# 中国文学海外传播研究书系·总序

张 健

营造良好的世界文化生态,促进不同民族文化间的相互了解与尊重、对话与交流,借以实现和谐世界的人类理想,越来越成为一种世界性的共识。文学作为人类精神文化的重要载体,由于其自身所具有的鲜明的民族特质和相对的共通性,由于其包含在特定社会生活内容当中的丰富的情感诉求和对于人性的多方位思考,由于其所具有的较强的可读性和极为广泛的受众基础,它的国际传播可以而且应当成为跨文化交流的一种重要而有效的途径。

中国的文学源远流长,承载着博大精深的中国文化。中国文化的要义之一,就是"和"。为了"和",中国文化主张"和而不同"。因为在这种文化看来,绝对的"同"必然导致绝对的"不和"。这一点,与当今世界各民族文化、区域文化之间互荣共生的时代精神是完全吻合的。中国文学因此而成为世界上了不起的文学之一,中国人对于本国文学的思考因此而成为人类思想当中重要的一部分。在世界范围内传播中国的文学及其对于文学的思考不仅仅是国家文化战略的需要,同时也符合人类和平发展的根本利益。在一个全球化的时代,为了保证当今世界民族文化多样性的存在,通过我们创造性的工作,让世界上更多的人群能够分享中华优秀文化的精髓,为人类文化的繁荣与世界的和平做出中华民族独特的贡献,是中国文学及其研究重大而崇高的历史责任。

有鉴于此,北京师范大学文学院,作为中国大陆中文教育与文学研究的学术重镇之一,近年来一直在跨文化的文学传播与交流方面进行着积极的尝试和切实的努力。为此,我们成立了"中国文学海外传播研究中心",并且从2009年开始实施"中国文学海外传播"的计划。其旨归有二,一是希望站在民间和学术的立场,通过与国外教育、学术机构中有识之士长期有效的合作,在海外直接从事中国文学及其研究的传播工作,向世界展现当代中国最鲜活的状貌和样态;二是希望在中国文学及其研究国际化的大趋势当中为本土文学及其研究的繁荣增添新的契机、新的视域和新的活力。这项计划的具体内容除组织召开跨学科跨界别的与"中国文学海外传播"有关的大型国际学术研讨会,在海外出版发行英文期刊《今日中国文学》,翻译出版中国作家的重要新作及国内学者的相关论著,在国内编辑出版著名英文期刊《当代世界文学》的中国版,发布中国文学及其研究的海外文情报告以外,还包括了另外一个后续的大型项目,即分批出版"中国文学海外传播研究书系"。

我相信,这项计划的成功实施,可以有效地展示中国文学的当代风采,有利于建构世界文学中完整而真实的中国形象,增进国际社会对于当代中国及其文化的了解与认识;有利于不同国家、种族和民族间的文学、文化乃至思想和学术的交流;有利于中国文学海外传播经验的积累,有利于中国文学海外传播方面的发展战略与策略的探讨和调整;有利于本土的中国文学及其研究的创造性发展。它的意义应该是重大而深远的。

到目前为止,我们已经成功举办了两次跨学科、跨界别的大型国际学术研讨会,反响很好;英文学术期刊《今日中国文学》现已正式出版四期,面向全球发行,在西方的作家、诗人、批评家、学者、编辑、出版商、发行商、文学爱好者、汉语爱好者当中已引起广泛的关注和浓厚的兴趣;《当代世界文学·中国版》已经编辑出版了四辑;列入"今日中国文学"英译丛书的作品和作品集已经通过了论证和审定,其版权协议、翻译等各项准备工作正在进行之中,在完成英译以后它们将由美国方面的出版社负责在世界范围内出版发行;海外文情报告和英译的国内学者论文集中的一部分亦已进入到付梓出版的阶段。由于中外双方的精诚合作与国内的多方支持,计划终于取得了重的要突破和初步的实绩。

但另一方面,三年多的传播实践在使我们进一步认识到中国文学海外传播事业的重大意义的同时,也告诉了我们这项事业的高度复杂性和它特有的难度。文化、制度、社会现实上的差异和语言上的障碍，是我们必须面对的难题；海内外之间多方的沟通与磨合是我们日常的功课；超越实务层面的理性而系统的思考是我们需要迎接的挑战。"中国文学的海外传播"无疑是一项崇高的事业，而崇高的事业无疑又是需要为之付出巨大精力、智力和心力的。究竟应该如何去遴选作品，才能表现出当代中国的文学及其研究的独特神韵和真实风貌？才能反映出中国社会历史性的变化？怎样做，才能保证乃至提高中国文学在海外传播的有效性？应当如何从发展和变化的眼光去看待外国读者的阅读心理和欣赏趣味，去看待中国本土的文学及其研究的传统和独特性？如何理解和对待海外汉学在中国文学、中国文学研究及其海外传播问题上的作用和影响？如何在世界范围内扩大资源，提升高学养、有神韵的翻译能力？如何更有利于海外出版物向教育教学资源的转化？凡此种种，显然都需要深入的探讨和系统的思考。人类崇高的事业必然是有思想的事业。我们需要来自多重视角的洞见与卓识，我们期待更多同道在智力和学术上的跟进。而这也就成为我们设计"中国文学海外传播研究书系"的初衷之一。

当然，这套书系的创意，绝非仅仅来自中国文学海外传播过程中实践性的迫切需求，除此之外，它与我们的学术追求和理论抱负，与我们对于中国文学及其研究的历史趋势、中国文学海外传播事业的总体认识和判断，同样有关。

随着经济全球化和高科技迅猛发展，随着中国综合国力的不断提升，中国文学及其研究已经进入国际性的跨区域、跨文化、跨族群互动交流的新阶段。大陆与台港澳地区、中国与世界各国之间的文化和学术上的交流与合作不仅日益频繁而且日见深化，中国大陆的文学和文学研究正在悄然融入世界文学和国际学术的广阔天地。中国离不开世界，世界缺少不了中国。西学仍在东渐，中学正在西传。在一种全球化的时代语境当中，如何发展和看待中国的文学及其研究，早已不再仅仅是中国人自己的事情，它已然成为国际社会越来越多有识之士共同关心的话题。中国的文学、对于中国文学的研究、中国文学的海外传播、对于中国文学海外传播的研究这四者已经空前紧密地联系在一起。中国文学及其研究的世界性格局正在由此而形成。

在这种背景之下去讨论中国文学及其研究,自然是离不开国际意识和国际视野的。特别是当"涉外"的中国文学及其研究已然成为一种需要人们高度关注和重视的新"现实"的时候,中国文学及其研究的内涵、功能、方法、层次、意义和其所适用的范围显然已经和正在发生着前所未有的深刻变化。"涉外"的中国文学及其研究并非今天才有,但在过去,它们明显属于一种边缘性的附加部分,而今,它却成了中国文学及其研究不可分割的一部分。这对传统意义上的"涉内"的"中国文学及其研究"无疑是一种具有历史意义的丰富和拓展。这种丰富和拓展要求我们在理念观念、认知内容、思想方法、研究范式、传播方式、制度环境等方面进行一系列相应的调整,以一种更为自觉的态度关注和引领中国文学及其研究领域的这些历史性的新变化。

世界性的格局,需要我们更为深入地认识中国文学及其研究的国际化问题。这种国际化实际包含了外化和内化两个最为基本的方面。其"外化",是指中国文学及其本土研究在国际上的传播;其"内化",指的是发生在中国文学及其本土研究内部的自我调整与优化。这种自我调整与优化最为根本的内驱力当然来自中国社会的内部,但它显然又是同域外文学及其学术研究在中国的传播,同中国文学、本土的中国文学研究向外的传播及其反馈密切相关。外化和内化应该是国际化问题当中相互依存、交相互动、密不可分的两个方面。我们强调中国文学及其研究的向外传播,丝毫不意味着我们可以忽视中国文学及其研究自身的调整、建设与优化。

但问题是,在一些人那里,这种"外化"往往遮蔽了"内化"的必然性和必要性。在这些人看来,所谓"中国文学及其研究"本身实际上不仅是既定的而且是恒定的,所谓"外化"或"涉外",无非是要把这些既定、恒定的东西以一种既有的方式"向外"传播出去而已。殊不知,传播即交流,而交流从来不可能是单向度的。在交流的过程中,交流的双方乃至多方或早或迟、或显或隐都会发生相应的变化。中国文学的海外传播,情况亦会如此。传播出去的中国文学固然依旧是"中国文学",但它已经不再是原初意义上的中国文学,而是经过了"他者"理解的、打上了某种"他者"印记的"中国文学"。这种情况反转回来势必又会直接间接地影响到本土原生的中国文学。在一种世界性的格局之下,"外化"和"内化"、"涉外"和"涉内",是难以截然分开的。在我看来,中国文学的海外传播,无论是就传播的主体、客体、中介,还是就传播的环境、机制、动力而言,都会存在着一种极其复杂微妙的、多层多向互动的转化过程。对于这一复杂的转化过程的理性总结和系统研究,不仅会直接推进海外传播的实务,而且它本身就是中国文学及其研究的重要组成部分。

"涉内"的中国文学及其研究和"涉外"的中国文学及其研究,当然会有明显的区别,但是它们之间的相关性和统一性不可忽视。我们应当看到在两者之间事实上存在着复杂的互动关系。我们需要重视中国文学及其研究在国际传播过程中对于本土的中国文学及其研究所提供的反馈性影响,不仅是为了更好地"外化",同时也是为了本土的中国文学及其研究自身的进一步"优化"。在这个意义上,我觉得我们应该认真研究一下国外特别是英语世界的文学及其研究的情况和国外大学相关机构的教学科研情况。尽管我们和他们在许多方面有着明显的不同,我们在文学及其研究方面有着丰富而成功的经验,我们无须也不会跟在他们后面亦步亦趋,但是他们作为"他者"所提供的经验是值得我们认真对待和有选择地借鉴的。在文化和学术跨地域、跨族群、跨语言的交流与传播当中,"差异"的积极意义有时或许大于它的消极意义,有了"差异"才会有"差异"与"差异"之间的互识、互动、互补、互融、相生,才可能生成人类文明多元而和谐发展的建设性力量。

就此意义而言,中国文学海外传播研究完全可以并且正在成为中国文学及其研究当中的一个带有交叉学科性质、极具发展前景的新兴领域。这一由中国文学与传播学两个基本学科在全球化语境下的耦合而形成的新兴领域,就目前的情形看,已经具有了可持续的、特定的研究对象和比较明确的研究目标。尽管它在短时间内还不大可能形成一门相对独立的学科,但我相信,经过越来越多有识之士的不懈努力,随着研究资源的不断丰富和积淀以及研究方法的不断成熟,它最终是完全可以建构起一整套属于它自己的、逻辑化的科学知识体系的。愿我们"中国文学海外传播研究书系"的陆续出版,对于加快这一学术发展的进程能够有所助益。

我们希望这套研究书系能够提供一扇了解中国文学及其研究海外传播与接受基本状况的窗口,打造一个在国际化大背景下思考中国文学及其研究问题的多向对话与交流的平台。很显然,这套书系不可能为人们提供终结性的统一结论,但却可以提供一次理解、尊重、包容、借鉴及至超越彼此间差异的新的可能,让海内外更多的有识之士从这种围绕"中国文学海外传播"问题而展开的、"和而不同"的、跨学科跨文化的多重对话与往复交流当中,获取新的启示、新的灵感、新的兴趣、新的话题和新的动力。《论语》有言:"以文会友,以友辅仁。"我们真诚地希望这套书系的出版能够得到国内外更多朋友的关注,同时也希望海内外有志于传播和研究中国文学的同道们,不吝赐教赐稿,让我们大家一起来推动这项有益于人类福祉的事业。

2012 年 7 月 29 日

# 序

顾彬(Wolfgang Kubin)

1974—1975年,我在当时的北京语言学院学了一年的现代汉语。结束了这一年的学习以后,在回联邦德国的路上我以为,这辈子可能没有机会再来中国。后来,我真的没有再回来过中国吗?不,我回来过好几次了。那么1975年与2012年之间发生了什么呢?冷战时代慢慢过去之后,德国和中国越来越快地走上了合作之路,开启了我们两国的合作时代。

曾几何时,中国研究生一个接着一个地来到波恩大学跟我读博士。他们大部分都是国家公派,都很用功、聪明、有雄心。我经常在课外跟他们在一起散散步,聊天,吃饭。因为我喜欢孩子,我把他们看成自己家已经长大的孩子。刘江凯也是这些长大的孩子中的一个。

2009—2011年,他在波恩大学的时候经常跟我谈中国当代文学的概况,我从中受益匪浅。虽然有人说,我很傲慢,我有干部的气质,但我不理会这类的看法。因为我并不重要,我还在路上,还有很多事情我不太了解。重要的是中国与德国的交流,我们交流的基础在于孔子主张的"和而不同"的立场。

小刘与我的观点并不一致。这不仅是正常的,也是应该的,要不然交流没有什么意思。我不会要求学生应该接受、应该重复我的思想。尽管刘江凯博士不同意我们德国汉学家对有些中国当代文学的评论,他还是能接受、能分析、能报道这些研究成果。这说明,他是开放的。中国需要这类开放的年轻学者,中国的希望就在于有他们这样的年轻人,他们的肩膀正在慢慢扛起中国的未来。

德国是小国,德文在地球上没有中文或英文那样重要,所以有人来到波恩大学专门研究中国文学在德语国家的情况不光让我一个人高兴,更是让德语国家的汉学家感到骄傲。

不过,应该注意的是德国不一定代表西方。比方说美国汉学与德国汉学完全不一样,是两个不同的世界。美国汉学家一般来说不会德语,基本上他们不知道我们在研究什么,也可能不太想了解我们,因为我们还是搞什么形而上学。

但是应该知道,当时的联邦德国比美国早将近十年跟中华人民共和国建立了外交关系,因此德国汉学比美国汉学也早将近十年就开始研究中国当代文学了。当然到了90年代后,我们再没有办法跟美国汉学比,因为我们人少,特别是缺少中国内地培养的学者在敝乡教书。

所以波恩大学来了一个刘江凯,德国汉学界是幸运的。因为他研究海外汉学怎么反映中国当代文学,也包括对敝国的研究。这样,美国汉学家会有机会了解美国汉学与德国汉学之间的不同。不同之处在于思路、方法、翻译的对象等。比方说,美国歌颂中国当代小说家,德国尊重中国当代诗人。多位在德语国家有多本诗集译本问世的中国当代诗人在英语国家连一本译作都没有,对他们的文章或著作的介绍更无从谈起。

德国汉学界应该祝贺也应该感谢刘江凯。他的博士论文把海外不同地区联合起来,这样不仅帮助中国了解中国当代文学在海外的传播,也帮助德国了解欧洲之外的汉学,更帮助美国了解欧洲的汉学情况。

顾彬于 Lexington(Kentucky, USA)
2012 年 5 月 1 日

# 目 录

中国文学海外传播研究书系·总序 ·················· 张 健 1

序 ·················· 顾 彬（Wolfgang Kubin）1

导 论 ·················· 1
  一、写作缘起与研究现状 ·················· 1
  二、关键词释义：海外接受·认同·延异·经典 ·················· 5
  三、"外"与"内"视域中的当代文学 ·················· 11
  四、研究价值与方法 ·················· 17
  五、章节等其他说明 ·················· 21

## 第一章 中国当代文学海外接受的状况与问题 ·················· 24
### 第一节 政治美学的"混生"与"延宕"
  ——中国当代文学海外接受的发展 ·················· 24
  一、"从本土到海外"的译介转变 ·················· 25
  二、"从政治到艺术"，"从单调滞后到多元同步" ·················· 32

### 第二节 通与隔
  ——中国当代文学海外接受的问题 ·················· 36
  一、一份调查问卷与一次访谈 ·················· 37
  二、流通环节的海外接受——多重视野看问题 ·················· 40
  三、生产制约着海外接受——以哈佛大学图书馆的
    中国当代文学信息为例 ·················· 44

## 第二章 出门远行：中国当代文学的翻译与出版 ·················· 51
### 第一节 跨语境的叙述
  ——中国当代小说翻译 ·················· 51
  一、中国当代小说合集翻译 ·················· 52
  二、部分当代作家翻译出版状况 ·················· 61

三、世界文学的诱惑与文学翻译的困惑 …………… 71
第二节　巴别塔上补天
　　　——中国当代诗歌翻译 ………………………… 74
　　　一、海外中国当代诗歌"集结"与身份的明晰化 …… 75
　　　二、游走的中国诗魂：部分诗人的作品翻译与研究 …… 80
　　　三、诗歌翻译的"丢失"与"找回" ………………… 86
第三节　西洋镜下看戏
　　　——英语世界中国当代戏剧的翻译与研究 …… 91
　　　一、中国当代戏剧作品翻译 ……………………… 92
　　　二、海外中国当代戏剧研究 ……………………… 99

第三章　异域的镜像
　　　——海外期刊中的中国当代文学研究 ………… 108
第一节　海外中国当代文学的跨学科化与边缘化
　　　——以《中国现代文学与文化》为例 ………… 108
　　　一、办刊历程 ……………………………………… 108
　　　二、栏目简介及其资料性 ………………………… 114
　　　三、历年目录与当代文学研究情况 ……………… 122
第二节　被忽略的"文学史"
　　　——从海外期刊看中国当代文学 ……………… 132
　　　一、尚未开掘的文学"飞地"——海外期刊与
　　　　　中国当代文学 ………………………………… 132
　　　二、中国文学的延伸：两岸三地的外文期刊 …… 135
　　　三、"他山"之域的凝视：重要海外期刊 ………… 140

第四章　他山之声：中国当代文学的海外著述与学人 … 153
第一节　海外中国当代文学研究著述 ………………… 153
　　　一、中国当代文学海外博士论文 ………………… 153
　　　二、意识形态审视下的世界社会主义文学 ……… 157
　　　三、诗歌、散文及其他研究 ……………………… 164
第二节　中国当代文学海外学者 ……………………… 171
　　　一、衔泥的燕子：杜博妮、雷金庆的

　　　　　《二十世纪中国文学》……………………………………… 172
　　　　二、众声喧哗：其他汉学家 ………………………………… 177
　　第三节　枳橘之间
　　　　　——顾彬的中国当代文学研究……………………………… 184
　　　　一、顾彬的中国文学之路与研究成果………………………… 185
　　　　二、"垃圾论"与《二十世纪中国文学史》………………… 191
　　　　三、枳橘之间的中国当代文学研究…………………………… 195

第五章　拓展认同：中国当代作家海外传播及其个案研究 ……… 200
　　第一节　当代作家海外传播概述………………………………… 200
　　　　一、中国当代作家的翻译统计………………………………… 200
　　　　二、当代十作家译作简析……………………………………… 204
　　第二节　本土性、民族性的世界写作
　　　　　——莫言海外传播与接受…………………………………… 225
　　　　一、作品翻译…………………………………………………… 225
　　　　二、莫言的海外研究…………………………………………… 233
　　　　三、莫言海外传播的原因分析………………………………… 240
　　第三节　极简化写作中的人类性、世界性
　　　　　——余华海外传播与接受…………………………………… 245
　　　　一、"出门远行"的作品……………………………………… 246
　　　　二、余华作品的海外接受与研究……………………………… 250
　　　　三、《兄弟》海外评论与研究………………………………… 258
　　　　四、对《兄弟》及余华创作的再思考………………………… 261

第六章　中国当代文学海外认同与"延异"的相互"荡漾" ……… 269
　　第一节　西方对东方的想象与"延异"
　　　　　——以文学改编电影为例…………………………………… 269
　　　　一、走向世界的轰动与争议——《红高粱》………………… 270
　　　　二、被压抑的中国"表情"与"分量"——《活着》……… 275
　　第二节　共通或独异的意识形态与文学经验…………………… 279
　　　　一、意识形态之于中国当代文学……………………………… 280
　　　　二、共通或独异的文学经验…………………………………… 284

**结语:中国当代文学海外接受**
　　——作为未完成的文学史想象 ………………………… 288
　　一、现存缺陷、研究思路与问题意识 ………………… 288
　　二、"海外接受"文学史写作的可能 …………………… 293
**参考文献** ……………………………………………………… 299
**附录1:关于中国文学研究与中国当代文学**
　　——与顾彬教授访谈 …………………………………… 306
**附录2:中国当代文学的海外接受**
　　——与王德威教授访谈 ………………………………… 332
**后　　记** ……………………………………………………… 351

# 表格目录

表格1:哈佛大学图书馆中国当代文学检索信息表 …………… 46
表格2:哈佛大学图书馆中国当代文学精确检索信息表 ………… 48
表格3:海外部分中国当代小说作品集整理表 ………………… 53
表格4:中国当代部分作家作品英译状况 …………………… 62
表格5:海外部分中国当代戏剧著作整理表 ………………… 100
表格6:《中国现代文学与文化》编委会成员 ………………… 112
表格7:1980—1991年西方语言撰写的
        中国现代文学博士论文表 ………………………… 116
表格8:WorldCat中国当代12位作家翻译作品统计比较 ……… 201
表格9:WorldCat世界图书馆联机检索苏童的外文图书 ……… 204
表格10:WorldCat世界图书馆联机检索王蒙的外文图书 ……… 207
表格11:WorldCat世界图书馆联机检索阎连科的外文图书 …… 210
表格12:WorldCat世界图书馆联机检索李锐的外文图书 ……… 212
表格13:WorldCat世界图书馆联机检索王安忆的外文图书 …… 214
表格14:WorldCat世界图书馆联机检索贾平凹的外文图书 …… 216
表格15:WorldCat世界图书馆联机检索韩少功的外文图书 …… 218
表格16:WorldCat世界图书馆联机检索铁凝的外文图书 ……… 219
表格17:WorldCat世界图书馆联机检索毕飞宇的外文图书 …… 221
表格18:WorldCat世界图书馆联机检索卫慧的外文图书 ……… 222
表格19:莫言作品翻译统计列表 …………………………… 226
表格20:余华作品翻译统计列表 …………………………… 246

# 导 论

"认同与'延异'——中国当代文学的海外接受",这是个令人感到很忐忑的选题。我曾设想过一种"小切口"的研究思路,比如精选几个当代作家,即本书第五章所做的那样进行全面的个案研究。之所以最终没有选择这一思路,是因为我想明白了研究可以坚持一些个人的想法,没有必要跟着潮流走。另一方面,我毫不怀疑这个选题的价值与可持续研究的前景,既然打算以后也从事这方面的研究,我宁愿牺牲点眼前的"深度"去多争取一些"广度",为我自己或其他有研究兴趣的人先摸摸底。而且,我也不认为"广度"和"深度"不可调和,我得到的也许不一定是结论,但至少是个疑问或者通向疑问之路。当代文学的海外接受,这个研究课题本身的跨学科、文化、语言特性,以及中国当代的历史与发展特点,决定了此类研究的现状是基本没有全面、系统地展开,而其中蕴含的许多问题又是我们应该面对和思考的。

## 一、写作缘起与研究现状

截至2009年,新中国以及与之同步的当代文学已经走过了六十年的历程。按照中国传统纪年的方式,中国当代文学完成了一个甲子轮回。完整的时间纪年总会让人们在潜意识里产生总结历史的冲动,而历史不仅具有哲学趣味,还充满了艺术气质。中国当代文学六十年的历史景象同样如此,它既积极参与了世界现代性的进程,也保持着自己显著的特点,尤其当它置于海内外文学对比视域中时,我们甚至会获得一种极为难得的观察中国当代文学六十年的新整体视野。

2009年的中国当代文学,因为"新中国"六十年和"新时期"三十年双重纪念意义的叠合,使得当代文学因为这种总结意识与价值评估再次走上社会前台,引起了广泛关注,"总结"、"争议"、"价值重估"可以说构成了这一年当代文学的景象主线。与这种总结意识相伴随的是,中国当代文学在蓦然回首时,听到的并不仅仅是一片叫好之声,争议的声音同样也此起彼伏。事实上,中国当代文学的发展从来都不缺乏争议,对当代文学价值的评估与争议从上世纪八九十年代就已开始。如当年的"文学失去轰动效应之后"、"躲避崇高"、"为二十世纪中国文学写一份悼词"、"断裂"问卷调查等①。然而,当这种争议声出现在一种总结历史的背景中时,就如空谷回音,听起来显得更加响亮和持久,令人震颤,尤其当这争议声来自异域。2006年《重庆晨报》歪曲原意,发表题名为《德国汉学教授称中国当代文学是垃圾》的新闻报道,在立刻取得新闻轰动效应的同时,也把顾彬(Wolfgang Kubin)和中国当代文学一起推上了中国社会的风口浪尖,引发了一场从专家到大众对中国当代文学价值重估的争议活动。这一"新闻事件"持续到2009年已转向"文学事件",并继续酝酿着新的、更深入的讨论。国内也有媒体借此发起"重估中国当代文学价值"的活动。针对顾彬引发的"中国当代文学价值"评估问题,有不少学者撰文论述,如陈晓明和肖鹰两位教授的争论②。如果说顾彬的评论是鲁迅先生所指的那种"真的恶声",我们倒很希望借此机会听到一些"真的新声"。

顾彬事件可以说是观察中国当代文学存在已久的毛病的一副奇妙"药引",随着中国重新回到世界价值体系的比较和审视中,中国当代文学不得不面对被世界"认同"的价值评估问题。面对西方强势的文学实力和宣传能力,布鲁姆的"影响焦虑"并不仅仅局限于作家个体,它也有可能成为中国当代文学的一种集体无意识。中国当代文学价值评估的"影响焦虑"一方面来自中国古典文学、甚至包括现代文学;另

---

① 分别参见王蒙(《文艺报》1988年1月30日),当时署名阳雨;《读书》1993年1期;葛红兵(《芙蓉》1999年第6期);1998年夏天,作家朱文做了一份问卷,寄给了70位约同年龄段的作家,9月这一问卷及其答案以"断裂:一份问卷与五十六份答案"为名在《北京文学》上发表。

② 参见《辽宁日报》2009年12月16日及以后的相关报道。

一方面来自于世界文学以及"诺贝尔文学奖"之类的认同需求。面对一"古"一"西"这样两个强势价值的影响,中国当代文学及其主体确实很难轻易地相信自己的创新和超越能力。虽然"认同"也可以表现为"自我认同",但更多地却是一种对外的需求,是一种"他者认同",并且以优于自我的标准为荣,因此,"强势他者认同"才是所有认同中最有价值荣誉感的类型。中国当代文学的世界认同就明显地表现为海外传播的范围、接受程度以及获奖情况等,尤其以欧美等发达国家的接受和认同为主。这也正是本书的主要研究缘起,即通过考察中国当代文学的海外接受,感知它在海外的"认同"与"延异",在世界文学的接受范围里,重新检视中国当代文学的成就与实绩,问题与缺陷,以期对它的价值评估有一个独立、全新、客观的认识。

顾彬的"垃圾论",正是因为有六十年一轮的总结意识和价值评估,以及渴望被世界认同的"价值焦虑"心理,才持续地在中国引发如此强大的争议和讨论。当代文学的生成性、非经典性亦会加重这种价值焦虑。怀疑虽然会导致"否定"的力量,也会催生"前进"的动力。当代文学的魅力其实也正在于"生成经典"这样一个过程,虽然我们不能指望每一部当代文学作品都成为"经典",也没有理由不相信"经典"会在其中诞生。

那么,中国当代文学的海外接受状况究竟如何?有哪些作品被翻译出版到海外?海外学者对这些作家作品的研究状况如何?海外有哪些重要的期刊、学者、著作在关注着中国当代文学?具体到当代作家个体,其海外传播与接受的情形是怎样的?海外接受又会对他们在国内经典化地位的形成产生哪些"延异"影响?有哪些原因促使或限制着中国当代文学的世界影响?只有首先对这一系列的问题有一个基本的"摸底"调查,我们才有可能对中国当代文学在世界文学格局中的地位有比较清醒的认识,才有可能进一步反思已存在的成就与问题。遗憾的是,关于中国当代文学的海外接受,目前国内很难找到相对全面、系统、有参考价值的研究资料。相对于中国当代文学丰富的海外翻译出版和研究著述,国内除了零星地译介过一些比较突出、有代表性的学者著作外,基本没有全面系统地进行过此方面的译介与研究。虽然有一些学者如季进、王宁、张晓红等从事过海外中国现当代文学的译介与研究,但相对于庞大的海外著述而言,我们投入的研究力量和产生的成果显然远远不够。

国内外确实有许多"汉学"角度的中国文学海外传播与接受著作,倘若以"海外中国当代文学"作为整体进行比较系统的研究,至少目前国内还没有看到有分量的研究成果。如除了已经很熟悉的名家如顾彬、王德威等著作外,笔者检阅到较有代表性的相关研究成果,如以介绍翻译状况为主的文章、著作有:廖旭和《中国当代文学在国外》(《国际人才交流》1993年第2期);〔加〕梁丽芳《海外中国当代文学的英译选本》(《中国翻译》1994年第1期);赵晋华《中国当代文学在国外》(《中华读书报》1998年11月11日);李昌银《中国当代文学(1949—1976)在国外》(《云南民族大学学报》2000年第3期);〔美〕金介甫(Jeffrey C. Kinkley)著、查明建译《中国文学(1949—1999)的英译本出版情况述评》(《当代作家评论》2006年第3—4期);马士奎《中国当代文学翻译研究(1966—1976)》(中央民族大学,2007年);以介绍国外研究状况为主的文章也不是很多,如:王宁《中国现当代文学研究在西方》(《中国文化研究》2001年第1期);宋晓英《欧洲中国现当代文学研究之分》(《烟台大学学报(哲学社会科学版)》2006年第1期);〔德〕司马涛(Thomas Zimmer)《中国当代文学在德国》(《文景》2007年9月);华慧《葛浩文谈中国当代文学在西方》(《东方早报》2009年4月5日)等。国内学者近年来较有代表性的著作还有方长安《冷战·民族·文学——新中国"十七年"中外文学关系研究》(中国社会科学出版社,2010年)等。虽然网络上有大量关于中国当代文学海外传播与接受的信息,包括一些学者、汉学家的文稿,但一方面是过于零散、各自言说、不及其他,缺乏整体的视角;另一方面,材料的权威性和学术性也有待于提炼和升华。

"海外汉学"(或中国学)作为新兴研究学科也不过是近三十年左右的事情,而专门研究机构和期刊的出现则是在上世纪90年代后,新世纪以来才得以快速发展。中国文学、尤其是中国当代文学在这种大格局中所占的比重因此可想而知,可以说,整个中国文学的海外传播与接受的相关研究才刚刚得以兴起。就中国当代文学的海外接受而言,几乎就是一块研究"飞地",国内的译介和研究呈现出一种随意、零散、个人化的特征。检阅近年来相关的成果,基本印象是文章不多,著作更少;题目很大,内容却少;介绍居多,分析较少;研究对象零散有余,系统不足;研究质量鱼龙混杂,整体欠缺;研究者则是中外皆有、专业不一、良莠不齐,外语能力强、专业素质好的研究人才非常稀缺。笔者甚至发现个别研究者在篇幅很短的文章中,对另外两篇文章的内容大量引用拼贴,虽然也标出了参考文章来源,大量的重复内容还是让人有几近于抄袭的感受。还有一些著作,虽然题名显示有中国当代文学的海外传播,阅读之后却有名不实至之感。一些学者的文章虽偶有涉猎,但能够潜下心来,从基本资料的摸底、译介、分析做起者却寥寥无几。少量有参考价值的研究资料,往往是那些语言能力强、专业素质好的研究者提供的,可惜他们的研究往往比较随意,带有较强的个人兴趣和交往的选择,集中在某些名家著作上。基于这样的研究现状,本书以中国当代文学在英语世界的接受状况为主,根据研究的需要少量介绍德国、法国、日本、越南等其他国家和地区的接受情况,围绕着中国当代文学的作品翻译和海外研究两个核心领域,较全面、系统地收集、整理了一批基本资料。从海外期刊、著作、学者的整理译介到中国当代小说、诗歌、戏剧的翻译与研究,再到部分当代作家海外传播与接受的个案研究,进行了比较翔实的"摸底"调查,并在此基础上对所涉及话题力争有较为深入的分析,对中国当代文学在海外传播的状况做出自己的判断。另外一方面,这些材料内部或相互之间,其实也会产生某种"对话"的互文效果,可以帮助读者体会到更多言语之外的信息。全书在介绍基本情况的同时,也非常注意个案的分析与研究,力图实现一种点面结合、深浅搭配、个案与整体互文、资料性与学术性并重的研究格局。这虽然是笔者的良好愿望,然而毕竟作为一次拓荒型的研究,语言能力和研究经验的欠缺难免会使愿望和现实脱节,其中的遗憾和错漏之处只能寄希望于将来不断加以弥补和修正。

## 二、关键词释义:海外接受·认同·延异·经典

正如本书的标题"认同与'延异'——中国当代文学的海外接受"

所揭示:全文的关键词一共有五个,分别是"中国当代文学"、"海外接受"、"认同"、"延异",外加一个潜在关键词"经典"。前两个是对研究对象和范围的限定,后三个则是深化这一研究起支配性作用的重要概念,五个关键词之间存在着紧密的推衍关系,对于全文的写作也起着重要的连接和推进作用,因此这里有必要对这些关键词做出阐释。

文章的研究对象是"中国当代文学",这一全称性的说法并不代表我会对中国当代文学做出事无巨细、面面俱到的分析,而是以当代小说、尤其是上世纪80年代以来的小说为主线进行考察。采用这一名称也并非为了拉大旗、撑门面,以不实之名夸大自己的研究成果,仅仅是因为在实际写作过程中,涉及的研究对象包括期刊、著作、学者、作家、小说、诗歌、戏剧等内容,只有"中国当代文学"才能较好地将这些概括和统一起来。

"海外接受"首先表明:我研究范围的侧重点是相对于"国内"的"海外"。同时,海外的范围何其广泛,一篇文章不可能承载起如此巨大的容量,这一全称性的说法很容易给人造成一种大而无当的印象。虽然就全书而言,我的研究以英语世界为主,却不能用"英语世界"代替"海外"。如海外期刊研究的内容包含了美国、英国、荷兰、澳大利亚等国;海外著述、学者也来自世界不同国家和地区;作家海外传播研究中,更是全面整理了这些作家各个语种的翻译出版情况等。因此,这里的"海外"和前文的"中国当代文学"一样,主要还是出于一种便于概括、统领全文的考虑。"接受"从心理学上讲,主要是指因喜爱而接纳外界人和事物的一种行为心理,其核心是价值观的认同,实现的手段多是信息堆积的结果。文章除了使用"接受"的这些基本意义外,也有利用"接受美学"的一些基本理论、方法来组织全文的考虑。"接受美学"作为20世纪六七十年代兴起的重要文学理论,强调读者在文学活动中的作用,以及文学作品创作以后的接受与影响过程,它能更好地揭示了文学作品的社会、美学价值是如何通过阅读产生并发挥影响的。接受美学强调的"读者"也包括作家、批评家,他们在进行新的文学创作和批评之前,其实不断"接受"着传统和当代文学的阅读影响,这和布鲁姆的"影响焦虑"在理论逻辑上亦有相通之处。文学的个人接受、影响活动,受到作品性质和读者素质互动制约的限制。同样一部作品,在不同民族、国家、时代、读者中产生的评价和影响可能完全不同;即使是同样的读者对同一部作品,每一次的阅读都可能产生不同的理解。社会接受与个人接受相对,即作品脱离作者到达读者之前,社会机构如出版社、书店、图书馆、学校等通过一系列社会活动,如广告宣传、文学评论、文学课程、文学研究等,从社会、美学、甚至经济价值等角度进行了筛选、宣传和评价。这种社会接受对个人接受起着巨大的控制和驾驭作用,其过程体现了相应社会文化环境的文学评价标准;体现着社会意识形态、时代美学风貌以及不同审美倾向等更广泛的内容。以上分析说明文学"接受"的核心其实是一种价值"认同";认同的过程受到接受主体及其所属社会文化环境的制约,并反过来影响前者;这一过程往往也和"经典"的生成有关,产生各类"延异"的效果。综上所述,文学"海外接受"的主要内涵是:中国当代文学在海外不同文化语境中如何被传播、认同;海外读者包括批评家对它有哪些评论、研究;中国作家作品在世界文学中的影响究竟如何;这种世界"接受"又会对中国当代文学产生哪些"延异"的效果等。

我们讲"接受"的核心是一种价值"认同"(Identification)。"认同"作为一个词语,其内涵并没有太多争议,指承认一样、相同,并因赞同而产生一种归属感。"认同"自然地会连接起主体和客体,客体对象因为符合了主体潜在的"标准尺度"而得到承认和接受。因此,它和本书另一个关键词"经典"具有基本内涵重复的部分。然而,由"认同"却能延展出一系列的理论,这些理论又和文学批评、研究充满了复杂的纠缠。关于认同的理论在西方非常发达,从〔美〕艾里克森(Erik Homburger Erikson)的"人格发展阶段论"中的自我认同危机到后来的各种"身份认同"理论,都为"文学认同"提供了丰富的理论资源。著名的代表作有〔加〕查尔斯·泰勒(Charles Taylor)的《自我的根源:现代认同的形成》;〔英〕安东尼·吉登斯(Anthony Giddens)《现代性与自我认同》等。"身份认同"(Identity)是与文学批评密切相关的一个重要概念,其基本含义是指个人与特定社会文化的认同。用平白的话讲就是老爱追问"我是谁",可大致分为个体、集体、自我、社会认同四类。当代文学批评中的身份认同研究竭力从文化、意识形态、权力等外部视角重新阐释文学及相关问题,在新的批评视野中,多种观念交叉共存,努力揭开文本中掩抑、沉默、扭曲的民族文学经验以及各种有价值的边缘问题。本书中的"认同"并不一定深入地探究和发展这些理论,更多地是对这些理论的一种综合应用,并适当发挥一些自己的研究意见。笔者将围绕着中国当代文学的海外接受状况,从"认同"的角度考察、整理有关资料,思考相关问题。比如海外期刊与中国当代文学,我们可以从期刊种类、级别、国家、流通范围、刊发数量等角度观察中国当代文学在海外的接受和认同状况。而在作品翻译和研究部分,又可以感受文化、意识形态、权力等对中国当代文学翻译与传播的影响。总之,因为这项研究天然具有"跨文化、跨学科"的特性,除了文学问题外,也可能会和比较文学、传播学、社会学等发生联系,因此笔者有意加强了包括认同理论在内的各种理论和研究方法的泛读。这些阅读也许并不一定以清晰、正论的面孔出现在文章中,但它显然对全书的研究起到很好的深化、勾连、融会贯通作用。

"延异"(Différance)是德里达(Derrida)自创的重要术语,于1968年1月27日法国哲学学会的一次演讲中首次提出。演讲是从字母表上的第一个字母 A 说起,德里达解释了这个 A 何以必须进入差异(différenc)一词,使之成为"延异"(différance)。我们这里不需要对这个词做太多词源及理论意义上的复杂剖析,但需要对它的基本内涵以及在本书中的使用做出解释。从差异到延异虽然只是由字母 A 替代了字母 E,在法语发音中,人们根本听不出二者的区别。这一沉默的替代打破了语音中心主义的自足体系,并进一步颠覆了以语言为基础的逻格斯中心论,奠定了解构主义的核心理念。传统的逻格斯中心主义(logocentrism)假设一种普遍、固定、神圣意义的存在,主张思维与语言的合一性。索绪尔关于语言的能指功能仅仅讨论了"差异";德里达的"延异"则更进一步,它在词源学上有两个基本含义,简单地讲,一是差异、区别,二是延时、迟缓。延异把批判矛头直指结构主义语言学理论,认为语言无法准确指明其所要表达的意义,只能指涉与之相关的概念,"延异"是差异的本源或生产,差异之间的差异,这种不能表达的差异最终使语言的意义处于不断地延缓状态。因此,意义永远是相互关联的,却不是可以自我完成的。"延异"用在文学批评方面,即说明由语言构成的文本(作品)同样也是分延的,意义不断地消解,永远处在撒播的状态,各类阅读、批评、阐释的意义也将无限"延宕"。有解构主义批评家据此甚至断言:阅读必然总是"误读",任何批评或阅读理论要想得到文本的"正确"解释都是不可能的。德里达用"延异"概念形象阐述了语言的模糊性、未定性,彻底瓦解了文本的明晰性;同时,它也提醒我们应该对语言、文化、环境的多样性及其差异引起高度关注①。就中国当代文学的海外接受,"中国"和"海外","文学"与"接受",从范围、对象、主体、结果等角度看,这个选题都天然地跨越语言、文化、环境,恰恰是在多样性中讨论差异和认同等问题。在本书中,我们首先也要强调中国当代文学在海外接受过程中的"差异、区别",这种差异既指中国当代文学内部(如小说、诗歌、戏剧、不同作家作品等),也潜在地会和其他国家文学形成一种对比。其次,我们发现中国当代文学在海外传播、接受的过程中确实存在着意义的"延缓"、不明确、未完成等现象。除了最基本层面,如翻译、出版的"滞后、延缓"外,对中国当代作家作品的筛选也会因"社会接受"(如意识形态的变化等)出现初步的"延异";至于具体到海外读者、批评家对中国当代文学作品的阅读和解读,"延异"现象将会以更丰富且具体的形式展开。如海外中国现代文学史写作与国内文学史重写的关系,海外对"样板戏"的翻译与研究与国内近年来兴起的"红色经典"研究等。因此,笔者对"延异"的使用还有一层更直白的意思:通过考察中国当代文学的海外接受,反观这种海外接受对中国当代文学"延展出来的特异影响"。

相对于"认同"和"延异","经典"是一个潜隐的关键词,是由"接受"和"认同"牵连出来的一个概念。文章关于中国当代文学海外接受的"认同"和"延异"的讨论,往往会回到对"经典"的理解和认识上来,这是因为"接受"、"认同"、"延异"和"经典"之间存在着直接或间接的微妙关系。

---

① 德里达的许多著作都论及延异,如《哲学的边缘》、《书写与差异》、《多重立场》。

"经典"是我们日常生活经常听到和使用的一个词,也是文学研究中的一个关键词。虽然人文领域里的概念,一般很难获得公认的权威内涵,却会形成一个大致可以通约的基本内涵。那么"经典"的基本内涵是什么?在中国文化语境中,"经"与"典"原本是两个词。《说文解字》云:"经,织也。"《辞海》解释"经,织物的纵线,与'纬'相对"。由此可知,"经"最初含义莫过于织物,表示纵线,古人把织布的纵线、道路的南北称经,后引申出"规范"、"标准"等义。刘勰《文心雕龙·情采》:"经正而后纬成,理定而后辞畅",可引申为重要、关键的参考。"典"的原义则为常道、法则。《尔雅·释诂》解释"典,常也",引申为可充当典范、法则的重要书籍,内含"标准"之意。因此,"经典"最基本的内涵可以说是"可作为标准参考的书"[1]。西方"经典"(Canon)一词最初来自希腊文 Kanon,指用于度量的芦苇或棍子,后来它的意义延伸,用来表示尺度,再后来逐渐成为宗教术语及合法的经书典籍等[2]。西方"经典"术语在开始时,极富宗教色彩。公元 4 世纪,"经典"表示一系列的文本和作者,特别是指《圣经》和早期基督教神学家的著作。我们可以看出中西方对于"经典"的基本内涵都包含着"标准尺度"的意思,当这种"标准尺度"应用于文学时便形成了"文学经典":指由历代作家写下的作品中最优秀的,经受了历史记忆的筛选,具有典范性和超越时空的审美价值,是一个时代文学艺术成就的标志。文学经典形成的过程便是"经典化"(Canonization),而一部作品的"经典化"则会潜隐着许多可以讨论的问题,整体上会受到历史、文化、政治、种族、阶级、经济、性别等诸多因素的影响。因此,用相同的文学对象考察不同文学语境下"标准尺度"的差异,将会揭示出比较深入和有趣的问题,这也是本书需要着力的研究重点。了解"经典"的以上基本内涵后,我们就不难理解经典为什么会成为本书一直在场而不显现的重要关键词。如果说中国当代文学是我们的研究对象,海外接受是我们的研究范围,认同和延异是我们的研究理论和方法,那么经典则是我们研究的

---

[1] 王力主编:《王力古汉语字典》,中华书局,2000 年,第 59、924 页。
[2] 赵一凡等主编:《西方文论关键词》,外语教学与研究出版社,2006 年,第 280 页。

潜在目标,是全书想要思考和解决的问题。可以说,这个选题的背后一直存在着一个巨大的疑问:中国当代文学究竟有无经典？如何经典？最重要的是,这一次我们不仅仅以自己的标准提问,而更想参考世界文学的接受状况来回答。

### 三、"外"与"内"视域中的当代文学

这里的"外"与"内"视域指海外与国内,尤其侧重于海外汉学(中国学)与中国(尤指大陆)学界。虽然中外文化交流源远流长,种类丰富、内容繁多,枝枝蔓蔓似乎覆盖了一切,如果认真追究起来,就会发现仍有许多整装级的巨大矿藏几乎未被全面开采过。中国当代文学的海外传播与接受正是这样一座富矿,虽然总能看到一些零零碎碎的研究成果,大陆学界和海外汉学也不断地加强交流与互动,这一领域整体上却仍处于待开发状态,呈现出一种"在而不盛"的状态。

汉学(Sinology)是西方研究中国及其文明的一门学问,有广义和狭义之分。狭义的汉学往往指欧洲的传统,即海外学者对中国语言学、文学、历史、哲学等人文学科的研究,同时也包括某些"专学"研究,如敦煌学、考古学等等,其特点在于注重历史与人文。就广义而言,则又包括20世纪在美国发展起来、并在今天遍及欧美的对中国近现代以及当代问题研究的"中国学"(Chinese Studies)。实际上,这两个概念并不相互排斥,要严格地加以限定,反倒不太容易,本书中的"汉学"即包括"中国学"。汉学是中国文化与异质文化互相碰撞、交流、融合之后诞生、成长与发展起来的一种独特的文化。东方的日本汉学起步于六百年以前,西方的汉学如果从"传教士"汉学算起的话,也走过了四百多个春秋。从汉学起源来看,尽管最初是基督教传教的副产品,它却是一门与当今全球化趋势有相似特征的研究课题。

相对于海外汉学视域,本书中的另一视域特指中国大陆学界。中华文化广泛地存在于包括港澳台在内更广大的区域里,但不论是体积、数量、质量,还是文化源头、传承、影响,无疑只有大陆才能和海外构成

对应的等级。笔者并没有抹杀或看轻其他区域的意思,只是觉得文明的竞争或对话正如竞技体育一样,是需要分重量级的,否则这种竞争和对话就有失衡和不对等的危险。这里的"对等"也绝无大国沙文主义的色彩,而仅指"当量"的层面。交流可以在各个层面展开,就整体而言,海外汉学和大陆学界应该可以构成一种合适的关系。从某种意义上讲,其中也隐含着东方与西方的对话关系。

海外汉学和大陆学界视域下的中国当代文学,典型的例子就是2007年在中国人民大学举办的"汉学视野下的20世纪中国文学圆桌会"。会议的核心人物还是在中国当代文坛引起轩然大波的德国教授顾彬,话题还是围绕着中国当代文学的评价进行,参与的人包括陈平原、肖鹰、张清华、〔荷〕柯雷(Maghiel van Crevel)、〔斯洛伐克〕高利克(Marian Galik)等国内外著名教授。钊对顾彬对中国现代文学和当代文学"五粮液"和"二锅头"的比喻,陈平原发表了自己的批评意见;柯雷、张清华也分别表达自己的看法;王家新、肖鹰则表示了对顾彬意见的理解和支持。这场争论并没有仅仅局限于会场内部,媒体迅速捕捉了陈平原和肖鹰两位教授的意见,不断跟进试图制造新的话题。依笔者来看,这次会议极好地诠释了"两种视域"下的中国当代文学之间的交流与碰撞,定位与空缺。

这里我们不得不再讨论几个和以上话题相关的概念:汉学心态,中国立场,汉学主义,西方中心论,种族中心主义。温儒敏在《谈谈困扰现代文学研究的几个问题》(《文学评论》2007年第2期)中,提出"汉学心态"是:对海外汉学经验的生吞活剥,一味模仿汉学(尤其是美国汉学)研究的思路,盲目地以汉学的成绩作为研究的标尺,失去自己的学术根基。可以把这种盲目性称为"汉学心态"。并在《文学研究中的"汉学心态"》(《文艺争鸣》2007年第7期)一文中继续指出:所谓"汉学心态",不一定说它就是崇洋迷外,但起码没有过滤与选择,是一种盲目的"逐新"。这种不正常的心态主要表现在盲目的"跟风"。该文最后认为我们要尊重汉学,引进汉学,研究汉学,但不宜把汉学当成本土的学术标准。我们可以借鉴外来的学问,但是问题的发现、建构和方法的选择,应该建立在自己扎实研究的基础之上。陈平原在《视野·心态·精神——如何与汉学家对话》①等文中谈到如何做到以平常心看待不同的汉学家,平等相处,既不是"大人",也不是"鬼子"。人文学永远是异彩纷呈,不可能只有一种声音,一个标准,所谓学术交流,主要目的是"沟通",而不是"整合",文学是所有学科中最难走向世界大同的。和温儒敏相呼应,陈平原也认为今天我们可能走到另外一个极端,那就是俗话说的,"远来的和尚会念经"。而事实上,海外中国学家,有"洞见",也有"不见";有优势,也有劣势。说到底,本国研究与外国研究,各有各的立场,也各有各的盲点。因此,我们与汉学家之间,很可能是:各有各的学术趣味,也各有各的广阔天地。而且,同在一个地球上,就会有竞争,尤其是在如何"诠释中国"这个问题上,多少会有"话语权"之争。另一位北大教授陈晓明,则撰文提到"中国立场"的问题②,认为评价当代中国文学的价值,还是要有中国立场,要有中国视野。没有中国立场,只用西方的审美标准,以翻译得并不成功的汉语文学作品来衡量中国当代文学,永远得不出对中国当代文学正确的评价。与北大教授们的立场不同,另外一些学者在面对"汉学"时显示了不同的话语姿态,如清华大学的肖鹰批评中国学者存在一种"大国小民"的"长城心态"。中国学者面对西方汉学的各种不同表述,既是学术自信的表达,也有和西方争夺话语权的诉求,笔者以为:大陆学界目前在世界学术圈里的声音和影响,与其应该承担的分量严重不符;加强中国学者在世界上"诠释中国"的声音,仍然是我们目前亟须提高的任务。

"汉学主义"(Sinologism)是美国华人学者顾明栋提出的一个新概念③,他对这一概念粗略的描述是:汉学主义首先是一套集各种观点、概念、理论、方法和范式于一体的隐性体系,它由西方构建并运用在西

---

① 《南方周末》2007年04月05日。
② 陈晓明:《中国立场与中国当代文学评价问题》,http://www.chinawriter.com.cn/news/2010/2010-03-17/83647.html。
③ 顾明栋《汉学主义:中国知识生产中的认识论意识形态》,《文学评论》2010年第4期,该文对汉学主义的概念做了较详细的阐释;《汉学与汉学主义:中国研究之批判》,《南京大学学报》2010年第1期。

方与中国的接触时处理一切有关中国的事务和阐释纷纭复杂的中国文明。它主要用于系统描述中西研究中的纷纭复杂的现象,并辨认西方对中国文化的观察、构建和评价中存在的认识论方面的普遍问题。顾明栋特别强调了汉学主义虽然和东方主义、西方中心主义,或者后殖民话语中的种族中心主义有联系,却完全不同于它们。我们知道,萨义德的东方主义指的是西方学术和文化中的一种传统,即以一个局外人的身份对东方文化和民族进行的本质主义的、带有偏见的解释。它的典型特征就是对东方持敌视态度和贬斥的看法。而汉学主义在构建过程中并不存在先天固有的、不可告人的阴险动机。欧洲中心主义指的是从欧洲视角来看待世界,其中暗含着欧洲和欧洲文化是优越的,而非欧洲文化和民族是落后的信念,后来演变为西方中心论。而汉学主义虽然也是以西方为中心的认识论意识形态,却可被理解成对西方视角的回应、反映或接受、采纳和内化,以及对由西方产生的关于中国知识的消化吸收。族群中心主义指的是对自己所属的"种族"或群体怀有一种固有的优越感,并由此表现为倾向于从自身所处的角度出发去解释或评价别的文化,对其他群体的生活方式、价值观、生存类型表现出普遍的蔑视。显然,这种想法并不仅仅存在于西方,同样也存在于中国甚至更为落后的原始民族部落。

不难发现,顾明栋提出的"汉学主义"和北大教授提出的"汉学心态"、"中国立场",以及"西方中心论"、"种族中心主义"有着极为密切的内在关联。同时,其思想内涵也和本书的关键词"认同"、"延异"有着纵深的联系。顾明栋认为汉学主义的工作原理可以简化为两个相互关联的方面:其一是有意识或无意识地被西方的认识论殖民;其二是主动或被动地在内心深处接受西方的认识论殖民。这一现象也许可以解释中国目前普遍存在的现象:在学术评价上,中国学者总是从西方学者那里寻求最后的权威认定;在学术争论方面,总是西方学者作为仲裁者,即使在国学研究这个中国学者最为拿手绝活的领域也是如此。对许多中国学者来说,得西方学者的赞赏和认可是他们追求和珍惜的最高荣誉,西方学者的评价是最权威的定论。这让笔者不由得想起香港浸会大学黄子平教授讲过:在香港,论文只有发表在英文期刊上才能算考核分,中文期刊一般不得分或得分很低。即使考虑目前中文期刊质量参差不齐的现状,这种考核,尤其是对中国文学来看,也实在是件令人觉得可笑的事情。可悲的是,如果中国知识分子习惯性地用西方的观察、构想和评价来看待中国,以及相应地用西方价值观,西方的首肯或反对来判断和衡量自己文化的价值和成就,就会丧失文化成就和价值自信,满足于在西方学术思潮后面亦步亦趋,丧失从事原创性研究的信心和内在动力。因此,笔者在研究的同时,也在不断地反思、自省,以避免陷入到这种无意识的自我殖民化的价值判断中。首先力争材料的客观化,进而再批判地思考中国当代文学在中西两种语境中的接受与价值判断问题。同时,笔者不得不警惕"种族中心主义"的潜意识。以中国的历史文明,即使在过去一百多年备受欺凌的境地,仍然不乏文化上的"种族中心主义"表现。以今日中国的经济发展水平,日益高涨的民族主义中多少也会产生些"种族中心主义"的副作用,这种想法在文化地理上,则更有可能具体表现为"大陆中心主义"。陈平原讲要和西方学者争夺点"诠释中国"的话语权,陈晓明也讲我们要有一点"中国立场",我是持坚决支持态度的。一方面,因为今天的东西方文化对话中,我们仍然处于弱势地位;但另一方面,这种弱势正在不断地改变中,在这个不断强化的改变过程中,我们有理由更自觉地警惕其中蕴含的"大陆中心主义"表现。

"中国当代文学的海外接受",从题目中就不难发现,这个课题需要充分考虑"海外汉学"与"国内学界"两方面的信息。相对于客观的材料陈述,更难处理的是来自两种视域下的价值判断差别、材料信息对比以及由此引申、延展出来的那些更为深入的思考。比如我在第三章的"被忽略的文学史——从海外期刊看中国当代文学"一节中,虽然自信提出了一个值得认真对待的问题,在现有的研究条件下却很难经得起更犀利、深刻的提问:何以证明中国现当代文学的海外接受就比国内现有的接受更有文学史价值?海外接受究竟有哪些不同于国内、并且有价值的研究视角或结论?这些问题需要更多时间、更大量而系统的材料阅读、整理后才能有效回答。唯一能安慰自己的是:毕竟这项研究才刚刚展开,是需要花费大量人力、物力、财力才能解决的系统工程,提出问题也是解决问题的第一步。相比于价值判断,我倾向于首先解决基础材料的收集与整理;相比于从国内学界,我倾向于先从庞大的"汉学"体系中寻找相关资料。"汉学"天然地就有"全球化"的特性,是在"世界"中看中国,理应包括"由外而中"和"由中而外"这样两个方向。当下汉学应该至少包含以下五个层面的研究格局,或者说五种类别:一,中国人在中国文化场域中研究中国①;二,外国人在外国文化场域中研究中国;三,中国人在外国文化场域中研究中国;四,外国人在中国文化场域中研究中国;五,混合视域中的中国学术研究,即研究者固定的身份角色和文化场域渐渐退隐,具有较强的"流动"性,拥有多重文化场域生活经历。当我们以这样的格局来观察中国当代文学的研究现状时,就会发现我们最倚重的是第一种研究格局——中国人在中国文化场域中的中国当代文学研究,其次可能是第三种和第二种,而最后两种格局目前表现得并不充分。当然,细分起来,这五种格局仍然会有一些交叉之处,每种格局内部的研究策略会各有侧重,其受众范围和相应学术影响也会有所不同,格局之间的影响力也会有所区别。但其共通之处是:研究对象始终围绕着"中国"展开。在"对象"、"主体"、"场域"三个因素中,因为后两者的变化为中国学术研究带来了丰富的可能,并在相互借鉴和影响中推动了"中国学术"的发展。以余华的小说《活着》为例。《活着》的译本多达十四种,范围涉及欧洲、亚洲、南北美洲许多国家,在一些国家甚至翻版重印②!我们可以找到铺天盖地的第一类研究,而其他类别的研究则与《活着》的翻译情况显然极不相

---

① 这里的"中国或外国文化场域"是指:长期居住、工作在该国,下同。
② (英文)《活着》,美国兰登书屋2003年;(德文)《活着》德国KLETT–COTTA出版社1998年,德国btb出版社2008年;(法文)《活着》法国HACHETTE出版社1994年,法国ACTES SUD出版社2008年;(意大利文)《活着》意大利DONZELLI出版社1997年,意大利Feltrinelli出版社2009年;(西班牙文)《活着》西班牙Seix Barral出版社(出版年未标,笔者注);(荷兰文)《活着》荷兰DE GEUS出版社1994年;(葡萄牙文)《活着》巴西Companhia das Letras出版社2008年;(瑞典文)《活着》瑞典Ruin出版社2006年;(希腊文)《活着》希腊Livani出版社1994年;(韩文)《活着》韩国绿林出版社1997年;(日文)《活着》日本角川书店2002年;(越南文)《活着》越南文学出版社2002年;(泰文)《活着》泰国Nanmee出版社;(印度Malayalam语)《活着》印度Ratna出版社(出版年未标,笔者注)。参见余华个人博客,http://blog.sina.com.cn/s/blog_467a322701000079.html。

称。《活着》的经典性在国内已经得到了广泛的认同,在国外获奖也显示了它的经典性和被国际认同的能力。如果我们研究《活着》,而对《活着》在海外传播的过程没有给予研究层面的充分关注,我不认为这种研究是全面和充分的。很显然,我们丢掉了海外《活着》的许多重要信息,这些信息也许会和国内《活着》形成强有力的关系,《许三观卖血记》和《兄弟》也面临着同样的问题。除了余华以外,其他当代重要作家的情况也非常相似,因此,我们有必要加强打通这两种视域的研究能力。所以,在整个文章的研究过程中,笔者始终努力贯彻一个原则:对象统一法,即以研究对象来统一不同历史、民族、国家、语言等因素的切割,而不是相反。

**四、研究价值与方法**

基于前文的分析,本书的价值就在于把中国当代文学置于"东西方对话"的整体格局中,站在中国当代文学的立场上观察它在世界范围内的接受状况,直面西方中心论的强势话语,客观地考察中国当代文学的西方认同、中西差异以及各种"延异"现象,在反思中重新评估中国当代文学的艺术价值和经典化程度。作为一项拓荒性的研究,在保证资料性的基础上,争取在学术性上提出一些较有价值的思考角度。

在研究方法和理论方面,除了前文提到的角度外,贯穿全书的一个基本方法或原则即是:从客观材料出发,不迷信任何权威,做出自己的选择、分析与判断。此外,将会保持一定的理论开放度,参考其他相似研究的方法,根据研究的需要自然地拓展和利用相关的理论资源。如谈到东西方对话,我们不得不进一步讨论后殖民主义以及萨义德(Edward W. Said)的"东方主义"(Orientalism)。萨义德从一位法国记者访问1975—1976年黎巴嫩内战期间的报道开始批评,指出"这位欧洲来客最关心的不是东方的现实而是欧洲对东方及其当代命运的表述"[①]。不论是法国、英国主导的东方与东方学,还是二战后美国主导下的东方学,正如西方并不仅仅存在于自然之中,"东方"也并不仅仅

---

[①] 萨义德:《东方学》,王宇根译,北京三联书店,2007年,第2页。

是一种自然的存在。作为地理、文化、历史的实体,"东方"和"西方"都是人为建构起来的。它们之间是相互支持并且在一定程度上相互反映对方的,只是在这种机制关系中占优势的总是西方。萨义德举了福楼拜与埃及妓女哈内姆的例子来说明:西方与东方之间存在一种权力关系,支配关系,霸权关系,并且"东方"往往会被"西方"制作、驯化。埃及妓女相对于富有的外国男性,她自己无法表述自己,她必须被别人表述。于是,福楼拜就可以告诉读者她在哪些方面具有"典型的东方特征"。西方的这种强势文化地位,使它可能获得另一些文化形式的权力,使它的某些观念更有影响力,这即是葛兰西所说的文化霸权(Hegemony)。而这种充满优越感的文化霸权很有可能形成所谓"西方中心论"的核心思想——认为欧美民族和文化优越于所有非此系统的民族和文化。他们对东方"想去就可以去,想思考就可以思考,几乎不会遇到来自东方的任何阻力"①,他们对东方的评价也往往容易从西方的标准出发。同时,我们应该看到东方主义的基础是萨义德对西方学者研究中东的批判,这决定了东方主义范式并不一定完全适应解释中国。

关于东方主义中的东方被西方"人为构建"、"被制作、驯化、表述"等现象,也许我们联系〔美〕本尼迪克特·安德森(Benedict Anderson)的"想像共同体"理论,会取得更好的理解。1936年出生在中国云南的安德森在《想象的共同体:民族主义的起源与散布》一书中认为:民族、民族属性与民族主义是一种"特殊的文化的人造物"②,因此他对"民族"的定义是"它是一种想象的政治共同体——并且,它是被想象为本质上有限的,同时也享有主权的共同体"。并认为,民族这个想像共同体最初而且最主要是通过文字(阅读)来想象的。印刷语言的发展是完成"民族"想象、认同的重要环节,而民族想象的完成,又能在人们心中召唤出一种强烈的历史宿命感和归属感,并能诱发一种无私的牺牲精神。在我看来,"东方主义"和"想象共同体"都涉及了一个共同的对象,即"语言",尤其是印刷品。按照安德森的理论,我们可以把任何通

---

① 萨义德:《东方学》,王宇根译,第10页。
② 安德森:《想象的共同体:民族主义的起源与散布》,上海世纪出版集团,2005年,第7页。

过(印刷)语言宣传形成的、无法全部亲历的集体性概念,诸如东方、西方、法国、美国、白人、黑人、恐怖分子、宗教、中国文学等等,都视为一种"想象共同体"——因为没有一个人可以亲身认识、经历这些概念中的每一个对象,我们只能通过"语言文字"的描述完成对这些"共同体"的想象。这就意味着通过对语言及其表述内容的控制,完全可以制约每个人对很多概念共同体的"想象"与"认同";意味着那些强势话语会利用之以扩大自己的影响,左右其他民族的认同观念;意味着在一种不对等的语言文化关系中,较弱的一方往往容易被"制作、驯化、表述"。最后,也意味着我们对待语言及其承载的文化应该更加审慎,有必要通过各种语言文化途径,倾听多元表述,破除单一强势文化对我们的覆盖与强塑。值得警惕的是,这种覆盖与强塑同样也存在民族国家内部,在一个操控媒介—媒介操控的社会里,一切非亲历的事件都有可能被重新塑造。

刘禾(Lydia H. Liu)在《跨语际实践》①一书中提到了一些很重要的问题,如"不同的语言之间是否可以通约(incommensurable)?倘若能通约,人们如何在不同的词语及其意义间建立并维持虚拟的等值关系(hypothetical equivalences)"?并提到霍米·巴巴(Homi Bhabha)《文化的定位》(*The Location of Culture*)一书中的重要概念"混杂性"(hybridity),这个概念旨在通过消除自我与他者之间的对立,使后殖民的研究趋向摆脱僵化的模式,从而能够把握各种复杂的细微差别。这一词汇确实能起到很好地批判后殖民理论中业已存在的,僵化和简化了的单一模式:抵抗。中国当代文学的海外接受同样也会存在着这种"混杂性",是接受、抵抗、融合、延展、异化等一系列反应的综合,它和本书的另一个关键词"延异"在逻辑内涵上也是一致的。在本书中,其实也要面对"跨语际(语境)"实践的许多问题,比如刘禾提到的"等值关系的喻说,东方与西方"、"如何翻译差异——矛盾的修辞"、"旅行理论与后殖民批判"、"主客语言与客方语言"、"国族文学与世界文学"、

---

① Lydia H. Liu, *Translingual Practice:Literrature, National Culture, and Translated Modernity-China, 1900—1937*, Stanford Junior University, 1995;中文参见北京三联出版社,2008 年。

"经典、理论与合法化"这些具体内容,同样也是本文不得不思考的。但这并不意味着我会亦步亦趋地跟着她走,因为我们讨论的是不同层次的问题。在讨论翻译差异时,刘禾引用一句意大利格言的英译来证明语言其实根本不可能是对等的:Tradutore, traditore。英语是"The translator is a betrayer"(翻译者即叛变者)。本书第二章中关于诗歌翻译一节题目即是"巴别塔上补天"——而巴别塔其实就是象征着语言的多样性和翻译的不可能性,以及人们对这种不可能性超越的逻各斯情结。也许所有的翻译正如卡夫卡所言:我们正在掘巴别塔的坑。于是,自然会有了"当词语、范畴或者话语从一种语言向另一种语言'旅行'时,究竟会发生什么?"[1]的疑问。文学翻译及其传播与接受,其实也可以视为一种"文学旅行"[2]:不论是西方向东方,还是相反,其基本的影响方式应该相似,但结果却会大不一样。中国现当代文学与思想肇始于对西方文学与思想的翻译、改写、挪用和创新。如果说以前我们因为各种条件还不充分具备,谈论的多是"由外而中"、"西学东渐"的影响,那么现在开始重视"由中而外"、"东学西渐"的相关问题应该说正当其时。

在东西方对话中,我为什么要支持北大学者们的观点,加强中国学者"诠释中国"的声音,或者希望加强"由中而外"、"东学西渐"的声音?马克思在《路易·波拿巴的雾月十八日》里讲"他们无法表述自己;他们必须被别人表述"。一个没有话语权和文化影响力的国家正如普通人一样,他们往往很容易"被""打扮"成人们喜欢的样子。今天的中国虽然日益强大,但在世界范围内仍然没有多少话语权,加强文化影响力是从政府到民间都必须做的事。我自己有个例子非常能说明问题。在出国之前,我和一个日本朋友在"798"闲逛,一起买了顶艺术化

---

[1] Lydia H. Liu, *Translingual Practice:Litterature, National Culture, and Translated Modernity-China, 1900-1937*, Stanford Junior University, 1995;中文参见北京三联出版社,2008年,第27页。

[2] 关于语言、文学和思想理论"旅行"的方式,我们可以借鉴萨义德的"旅行理论":语言思想存在着一个出发点;存在着一个被穿越的距离,一个通过各种语境之压力的通道并使语言思想获得新的重要性;存在着一组接受和抵抗的条件,使语言思想的引进和默认成为可能;存在着一种影响结果,即已经沉淀的语言思想,会在某种程度上被其在新的时空环境中的新位置、新用法所改变。

的"红星八角帽"作为留念,我并不赋予这顶帽子任何政治隐喻,我甚至解构了它的政治、历史隐喻,只是觉得很"酷",很好玩。在国内也没觉得什么,但到了国外后,我发现这顶帽子的吸引力远远大于下边的脸。时间久了,我渐渐地感受到:"红五星"这个符号在西方已经深深地和共产主义、毛泽东、朝鲜等政治意识形态的内容熔铸在一起,以至于他们直接将符号的文化象征和政治内涵与我本人联系起来,而完全忽略了它的功能不过是顶帽子。曾经有多次,走在欧洲的城市中,过往的行人往往会注视一下我的"红星",然后才顺便看我一眼。2010年世界杯期间,我在学校食堂用餐,工作人员中的一位小伙子突然非常兴奋且神秘地指着我的帽子对我说:"这是毛?"我笑了笑表示认可,然后他更加亲密地告诉我:"毛是我最喜欢的人,他是了不起的。"后来去另一个食堂用餐,刚上楼梯,一个打扫卫生的胖大婶盯着我的帽子边看边微笑,她的神情让我怀疑她是来自当年的东德,也许我的红星勾起了她年轻时的美好回忆。走到取餐台前,因为是晚餐,人比较少,那个工作人员一看到便惊呼:"Nordkorea(朝鲜人)?"我哈哈大笑,告诉他:是的,我在为朝鲜队加油!他也哈哈大笑,说朝鲜队踢得不错,然后特意给我的餐盘里多放了两勺食物,弄得我的朋友那两天打餐时总跟我抢帽子。然而,欧洲人对"红星"的理解也并非都因为神秘而充满好感,我在法兰克福遇到一个德国中年人,他看到我的帽子后直接对我说:斯大林、毛泽东不好!其实我只是想问他一下到大使馆的路怎么走而已。最有意思的是在伦敦我碰到几个年轻的外国朋友,他们指着我帽子说:"Chinese star(中国星)!"我顺水推舟地对他们说:"not only Chinese star, but also Chinese heart"(不仅仅是中国星,也是中国心)!

**五、章节等其他说明**

本书除导论、结语外,正文分为六章。

导论对全文的写作缘起、研究现状、关键词、研究范围、研究价值、研究目标、章节安排以及相关理论和方法进行说明,在写作思路上起着统领全文的作用。

第一章"中国当代文学海外接受的状况与问题",目的是站在全局的高度对当代文学的海外接受进行总结概括,帮助读者建立起初步的整体印象。第二章"出门远行:中国当代文学的海外翻译与出版"。分小说、诗歌、戏剧三节分别译介、整理了相关领域的代表性英语翻译作品,各节在介绍的基础上也提出和讨论了一些相关问题。第三章"异域的镜像:海外期刊中的中国当代文学研究",分《中国现代文学与文化》(*MCLC*)个案研究、海外期刊与中国当代文学两节。通过对《中国现代文学与文化》的研究,具体地感知了中国当代文学在美国从形成学科到跨学科化发展的边缘角色。无论是中国或海外,期刊杂志都是文学存在和传播的重要载体,也是我们观察文学生成和发展的直观缩影。基于这样的考虑,本书特意选择"海外期刊"这样一个角度来观察中国当代文学,提出中国现当代文学史书写中忽略了中国文学海外接受的问题。第四章"他山之声:中国当代文学的海外著述与学人",分为研究著作、海外学者和顾彬个案研究三节。介绍了以大陆、港台当代文学为研究对象的海外博士论文;意识形态审视下的世界社会主义文学;戏剧、诗歌、散文及其他角度的研究著作。对同样有着重要贡献,但国内却介绍不足的一些海外学者,如杜博妮等进行了译介,并对顾彬的中国当代文学研究做出了自己的判断。第五章"拓展认同:中国当代作家海外传播及其个案研究",分当代作家海外接受概述、莫言、余华三节。概述选择了王蒙、莫言、苏童、余华、阎连科、李锐、王安忆、贾平凹、韩少功、铁凝、毕飞宇、卫慧等十二位作家进行了抽样统计。通过对莫言和余华这两位最有国际影响力的当代作家的分析,我们希望能提供一些具体、准确、直观、形象的案例。第六章"中国当代文学海外认同与延异的相互'荡漾'",分为两节,从政治意识形态与文学、共通或独异的文学经验等方面,在案例中分析、讨论。

结语除对本研究现存缺陷、尚未展开的研究思路以及今后的研究设想进行说明外,在总结全书的基础上进一步提出了自己的思考。

最后,需要对本书的人名、篇名的翻译等问题做一下简要说明:凡是专有名称(如人名、书名、期刊名等),尽量采用已有的固定翻译;中文作品名努力还原,经查没有的则按照一般惯例进行翻译。为方便读者,翻译中文名同时给出英文原名,以补正翻译可能出现的问题,满足原文检索的需要。英文书名、期刊名一般采用斜体,跨章节出现的同一作品名也会附英文,注释采用脚注方式。文中出现的数字,除特定惯例外,一律采用阿拉伯数字。文中涉及多项统计,时间范围的跨度在2009至2011年之间,期间的误差不再校正,统计表格空白部分均为原始资料没有或暂时不易查证内容。部分文章、著作内容的介绍是未经作者同意从原作中翻译过来介绍的,尽管已经标明了来源,还是需要特意在此说明一下,感谢这些作者的辛勤劳作,极大地方便了我的研究。

# 第一章 中国当代文学海外接受的状况与问题

## 第一节 政治美学的"混生"与"延宕"
——中国当代文学海外接受的发展

中国当代文学的翻译与出版很早就启动,整体来讲,中国当代文学的海外接受大体经历了从"本土到海外"的译介转变,从"政治到艺术"的审美转变,从"滞后单调到同步多元"的时代转变这样一个历程。与之相应,如果我们必须找到一个能够高度概括海外中国当代文学发展特点的名词,笔者以为应该是"政治美学"。"政治美学"(Political Aesthetics)在西方或国内尚未成为一个公认的学术概念,但作为一个名词却早已开始使用,如本雅明对艺术哲学的思考,伊格尔顿在《美学意识形态》中的相关论述,郎西埃《美学的政治》等。同样,中国的"政治美学"至少可以从毛泽东的文艺思想算起,作为一种学术提法则大约是新世纪以后的事[①]。本书对"政治美学"的内涵是基于如下意义上使用的:它是一个中性的概念,主要指政治和美学相互的渗透与影响;既考虑政治当中的美学因素,也考虑美学之中的政治内容;它是二者的某种关系共同体,可以综合反映二者在一定时间和空间范围内的变化与衍生的相关问题。如果从这个意义上来看中国当代文学海外接受的发展,那么,其特点可以概括为"混生"与"延宕"。即:中国当代文学的海外传播与接受过程中,政治和美学的各种因素始终混合在一起,经过不同时代和区域的过滤后,虽然其形态和"浓度"发生了变化,却依然无

---

① 如2003年11月19日至22日,《文艺报》社与南京师范大学文学院联合主办的"回归实事:政治美学与文艺美学"学术研讨会。《南京师范大学文学院学报》2004年第1期上发表了骆冬青等人一组讨论文章,这一概念开始渐渐出现在文章标题里。

法完全切断二者的联系;同时,这种"混生"又非简单的叠加关系,而会根据不同的文化、时代语境的变化,发生从整体到局部、个人等不同层次的"延宕",使得文学产生出在政治和美学之外更复杂的其他意味来。

### 一、"从本土到海外"的译介转变

按照大陆文学史的惯例,我们把 1949 年以后的中国文学称为"当代文学",但作为"前史"的当代文学海外翻译却在建国前就已经开始。以丁玲为例,英译本《我在霞村的时候》(龚普生译),早在 1945 年就由印度普纳库塔伯出版社出版了①。日本投降后,曾先后翻译了丁玲的《自杀日记》、《一月二十三日》等,并且出版日文版《我在霞村的时候》(《人间》1947 年第 2 卷第 2 期,冈崎俊夫译)。1949 年新中国成立后,仅苏联就翻译出版了丁玲的《太阳照在桑干河上》、《新中国的文学》、《指路星》等十种作品,同年美国《生活与文学》第 60 卷第 137 期也发表了 G. 别格雷译的《入伍》,保加利亚索菲亚工会出版社翻译出版了《太阳照在桑干河上》。至 1950 年,《太阳照在桑干河上》就已经有五个译本,分别是:苏联俄文版、匈牙利文版、波兰文版、罗马尼亚文版和丹麦文版。我没有做更大规模的调查,但根据掌握的资料来看,建国初的中国当代文学翻译,其主体仍然是从"现代文学"延伸过来、并且被当时主流文学接纳的一些作家。丁玲的当代译介很有代表性,甚至具有某种象征的意味。从政治意识形态的角度讲,她的作品同时被当时的两大阵营关注;从对外宣传的角度讲,她开启了通过文学展现新中国社会与文学现状的大门;从作品本身来说,艺术和政治纠结在一起,这些特征在建国后的当代文学译介中是比较普遍的。

同样是中国当代文学的翻译与出版,我们应该注意区分大陆、港台和海外几种渠道的不同特点。以笔者对中国当代文学与海外期刊的研究情况为例(具体内容参阅本书相关章节),大陆 1951 年创办的

---

① 宋绍香:《丁玲文学在国外》,《岱宗学刊(泰安教育学院学报)》,1999 年第 3 期。

《中国文学》(Chinese Literature)，香港在70年代创办的《译丛》(Renditions：A Chinese-English Translation Magazine)杂志，以及海外更多的期刊，其办刊的着眼点和作品背后的选择意识还是有着明显区别的。不同时代、语境的期刊，其潜在的政治和审美意识形态有着复杂而微妙的表现；同一期刊，也会随着历史的发展表现出不同的阶段特征，"政治美学"的"混生"效应在这些期刊中若隐若现，"延宕"出许多值得体味的内容来。以大陆的《中国文学》为例，该刊连续出版到2000年，即使在"文革"期间，这份专门负责对外宣传的英文期刊居然也没有中断过，这多少令人觉得像个奇迹。让人不由得会想："文革"期间，究竟是什么原因使得它能存活下来？而2000年又是基于什么样的原因导致了这个品牌期刊停办？《中国文学》作为大陆对外译介的头号功臣，围绕着它，一定发生过很多有趣的故事，而这些故事的背后往往又会连带出更多政治、社会、经济、文化的关系，很值得单独做更多的研究。

图1 《中国文学》1953年度期封面

哈佛的期刊资料显示，"文革"初期，《中国文学》有一年的出版是比较特殊的，是很薄的一个合订版，内容明显减少了很多，这一出版结果的前后究竟隐藏着哪些不为人知的故事？笔者猜想，该刊在"文革"中存在下来一个重要原因就是：它承担了对外宣传毛泽东思想和"文化大革命"的历史使命。联想一下1968年，法国的"五月风暴"，日本的"全学共斗会议（全共斗）"学生武斗运动等，这种猜想不能说没有道理，在下文的分析中也会得到进一步的证实。笔者在哈佛燕京学社图书馆曾浏览过这些期刊，仅从封面来看，也可以感受到其中的时代变化和不同阶段的风格。燕京学社图书馆里最早是从1953年春季第一卷开始，封面很简单，灰蓝色的封皮上方是白底黑字的英文"中国文学"，中间是胡乔木、茅盾等人的文章目录；下边是古朴的动物图腾花边。后来封面变成了

第一章　中国当代文学海外接受的状况与问题

非常简单的中国民俗画面,虽然每期的内容并不一样,但整体风格却显得简朴隽永,令人觉得十分清新、亲切。从1966年10月号起,封面变得越来越"革命"化了,如这一期的封面:上半部是一幅革命宣传画,下半部则是期刊名等信息。画面的背景是一片"红",毛主席像太阳一样散发着光辉,在一位中国工人兄弟铁拳的领导下,世界各国人民斗志昂扬、奋勇向前——手里依然拿着枪。开始时,我还在疑惑,新中国都已建立十几年了,为什么这些工农兵要拿着枪一副打倒反动政府的样子?仔细分辨出那些人包括外国友人时,我才明白这幅画意思:在毛泽东思想照耀下,世界各族人民团结起来,解放全世界!从1969年第1期起开始引用毛主席语录,当期是"工人阶级必须领导一切!"刊物目录包括现代革命京剧《海港》、三个革命故事、《毛主席最新指示》、革

图2　《中国文学》1966年10期封面

命诗歌四首等,文学批评的题目是《农民批判文艺当中的修正主义路线》。翻阅整个"文革"期间的内容,基本都保持了这种风格。联系前文,1966年10月号的封面图正好回应了我的疑惑,对外宣传毛泽东思想和中国的革命理论,团结世界人民,解放全世界的共产主义理想,很有可能成了保护这份期刊的革命法理依据。并且,这种"输出"也确实影响了海外的革命运动。除了著名的法国"五月风暴"外,日本的"全共斗"其实也直接学习了中国"文革"。当时东京大学的正门上悬挂着"造反有理"、"帝大解体"的标语,京都大学也悬挂出了同样的标语,神田甚至

图3　日本东京大学门口悬挂的口号

变成了神田学生"解放区"①。另一个例子是著名的"文革"红卫兵诗歌《献给第三次世界大战的勇士们》,"痴人说梦"一般地演绎了那一代人的革命浪漫主义情怀和英雄主义的气概。诗歌的语言和想象力其实还是不错的,全诗从为牺牲的战友扫墓献花写起,回忆了他们战斗的一生。如"摘下发白的军帽,献上洁素的花圈,轻轻地,轻轻地走到你的墓前;用最挚诚的语言,倾诉我那深深的怀念"。中间有一段可以说勾勒出了当时人们设想的毛泽东思想进军路线图:"我们曾饮马顿河水,跨进乌克兰的草原,翻过乌拉尔的高原,将克里姆林宫的红星再次点燃。我们曾沿着公社的足迹,穿过巴黎的大街小巷,踏着《国际歌》的颤点,冲杀欧罗巴的每一个城镇,乡村,港湾。我们曾利用过耶路撒冷的哭墙,把基督徒恶毒的子弹阻挡。将红旗插在苏伊士河畔。瑞士的湖光,比萨的灯火,也门的晚霞,金边的佛殿,富士山的樱花,哈瓦那的炊烟,西班牙的红酒,黑非洲的清泉",正如诗歌本身所诉说的:"我们愿献出自己的一切,为共产主义的实现。"不得不承认:不论是社会的现实,还是诗歌的幻想;主动的宣传还是被动的传播,通过文学进行意识形态的宣传,输出自己的革命理论,并对海外确实起到巨大的影响,也许"文革"做得反而比现在更为成功。

图 4 《中国文学》1978 年 1 期封面

1978 年起,《中国文学》从封面到内容又出现了明显的变化。该年第一期封面是名为《金光闪耀的秋天》的山水画,画面内容是从高处俯瞰延安的景象,宝塔山下一片繁荣景象,充满了生机和希望。该期首篇是小说节选,名为《新生活的建设者们》。在"回忆与颂歌"栏目下是《难忘的岁月》和《民歌四首》,还包括小说故事、艺术注解、古典文学和一些绘画艺术作品。到 1984 年,期刊封面变成了铜版纸,刊名也增加

---

① 关于文革对日本的影响,参阅〔日〕马场公彦《"文化大革命"在日本(1966~1972)——中国革命对日本的冲击和影响》,《开放时代》,2009 年第 7 期。

了"小说、诗歌、艺术"三个限定。如该年春季卷,画面继续回归到中国水墨画,是一个放牛的小孩站在牛背上,试图用手探抓树枝的景象。并且在扉页上有了关于期刊的介绍、主编(此时是杨宪益)和版权声明等内容,该期包括邓刚、陆文夫、史铁生三人的小说,巴金在日本京都的演讲(《我的生活和文学》)等专栏,还有艾青的诗歌九首等,内容和篇幅明显更加丰富和厚重。1999年封面是一幅有现代艺术特点的绘画,封面上推荐了本期要文,其他没有太大变化。关于《中国文学》停刊的原因,从网上看到一份杨宪益外甥写的采访资料,解释停刊的理由竟然只有两个字:没人。"经费有,钱没问题。我们依靠人,党的书记何路身体不好,我爱人戴乃迭身体不好。我离休了,除此之外,四五人都不行,没人了。"①果真如此,我倒觉得因为没有合适的人而停掉这个品牌期刊,也体现了一种勇气、责任和值得敬佩的精神。

香港的地位比较特殊,在很长的一段时间内,起着东西阵营交流的"中介"作用。1973年香港中文大学翻译研究中心创刊的《译丛》(Renditions)也是一份很有代表性的期刊,对中国文学的海外传播有着非常重要的贡献。从1973年至今每年分春秋两季出版两期(1997年是合集),往往是图文并茂,每期篇幅约十五万字左右,译介范围包括古代文学经典、现当代散文、小说、诗歌及艺术评论等各种体裁作品,地域范围包括大陆和港台。《译丛》通常每期会围绕一个主题刊载

图5 《译丛》创刊封面

译作,如"古典文学"、"二十世纪回忆"、"当代台湾文学","张爱玲"、"后朦胧诗"等。按照刘树森的统计:"《译丛》发表的译作70%为约稿,译者大多为经验丰富的翻译家,或擅长翻译某种体裁的作品并对某一作家素有研究的人,从而保证了翻译质量有较高的水准。自由投稿

---

① 赵蘅:《杨宪益妙语如珠"有一说一":老了啥都不做了》,《文汇读书周报》2010年12月30日,http://news.xinhuanet.com/book/2010-12/30/c_12933177.htm。

有90%来自香港或英美等国研究中国文学的学者,其中60%出自母语并非汉语的译者之手,香港译者的稿件约占10%;其余10%的自由投稿来自大陆的译者"[1]。经过多年的发展,《译丛》逐渐地扩大其国际影响力,被誉为"了解中国文学的窗口"。纵览《译丛》三十多年的目录,如果和《中国文学》比较的话,就会发现二者在作品选择风格上有着明显的区别。为了直观地感受,我们选取2010、1997、1985、1973四年为例来观察。

图6 《译丛》2010春季卷封面卷封面

2010年秋季第73卷以诗歌为主,包括杜甫的《秋兴八首》,万爱珍(Wann Ai-jen)的诗五首,根子诗二首,韩东诗四首,叶维廉关于诗人商禽的文章,鲁迅《科学史教篇》,薛忆沩《老兵》,北岛《我的美国房东》,还有一些书评。1997年合集分为小说、散文、诗歌三大块,在近三十位作者中,笔者有所了解的似乎只有《飞毡》的作者西西(1996),其他的基本都不熟悉,但从作者名和篇名来看,应该是以港台作家为主的一期。1985年春季卷的内容也分为小说、散文、诗歌三块:小说有冯梦龙、端木蕻良和刘心武(《黑墙》),散文有柏杨的《丑陋的中国人》等;诗歌有古典诗歌和当代诗歌翻译(李煜和北岛、江河、杨炼等)。1973年秋季卷创刊号的内容也大概分为小说、诗歌和艺术欣赏几类,小说包括鲁迅的《兄弟》等,诗歌既有王安石的,也有当代女诗人的作品,还有一些关于翻译的文章等。如果和前文介绍的《中国文学》比较,就会发现:首先是《译丛》在整体上并不是以大陆当代文学作为主要译介对象,早期它对香港作品的译介多有侧重,后来才渐渐地有了对大陆当代文学的关注;其次,它没有大陆那么明显的意识形态宣传的味道,更多地从文学本身出发进行编辑。再次,就其办刊风格来看,它没有像《中国文学》那样剧烈的时代变化。

---

[1] 刘树森:《香港中文大学翻译研究中心与翻译系简介》,《中国翻译》,1994年第5期。

## 第一章　中国当代文学海外接受的状况与问题

即使对比 1997 年香港回归前后,也不觉得有"激烈、动荡"之感。《译丛》实实在在地以高质量的翻译,向海外尤其是英语读者传播、译介了大量的中国文学,当然也包括许多著名的当代文学作品。比较这两个期刊,它们还有一个共同特点就是:由期刊演绎出专门的出版丛书。如《中国文学》从 1981 年起,衍生出"熊猫"丛书①,并于 1986 年成立中国文学出版社,专门承担出版英、法两种文字《中国文学》杂志、"熊猫"丛书。而《译丛》也从 1976 年起,开始编辑出版《译丛丛书》,1986 年底又推出《译丛文库》。二者均为汉译英文学系列丛书,不定期出版。先后推出《唐宋八大家》和《史记》等古代典籍,也有韩少功、莫言等当代作家的小说集。关于这两个期刊与中国当代文学的关系,我们在第三章"被忽略的'文学史'——从海外期刊看中国当代文学"一节里还会有专门论述。

　　随着中国对外开放力度的加大,过去由政府控制、主导的对外译介局面渐渐地被打破,除了香港这个"中介"角色外,海外出版机构也更多地直接加入到对中国当代文学的翻译出版中来。笔者对中国当代文学的小说、诗歌、戏剧,不论是作品集还是作家个人,都做过大量的统计整理。以中国当代小说作品集和作家作品英译情况为例(参见第二章"跨语境叙述:中国当代小说翻译"一节内容),统计显示:中国当代小说 60 部英译作品中,由中国大陆出版 13 部,主要的出版机构是外文出版社、熊猫书屋、新世纪出版公司;香港出版了 4 部,出版机构有香港联合出版社、香港中文大学《译丛》。可以看出,外文出版社和熊猫书屋承担了新中国成立以来最主要的译介任务,而香港的译丛等出版机构也是中国文学海外传播的重要力量。相对于我们主动的文化输出,海外出版机构对中国当代文学的大力引进是中国文学海外传播的主要贡献者。在 60 部作品集中,约三分之二强的作品均由海外出版机构完成,其中,美国和英国又占了绝大多数。上世纪 70 年代之前,中国英译小说的出版机构以北京的外文出版社为主,当然也有外国出版机构的作品,如 1953 年由

---

① 关于"熊猫丛书",请参阅外文局民刊《青山在》2005 年第 4 期所载《中国文学出版社熊猫丛书简况》一文,有具体书目。

K. M. Panikkar 编辑，Ranjit Printers & Publishers 出版的《中国现代小说》(*Modern Chinese Stories*)。70年代以后，海外出版机构越来越多地参与进来，渐渐形成了"本土译介"和"海外译介"相结合的格局，发展到今天，那些最有代表性的作家如莫言、余华、苏童的作品，都是直接将版权出售，由海外出版机构翻译出版。可以看出，虽然中国当代文学从开始就有海外出版机构参与其中，不过就整体而言，还是大致经历了一个由"本土译介"向"海外译介"的转型过程。近年来，随着中国不断地加强文化的战略输出，中国当代文学的海外译介模式变得越来越多，呈现出政府主导与私人拓展、本土与海外合作等更灵活多样的局面。

法国、德国、意大利、日本、韩国等国的出版机构，越来越多地直接参与翻译出版中国当代文学作品，使得同一个作家，往往也会有多种语言的翻译版本。如果说早期的文学翻译，还可以通过一些权威部门取得相对准确的翻译出版信息，现在则因为不断开放的文化交流政策以及作家们的私人交往等原因，已经很难准确地统计究竟有哪些作品被翻译成多少种文字出版了。好在国内外的翻译出版，都是在相同的中国当代文学发展背景下进行的，因此虽然在编译取向上会有差异，但同时也能反映出某些相似的共同趋势，这些都是我们进一步研究时需要注意的地方。

## 二、"从政治到艺术"，"从单调滞后到多元同步"

中国当代文学的海外接受大致地经历了"从政治到艺术"的审美转变，并且这一过程仍然没有结束。在当代文学史上，讨论文学和政治的关系是件让人感到既纠结又必需的事情。经过几十年的文学"被"政治化、国家化的历史语境后，今天的文学就像一位成功逃婚的新娘，一方面极不愿意被"丈夫捆绑"（英语中 husband，即丈夫的本意是指用带子捆绑之意）失去自由；另一方面，她似乎又很难逃脱委身于"丈夫"的角色。文学之于政治，正如女人之于男人，总让人欲语还休，欲罢不能。

中国当代文学海外接受从政治到艺术的审美转变，我们可以从海外相关研究著述中得到比较直观的印象。根据笔者对海外中国当代文学研究著述的整理（详细内容请参阅"他山之声"一章相关内容），上世

第一章 中国当代文学海外接受的状况与问题

纪 50 年代初到 70 年代末,海外出版的各类中国当代文学研究著作几乎都具有强烈的政治意识形态色彩。在西方甚至专门有"世界社会主义文学"或者"共产主义下的文学"这样的命名。这意味着海外尤其是早期对中国当代文学的接受,首先是把它视为"世界社会主义文学"的一个组成部分,强调意识形态的分析、注重与苏联模式的比较、并从历史根源上探寻这一文学形态的发展过程。此类研究成果很多,如上世纪 50 年代的《共产中国小说》(*Fiction in Communist China*),《中国文艺的共产进程》(*The Communist Program for Literature and Art in China*)等。

七八十年代之交,当时中国文学呈现的"喷涌"状态和繁多的文学事件、广泛的社会影响、对外开放的态度都促使海外研究也进入到一个活跃期。这一阶段的海外文学研究总体上"意识形态"在慢慢减弱,但仍脱不了"社会学材料"的观察角度。从时间上来讲,这一研究模式一直持续到 20 世纪 80 年代以后才有所松动,海外学界对于中国当代文学的研究整体上开始淡化意识形态,原来的研究模式密度渐渐降低,开始出现角度更加多元的研究著述。到了 90 年代后,这种趋势更加明显。一方面,虽然仍然有从政治意识角度出发的研究,另一方面,过去那种单调的社会学式的政治意识研究角度得到了拓展和丰富,出现了更多从文化、语言学、艺术本身来欣赏、研究的著作。这种趋势不光在对中国当代文学的综合研究中如此,在小说、诗歌、戏剧、电影等专题或分类文学中同样如此。除了政治意识形态的分析外,增加了诸如性别研究、女性主义、美学、现代主义、后现代主义等各种理论视角。但必须承认的是,即使到今天,海外对中国当代文学的接受也不会全然从审美出发。在我对部分海外学者进行问卷调查或直接访问的过程中,以美国为例,他们对当代文学的定义甚至已经扩展到了整个"文化"领域,文化解读的潮流远远地多于基于文本的审美阅读。欧洲的情况和美国略有不同,在法兰克福书展期间,我发现虽然仍然不乏通过小说了解当代中国的人,但他们确实也有审美的角度。德国作家马丁·瓦尔泽在和莫言交流时,就明确表示了他对莫言作品艺术性的赞赏。余华作品《兄弟》在美国和法国的接受,从各种评论来看,一方面仍然体现了小说的"当代性"社会意义。同时,小说中语言的幽默、精彩的故事、人物的悲欢等艺术性因素也被这些评论关注,显示了今天海外对中国当代文学的接受,绝非过去那样完全是浓重的意识形态猎奇,不过也不要指望他们彻底放弃通过小说了解社会的所谓纯粹审美阅读。我觉得今天海外对莫言、余华等人的接受,其实正好进入到了一种正常的状态:不同的人按照自己的需要解读小说,有的纯粹只是娱乐一下;有的仍然从中评论当代中国社会;有的寻找不同于本民族的生命故事和人生经验;另外一些感受其中的幽默语言、他族故事,还有各种可能的思想等等。

笔者以为早期海外对中国当代文学的接受其实也相当类型化、模式化,能跳出窠臼、有独到见解的研究成果并不多见。通观整个海外中国当代文学研究,整体上基本经历了由意识形态向文学审美回归、由社会学材料向文学文本回归、由单极化向多元化发展这样一种趋势。促成这种转变的原因,并不见得仅仅是海外文学思潮的变化,我更愿意相信这是因为中国当代文学这个"皮"的变化,决定了海外接受"毛"的基本走向。在这个基础上,海外思潮的变化和国内文学的发展形成了极为丰富的互动局面,共同导致了由政治到文化艺术的审美转变。

中国当代文学海外接受另一个整体趋势是"从单调滞后到多元同步"的时代转变。这里的"单调"主要指海外对中国当代文学接受的角度单一,不论是读者还是学者,正如前文所分析的一样,往往局限于政治意识、社会学这样的角度。"滞后"则指作品翻译和海外研究往往会比国内出版晚上几年。这种滞后的原因在早期更多的是因为政治限制、中外交流的渠道不畅通,后来则更多地表现为作品筛选、翻译需要一定的时间等原因造成。翻译滞后的现象存在于小说、诗歌等各个方面。笔者印象深刻的是关于中国当代戏剧的英译情况(详见第二章"西洋镜下看戏:中国当代戏剧的翻译与研究"一节内容),如果说"中国当代戏剧经历了上世纪六十年代的辉煌,七十年代的凋零,八十年代初期复苏,自1985年以来至今处境一直困难"的话①。那么中国当代

---

① 参见《当代戏剧之命运:论戏剧黄金时代一去不复返?》,《佛山日报》2003年12月18日,该文介绍了魏明伦等人的戏剧观点。

戏剧的翻译出版确实也佐证了这个判断。当代戏剧的两个上升繁荣期,即60年代和80年代初,却正好是海外翻译出版相对缺少的时候;而它的两段低潮期,即70年代和90年代后,恰恰是翻译出版比较繁荣的时期,并且70年代的翻译出版多集中在60年代的剧目上;90年代以后的翻译出版则更多地集中在80年代初的剧目上。这显然和翻译出版的相对滞后有着明显的联系。这种现象也同样存在于80年代以前中国当代小说的翻译中,但80年代末90年代后,随着中国越来越快地融入到世界,各种交流渠道的不断拓宽,许多小说,尤其是像莫言、苏童、余华这样的名家,他们的小说海外版权,越来越快地被购买出版。按照王德威教授访谈中的意见:80年代后期,就台湾而言,大陆作家的小说几乎是同步的,有些小说他甚至在大陆出版前就阅读到了原文。如果考虑到某些小说生产的敏感性,台湾或海外的接受甚至比大陆还要早。比如余华的最新作品《十个词汇里的中国》就是首先出台湾版;大陆即使出版,估计也得删掉许多内容。再如阎连科的《四书》,现在正由台湾筹备出版,大陆的出版似乎还没有列上日程。再比如早期从大陆出去的海外华人作家,如严歌苓、虹影等,她们往往保持两条路线,其作品的接受是从海外逆向输送到国内。如果说这些例子稍显特殊,余华的一段话也许充分说明了今天的海外接受几乎和国内是同步的:"《兄弟》在国外获巨大成功以后,我又面临一个新的问题,这是我以前没有面对过的。虽然《活着》、《许三观卖血记》也在国外陆续地出版,但我还真没有为此到国外做过宣传。《兄弟》是第一次。等到写完《兄弟》之后一年多,我开始写新的长篇小说的时候,《兄弟》在国外的出版高峰到了,就要求你必须去做宣传,你就得去。"①余华的这段话清楚地表明,他的《兄弟》海外版与国内的出版时间差仅为一年。事实上,根据余华作品的翻译统计,以《兄弟》为例,2006年大陆出版后:同年推出越南语版,2007年出韩语版,2008年出版法语、日语版,2009年出英语、德语、西班牙、斯洛伐克语版等,意大利语版也是分2008、2009年推出上下部。可以看出,从国内到海外,虽然不同国家的出版时间会略有

---

① 王侃:《余华〈兄弟〉,我想写出一个国家的疼痛》,见当代文学网。

差别,翻译滞后的时间已经大大缩短,有的甚至几乎是同步的。

**结语**

中国当代文学的海外接受,除了从本土到海外、从政治到艺术、从单调滞后到多元同步的历史发展特征,以及政治美学的"混生"与"延宕"的总体特点外,当然还有许多其他的特征,也潜藏着许多亟待挖掘的问题。比如语言对于沟通的重要性以及其中的误解;不同国家、民族交流的共同经验和不同感受;不同语境对于作品造成的"延异"和认同等。我曾在德国和美国分别和当地同学聊起余华小说《活着》中的一个细节:福贵的儿子死后,他背着妻子家珍,走在回家的路上,看着月光下的路面,余华说那上面仿佛撒满了盐。我简单讲述这个故事的情节后,问两个外国朋友,他们能否体会到"盐"这个意象在这里的妙用?两人都说不知道。我把这个问题请教于哈佛大学的田晓菲教授,她表示别说外国人,即使中国人也未必都能体会到这种文化或文学上的艺术细节。之所以讲起这个事例,是想说明,海外对中国当代文学的接受充满着误读与错位,也充满着意义的再生产和不同语境的混生效果。考虑到语言翻译的障碍,不同文化的隔膜,民族国家在世界地位中的变迁,不同欣赏者各自的学识体验,这一切都让海外接受变得繁丰起来。尽管我努力地想把握中国当代文学海外接受的特征与规律,同时我也感到了这种努力的困难。我不过是在这繁华纷乱的景象中提出一些自己的看法,而事实将会客观地纠正我看法的谬误之处。行笔至此,笔者突然想起和顾彬教授访谈时他说过的一句话:最后的知识,我们是得不到的。

## 第二节 通与隔
——中国当代文学海外接受的问题

在研究中国当代文学海外接受的过程中,我尝试着和许多海外学者进行了书信沟通,如美国俄亥俄州立大学的邓腾克(Kirk Denton)教授、马里兰大学的刘剑梅教授、康涅狄格学院的黄亦兵教授等,他们热情的回复给予我极大的帮助。利用去美国访学的机会,笔者除了查找

第一章 中国当代文学海外接受的状况与问题

资料外,也和哈佛大学的王德威教授进行了一次关于中国当代文学的访谈。在这之前,我也收到了来自华盛顿大学的伯佑铭(Yomi Braester)教授对我调查问卷的回复。我们将从这份调查问卷和访谈开始,探讨一些中国当代文学海外接受的问题。

### 一、一份调查问卷与一次访谈

我对伯佑铭教授的调查问卷和王德威教授的访谈,基本都是围绕着中国当代文学海外接受的相关问题展开。他们的回答也有许多互相印证之处,并且和我自己的统计信息以及阅读感受也基本保持了一致判断。针对伯佑铭教授的研究情况,我一共问了他六个问题。第一个问题是:通过哪些途径了解中国当代文学?如订阅期刊、影视宣传、朋友推荐、凭着自己兴趣去发现。经常关注哪些(中外)文学期刊?并请他写出最常参考的期刊、学者、著作的名称。他的回答首先指出在美国,"当代文学"的概念已经至少在十年前就被重新定义,正如他参与编辑的"中国现代文学与文化"(他特别用英语大写的方式"as modern Chinese literature AND CULTURE"突出了"文化"),包括流行音乐、影视等都已纳入到"当代文学"的研究范围。并且认为传统的"汉学"时代已经结束,在今天全球化的背景下,如果不从更广大的学科视野中出发,已经很难理解中国当代文学与文化了。在这样广大的一个领域中,有成百上千份期刊和更多的出版物,他经常阅读的包括 MCLC, JAS, JMLC, *Modern China*, *Screen*, *Cinema Journal* 和另外一些想不起来的读物。中文资料方面,他经常使用中国知网(CNKI),学者方面更多地阅读戴锦华、陈平原、陈晓明、汪晖和许多其他学者的著作,名单列出来恐怕有上百位。

第二问是他个人比较喜欢的中国当代文学作家、作品有哪些,以及喜欢的理由。他回答说有很多。在举例时列出张贤亮作为代表,还有王朔和王小波,刘心武、冯骥才、王蒙以及其他一些城市文学,但这些并不包括他最喜欢的一些作者——即那些电影制造者。这一点我能理解,因为伯佑铭教授目前的研究主要集中于电影方面。从他喜欢的这些作家名字来看,基本都是上世纪八九十年代的作家,他的研究转型显然使他没有阅读更多的当代文学新作。王德威教授在访谈时曾提到:笔者可能会对美国很失望,如果是基于文本的文学性研究,原因是现在很多人都在搞文化评论,从文化评论再转接到政治、后殖民评论。虽然他表示对文学定义的改变会持更加宽容的态度,但就他本人而言,还是会坚持文学文本的阅读与分析,避免使用晦涩的西方理论。我第三个问题是:您持续阅读中国当代文学作品吗?是什么原因使您持续或中断阅读中国当代文学?就您的个人阅读史而言,您觉得中国当代文学有什么明显的变化?海外的研究又有什么明显的变化?伯佑铭的回答如下:"近年来,我已经很少有时间阅读基本的文学作品,每年需要看近200部电影,我尽量阅读翻译成英语的每部新作品(我能接触到的),我的职业活动让我很少有时间阅读更多的作品。英语作品的翻译更重要一些,因为可以用于本科生的教学。近年来海外中国当代文学的变化正如第一个问题里提到的,多学科研究的趋势正在不断加强,并且渐渐地从传统的'中国研究'领域中溢出。"当我在第四问中请他列举一下2008年以来读过的中国当代文学作品,他回答说没有读过任何作品(I haven't read any of them),但又补充道:"我的阅读名单取决于在中文书店里比较突出位置的那些作品。"伯佑铭教授的回答从另一个方面验证了王德威教授的判断:今天在美国的中国文学研究者,还有多少人在及时地阅读中国最新的小说作品?如果问起他们贾平凹的《古炉》、王安忆的《天香》,大概没有多少人了解吧。第五个问题是:您认为中国当代文学如果想扩大在海外的影响,从国家到作家以及中国学者还需要在哪些方面做出努力?教授表示现在唯一能切实做好的是:使用好的翻译者,比如像葛浩文、白睿文(Michael Berry)等。王德威教授在访谈中也持同样观点,当我问到目前中国当代文学海外传播与影响存在着哪些问题时,他表示"这个问题也可以说不是问题吧。传播第一最重要的条件就是translation,translation,translation(翻译)"。翻译是目前中国文学海外传播最需优先着力解决的问题,《中国现代文学与文化》主编邓腾克教授在问卷回信中也持同样的观点。

最后一个问题是关于中国当代文学在海外受到关注、研究、传播

第一章 中国当代文学海外接受的状况与问题

的原因。我列出了若干选项：如中国国际影响力的提升自然地带动了中国当代文学的国际影响；中国政府通过各种大型国际活动加强中国文化、文学的对外输出；中外意识形态差异造成的阅读兴趣；文学改编后的电影在国际上的获奖影响带动了人们的阅读兴趣；中外作家、学者越来越多的国际交流；海外汉学研究机构与翻译者、学者的积极推动；中国当代文学中的异域风景、民俗风情、地方特色、传统文化等；中国当代文学既有自身独特的文学经验表达，又体现了世界文学共通的特性，应当成为世界文学的一个组成部分；部分优秀的中国当代文学的写作观念与艺术性已经达到世界水平，得到世界性的关注也是应该的；只是为了客观反映中国当代文学创作现状，因此对其各类文学创作都要有所译介等。伯佑铭教授认为以上原因都有，没有做出更详细的解释。王德威教授因为是访谈，有机会对这些原因做出次序上的选择和详细的解释。

在以上各类原因中，王德威首先非常同意国家发展带动的国际影响力。他认为文学永远是地理、政治的，即有 politic（政治）的。综合国力和国际影响对于作家的海外传播真的存在影响，虽然大家都不怎么谈。中外作家、学者的交流也确实起到了一定的推动作用。中国当代文学既有自身独特的文学经验表达，又体现了世界文学共通的特性，应当成为世界文学的一个组成部分。教授觉得这个很难定义，因为对国外的人大概也谈不上，国外一般读者的领会力其实是有限的，这一点和我对两位外国朋友的提问以及田晓菲教授的判断也一致。王德威特别肯定了部分优秀的中国当代文学的写作观念与艺术性已经达到世界水平，得到世界性的关注也是应该的。他认为"好就是好，一向就相信这个，而且你是很不一样的"。但不管怎么样，还是要经过翻译的介绍，所以跟政府是有关系的，这是一个很细腻的、很慢的、大型的翻译计划，需要慢慢地推动，尤其是在学校里的推广，在中文系里有好的翻译作品。

那么，中国当代文学如果想扩大在海外的影响，从国家到作家以及中国学者还需要在哪些方面做出努力？王德威认为首先和一个国家的综合国力、国际影响力确实有关。虽然我们觉得文学在理论上，应该独立于国家机器之外,作家本身的才华,还有他所期望的一个好的阅读环境,才是文学影响扩大的真正理由,所以如果最简单、最浮面地回答,就是作家写出好作品。同时,他也认为这不过是一种乌托邦的说法。因为文学确实跟地理、政治、国家的形象、异国情调都有关系,作家写出好作品之外,还需要有好的文化代理人,这个代理人的形象可能是海外翻译者,或者学者教授,也可能是一个更细腻的国家级文化机构的操作跟资金。他提到一个例子:哈佛和中国作协搞了一个中美作家论坛,作协有个人让他们安排一个哈佛大学讲软实力的、经济系的教授作个报告。这个人大概听说是软实力,就觉得应该安排经济学教授对文学讲软实力,这显然是完全不懂状况的安排。因为安排这样一个经济系的教授来讲软实力,不但侮辱了中国作家代表团,也侮辱了他们邀请来的其他作家。所以最后拒绝了,请了哈佛自己的文学教授。这个例子很形象地说明了,中国当代文学需要什么样的文化代理人,以及这些文化代理人应该如何细腻地操作文化事业。

### 二、流通环节的海外接受——多重视野看问题

阅读国内某些媒体关于中国当代文学的报道时,笔者往往会形成一种印象:中国当代文学海外接受状况正在改善,形势一年比一年好。虽然事实确实如此,但媒体语言的暗示,舆论的导向,同时会给读者造成一种夸大事实的印象,就像一个孩子刚刚学会蹒跚走路,她的妈妈却向周围的邻居们夸耀说:"看,我家的孩子昨天自己去外面散步了,回来还给我拿了朵花呢。"国内某些媒体的宣传在好多事情上都有这种倾向,好像中国当代文学真的在国外已经形成相当的影响力一样。事实是,海外的许多书店甚至根本找不到翻译过去的中国当代文学,如果有,数量也少到几乎可以忽略。法兰克福书展期间,波恩最大的书店里有一个小架子上专门列出莫言《生死疲劳》、余华《兄弟》等中国当代小说;书展结束一个多月后,我再去找就发现那个小专柜已经撤了。在国内开题时拟定的论文思路,由于图书资料的缺少在海外根本没法展开,不得不另起炉灶。中国当代文学在海外的实际接受状况究竟如何?造成这一状况的原因又有哪些?也许我们应该倾听更多不同角度的

第一章　中国当代文学海外接受的状况与问题

声音。

不论是2009年法兰克福书展期间的见闻,还是笔者在海外的其他亲历体验,都告诉我们中国当代文学海外接受并不如想象的那么乐观,其海外接受既有良好的发展机遇,也面临着许多现实困境。有个小例子可以十分形象地说明中国当代文学在海外的实际影响力:作为世界上最著名的法兰克福书展的主席,博斯应该比绝大多数德国人对中国图书了解要多一点,对于最喜欢的中国文学作品这个问题,他给出的答案是"梁山泊的故事"。笔者对此也深有感触,在海外书店如果能找到中国方面的书籍,往往是古典和政治两大类的最多。这也难怪媒体会惊呼中外版权巨大的贸易逆差:中国作家出版社社长何建明坦言,中国当代文学走出去不易,得到广泛认可更为不易。仅以作家出版社为例,五年出版170部外国作品,而国内作家版权输出、译介到国际上只有5部①。以至于苏童小说《碧奴》的译者、日本中央大学的饭塚容教授认为:"今后中国小说的翻译恐怕大部分都要靠大学的研究经费支持才行。"②王安忆《长恨歌》的英译出版也验证了这一看法:白睿文把译好的《长恨歌》拿给一家出版社,后者一听是中国当代文学就表示没有兴趣。在白睿文的竭力推荐下,出版社方面勉强看了部分译稿后同意出版,但提出书名要改成《上海小姐》——理由是有这样一个书名做噱头,"肯定能卖得好"。最后忠实于原名的《长恨歌》(The Song of Everlasting Sorrow)由美国哥伦比亚大学出版社出版。

影响当代文学海外接受的因素很多,如不同作家作品风格在海外接受状况也会很不一样。笔者发现一个有趣的现象,王安忆、贾平凹在国内的文学影响力应该和莫言、余华、苏童相差不大,但在海外市场上却有较明显的差距。按照顾彬教授的意见:他以前没有发现《长恨歌》;可是最近因为讲学的需要,重新读了《长恨歌》,包括英文和中文版。就直接的阅读印象而言,他一改对中国当代小说的恶劣印象,觉得

---

① 应妮:《文化观察:中国当代文学的"世界梦"》,参考中国新闻网2010年09月06日。http://culture.people.com.cn/GB/22219/12641196.html
② 毛丹青:《中日当代文学的逆差现象说明了什么》,《北京晚报》,2010年04月19日。

这部作品非常好,甚至有可能是建国以来最优秀的小说之一。王德威教授在访谈中也肯定了这部作品,提到当初台湾出版社犹豫是否出版时,他认为实在太精彩了,应该出。他认为王安忆的作品不容易读进去,所以会影响到她的海外接受效果。贾平凹对于自己作品的海外接受情况有比较清醒的认识。他在一次采访中谈到:"十几年前,一个国外博士生来找我,说太喜欢《废都》了,要买下它的海外版权。那时候中国作家都没有海外出版的经验,我的态度更是无所谓,谁要谁就拿走。可这位译者的中英文水平都不怎么样,译到一半就译不下去了,前面译的那一半,出版社也嫌差不肯出。版权在他手里就一直攥着,直到几年前,才交给了比较有名的汉学家葛浩文。"[①]贾平凹总结这些年和海外打交道的三点感受是:一,中国文学最大的问题是"翻不出来",比如《秦腔》,翻出来就没有味道了,因为它没有故事,净是语言;二,中国目前最缺乏的是一批专业、优秀的海外版权经纪人。比如《高兴》,来过四五个谈海外版权的人,有的要卖给英国,有的要卖给美国,后来都见不到了。他以前所有在国外出版的十几种译本,也都是别人零碎找上门谈的,他根本不知道怎么去找他们;三,要培养一批中国自己的专职翻译家。应该说贾平凹的体会是非常准确的,翻译的确是中国当代文学走向世界最大的直接障碍,尤其是对一些非常有中国传统特色、语言、民俗地理的作品,确实存在着"翻不出来"的苦衷,或者翻出也变味了。

稿酬太低、缺乏优秀的出版经纪人也是影响中国当代文学走出去的一个重要因素。西方出版界预付版税超过 100 万美元的图书屡见不鲜,有的预付版税高达 800 万美元之巨。而在中国,这一制度甚至还在雏形中。东西方文化的巨大差异以及西方社会对中国当代文学的意识形态偏见,或者阅读习惯的差异也会在二者交流间设下一道巨大的鸿沟。比如不少西方人仍然把中国当代文学视为对中国政府歌功颂德之作,还有些西方人不喜欢阅读篇幅太长的作品等。另外,我们讲故事的方式和艺术水准也的确需要提高,欧美读者是需要看质量的。这里可以举卫慧和莫言为例:卫慧以《上海宝贝》在西方可以说一炮打红,按

---

① 吴越:《铁凝、贾平凹:中国文学"走出去"门槛多》,《文汇报》2009 年 11 月 09 日。

照笔者的统计,她这本书的外译语种超过 20 种,远远地高于莫言、苏童、余华等。但是她的作品数量却仅有两本,说得不客气点,她就是典型的"一本书"。相反,莫言等人却稳扎稳打地在拓展着自己的海外市场,这和莫言等人作品的艺术性是绝对分不开的。类似的还有《狼图腾》,这可能是海外出版市场上的"新一本书"现象吧?如果站在汉学圈子以外观察几十年来的德国和西方出版界,几乎没有真正畅销的中国当代文学作品,虽然借助炒作、书展以及策划会产生一些暂时的影响,但中国当代文学海外接受的长远之计,关键还在于质量让世人能够普遍认可。

  导致中外版权交易巨大逆差、中国当代文学在海外市场所占份额不大的原因,并不见得只是我们不够努力,以美国为例,美国其实有着极强的文化孤立主义和自闭传统。按照"百分之三"的报告:百分之三只是就全门类译作而言,在小说和诗歌领域,译作比例竟连 1% 都不到——大约只有 0.7%! 2008 年以来,美国出版英译汉语文学作品分别为 12 种、8 种和 9 种,共计 29 种,其中,当代中国内地作家的长短篇小说仅 19 种,品种少,销量低,几乎无一进入大众视野。最近三年,在美国出书最多的中国作家是莫言和毕飞宇,各出英译小说 2 种。亚马逊北美店销售榜 2011 年 1 月 11 日的排名显示,毕飞宇的《青衣》排在第 288,502 位,《玉米》排在第 325,242 位,而莫言的《生死疲劳》和《变》,排位均在 60 万名之外。以小说类的三年内新书计,10 万位之后的排名,表明其销量是非常非常低的。余华的《兄弟》(纸皮平装本)也排在第 206,596 位,姜戎的《狼图腾》(硬皮精装本)则排到了第 84,187 位,相对同胞们的其他作品而言,已属非常可观。[①] 这个统计也印证了王德威和我在访谈中提到的观点:"我们没有必要期望美国的中产阶级的读者,突然有一天拥抱中国当代文学,法国作家在美国有几个有名的?德国作家又有几个?日本的几个作家,川端康成,日本政府在 60

---

[①] 所谓百分之三,最早来自鲍克公司数年前的统计,指每年在美国出版的图书中,译作仅占 3%。纽约罗切斯特大学的学者们怀疑,3% 也属高估,遂决定创设"百分之三"计划,进行追踪和统计翻译文学所占的比例。下文资料出自《中国当代文学在美国:一少二低三无名》,《中华读书报》,2011 年 1 月 12 日第 4 版。

年代有系统地推动,在美国也不过是有一席之地。"中国从媒体到民间都充斥着一种"认同"焦虑,而且是"强势认同焦虑"。比如同样是海外接受,我们更看重欧美等发达国家,没有多少人会真正在意非洲等不发达国家地区的影响力。显然获得欧美等强势"认同",不论在是作家本人还是媒体宣传,都会多了层个人成就感或者民族自豪感。随着中国的强大,我们有理由期待更多的国际认同,与此同时,保持一颗平常心,大概更能显示出我们的自信心来。

总结一下众多意见,中国当代文学"走出去",除了我们自身生产、创作的因素外,目前最需要着力解决的问题在笔者看来有两个:其一,要有好的翻译,这是许多学者、作家、出版机构等共同反复提到的意见,是一个看似简单却要有一系列配合机制才能解决的问题。其二,要有成熟有效的文化代理机制。这里的"文化代理"包括翻译人才的培养、版权经纪人的联系、中外出版机构的合作,以及从国家政府到民间机构层面的推动等。尚未有效地建立起完善的"文化代理"机制,既是目前中国文学与文化海外传播最大的失败之处,也是我们必须着力解决的根本问题。

### 三、生产制约着海外接受——以哈佛大学图书馆的中国当代文学信息为例

哈佛大学图书馆大大小小的分馆有九十多个,其中,中国当代文学资源比较集中的图书馆有哈佛燕京学社、费正清中国研究中心(Fung Library)以及主图书馆 Widener Library,当然,还包括其他一些图书馆如 Lamont 等。美国是当前中国学研究的重镇,哈佛大学可算是重中之重,无论是从资料的丰富性还是权威性讲,哈佛大学图书馆的信息都应该很有代表性。笔者在美国访学期间,哈佛大学开放的图书系统极大地方便了我的检索和查阅。

通过哈佛大学的电脑检索系统,我们可以得到一些关于中国当代文学的宏观信息,这些信息也将为我们从整体上了解和观察当代文学海外接受,提供一些必要的支持。想起赵园老师曾在一次讲学中提醒过我们:警惕电脑检索带来的信息流失。这的确是我们这一代学人应

该注意的问题。一方面,各类学术资源的数字化给我们带来高效和便捷,另一方面也确实存在着信息和现场感的丢失等问题。首先,许多资料还没有数字资源,只能通过钻故纸堆来查阅;其次,一些有趣、有价值的信息分散于各类图书杂志里,仅仅依靠题名、关键词检索肯定会错过这些内容;再次,一些期刊、图书资料本身已经成为历史文物,只有在现场翻阅时才能更好地感受到其中沉淀下来的丰富历史信息,激发起更多的主体感觉。这正如通过 DVD 或 CD 欣赏芭蕾舞和交响乐是没法和现场欣赏相提并论一样。这一点,我是深有体会的。梵高的名画《向日葵》在图册里不知看过多少回,每次都在疑惑它究竟有什么好?2009 年 4 月有机会参观荷兰阿姆斯特丹的梵高艺术博物馆时,才真正感受并理解了梵高的艺术力量。坦白地讲,我并不是一个懂画的人,在欧洲参观过许多博物馆,对于绘画都没怎么激动过。开始我也没有感受到梵高画的力量,走马观花地看着,心里想着那么贵的门票好像有点不值当。当我站在那幅举世闻名的《向日葵》(只是其中的一幅)和另外几幅画前时,我仔细地远观近看,终于看到了一些令人惊奇的力量。那些浓重粘稠的画泥构筑成的画面似乎活动了起来,静止的画面变得流动起来,沉默的画面好像变成了一个发狂呐喊的人,我不禁目瞪口呆了;我能感受到梵高当时作画时的心情,想象他骄狂作画时的样子。颜料或浓或淡,用凝固的方式完好地保存了梵高当时每一笔的心境。我觉得自己体内有一种莫名的激动和骄躁,这种感受随着他笔画的延伸也在起起伏伏,舒缓张弛。因此,在哈佛大学图书馆,虽然有些资料我已通过网络找到了 PDF 文件或相关目录,仍然会习惯性地翻阅,寻找和纸张文字亲密接触的那种感觉。如北京出版的《中国文学》,从 1953 年至 1999 年,我在燕京学社资料室两排书架中间的小桌子上,用了大半天时间,大致翻看了一遍,从封面、纸张印刷、作品目录中感受了四十多年当代主流文学的变化。

不过从统计意义的角度讲,在一个设计合理、信息全面的检索系统中,确实可以为我们提供许多值得参考的宏观信息。如哈佛大学图书馆 2011 年 2 月 17 日检索信息如下:

表格1:哈佛大学图书馆中国当代文学检索信息表

| 检索公共词 | | Contemporary Chinese（中国当代） | | | |
|---|---|---|---|---|---|
| 中文 | 区别词<br>英文 | Literature<br>（文学） | Fiction<br>（小说） | Poetry<br>（诗歌） | Drama<br>（戏剧） |
| 网络 | Online | 68 | 27 | 54 | 38 |
| 出版日期<br>三年内 | Publication Date In the last 3 years | 25 | 9 | 10 | 3 |
| 十年内 | In the last 10 years | 104 | 43 | 50 | 26 |
| 所有 | All years by decade | 295 | 133 | 143 | 81 |
| 作者编者 | Author/Creator | 1066 | 576 | 509 | 331 |
| 形式 | Format | 8 | 5 | 6 | 6 |
| 书 | Book | (346) | (118) | (109) | (53) |
| 存档 | Archives/Manu | (61) | (23) | (46) | (33) |
| 声音 | Sound recording | (2) | (1) | (3) | |
| 音乐 | Music score | (2) | | | |
| 期刊 | Journal / Serial | (2) | (1) | | (1) |
| 图像 | Image | (1) | | (1) | (2) |
| 影音 | Video/Film | (1) | (2) | (1) | (6) |
| 电脑数据 | Computer / Data | (1) | | (1) | (1) |
| 语言 | Language | 16 | 10 | 18 | 12 |
| 英 | English | (255) | (122) | (129) | (75) |
| 中 | Chinese | (55) | (25) | (26) | (9) |
| 法 | French | (13) | (5) | (10) | (6) |
| 德 | German | (9) | (3) | (7) | (4) |
| 西 | Spanish | (6) | (4) | (7) | (5) |
| 藏 | Tibetan | (4) | | (3) | |
| 意 | Italian | (3) | (2) | (4) | (2) |
| 俄 | Russian | (2) | (2) | (2) | (3) |

续　表

| 检索公共词 | | Contemporary Chinese（中国当代） | | | |
|---|---|---|---|---|---|
| 中文 | 区别词<br>英文 | Literature<br>（文学） | Fiction<br>（小说） | Poetry<br>（诗歌） | Drama<br>（戏剧） |
| 日 | Japanese | (2) | (2) | 以下略 | (2) |
| 希伯 | Hebrew | (1) | | | (1) |
| 犹太 | Yiddish | (1) | | | |
| 阿 | Arabic | (1) | | | |
| 波兰 | Polish | (1) | (1) | | |
| 拉丁 | Latin | (1) | | | |
| 葡 | Portuguese | (1) | (2) | | |
| 荷 | Dutch | (1) | | | |
| 韩 Korean | | | (1) | | (1) |
| 分类 | Genre/Form | 152 | 82 | 140 | 103 |
| 科目/对象 | Subject | 670 | 273 | 424 | 246 |
| 地区 | Region | 61 | 19 | 44 | 23 |
| 时期 | time period | 36 | 23 | 31 | 24 |
| 人物 | person | 699 | 266 | 700 | 332 |
| 其他 | Other Title | 13 | 12 | 11 | 6 |
| 丛书 | Series | 88 | 38 | 37 | 15 |

虽然这个统计数据有一定的误差，但因为在同样的系统中检索，我们可以忽略误差，来观察中国当代文学海外翻译与出版简况。首先，就中国当代小说、诗歌、戏剧三大类型而言，小说显然在整体上占有优势，戏剧相对数量不足，诗歌却表现出有趣的特征：它明显优于戏剧的翻译传播，除了个别数据外，表现甚至并不逊色于小说，这和国内小说绝对一统文坛的局面显然很不一样，显示出诗歌在海外独特的传播特征。

从出版时期来看，在过去三年、十年和所有总数里，小说和诗歌的总体数量差不多,并且增幅比例也比较接近,大概在1:5:15之间;而戏剧大约为1:9:27。这个比例说明戏剧在近年来的翻译不如小说和诗歌稳健、迅速。研究成果总数涉及的编、作者数量比例大体为1:4,小说、诗歌、戏剧的数量都超过三百人。在成果形式里,图书出版占据了绝对的优势,其次为各种档案材料和手稿。而资料语言中,英文和中文分列第一和第二,其他较大的语种主要有:法文、德文、西班牙文、意大利文、俄文和日文等。接下来的几个统计项目都是检索系统为了更好地区分这些对象,进行了更为精确的分类,我们这里不作讨论。

如果说上表因为存在误差还有失准确的话,我们想通过更准确地分类检索再来比照一组数据。我把检索条件设置为:中国当代文学→(科目)中国文学史与批评→(语言)英语,以及用同样的方法检索小说、诗歌、戏剧时,得到的统计信息如下:

**表格2:哈佛大学图书馆中国当代文学精确检索信息表**

| 检索公共词 | | Contemporary Chinese(中国当代) | | | |
|---|---|---|---|---|---|
| 中文 | 区别词 | Literature 文学 | Fiction 小说 | Poetry 诗歌 | Drama 戏剧 |
| | 英文 | | | | |
| Subject区别选项(/前后表示两个不同选择的数据,/后空白表示没有数据) | | 文学史与批评 | 小说史与批评/中国小说英译 | 诗歌史批评/中国诗歌 | 戏剧史与批评 |
| 出版日期 三年 | Publication Date In the last 3 years | 4 | 0/1990s:8 1980s:6 | 1/1 | 0 |
| 十年 | In the last 10 years | 12 | 2/1970s:1 | 5/10 | 3 |
| 所有 | All years by 10 decade | 33 | 14/1950s:1 | 10/15 | 10 |
| 对象:时期 | Subject: 20 century | 27 | 12/ | 8/ | 8 |
| 作/编者 | Author/creator | 41 | 17/17 | 12/ | 10 |

## 第一章 中国当代文学海外接受的状况与问题

表二的数据应该非常准确地反映了表中几个对比对象。因为在"Subject(分类对象)"一栏里,会同时呈现不同的选项,如小说除"小说史与批评外",还有"中国小说英译"(16 条)、"中国文学史与批评"(14 条)、"中国小说"(12 条)等诸多选项,所以在小说和诗歌里增加了一项对比数据,以便得到更多的统计信息。以表中"中国小说英译→(语言)英语"为例,出版年代又详细分为 1950 年代、1970 年代、1980 年代、1990 年代。同样,诗歌选项为"中国诗歌"时,时期一栏里又细分为 20 世纪和 21 世纪,出版数量分别是 8 和 2。综合这些信息,我们可以发现小说、诗歌、戏剧的整体特征仍然和"表格 1"类似,即小说和诗歌是中国当代文学海外传播的主体,戏剧次之。在"小说英译"的出版时间方面,数据显示上世纪 50 年代有 1 部,60 年代记录为 0,再到 70 年代的有 1 部,八九十年代合计 14 部,这一特征既符合我们对中国当代文学史的一般发展特征,也符合我通过其他图书馆(如 WorldCat,"世界图书馆联机检索")检索得到的印象。哈佛大学因为是在英语国家,所以,显示出英语资料的绝对优势。实际上,通过其他方式检索的信息却显示:许多中国当代作家小说翻译最多的语种并不是英语,而是法语甚至越南语。

综合以上两表的信息,我们发现,制约当代文学海外接受的根本因素在于国内的创作,这一特征也同样符合小说、诗歌、戏剧的传播特点。虽然我们现在普遍地认为翻译和良好的国际文化代理的匮乏,在整体上制约着中国当代文学的海外接受,但这应该是"流通、传播"环节的重要因素,这里反映的却是"生产"方面的问题。我们常说的小说、诗歌、戏剧、散文四大类别,国内散文在文坛上的乏力表现同样也直接表现在海外接受上,有关的翻译出版、研究著述明显较少,似乎也很难占据海外学者关注的重心;国内戏剧的现实状况直接决定了海外接受的整体特点,甚至具体的年代特征也基本一致;国内小说的大一统地位,自然地决定了海外接受中,它也是最为倚重的一支力量;只有诗歌,海外表现出和国内不完全一致的特征来。文学"生产"在根本上制约着"海外接受",这一点同样也体现在作家个人的比较中。如笔者对中国当代部分作家进行了相关调查,统计显示:其一,作家知名度、写作水平在根本上决定着对外传播范围;其二,在前一基础上,才会涉及因为作家语言、文风、翻译质量、营销策略等"流通"环节造成的不同接受情况。关于海外传播的发展与接受,当然还有着许多精彩有趣的细节内容,这里我们只是提供一些宏观、整体的感受,笔者将努力在以后章节的研究中呈现出更多的信息和结论。

# 第二章　出门远行:中国当代文学的翻译与出版

## 第一节　跨语境的叙述
### ——中国当代小说翻译

语境即言语环境,包括语言因素和非语言因素。这一概念最早由英国人类学家马林诺夫斯基在1923年提出,并区分为"情景语境"和"文化语境"。我们这里侧重于从社会、文化语境的角度来理解,即不同时代、地域、民族文化、风俗习惯、文化传统等对同一小说文本的接受区别。有一个棘手的问题:当一个文本从某种文化语境中诞生并翻译到另一种文化语境后,从研究对象来看是否仍然统一?尽管可能存在许多值得争论的问题,本书是在承认其统一性的基础上进行讨论的。因为我们认为一部作品经过翻译出现在其他文化语境中,正如一道光从空气进入水里,虽然会有折射现象,但水里的光仍然是光。如此理解的话,文学翻译可以视为一种跨语境叙述。如果我们把不同语境中的各种译本和其母本仍然视为统一的对象,视为同一对象的不同变异,那么我们对某一作家或作品的全面研究,就不能仅仅停留于他原有语境的范围内,而是同时要考察它在其他语境中的表现。从这个角度来看,我们对很多作品的研究其实是很不全面的,同一研究对象会被不同的时代、语境等"切割"、"分裂",因此培养和建立一种世界性视野的文学研究模式也成为需要考虑的问题。

介绍和研究中国当代文学海外翻译出版状况的中文学术成果,就笔者掌握的资料而言,海外学者在此方面的工作比国内学者更系统、深入和细致,产生了一些较有参考价值的成果。如2002年牛津大学Red M. H. Chan的博士论文《翻译的政治:英语世界中的后毛时期中国大陆小说》(*Politics of Translation:Mainland Chinese Novels in* the Anglophone World During the Post-Mao Era），重点讨论的就是"文革"结束至 21 世纪初中国大陆小说的英译。杜博妮、雷金庆（Kam Louie）《21 世纪中国文学史》，除了正文的资料外，还附有大量中国当代文学作品翻译目录；雷金庆和 Louise Edwards 编著，台北中国研究中心 1993 年出版的《中国当代小说英译目录与批评，1945—1992》（Bibliography of English Translations and Critiques of Contemporary Chinese Fiction, 1945-1992）；齐邦媛、王德威编，印第安纳大学 2000 年出版的《21 世纪下半期中国文学评述》（Chinese Literature in the Second Half of a Modern Century: A Critical Survey）等。这些英文著作中包含了大量中国当代文学作品及相关研究著作的信息，对它们的合理利用和有益借鉴可以帮助我们更好地理解中国当代文学走向世界面临的许多问题。相对来讲，国内学者在这方面的研究似乎尚未充分展开，讨论的界面相对狭窄，缺乏宏大和系统的研究视野。仅从资料的丰富程度来看，既缺少量的积累，也缺少质的分析，甚至连基本材料的译介都显得很随意。

**一、中国当代小说合集翻译**

中国当代小说翻译除了单独的小说集外，还有一种是和诗歌、散文等混合在一起的综合类作品集，数量并不是很多，但却是早期海外翻译的重要形式。这些作品集虽然不是专门的小说集，但因为编选质量较高，在海外的影响力却很大，是我们研究海外中国当代小说翻译时必须注意的对象。它们编选的作品时间范围覆盖了现代和当代文学，作品种类则包括小说、诗歌、散文等。有些作品集也会有所侧重，如 1995 年哥伦比亚大学出版刘绍铭（Joseph Lau）和葛浩文编《哥伦比亚中国现代文学选》（Columbia Anthology of Modern Chinese Literature），当代文学的数量似乎整体略多一些。其他较有影响的综合类小说合集，按照出版年顺序，这里列出部分有代表性的作品集：1980 年印第安纳大学出版社许芥昱、丁望编《中华人民共和国文学》（Literature of the People's Republic of China）；1990 年斯坦福大学出版社出版萧凤霞编《大地、农民、知识分子、城市：现代中国小说与历史》（Furrows, Peasants, Intellectuals, and the State: Stories and Histories from Modern

China);1995 年纽约 Garland Publishing 出版方芝华译《20 世纪中国小说》(Chinese Stories of the Twentieth Century)等。

专门的小说作品合集呈现出数量大,种类多,译介持续时间长的特点。但如果严格地限定成大陆当代小说作品合集(不包括单独翻译出版的作品),并考虑到影响力的因素,数量也并不多。种类多是指小说作品翻译的种类并没有集中在某些内容上,虽然某些类型小说会相对集中,整体上却呈现出丰富的多样性,如伤痕、现代主义、寻根、少数民族、女性、港台、异议文学、先锋文学、报告文学、回忆录等。如香港联合出版社 1979 年出版的《伤痕:1977—78 年文化革命新故事》(The Wounded: New Stories of the Cultural Revolution 1977—78);美国纽约 Hippocrene 书屋 1983 年出版的《新现实主义:文革后的中国写作》(The New Realism: Writings from China after the Cultural Revolution);兰登(Random House)书屋 1989 年出版的《春竹:中国当代短篇小说选》(Spring Bamboo: A Collection of Contemporary Chinese Short Stories)等。单独的当代小说作品翻译当然很早就开始,就小说作品集的翻译来说,也从建国初开始一直持续到当下,并呈现出某些时代特征来。值得一提的是,现代中国小说集的翻译在新中国成立之前就开始了它的跨语境叙述之旅。如 1937 年纽约 Reynal& Hitchcock 出版埃德加·斯诺(Edgar Snow)编的《活在中国》(Living China),应该是最早的英译中国现代文学选集之一。其他如 1946 纽约大西洋艺术出版 Chia-Hua Yuan 和 Robert Payne 编《中国当代短篇故事》(Contemporary Chinese Short Stories);1944 年纽约哥伦比亚大学出版王际真译《中国当代小说》(Contemporary Chinese Stories)等。为了更直观地了解中国当代小说作品集的翻译出版状况,我们筛选了部分中国当代小说集,进行列表介绍和研究。

**表格 3:海外部分中国当代小说作品集整理表**

(注:按出版年排序)

| 中文名/译名 | 外文名 | 编、作者 | 出处、说明 | 年份 | 备注 |
|---|---|---|---|---|---|
| 中国现代小说 | Modern Chinese Stories | K. M. Panikkar | Ranjit Printers & Publishers | 1953 | 综合 |

续表

| 中文名/译名 | 外文名 | 编、作者 | 出处、说明 | 年份 | 备注 |
|---|---|---|---|---|---|
| 三年早知道及其他故事 | I Knew All Along and Other Stories | | 北京：外文出版社 | 1960 | |
| 播云集：中国短篇小说选 | Sowing the Clouds: A Collection of Chinese Short Stories | | 北京：外文出版社 | 1961 | |
| 种子及其他小说 | The Seed and Other Stories | | 北京：外文出版社 | 1972 | |
| 中国现代小说 | Modern Literature From China | Walter Meserve | 纽约：NYU Press | 1974 | 综合 |
| 中文被禁写作 | Proscribed Chinese Writing | Robert Tung | London: Curzon Press | 1976 | |
| 革命起源：中国现代短篇小说选 | Genesis of a Revolution: An Anthology of Modern Chinese Short Stories | Stanley R. Munro | 新加坡：海涅曼教育图书 | 1979 | |
| 中国当代小说 | Stories of Contemporary China | Winston Yang 等 | NY: Paragon Books | 1979 | |
| 伤痕：文革新小说1977—78 | The Wounded: New Stories of the Cultural Revolution 1977—78 | | 香港联合出版社 | 1979 | |
| 本是同根生：中国现代女性小说 | Born of the Same Roots: Stories of Modern Chinese Women | Vivian Hsu | Bloomington: IUP | 1981 | 女性 |
| 百花文学 | Literature of the Hundred Flowers | 聂华苓 | 纽约哥伦比亚出版社 | 1981 | 2 vols. |
| 中国现代故事与中篇小说（1919—1949） | Modern Chinese Stories and Novellas, 1919—1949 | 夏志清 | 纽约哥伦比亚出版社 | 1981 | 现代 |

续 表

| 中文名/译名 | 外文名 | 编、作者 | 出处、说明 | 年份 | 备注 |
|---|---|---|---|---|---|
| 野百合花，毒草：人民中国的异议之声 | Wild Lilies, Poisonous Weeds: Dissident Voices from People's China | Gregor Benton | London: Pluto Press | 1982 | |
| 中国当代七位女作家 | Seven Contemporary Chinese Women Writers | | 北京熊猫书屋 | 1982 | 女性 |
| 三十年代以来故事 | Stories from the Thirties | | 北京：外文出版社 | 1982 | 2 vols |
| 新现实主义：文革后中国的写作 | The New Realism: Writings from China after the Cultural Revolution. | | NY: Hippocrene Books | 1983 | |
| 顽强的野草：文革后中国大众争议文学 | Stubborn Weeds: Popular and Controversial Chinese Literature after the Cultural Revolution | 林培瑞 | 印第安纳大学出版社 | 1983 | |
| 毛的收获：中国新一代声音 | Mao's Harvest: Voices from China's New Generation | Helen Siu & Zelda Stern | 牛津大学出版社 | 1983 | |
| 香花毒草：中国短篇小说选 | Fragrant Weeds: Chinese Short Stories Once Labelled as Poisonous Weeds | W. J. F. Jenner | 香港联合出版社 | 1983 | |
| 中国当代短篇故事 | Contemporary Chinese Short Stories | | 北京，熊猫书屋 | 1983 | |
| 中华人民共和国的文学与政治 | Literatur und Politik in der Volksrepublik China | Rudolf G. Wagner | Frankfurt: Suhrkamp | 1983 | 德国 |

续　表

| 中文名/译名 | 外文名 | 编、作者 | 出处、说明 | 年份 | 备注 |
|---|---|---|---|---|---|
| 玫瑰与荆棘：中国小说的第二次百花时期（1979—1980） | Roses and Thorns: The Second Blooming of the Hundred Flowers in Chinese Fiction, 1979—1980 | | 加州大学伯克利分校出版社 | 1984 | |
| 风过草地的风：中国现代小说十四篇 | A Wind Across the Grass: Modern Chinese Writing with Fourteen Stories | Hugh Anderson | Vic.: Red Rooster Press | 1985 | |
| 中国当代小说：为中文学生介绍和分析的四个短篇小说 | Contemporary Chinese Fiction: Four Short Stories, introduced and annotated for the student of Chinese | Neal Robbins | 耶鲁大学出版社 | 1986 | |
| 半边天：中国当代女作家文学 | One Half the Sky: Stories of Contemporary Women Writers of China | R. A. Roberts and A. Knox | London: Heinneman | 1987 | 女性 |
| 中与西：中国当下短篇小说 | The Chinese Western: Short Fiction From Today's China | 朱虹 | NY: Ballantine | 1988 | |
| 中国最佳短篇小说（1949—1989） | Best Chinese Short Stories, 1949—1989 | | 北京：中国文学出版社 | 1989 | |
| 中国科幻小说 | Science Fiction from China | Patrick Murphy and Wu Dingbo | NY: Praeger | 1989 | |

续 表

| 中文名/译名 | 外文名 | 编、作者 | 出处、说明 | 年份 | 备注 |
|---|---|---|---|---|---|
| 春水寒:中国当下短篇小说 | Spring of Bitter Waters: Short Fiction from Today's China | 朱虹 | London: Allison & Busby | 1989 | |
| 夏夜爱的燃烧 | Love That Burns on a Summer Night | | 北京:熊猫书屋 | 1990 | |
| 玫瑰色的晚餐:中国当代女作家新作 | The Rose-Colored Dinner: New Works By Contemporary Chinese Women Writers. | Edward Morin | 夏威夷大学出版社 | 1990 | 女性 |
| 当代港台女作家 | Contemporary Women Writers, Hongkong and Taiwan | Eva Hung | 香港译丛 | 1990 | 女性 |
| 中国当代女作家 | Contemporary Chinese Women Writers. | | 北京:熊猫书屋 | 1991 | Vol II |
| 条件尚未成熟 | The Time is Not Ripe Yet | Ying Bian | 外文出版社 | 1991 | |
| 现代中国小说世界 | Worlds of Modern Chinese Fiction | M. Duke | M. E. Sharpe | 1991 | |
| 中国近期中短篇小说选(1987—89) | Recent Fiction From China, 1987—89: Selected Stories and Novellas | Long Xu | Lewiston: Edwin Mellen Press | 1991 | |
| 苍白宁静:中国当代女性故事 | The Serenity of Whiteness: Stories By and About Women in Contemporary China | 朱虹 | Available Press | 1992 | 女性 |
| 中国当代女作家 | Contemporary Chinese Women Writers | | 北京:熊猫书屋 | 1993 | Vol III |

续 表

| 中文名/译名 | 外文名 | 编、作者 | 出处、说明 | 年份 | 备注 |
|---|---|---|---|---|---|
| 迷舟:中国先锋小说 | The Lost Boat: Avant-garde Fiction from China | Henry Zhao | London: Wellsweep | 1993 | |
| 众声喧哗:中国新作家 | Running Wild: New Chinese Writers | 王德威 Jeanne Tai | 纽约:哥伦比亚大学 | 1993 | |
| 天地之下 | Under-Sky Underground | Henry Zhao | Wellsweep | 1994 | |
| 我希望我是只狼:中国女性文学新声 | I Wish I Were a Wolf: The New Voice in Chinese Women's Literature | Diana Kingsbury | 北京新世纪出版 | 1994 | 女性 |
| 中国当代六位女作家 | Six Contemporary Chinese Women Writers | | 北京:熊猫书屋 | 1995 | 女性 |
| 毛主席会不开心 | Chairman Mao Would Not Be Amused | 葛浩文 | NY: Grove Pres | 1995 | |
| 弃酒 | Abandoned Wine | John Cayley | Wellswee | 1996 | 综合 |
| 西藏,系在皮绳结上的魂 | An den Lederriemen geknotete Seele: Erzähler aus Tibe | Alice Grünfelder | Zürich: Unionsverlag | 1997 | 民族 |
| 云的传说:中国纳西族故事 | Tales from Within the Clouds: Nakhi Stories of China | Carolyn Han | 夏威夷大学出版社 | 1997 | 民族 |
| 中国先锋小说选 | China's Avant-Garde Fiction: An Anthology | 王瑾 | Durham: Duke UP | 1998 | |
| 雪狮之歌:西藏新写作 | Song of the Snow Lion: New Writings from Tibet | Tsering Wangdu Shakya | 夏威夷大学出版社 | 2000 | 民族 |

续表

| 中文名/译名 | 外文名 | 编、作者 | 出处、说明 | 年份 | 备注 |
|---|---|---|---|---|---|
| 裂缝：当下中文写作 | Fissures: Chinese Writing Today. | Henry YH Zhao 等 | MA: Zephyr Press | 2001 | |
| 西藏传说：天葬、转经、风马 | Tales of Tibet: Sky Burials, Prayer Wheels, and Wind Horses | Herbert Batt 等 | Rowman & Littlefield Publishers | 2001 | 民族 |
| 红色并非唯一颜色：中国当代女同性恋小说 | Red Is Not the Only Color: Contemporary Chinese Fiction on Love and Sex between Women, Collected Stories | Patricia Sieber | MD: Rowman and Littlefield | 2001 | 女性 |
| 城市妇女：当代台湾女作家 | City Women: Contemporary Taiwan Women Writers | Eva Hung | 香港中文大学出版社 | 2001 | 女性 |
| 中国当代小说年鉴 | The Vintage Book of Contemporary Chinese Fiction | Carolyn Choa 等 | NY: Vintage Books | 2001 | |
| 蜻蜓：20世纪中国女性小说 | Dragonflies: Fiction by Chinese Women in the Twentieth Century | Shu-ning Sciban 等 | Ithaca: Cornell East Asia Series | 2003 | 女性 |
| 迷舟及其他中国新小说 | The Mystified Boat and Other New Stories from China | Frank Stewart 等 | 夏威夷大学出版社 | 2003 | |
| 中国现代女性写作在革命时（1936—1976） | Writing Women in Modern China: The Revolutionary Years, 1936—1976 | Amy Dooling | 纽约：哥伦比亚大学出版 | 2005 | 女性 |

续　表

| 中文名/译名 | 外文名 | 编、作者 | 出处、说明 | 年份 | 备注 |
|---|---|---|---|---|---|
| 欢叫的麻雀：中国当代短篇小说 | Loud Sparrows: Contemporary Chinese Short-Shorts | 葛浩文等 | 纽约：哥伦比亚大学出版 | 2006 | |
| 中国：一个旅行者的文学伴侣 | China: A Traverler's Literary Companion | Kirk A. Denton. | Whereabouts Press | 2008 | |
| 珍珠夹克及其他故事：中国当代微型小说 | The Pearl Jacket and Other Stories: Flash Fiction from Contemporary China. | Shouhua Qi | Stonebridge Press | 2008 | |

上表共列出从建国初到当今国内外出版的各类中国当代小说作品60部。其中，由中国大陆出版13部，香港出版4部。可以看出，外文出版社和熊猫书屋承担了建国以来最主要的译介任务，而香港的译丛等出版机构也是中国文学海外传播的重要力量。相对于我们主动的文化输出，海外出版机构对中国当代文学的大力引进是中国文学海外传播的主要贡献者。在60部作品集中，约三分之二强的作品均由海外出版机构完成，其中，美国和英国又占了绝大多数。当然，因为我们主要以英译为主，所以本表并不能显示出非英译作品的出版状况，事实上，法国和德国也出版了不少中国当代小说作品。表中显示，1970年代以前出版数量相对较少，一共有3部，其中2部是由外文出版社译介，所选作品多是当时的主流小说。从1970年开始，如果以十年为一个单位，出版统计结果为：1970年代出版6部；1980年代出版20部；1990年代19部；2000年后12部；其中，以1979—1985年的出版最为集中，6年内多达17部。从翻译出版来看，中国文学的海外传播和国内文学的发展关系密切，80年代被称为文学的黄金年代，海外传播也显示了金光耀眼的特征来。但如果把90年代和80年代相比较的话，就会发现，在我们感叹"文学失去了轰动效应"、感叹文学不断边缘化的90年代，

其海外传播的力度却并不见得失落多少。从翻译出版作品的类型、内容来看:除少数作品集是以"现代文学"为主或包括现代小说外,当代小说中女性文学、少数民族文学、先锋小说、异议文学等构成了主体。除此之外,还包括诸如科幻小说、微型小说等类型,在多样化形态中也显示出相对集中的译介兴趣。因为是作品集,所以篇幅基本都是中短篇小说,尤其以短篇小说为主。总之,通过上表,我们可以初步感受到中国当代文学海外传播的整体特征,具体到这些作品集,则各有特点,限于篇幅,这里不再详细介绍。

### 二、部分当代作家翻译出版状况

根据笔者对"中国现代文学与文化"资源中心中国作家的翻译和研究数据统计:以外文研究文章和作品翻译数量多少作为基本参照,二者都超过五篇(部)以上的大陆作家、诗人按照姓氏排列名单如下:阿城、残雪、陈染、多多、冯骥才、高晓声、格非、顾城、韩东、韩少功、浩然、胡风、贾平凹、刘宾雁、刘心武、莫言、舒婷、苏童、达石达娃、王安忆、王蒙、王朔、王小波、西川、杨炼、余华、翟永明、张承志、张洁、张贤亮、张欣欣。在这些作家中,有些作家的翻译和研究数量都会远远超出五篇(部),比如王蒙、莫言、余华、王安忆等。另有一些作家、诗人则或是翻译数量较多,或是研究数量较多,其名单按姓氏排列大体如下:毕飞宇、池莉、迟子建、海子、刘震云、马原、棉棉、史铁生、铁凝、汪曾祺、卫慧、张抗抗、张炜、赵树理。需要说明的是,这些作家的作品实际翻译情况其实很复杂。"中国现代文学与文化"资源中心对这些作家的翻译收集得并不完整,它主要收集了英译本,且仍有许多遗漏。以王蒙为例,其作品翻译语种包括英、德、法、日、俄、意等若干种,仅英语译本也有好多版本。我们这里只是一个抽样考察,并不代表这些作家的英语作品翻译只有这些。即使如此,这个名单也在一定程度上反映了中国当代作家不同时期、在海外的不同影响力。下边我们还是通过列表的方式,从上述名单中选取部分作家介绍其英译状况,以期在某种大致的文学发展史的线索中对这些作家的海外传播有一些直观的感受。

**表格 4：中国当代部分作家作品英译状况**

（注：本表以作家出生年排序）

| 作者 | 中文/译名 | 作品译文名 | 译者 | 出处 | 年份 |
|---|---|---|---|---|---|
| 赵树理 1906 | 李家庄的变迁 | Changes in Li Village. | Gladys Yang | 北京：外文出版社 | 1954 |
| | 李有才板话及其他故事 | Rhymes of Li Youcai and Other Stories | | 北京：外文出版社 | 1980 |
| 刘宾雁 1925 | 人妖之间及其他毛以后故事与报告文学 | People or Monsters? and Other Stories and Reportage from China after Mao | 林培瑞 | IUP | 1983 |
| | 告诉世界：中国发生了什么和为什么？ | Tell the World: What Happened in China and Why? | | 纽约：Pantheon | 1989 |
| 高晓声 1928 | 解约 | The Broken Betrothal | | 北京：熊猫书屋 | 1981 |
| 浩然 1932 | 丢失的小石头 | Little Pebble is Missing | | 香港：朝阳出版 | 1973 |
| | 亮云 | Bright Clouds | | 北京：外文出版社 | 1974 |
| | 雏鸟的呼唤及其他故事 | The Call of the Fledglings and Other Children's Stories. | | 北京：外文出版社 | 1974 |
| | 金光大道 | The Golden Road: A Story of One Village in the Uncertain Days After Land Reforms | Carma Hinton and Chris Gilmartin | 北京 | 1981 |

续　表

| 作者 | 中文/译名 | 作品译文名 | 译者 | 出处 | 年份 |
|---|---|---|---|---|---|
| 王蒙 1934 | 蝴蝶及其他 | Butterfly and Other Stories | | 北京：中国文学出版社 | 1983 |
| | 王蒙作品选（2卷） | Selected Works of Wang Meng(2 vols) | | 北京：外文出版社 | 1989 |
| | 布礼 | A Bolshevik Salute: A Modernist Chinese Novel | Wendy Larson | 华盛顿大学出版社 | 1989 |
| | 异化 | Alienation | Nancy Lin and Tong Qi Lin | 香港联合出版社 | 1993 |
| | 坚硬的稀粥及其他 | The Stubborn Porridge and Other Stories | 朱虹 | George Braziller | 1994 |
| 张贤亮 1936 | 绿化树 | Mimosa | G. Yang | 北京：熊猫书屋 | 1985 |
| | 男人一半是女人 | Half of Man is Woman | | 纽约：Norton | 1986 |
| | 习惯死亡 | Getting Used to Dying | M. Avery. | 伦敦：Collins | 1991 |
| | 草汤 | Grass Soup | M. Avery | 伦敦：Secker and Warburg | 1994 |
| | 我的菩提树 | My Bodhi Tree | Martha Avery | 伦敦：Secker and Warburg | 1996 |
| 张洁 1937 | 方舟 | Die Arche（德） | Nelly Ma | 慕尼黑：Frauenoffensie | 1985 |
| | 沉重的翅膀 | Schwere Flugel（德） | Michael Kahn-ackermann | 慕尼黑：Hanser | 1985 |
| | 爱，是不能忘记的 | Love Must Not Be Forgotten | | 旧金山：China Books | 1986 |

续　表

| 作者 | 中文/译名 | 作品译文名 | 译者 | 出处 | 年份 |
|---|---|---|---|---|---|
|  | 只要无事发生，什么事都不会发生 | As Long as Nothing Happens Nothing Will |  | 伦敦:Virago | 1988 |
|  | 沉重的翅膀 | Leaden Wings | Gladys Yang版；葛浩文版 | Virago Press；纽约:Grove Weidenfel | 1987 1989 |
| 冯骥才 1942 | 菊花及其他 | Chrysanthemums and Other Stories |  | 圣迭戈: Harcourt Brace Javanovich | 1985 |
|  | 神鞭 | The Miraculous Pigtail |  | 北京:熊猫书屋 | 1987 |
|  | *旋风中的声音:口述文革 | Voices from the Whirlwind: An Oral History of the Cultural Revlolution | Denny Chu, Cap Hong | 纽约: Pantheon | 1991 |
|  | 三寸金莲 | The Three-Inch Golden Lotus | David Wakefield. | 夏威夷大学出版社 | 1992 |
|  | 百花齐放 | Let One Hundred Flowers Bloom | Christopher Smith | London/NY: Viking | 1995 |
|  | 一百个人的十年 | Ten Years of Madness: Oral Histories of China's Cultural Revolution |  | 旧金山: China Books | 1996 |
| 刘心武 1942 | 黑墙及其他 | Black Walls and Other Storie |  | 香港中文大学出版社 | 1990 |
| 张承志 1948 | 黑骏马 | The Black Steed |  | 北京:中国文学出版社 | 1989 |

第二章 出门远行:中国当代文学的翻译与出版

续 表

| 作者 | 中文/译名 | 作品译文名 | 译者 | 出处 | 年份 |
|---|---|---|---|---|---|
| 阿城 1949 | 棋王 | The Chess Master | W. J. F. Jenner | 香港中文大学 | 2005 |
| | 三王 | Three Kings | 杜博妮 | 伦敦:William Collins Sons | 1990 |
| 李锐 1950 | 银城故事 | Silver City | 葛浩文 | 纽约:Henry Holt | 1997 |
| 贾平凹 1952 | 浮躁 | Turbulence | 葛浩文 | Louisiana State Press | 1987 |
| | 天狗 | The Heavenly Hound | | 北京:熊猫书屋 | 1991 |
| | 晚雨 | Heavenly Rain (Wan yu) | | 北京:熊猫书屋 | 1996 |
| | 古堡 | The Castle | Shao-Pin Luo | York Press | 1997 |
| | 废都 | La capitale dechue(法) | Genevieve Imbot-Bichet | Stock | 1997 |
| 王小波 1952 | 在爱与束缚中:王小波小说三部 | Wang in Love and Bondage: Three Novellas by Wang Xiaobo | Hongling Zhang 和 Jason Sommer | 纽约大学出版社 | 2007 |
| | 革命时代的爱情 | Love in an Age of Revolution | Wang Dun 和 Michael Rodriguez | MCLC 出版(网络) | 2009 |
| 残雪 1953 | 天堂对话 | Dialogues in Paradise. | | NWUP | 1991. |
| | 绣花鞋垫 | The Embroidered Shoes | R. Jansen 和 Jian Zhang | 纽约:Henry Holt | 1997 |
| | 天空里的蓝光及其他 | Blue Light in the Sky and Other Stories. | Karen Gernant 和 Chen Zeping. | 纽约:New Directions | 2006 |

续 表

| 作者 | 中文/译名 | 作品译文名 | 译者 | 出处 | 年份 |
|---|---|---|---|---|---|
| | 五香街 | Five Spice Street | Karen Gernant 和 Zeping Chen | 耶鲁大学出版社 | 2009 |
| | 最后的情人 | The Last Lover | Annelise Finegan | 耶鲁大学出版社 | 2010 |
| 韩少功 1953 | 爸爸爸 | Pa, Pa, Pa（法） | Noel Dutrait 和 Hu Sishe | Aix-en-Provence: Alinea | 1990 |
| | 诱惑 | Seduction（法） | Annie Curien | 巴黎:Philippe Picquier | 1990 |
| | 归去来及其他 | Homecoming and Other Stories | | 香港译丛 | 1992 |
| | 山上的声音 | Bruits dans la montagne et autres nouvelles（法） | Annie Curien | 巴黎:Gallimard | 2000 |
| 王安忆 1954 | 小鲍庄 | Baotown | Martha Avery | 纽约:Viking Penguin | 1985 |
| | 流逝 | Lapse of Time | Jeffrey Kinkley | 旧金山:China Books | 1988 |
| | 小城之恋 | Love in a Small Town | Eva Hung | 香港译丛 | 1988 |
| | 荒山之恋 | Love on a Barren Mountain | Eva Hung | 香港译丛 | 1991 |
| | 锦绣谷之恋 | Brocade Valley | McDougall 和 Chen Maiping | 纽约:New Direction | 1992 |
| | 长恨歌 | Song of Everlasting Sorrow | Michael Berry Susan ChanEgan | 纽约:哥伦比亚大学出版社 | 2008 |

续　表

| 作者 | 中文/译名 | 作品译文名 | 译者 | 出处 | 年份 |
|---|---|---|---|---|---|
| | 忧伤的年代 | Years of Sadness: Selected Autobiographical Writings of Wang Anyi | Wang Lingzhen and Mary Ann O'Donnell | Ithaca: Cornell East Asian Serie | 2010 |
| 莫言 1955 | 爆炸及其他 | Explosions and Other Stories | Janice Wickeri | 香港译丛 | 1991 |
| | 红高粱 | Red Sorghum | 葛浩文 | 纽约:Viking | 1993 |
| | 天堂蒜薹之歌 | The Garlic Ballads | 葛浩文 | 纽约:Viking | 1995 |
| | 酒国 | Republic of Wine | 葛浩文 | 纽约:Arcade | 2000 |
| | 师傅越来越幽默 | Shifu, You'll Do Anything for a Lauge | 葛浩文 | 纽约 Arcade | 2001 |
| | 丰乳肥臀 | Big Breasts and Wide Hips | 葛浩文 | 纽约:Arcade | 2004 |
| | 生死疲劳 | Life and Death Are Wearing Me Out. | 葛浩文 | 纽约:Arcade | 2008 |
| 张炜 1956 | 九月寓言 | September's Fable | Terrence Russell Shawn Xian Ye | NJ: Homa and Sekey Books | 2007 |
| | 古船 | The Ancient Ship | 葛浩文 | Harper Collins | 2008 |
| 铁凝 1957 | 麦秸垛 | Haystacks | | 北京:熊猫书屋 | 1990 |
| 王朔 1958 | 我是你爸爸 | Je suis ton papa（法） | Angelique Levi Li-Yine Wong | 巴黎:Flammarion | 1997 |
| | 玩得就是心跳 | Playing for Thrills | 葛浩文 | 纽约:William Morrow | 1998 |

续 表

| 作者 | 中文/译名 | 作品译文名 | 译者 | 出处 | 年份 |
|---|---|---|---|---|---|
| 王朔 1958 | 千万别把我当人 | Please Don't Call Me Human | 葛浩文 | 纽约:Hyperion East | 2000 |
| 扎西达娃 1959 | 西藏,系在皮绳结上的魂 | A Soul in Bondage: Stories from Tibet | | 北京:熊猫书屋 | 1992 |
| 余华 1960 | 往事与刑罚 | The Past and the Punishments | Andrew F. Jones | 夏威夷大学出版社 | 1996 |
| | 活着 | To Live | Michael Berry | 纽约:Anchor | 2003 |
| | 许三观卖血记 | Chronicle of a Blood Merchant | Andrew F. Jones | 纽约:Pantheon Books | 2004 |
| | 在细雨中呼喊 | Cries in the Drizzle | Allan H. Barr | 纽约:Anchor | 2007 |
| | 兄弟 | Brothers: A Novel | Carlos Rojas 和 Cheng-yin Chow | 纽约:Pantheon | 2009 |
| 陈染 1962 | 私人生活 | A Private Life | John Howard-Gibbon | 纽约哥:伦比亚大学 | 2004 |
| 苏童 1963 | 妻妾成群 | Raise the Red Lantern | 杜迈克 | 纽约:William Morrow | 1993 |
| | 米 | Rice | 葛浩文 | 纽约:Willian Marrow | 1995 |
| | 我的帝王生涯 | My Life as Emperor | 葛浩文 | 纽约:Hyperion | 2005 |
| | 碧奴 | Binu and the Great Wall: The Myth of Meng | 葛浩文 | 纽约:Canongate | 2007 |
| | 桥上的疯妈妈及其他 | Madwoman on the Bridge and Other Stories | | 伦敦:Black Swan | 2008 |

## 第二章 出门远行：中国当代文学的翻译与出版

续 表

| 作者 | 中文/译名 | 作品译文名 | 译者 | 出处 | 年份 |
|---|---|---|---|---|---|
| 迟子建 1964 | 超自然虚构 | Figments of the Supernatural | Simon Patton | 悉尼：James Joyce Press | 2004 |
| | 原野上的羊群 | A Flock in the Wilderness | | 北京：外文出版社 | 2005 |
| 棉棉 1970 | 糖 | Candy | Andrea Lingenfelter | 纽约：Little Brown | 2002 |
| 卫慧 1973 | 上海宝贝 | Shanghai Baby | Bruce Humes | 纽约：Simon and Schuste | 2001 |
| | 我的禅 | Marrying Buddha | Larissa Heinrich | 伦敦：Constable and Robinson | 2005 |

（注：空白部分为未查到相关信息，本表不包括单独翻译出版的作品）

作为一个样本，我们从中可以观察到哪些信息呢？从赵树理到卫慧，可以说中国当代作家经历几个不同的写作时代，海外传播也相应地经历了同样的翻译时代。也就是说，中国当代小说的海外翻译基本上与其历史发展保持了同样的步伐。当然，因为翻译的相对滞后和时代的限制，有些作品翻译"慢半拍"也是正常的。表中作家简洁地勾勒出中国当代文学发展史的主要情节，从赵树理、浩然、刘宾雁、王蒙等十七年和文革的写作开始，刘心武、阿城、张洁、张贤亮等构成了七八十年代的写作浪潮；再到莫言、王安忆、王朔等各具特色的写作，余华、苏童、残雪等的先锋写作，最后到卫慧、棉棉的流行写作，海外翻译几乎构成了中国当代文学在海外的同步发展史。正如本章开头所思考的，如果我们承认不同语境中的翻译文本仍然是统一的对象，那么，翻译作品和海外接受就会形成另一种"中国当代文学史"——可能是被我们一直忽视、变异了的文学史，我们有必要认真地思考和探讨这两者之间的关系和可能存在的启示。这种变异文学史和我们的本土文学史有着密切的联系，它们就像童话里被施了魔法变成天鹅的公主，或变成王子的青蛙，我们明明知道它们其实就是同一个对象，却不得不承认它以各种独立的形态出现在不同的语境中。除了男女性别和不同代际外，我们应该注意表中某些作家的特殊意义：如赵树理、浩然，他们在那个特殊年代被翻译，更多的是显示了一种官方意识形态；而卫慧、棉棉的出现则意味着中国当代文学的翻译渠道已经相当自由化了。如果说当年是"鲁迅走在金光大道"上，现在则可以说"金光大道上走出了上海宝贝"，是非得失尚且不说，道路上走的人多了，总也是件好事。

　　我曾讨论过大陆、港台与海外的译介角度是有所区别的，这一点也可以从表中得到体现。由大陆出版的小说集分别有：赵树理《李家庄的变迁》、《李有才板话及其他故事》，高晓声《解约》，浩然《亮云》、《雏鸟的呼唤及其他故事》，王蒙《蝴蝶及其他》、《王蒙作品选（2卷）》，张贤亮《绿化树》，冯骥才《神鞭》，张承志《黑骏马》，贾平凹《天狗》、《晚雨》，铁凝《麦秸垛》，扎西达娃《西藏，系在皮绳结上的魂》，迟子建《原野上的羊群》，香港出版的则有浩然《丢失的小石头》，刘心武《黑墙及其他》，阿城《棋王》，王安忆《小城之恋》、《荒山之恋》，莫言《爆炸及其他》。把大陆、香港和海外出版的作品放在一起比较，就会发现，大陆出版的作品风格导向相对显得正统和持重一些，香港多了些灵活和机动，海外则有点"随心所欲不逾矩"，如对刘宾雁的翻译等。作家内部的译介也因其作品特点有着微妙的区别，比如冯骥才、贾平凹、阿城、莫言等，他们的作品中有民族特色、地域风情和传统文化，大陆和海外都有译介的兴趣；而先锋作家如残雪、余华、苏童则没有被大陆翻译出版。其中的原因可能很复杂，可谁又不能说是有某种微妙的关系在制约着这种现象呢？从语言上讲，韩少功的法语译作更多一些；张洁的德译时间早，影响也大。从时间上看，有些作家的创作生命只有很短暂的一个爆发期，然后就沉寂了，能长时间保持旺盛创作力并不断扩大海外影响力的作家主要有残雪、王安忆、莫言、苏童、余华等。从表中我们也能了解到有哪些著名的翻译家和海外出版机构。综合来看，译介作品较多的作家往往也是很有代表性的作家。

## 三、世界文学的诱惑与文学翻译的困惑

"世界文学"既是一种诱惑,也是一种困惑。尽管人们对这一概念的内涵存在许多不同的理解,但它的确可以拥有相对固定或不言自明的含义。在这方面,语言和思维的微妙与魅力尽显其中。人们在对同一概念千差万别的异议中仍然可以形成某种"歧义通约",在争议中延续话题的讨论,并且不会跑题太远。我们想重点从两个角度来讨论世界文学的这种通约性理解,其一是构成,即世界文学的构成需要有其他不同民族国家文学的参与,或者说某一民族国家的文学需要被转化成别的文学存在形式。其二是文学标准,即是否存在一种放之世界皆准、具有更强普遍性和艺术性的文学标准?前者往往是通过文学翻译来完成,而后者则会引申出对世界文学截然不同的态度和观点。我们会有一种模糊的印象:文学作品被翻译成别的语言,尤其是发达资本主义国家的语言,似乎就意味着成为世界文学的一部分了;相应地,其文学价值也因为得到更广泛的承认而有所提高。总之,作品被翻译成别的语言出版潜在地隐含了一种荣誉或价值肯定,因此"文学翻译"和"世界文学"之间似乎开始划上"约等于号"。当然,很少有作家会公开承认自己很在意作品是否被翻译,或者认为自己的文学成就因为翻译而变得更加有分量,但这并不影响他们在介绍自己时提一笔作品被翻译成英、法、德、日、意……等文字。虽然"世界文学"潜在的标准未必高于某一民族国家文学,但以中国当下的现实情形来看,在人们的潜意识里"文学翻译"往往会被穿上"世界文学"行头,并产生一种"文学增值"效应,多少暗含了点"高人一等"的意思。

关于当代中国文学与世界文学的关系,有批评家如徐敬亚指出:"我们今天所说的'世界文学'并不是指亚非拉,也不是说寒冷的南极。中国当代作家没有几个会说我在非洲有广大读者,非洲给我什么奖了。我们心中暗指的,盯得更多的是西方主流的地盘,欧洲、北美西方发达国家的读者、批评界和汉学界。"另一位批评家施战军认为这种心理动因在于"关于中国文学在世界文学中的份额的焦虑。……中国作家普

遍上是愿意以有更多作品被译介到国外为目的,现在翻开很多作家的简历就会看到有这种以荣耀为表征的焦虑在。"[1]如此看来,文学翻译中也悄悄躲藏着西方中心主义的影子。随着中国的强盛和民族主义情绪的抬头,"西方中心主义"的争论越来越成为中国知识分子的话题焦点。我想首先追问的是:西方中心主义仅仅是外部强加的吗?笔者有个不成熟的想法:西方中心主义除了外部的力量外,也很可能产生于我们的内部,比如民族主义,而且是一种相对弱势的民族主义当中。何以解释?也许两个国家、民族和两个人的关系在基本逻辑的层面是相似的,相对弱势的民族主义正如处于相对弱势的人一样,它因为逐渐强大而要有和对方平等的诉求,但因为自己仍然处于相对的弱势,所以这种西方中心主义 心理因素会更强烈地被意识到。在各种不对等关系中,强者更喜欢体现自己的意志,并且这种意志往往也能成为最有影响力的标准和示范。只有当两个人或民族国家旗鼓相当时,他们才有可能做到"和而不同"、"求同存异",并且也不会产生谁是"中心"的想法和焦虑。这正如今天的英国、法国、德国甚至美国之间的关系,大致相当的历史文化和综合实力,让他们之间很难产生谁比谁更加优越的心理优势,虽然他们之间也有不同意见,甚至争吵,却很少听到这几个国家的公民在对方国境内,受到类似于亚洲人或黑人性质的歧视传闻。所以,今天当我们指责存在西方中心主义的时候,只能说明我们变得强大了,但还没有强大到懒得再说的程度。

作家们对世界文学的理解和批评家的立场有所不同,尤凤伟说:"世界上任何文字的文学作品,不论是否翻译出去,都是世界文学的一部分,如同任何国家的河流、山脉的'籍贯'都同属地球的道理一样。"他的观点更多的是从世界文学构成来谈的,从广义的世界文学角度来理解,这种说法的确可以成立。另一位作家王小妮则从价值判断、文学标准的角度来理解:"从来没有'世界文学'这样一个界定。它从来就不是,也不可能形成一个整体。汉语写作的中国作家不能因为被自己

---

[1] 张莉:《传媒意识形态与"世界文学"的想象——以"顾彬现象"为视点》,《文艺争鸣》2009年第2期,第44页。下同。

## 第二章 出门远行:中国当代文学的翻译与出版

民族以外的人的确认、了解,或者被翻译而迷惑,真的误以为自己进入了一个比原来伟大得多的、覆盖面更广阔的荣耀的群体,那个所谓的群体根本不存在。一个只有1000人所掌握的小语种的写作者,并不比1亿人中的写作者卑微渺小,被众多的人知晓常常不是什么好事,衡量一个语言的伟大和掌握这种语言的人群总数之间肯定没有关系。所以,在文学的角度上,永远没有'大国',也不会有'崛起'。"从逻辑和理想的层面来讲,我可以认可王小妮的这种理解;从现实的文学语境来讲,这种理解则只能是一种乌托邦。歌德在19世纪二三十年代,通过若干文章、信件和谈话提出"世界文学"这一概念后,它就开始变成人类文学一个张狂的诱惑,或者同时也变成了一个巨大的困惑。作为一个文学乌托邦,"世界文学"至少让我们有了超越民族国家的想象空间;作为文学地理现实,我们却依然在迷茫中没有看到可供登陆的地平线。

批评家徐敬亚、施战军和作家王小妮、尤凤伟的看法形成了有趣的对话,一个在指出文学翻译中的西方中心主义的影响焦虑,另一个似乎在戳穿"世界想象"的幻觉,消解西方中心的魔咒。可惜的是,作家的反驳虽然有理、有力,却并不能实质性地改变中国当代社会现实的世界想象心态。这个世界似乎存在许多"风干的道理",即不论是针对个人或是公众,许多道理在逻辑上存在着合法性,但在现实生活的层面往往不被接受、认可或执行。于是这些道理被"晾晒"在非现实的概念、宣讲、政策、思考……中,以一种貌似正确的姿态引导受众,人们即使承认也未必真的那么去做。道理如果和现实脱节,仅仅停留于逻辑承认的层面,就像失去水分、被风干的生命一样,不过是一种"存在的死亡"。我们这里把"文学翻译"、"世界文学"和"西方中心主义"放在一起讨论,就是想引起大家的注意,因为不论是本章中涉及的翻译问题,还是笔者在其他章节的写作中感受到的,这都是我们不得不面对的现实问题。中国当代文学的跨语境叙述虽然已经有了半个世纪的旅程,但它已经遇到和可能遇到的问题才刚刚浮出水面,需要我们做出更多的探讨和研究。

## 第二节　巴别塔上补天
### ——中国当代诗歌翻译

西方的《圣经》里讲到当时人类联合起来希望修建能通往天堂的高塔[①]，为了阻止人类的计划，上帝特意变乱人的口音，使人类说不同的语言，相互之间不能沟通，并且把人分散到世界各地，因此那座塔也被称为"巴别塔"（The tower of Babel，"巴别"即变乱之意）。巴别塔的故事其实隐含了不同语言和文明交流的问题。中国也有女娲补天的神话传说，东西方不仅对"天"都有一种原始而神秘的崇拜，并且关于人类起源的故事也有着微妙的联系。"巴别塔"和"女娲补天"的故事启发我们：尽管人类被不同的语言和文明所区分，相互间积极的沟通与合作仍然可以起到"补天"的效果——即不同语言文明可以通过交流、合作的方式来促进共同的繁荣。从这个意义上讲，"巴别塔"的变乱可能仍然在延续，女娲的"补天"也依然远未完工，现代人的各种文明交流，颇有点像站在巴别塔上补天。

对于中国当代诗歌的翻译与出版，早在《中国文学》1951年创刊版中就有杨宪益、戴乃迭译李季的诗歌《王贵与李香香》；再如1954年北京出版路易·艾黎（Rewi Alley）[②]编《人民心声：中国民间诗与民歌翻译》（The People Speak Out: Translations of Poems and Songs of the People of China）。建国初期的诗歌译介多以体现中国民间诗歌风貌为主，和那个时代的政治美学有着密切的关系。国内外在不同历史时期，都曾出版过代表性的诗歌选集或个人诗集，自然地形成了中国当代诗歌海外传播的独特样态。从这些海外中国当代诗歌集中，我们也能大致地感受到中国当代诗歌的发展与变化。上世纪80年代以后，中国当代诗歌的翻译与出版局面变得更加丰富和繁荣起来。

---

[①] 《圣经·旧约·创世记》，第11章1~9节。

[②] 路易·艾黎（1897—1987），新西兰人，1927年来华后长期居住在中国，为中国人民的解放和建设事业奋斗了整整60年。

# 第二章 出门远行：中国当代文学的翻译与出版

## 一、海外中国当代诗歌"集结"与身份的明晰化

除了少数中国当代诗人外，多数中国当代诗歌都是以"合集"的形式出现在西方翻译出版界，因此，我们有必要介绍一些重要的诗歌翻译合集。就查到的资料而言，当代诗歌的翻译出版大致可分为"文革"结束前、八九十年代和新世纪三个阶段。

"文革"结束前的海外诗歌选集数量不多，质量却不低，因为编选者比较权威，有限的几个选本各有特点。如 1963 年纽约 Doubleday 出版美国旧金山州立大学许芥昱（Hsu Kai-yu）编译《二十世纪中国诗》（*Twentieth Century Chinese Poetry：An Anthology*），这本书也是海外早期中国当代文学的代表作。笔者在哈佛燕京学社图书馆里翻阅了该书，全书大致分为四类：首先是先驱者的诗，如胡适、刘大白、朱自清、俞平伯、冰心、田汉、汪静之；其次是新月派，有闻一多、徐志摩、朱湘等；第三类是玄学诗人（metaphysical poets），只有冯

图 7　许芥昱编译的《二十世纪中国诗》

至和卞之琳两位；第四类是象征派，这一类诗人最多，包括李金发、戴望舒、穆木天、王独清、何其芳、郑敏、艾青、毛泽东等一共 25 人；最后是"新民歌"。这本诗选对一些诗人的分类，以及关注的诗人，和当时国内出版的文学史有很大的区别。首先是它选择了一大批当时大陆根本不可能展开的诗人流派；其次，对这些诗人流派的分类和今天的文学史比较，有着个人研究的鲜明痕迹。这本诗选非常典型地体现了"海外二十世纪中国文学"不同于国内的研究视野。不论是历史的回顾，还是现实的考察，海外类似于此的不同视角应该正是我们格外需要关注的内容。通过对这些著作的详细阅读与分析比较，我们会从中发现迥然不同于现行文学史的新鲜事例与研究角度，从这些一直被我们忽略或者遗忘的陌生学术领域，重新发掘或者打捞出我们一直不注意的文学史材料，在更加开阔的国际化视野中，以新的研究立场和方法来审视

我们的文学史写作与文学创作。

"文革"结束前其他的重要海外诗歌集还有：1960 年由台北 Heritage 出版,台湾诗人余光中翻译的《中国新诗》(New Chinese Poetry),可惜没有找到此书,否则很想感受一下由中国诗人翻译中国新诗究竟是什么样子？是否应该更好一些？在我的印象中,当代诗人、北大外语系毕业的西川曾和别人合译过自己的诗。另一位著名华人学者叶维廉(Yip Wai-lim)也很早开始着手中国当代诗歌的海外译介工作。1970 年爱荷华大学出版了由他编译的《中国现代诗歌：1955—1965》(Modern Chinese Poetry: Twenty Poets from the Republic of China, 1955-65),叶维廉在 1992 年由纽约 Garland 出版了《隐匿者的抒情：中国现代诗歌,1930—1950》(Lyrics From the Shelters: Modern Chinese Poetry, 1930-1950),似乎是对前一本选集的补充和回望。叶维廉的《中国诗学》是一本非常优秀的诗学专论；既对中国古典诗歌有着深厚的理解,也能很好地与西方诗学理论相比较,他的诗歌译集有很强的参考性。早期关于女性诗歌的选集则有 1972 年纽约 McGraw-Hill 出版 Kenneth Rexroth 和 Ling Chung 合作的《兰舟：中国女诗人》(The Orchid Boat: Women Poets of China)。这一时期的中国当代诗歌更多地被"包含"在"现代"、"新诗"或者"20 世纪"中,在海外似乎还没有获得相对独立的身份。

上世纪八九十年代海外出版的许多中国当代诗歌选本,渐渐开始明确"当代"身份,反响有好有坏,编译质量和选择角度呈现出混杂不齐的局面。我们这里大致按照出版年顺序分别介绍如下：1982 年旧金山中国资料中心出版 Nancy Ing 译《夏照：中国当代诗歌选》(Summer Glory: A Collection of Contemporary Chinese Poetry),这是一本英汉双语读本；1984 年香港中文大学出版社出版宋淇(Stephen C. Soong)和闵福德(John Minford)编插图版《山上的树：中国新诗选》(Trees on the Mountain: An Anthology of New Chinese Writing),是编译质量很高的一本选集。1987 年香港商业出版社出版庞秉钧、闵福德、高尔登编译《中国现代诗一百首》(One Hundred Modern Chinese Poems),也是一本中英双语读本,编译质量较好。1987 年加州大学伯克利分校出版社出版 Marlon K. Hom 译《金山之歌：旧金山唐人街粤语诗韵》(Songs of Gold

第二章 出门远行：中国当代文学的翻译与出版

Mountain：Cantonese Rhymes from San Francisco Chinatown)。该书诗歌文本是英汉双语形式，编者选译了 220 首 20 世纪初在唐人街形成的独特诗歌，有英语讲解，通过诗歌的形式对特定地区的在美华人进行很好地介绍，是一本比较有特点的诗集。1988 年纽约出版 Stephen Lane 和 Ginny MacKenzie 编《北京—纽约：中国艺术家与诗人》(Beijing-New York：Chinese Artists, Chinese Poets)，其中较早地收录了后朦胧的新诗人。1990 年夏威夷大学出版社出版美国诗人兼翻译家爱德华·莫林（Edward Morin）编译、李欧梵评介《红杜鹃：文革以来中国诗歌》(The Red Azalea：Chinese Poetry Since the Cultural Revolution)，也被认为是一本编译质量很好的诗歌选集，里边收入后毛泽东时代诗人的人数最多，范围也最广。除了朦胧诗人如北岛等之外，也收录了那些重获创作生命的老诗人的诗作。编译者还提供了很详尽的诗人生平与创作背景资料，并配有少量中文诗作。1991 年旧金山 North Point 出版 Donald Finkel 和 Carolyn Kizer 译《破碎的镜子：中国民主运动诗歌》(A Splintered Mirror：Chinese Poetry from the Democracy Movement)，存在较多问题，除了诗歌翻译乏味外，译者似乎增加了许多意译的内容。1992 年多伦多 Mangajin 图书出版 Chao Tang 和 Lee Robinson 编译《新潮：中国当代诗歌》(New Tide：Contemporary Chinese Poetry)。同年，北京熊猫书屋和纽约企鹅同时推出张明晖（Julia C. Liny）译《红土地上的女人：中国现代女性诗选》(Women of the Red Plain：An Anthology of Contemporary Chinese Women's Poetry)，则被认为鱼龙混杂，既有新出现的优秀诗人，也有毛泽东时代的蹩脚作品。（2009 年 M. E. Sharpe 又出版了张明晖的《二十世纪中国女性诗选》[Twentieth-Century Chinese Women's Poetry：An Anthology]，该书介绍了从 1920 年代到上世纪末大陆和台湾 40 位诗人 245 首诗作，对每位诗人都有一个精练的个人简介，诗作风格各异、种类繁多，比较全面地通过诗歌介绍了 20 世纪中国女性诗歌的历

图 8 《红杜鹃》英文版

史与现状。)1993年汉诺威、伦敦Wesleyan UP出版美国翻译家托尼·巴恩斯通(Tony Barstone)《风暴之后:中国新诗》(*Out of the Howling Storm: The New Chinese Poetry*),译文也被认为比较精准,收入了不少新诗。1999年Hanging Loose出版诗人王屏(Wang Ping)在美编译的《新一代:中国当下诗歌》(*New Generation: Poems from China Today*),其中已收入朦胧诗之后出现的新一代诗人的作品。这一时期大多数英译本未能收入20世纪90年代以后的汉语诗歌作品,在编选的标准、翻译的质量等方面也各有千秋。由于译介的相对滞后,使得中国当代文学的先锋诗歌看起来近似历史的陈迹。

进入21世纪以来,诗歌选集有效地弥补了前期诗集的一些不足之处。除了对经典的译介外,还涌现出一些新的尝试,在新人新作方面也有了一定的扩充,出版形式也丰富起来,既有传统的诗集、期刊,也有新兴的网络出版。如2006年悉尼Wild Peony出版Naikan Tao和Tony Prince编《中国当代八诗人》(*Eight Contemporary Chinese Poets*)分别介绍杨炼、江河、韩东、于坚、翟永明、张真、西川、海子这八位诗人。2007年诗天空出版社出版Yidan Han编《诗天空中国当代诗歌选,2005—2006:双语版》(*The Poetry Sky Anthology of Contemporary Chinese Poetry, 2005-2006: A Bilingual Edition*)。除书籍外,一些海外期刊也会不定期地推出中国诗歌专辑,翻译和介绍中国当代诗歌。如《醉船》(*The Drunken Boat*)2006、2007春夏卷"中国当代诗歌节选"翻译发表了中国当代诗人特辑,除著名诗人西川、翟永明、陈东东、于坚、多多、孙文波、欧阳江河、王小妮等外,还特意编选了藏族等少数民族诗人及海外诗人作品。《亚特兰大评论》(*Atlanta Review*)2008年14卷2期"中国"专栏介绍了当代许多著名诗人,包括蓝蓝、鲁西西、王家新、孙文波、胡续东、臧棣、韩东、树才、于坚、翟永明、杨健、王小妮、多多、肖开愚、西川等。通过检索和浏览海外中国当代诗歌的翻译与出版状况,中国当代诗歌的海外传播在整体上呈现出诗人诗作数量和范围越来越大,翻译渠道越来越宽,译介速度越来越快,译介质量也在不断提高的态势。

以上主要是大陆诗歌的出版情况。港台诗歌方面,香港诗歌选集

## 第二章 出门远行:中国当代文学的翻译与出版

相对较少,台湾在数量上和质量方面表现得突出一些。如1991年香港出版 J. S. M. Leung 编译《诗歌香港:中国诗歌英译选》(*Poetry Hong Kong: An English Translation of a Selection of Chinese Poetry*);1996年伦敦牛津大学出版 Andrew Parkin 编《海港最蓝的部分:香港诗歌》(*From the Bluest Part of the Harbour: Poems from Hong Kong*)等。台湾诗歌的海外传播与影响同台湾学者的编译有着密切的联系,这一点非常值得大陆学界借鉴。如海外诗歌研究者中,奚密(Michelle Yeh)教授对中国当代台湾诗歌的海外传播做出了重要的贡献。奚密从台湾大学外文系毕业后,获美国南加州大学比较文学硕士及博士学位,现任教于美国加州大学戴维斯分校,以现当代汉语诗歌及东西方比较诗学为主要研究对象,主要论著包括:《现代汉诗:1917年以来的理论与实践》、《现代诗文录》、《从边缘出发:现代汉诗的另类传统》、《诗生活》等。她前后独自编译或与人合作出版过不少中国诗歌选集。如1992年耶鲁大学出版社出版奚密编译的《现代中国诗歌选》(*Anthology of Modern Chinese Poetry*)在海外颇受好评,被认为是一部精当的文集,编辑、装帧和翻译都非常雅致。该诗集以台湾诗歌为主,将中国朦胧诗人和后朦胧诗时代的诗人与他们20年代的前辈以及台湾诗人作了比较。2001年哥伦比亚大学出版奚密和马悦然(Goran Malmqvist)合编的《台湾前沿:中国现代诗歌选》(*Frontier Taiwan: An Anthology of Modern Chinese Poetry*);2003年夏威夷大学出版社出版 Frank Stewart, Arthur Sze,奚密编《水星的升起:台湾当代诗歌》(*Mercury Rising: Contemporary Poetry from Taiwan*);2005年华盛顿大学出版社出版奚密、马悦然和 Xu Huizhi 编《航向福尔摩沙:诗想台湾》(*Sailing to Formosa: A Poetic Companion to Taiwan Bilingual Anthology*,取封面名),这是本双语诗选。其他台湾诗歌选集还包括1972年加州大学伯克利分校出版社出版的 Angela Jung Palandri 译《台湾现代诗》(*Modern Verse from Taiwan*);1986年比利时 Point Books 出版的 Germaine Droogenbroodt 和 Peter Stinson 编《中国中国:台湾当代诗歌》(*China China: Contemporary Poetry from Taiwan*)等。总体而言,奚密参与的诗歌选集一般颇受好评,容易赢得海外诗歌界的认可。

## 二、游走的中国诗魂：部分诗人的作品翻译与研究

中国当代诗歌的译介除了合集的形式以外，更多的诗人是以零散的形式出现在各类诗选、杂志以及网络媒介中。因其数量庞大而分散，我们这里只选择部分代表性诗人进行介绍。在海外影响力较大的中国诗人，除了北岛、杨炼[①]、多多等几位海外诗人外，大陆当代诗人译作较多的还包括艾青、顾城、舒婷、海子、西川、翟永明等，还有一些诗人则正在不断地受到关注，如王小妮等。可以看出，这些诗人以早期的"朦胧诗"派为主。就国际影响力而言，北岛等旅居海外的诗人更大一些，不论是个人诗集、诗歌译介，还是别人对他们的研究，数量都比较可观。诗人身份的变化并不能改变他们的文化属性，只要他们的诗歌依然浸润着中华文化，他们就和其他中国诗人一样，都是在海外游走的中国诗魂。

海外诗人我们以北岛为例，重点介绍他的外文诗集和一些重要的研究成果。北岛作为中国最著名的诗人之一，在海外同样也享有广泛的声誉，是许多学者的重点研究对象。杜博妮翻译了包括小说《波动》在内的不少北岛作品，经她翻译的北岛个人诗集有三本，分别是康奈尔大学 1983 年出版的《太阳城札记》(*Notes from the City of the Sun: Poems by Bei Dao*)；纽约新方向(New Directions) 1990 年出版的《八月的梦游者》(*The August Sleepwalkers*) 和 1991 年《旧雪》(*Old Snow: Poems*)。

图 9 《旧雪》封面

另外一位翻译者 David Hinton 也翻译了北岛的三部诗集，分别是 1994 年《距离的形式》(*Forms of Distance*)、1996 年《零度以上的风景》(*Landscapes Over Zero*) 和 2001 年《在天涯》(*At the Sky's Edge: Poems 1991-1996*)，都由新方向出版。此外，新方向于 2000 年还出版了一本

---

[①] 杨炼个人网站，http://www.yanglian.net/，其中提供详细的个人海外作品信息，可供研究者参考。

## 第二章　出门远行:中国当代文学的翻译与出版

由 Eliot Wienberger 和 Iona Man-Cheong 共同翻译的《开锁》(*Unlock*)。关于北岛的研究文章多得不可胜数,我们这里只介绍几位代表性的学者。如翻译了大量北岛作品的汉学家杜博妮,她先后发表过《北岛的诗歌:启示与沟通》、《探索与对抗:北岛的诗与小说之声》、《故事两则:北岛的诗与小说》等研究文章①。另一位专注于研究北岛的学者是美国亚利桑那大学的李甸(音),曾先后发表过《北岛诗中的意识形态与冲突》、《北岛翻译:阅读与批判的可译性》、《幻象:北岛与真实对话》、《北岛诗中的悖论与意义》②等研究文章。2006 年 Edwin Mellen 出版了他研究北岛的专著《抵抗与流放:北岛的中文诗,1978-2000》(*The Chinese Poetry of Bei Dao, 1978-2000: Resistance and Exile*)。和海外其他中国诗人的研究专著相比③,这本 170 页的书和所研究的对象并没有太远的距离,作者对北岛的诗进行了及时有效、广泛而深入的探讨。通过对北岛重要诗歌的细读,作者构建了理解北岛复杂诗意的三种指示路标,即"明确的个人主义"(unabashedly individualistic)和中国传统的深度同化(deeply synchronistic with traditional Chinese)以及后现代的美学策略(post-modernist esthetics)。此外,其他研究论著还有荷兰著名学者柯雷《流放:杨炼、王家新和北岛》、魏纶(Philip Williams)《反乌托

---

① *Bei Dao's Poetry: Revelation and Communication*, Modern Chinese Literature 1, 2 (1985): 225-52; *Quest and Confrontation: The Poetic and Fictional Voices of Bei Dao/Zhao Zhenkai*, Vägar till Kina: Göran Malmqvist 60 år, Orientaliska studier, 1984: 49-50; Cooperate, Suzette Cooke, *Two Stories by Zhao Zhenkai: The Poetry and Fiction of Bei Dao/Zhao Zhenkai*, Renditions 19/20 (1983): 122-124.

② *Ideology and Conflicts in Bei Dao's Poetry*, Modern Chinese Literature 9, 2 (1996): 369-86; *Translating Bei Dao: Translatability as Reading and Critique*, Babel, (欧洲国际翻译联盟的官方杂志) 44, 4 (1999): 289-303; *Unreal Images: Bei Dao's Dialogue with the Real*, Concentric: Literary and Cultural Studies 32, 1 (Jan. 2006): 197-218; Paradox and Meaning in Bei Dao's Poetry, positions: east asia cultures critique 15, 1 (Spring 2007): 113-36.

③ 其他如:Maghiel van Crevel(柯雷), *Language Shattered* (1996); Gregory Lee's *Dai Wangshu: The Life and Poetry of a Chinese Modernist* (1989); Lloyd Haft's *Pien Chih-lin: A Study in Modern Chinese Poetry* (1983); Dominic Cheng's *Feng Chih* (1979)。

邦警告:赵振开的"幸福大街 13 号"》①,也有以北岛作为博士论文的研究,如剑桥大学 2007 年 Tan Chee-Lay 的博士论文就是《构建一个不规则的体系:北岛、多多、杨炼的诗歌》(Constructing a System of Irregularities: The Poetry of Bei Dao, Duoduo and Yang Lian),以三位海外诗人为研究对象探讨了中国诗歌的相关问题。

中国大陆诗人中,我们以顾城、舒婷、翟永明、西川等为例来介绍他们的海外出版与研究状况。天才诗人顾城在海外的影响力也比较广泛。顾城被称为当代的唯灵浪漫主义诗人,早期的诗歌有孩子般的纯稚风格、梦幻情绪,用直觉和印象式的语句来咏唱童话般的少年生活,他独特的语言风格和诗歌意象吸引了许多海外读者和学者的注意。笔者查阅到他的三本英文诗集,最早一本是 1990 年香港中文大学出版社出版,森・格尔顿(Sen Golden)和朱志瑜翻译的《顾城诗选》(Selected Poems of Gu Cheng),这是一本优雅而准确的译集,其中收入的诗歌既有代表性,又很广泛,包括了顾城的三部诗集,并且对他个人情况以及他的蒙太奇式语言提供了相当多的信息。2005 年出版了顾城的另外两本诗集,分别是纽约 George Brazilier 出版、Aaron Crippen 译《无名的小花:顾城诗歌选》(Nameless Flowers: Selected Poems of Gu Cheng),其中有海波(音)提供的一些插图相片;纽约新方向出版、Joseph R. Allen 译介的《海之梦:顾城诗选》(Sea of Dreams: The Selected Writings of Gu Cheng)。以零散的方式翻译、发表的外文诗歌也有很多(出处略),如 W. J. F. Jenner 译《暂停》(Brief Stop)、戴迈河(Michael Day)译《一代人》(A Whole Generation)、《弧线》(Curves)、《感觉》(Feeling)、Gordon T. Osing 和 De-An Wu Swihart 译《远和近》(Far and Near)、《再见》(Good-bye)、《星月的由来》(The Origins of the Moon and Stars)、《一代人》(This Generation)、Stephen Haven 和 Wang Shouyi 译《火葬》(Cremation)等。关于顾城的研究,除了诗歌外,还有相当一部分集中在他

---

① Exile: Yang Lian, Wang Jiaxin and Bei Dao, Chinese Poetry in Times of Mind, Mayhem and Money, Leiden: Brill, 2008, 137-186; Dystopian Warning: Zhao Zhenkai's 'No. 13 Happiness St.' *Journal of the Chinese Language Teachers Association* 25, 1 (1990): 57-66.

的生死及自传体小说《英儿》上。如 Anne-Marie Brady《流放的死亡：顾城与谢烨的生与死》、Marian Galik《顾城的小说〈英儿〉和圣经》、黄亦冰《鬼进城：顾城在"新世界"的变态》等①。李霞对顾城做过较多的研究，如 1999 年纽约 Mellen 出版了《死亡的诗学：二十世纪中国诗人顾城的随笔、访谈、回忆录和未发表材料》（*Essays, Interviews, Recollections and Unpublished Material of Gu Cheng, Twenthieth Century Chinese Poet: The Poetics of Death*），并先后发表《顾城的〈英儿〉：向西而行》、《自我流放的湮灭：顾城的〈英儿〉》、《无名花：自然在顾城诗中和他自传体小说〈英儿〉中的角色》、《自然人的死亡：顾城的文化与自然》②等。另一位研究者是 Simon Patton，先后发表过不少研究文章，如《顾城〈英儿〉透露出的欲望与男子气概》、《诗歌预兆：顾城的朦胧美学元素》、《生命不能承受之重：〈英儿〉中顾城和谢烨的的性别、性欲和疯狂》、《对一个流浪主体的注释：顾城的诗学（1956—1993）》、《创造力：顾城早期诗歌中的对称与想象》等③。以顾城作为博士论文的研究有 1997 年英国杜伦（Durham）大学的 Inge Nielsen，其博士论文题目为《顾城诗歌的变化时期，1964—1993》（*The Changing Phases of*

---

① Dead in Exile: The Life and Death of Gu Cheng and Xie Ye, *China Information* 11, 4 (Spring 1997): 126-148; Gu Cheng's Novel Ying'er and the Bible, *Asian and African Studies* 5, 1 (1996); The Ghost Enters the City: Gu Cheng's Metamorphosis in the 'New World.', Christopher Lupke, edi, *New Perspectives on Contemporary Chinese Poetry*, NY, Palgrave Macmillan, 2008, 123-143.

② Gu Cheng's Ying'er: A Journey to the West, MCL 10, 1 (1998): 135-148; Annihilation of the Self in Exile: Gu Cheng's Ying'er (1993). *Interlitteraria* (Tartu, Estonia) 3 (1998): 200-215; Nameless Flowers': The Role of Nature in Gu Cheng's Poetry and in His Narrative Prose Ying'er, In Findeison and Gassmann, eds., *Autumn Floods: Essays in Honour of Marian Galik*. Bern: Peter Lang, 1997, 431-446; The Death of Natural Man: Culture Versus Nature in Gu Cheng, In Graham Squires ed., *Language, Literature and Culture: A Selection of Papers Presented at Inter-Cultural Studies* '98. Newcastle: University of Newcastle, 1999: 66-79.

③ Desire and Masculinity at the Margins in Gu Cheng's Ying'er, Kam Louie & Morris Low, edi, *Asian Masculinities: The Meaning and Practice of Manhood in China and Japan*. NY, London: Routledge Curzon, 2003; Premonition in Poetry: Elements of Gu Cheng's Menglong Aesthetic, *Journal of the Oriental Society of Australia* 22-23 (1990-91): 133-145; The Unbearable Heaviness of Being: Gender, Sexuality and Insanity in Gu Cheng and Xie Ye's Ying'er, *Modern Chinese Literature* 9 (1996): 399-415; Notes Toward a Nomad Subjectivity: The Poetics of Gu Cheng (1956-1993); *Social Semiotics* 9, 1 (1999): 49-66; The Forces of Production: Symmetry and the Imagination in the Early Poetry of Gu Cheng, *Modern Chinese Literature and Culture*, 13, 2 (Fall 2001): 134-71.

*Gu Cheng's Poetry*, 1964-1993)。

另一位朦胧诗人舒婷,她的海外译诗数量和规模相对较小,一些零散的译作通过香港《译丛》得以翻译,如 Richard King 译《一代人的呼声》(The Cry of a Generation),还有一些收录在《毛的收获,中国新一代的声音》中,如《渴望》(Longing),另有一些在《盐山》(*Salt Hill*)上发表,如 Gordon T. Osing 和 De-An Wu Swihart 译《路遇》(Meeting in the Old Path)、《墙》(The Wall)等。查到舒婷的两本外文诗集,分别是1994年香港译丛出版孔慧怡(Eva Hung)编译的《舒婷诗选》(*Selected Poems: An Authorized Collection*);1995年北京熊猫丛书 Gordon T. Osing and De-an Wu Swihar 翻译,William O'Donnell 编《我心如雾:舒婷诗选》(*Mist of My Heart: Selected Poems of Shu Ting*)。舒婷的海外评论文章并不多,主要在她的两个外文选集中同时附有两篇评论,另有顾彬的评论《用你的身体写作》发表在《现代中国文学》(1988年)上。作为国内最优秀的诗人之一,翟永明的诗歌也不断地走向世界,英译诗如 Tony Price 和 Tao Naikan 译《静安庄》(Jing'an Village)、George O'Connell 和 Diana Shi 译《生命》(Life)、《玩偶》(Doll)等①。另有一些诗收录在1999年 Hanging Loose 出版社、王屏编的《新一代:中国当代诗歌》中,德文版有顾彬翻译的《咖啡馆之歌》。翟永明的海外评论代表性的有 Andrea Lingenfelter 的《翟永明和夏雨诗中的反抗与适应》(Opposition and Adaptation in the Poetry of Zhai Yongming and Xia Yu)、《中国首席女诗人翟永明谈她的艺术、酒吧和中国妇女写作,过去与现在》(China's Foremost Feminist Poet Zhai Yongming Converses on Her Art, Her Bar and Chinese Women's Writing, Past and Present)②。此外还有 Naikan Tao《在夜晚建造一座白塔:翟永明的诗》、柯雷《翟永明》、张晓红《翟永明的"女人"》等文章③。

---

① *Renditions*, 52: 92-119; *Atlanta Review*, xiv, 2 (Spring/Summer 2008): 70-72.

② In Christopher Lupke ed., *New Perspectives on Contemporary Chinese Poetry*. New York: Palgrave Macmillan, 2007, 105-120; *Full Tilt* 3 (Summer 2008).

③ Building a White Tower at Night: Zhai Yongming's Poetry, *World Literature Today* 73, 3 (1999): 409-416; Zhai Yongming, In Lily Lee, ed, *Biographical Dictionary of Chinese Women: The Twentieth Century, 1912-2000*. Armonk, NY: ME Sharpe, 2003, 672-678; Zhai Yongming's 'Woman'—With Special Attention to Its Intertextual Relations with the Poetry of Sylvia Plath, Journal of Modern Literature in *Chinese* 5, 2 (2002): 109-130.

## 第二章 出门远行:中国当代文学的翻译与出版

西川的诗歌翻译发表在各类期刊杂志上或收录在有关选辑中。期刊如《译丛》(1992年37期,1999年51期)、《泰晤士报》文学副刊(*The Times Literary Supplement*,1996年10月25)、《热》(*Heat*,1996年第2期、1998第8期)、《亚特兰大评论》(2008春夏卷)、《塞内卡评论》(*Seneca Review* 2003年,33卷2期)、《醉船》(2006春夏卷)等,其中,《醉船》收入了不少由西川和另一位译者合译的诗歌。另外在《风暴之后:中国新诗》、《新一代:中国当下诗歌》、《裂缝:当下中文写作》也收录有他的一些诗歌,个别是诗歌重译。著名汉学家柯雷不仅翻译西川的诗歌,也写过许多西川的评论文章,如《西川的"至礼":先锋诗歌在变化的中国》、《边缘的是诗歌而非散文,西川和于坚的作品》、《意识决定物质:关于西川的诗》、《不面对价值:西川的外在美学》等①。

其他当代诗人如王家新、王小妮、于坚、韩东、江河、欧阳江河等,都有数量不等的译作在海外传播。今天当我们花费巨大的精力去研究海外中国文学的传播状况,隐藏的一个潜在问题就是语言和翻译的问题。中外不少诗人认为诗歌的翻译是件非常困难的事情,甚至具有不可译性。如美国诗人罗伯特·佛罗斯特(Robert Frost)就说:"诗就是翻译中丢掉的东西",T.S.艾略特(T.S.Eliot)也表达过"诗歌不可译"之类的话。但对于绝大部分当代诗人来说,他们的任务并非以此为借口对诗歌翻译表现出无所谓的态度;恰恰相反,能被翻译的诗歌虽然不能说全是优秀的诗歌,至少也是有其独特价值的诗歌。事实上,根据笔者查阅资料的经验和印象,优秀的诗人诗作得到的翻译机会往往也最多,海外的研究评论也呈现同样的特点。一般来说,我们可以通过以下一系列问题来判断一个诗人的海外影响力:有无诗歌翻译?翻译了多少诗歌?有无个人专集?有无海外评论?有无重译?肯定的回答越多,其国际影响力也相对越大。比如北岛和顾城,我们就会发现,他们不但有

---

① Xi Chuan's 'Salute': Avante-Garde Poetry in a Changing China; *Modern Chinese Literature and Culture*,11,2,(1999); Fringe Poetry, But Not Prose: Works by Xi Chuan and Yu Jian; *Journal of Modern Literature in Chinese*,3,2,(2000); Mind Over Matter: On Xi Chuan's Poetry, *The Drunken Boat*,2006(spring&summer)。Not at Face Value: Xi Chuan's Explicit Poetics, van Crevel, Maghiel, *Chinese Poetry in Times of Mind, Mayhem and Money*,Leiden: Brill, 2008.

个人专集,并且不止一部,海外评论不仅数量庞大,并且有专门博士论文的研究,作品的重译程度也较高。当然,这只是非常简单的一种直观判断,并不存在严密的逻辑合理性,但它也不失为一种有效的观察方式。

### 三、诗歌翻译的"丢失"与"找回"

阅读了北岛、顾城、翟永明等人部分诗歌的原文和译文之后,我对诗歌的翻译产生了强烈的兴趣。对于诗歌我是一个外行,一直心存敬畏却保持着一定距离的喜爱;对于文学翻译及其效果,我也存在着强烈的困惑和了解的欲望。在这两个因素的诱导下,我渐渐有了体验诗歌翻译的想法。具体的探讨诗歌翻译显然已经超出了我的能力范围,只是出于一种好奇心和喜爱,我尝试着用自己的方式去感受诗歌的原文与译文。因为至少在读者的层面,我有充分的解读权力。首先让我们来阅读一首英文原诗:

**The Door in the Dark**

In going from room to room in the dark,
I reached out blindly to save my face,
But neglected, however lightly, to lace
My fingers and close my arms in an arc.
A slim door got in past my guard,
And hit me a blow in the head so hard
I had my native simile jarred.
So people and things don't pair any more
With what they used to pair with before.

这首诗就是宣称"诗就是翻译中丢掉的东西"的美国诗人罗伯特·佛罗斯特(Robert Frost)的作品。我没有找到中译文,也不打算找,我想努力排除所有的"影响",仅仅从读者和"诗"的关系出发,用我有限的英语能力去理解这首诗带给我的所有理解和误读。第一遍读下来,我觉得连意思也没有完全弄明白,更不用说领会"诗意"了。我不

第二章 出门远行：中国当代文学的翻译与出版

确定那些母语为外语的汉学家读中文诗能否一次性地感受到诗中的味道，我决定反复咀嚼一下这首诗，慢慢地重读并感受诗句带给我的所有直观印象。第一行让我产生了一个人在黑暗中穿梭在不同房间的印象，第二行中"我"伸出手去保护我的脸，前一行中模糊的影子现在化为一个关于手和脸的明晰动作。第三行充满了转折的味道，在很短的句子里用了"but"（但是，除什么以外，只）、"however"（然而，不管怎样）、"to"（这里表方向、目的）三个非实意词，和第四行联系在一起描述了"我"收紧指头和胳膊的动作，但这个动作的意义我却并不完全明白。第五、六、七两行描述了一扇门重重地敲击了"我"的头及感受，但"I had my native simile jarred"这句给造成了很大的理解障碍，每个词的意思都明白，合在一起后就不知所云了。最后两行是关于人与物的一个结论。以上是我再次细读后的印象，初步理清了大致的逻辑意思，仍有一些细节没有理解，也没有强烈的"诗意"。至于诗的节奏和韵律，从每句的结尾词语的发音可以感受到，它有类似中国诗歌的押韵，至于这种韵律的美，很抱歉，我不能体会到更多。我决定把它翻译成中文，在翻译的过程中加深对它的体会。

### 黑暗中的房门

从一间屋走到另一间屋，在黑暗中
我盲目地伸手保护脸
然而无用，不论多么轻柔地
把手指和胳膊收紧成弧形
一扇薄门穿过我的防线
给我的头重重敲击
我原有的想法逆转
人与物不再成对
一如他们曾经如此般配

翻译的过程其实也是对诗歌加深理解和体会的过程，翻译结束的同时也意味着我对这首诗欣赏的结束。这首诗的汉译我只能以意思为主，尽量地兼顾韵尾。现在我读到了一个黑暗中小心翼翼保护自己脸的人,最终还是被一扇窄门击打中头部的故事。诗歌的语言并不显得多么奇特,写法和观念也不见得多么新颖,但诗人可能把一种复杂的想法用简单的形式表现出来,我本人比较喜欢这种大巧若拙、了然无痕的方式。诗里的故事渗透出一点小小的幽默,幽默中还要体现出某种哲理的尝试。"我"没有被击打得眼冒金星,反而似乎因为撞击开了"天窗",大彻大悟出一番道理来。在我看来,这道理的领悟和它的情节又生成了一层幽默,并且是真正的大幽默,带着点反讽的意味。也许这并非诗人本意,但"诗到语言为止",诗人已死,谁说都算。从隐喻的角度讲,这首诗当然并非表面那么单纯,"黑暗"、"门"和"我"构成了一种关系,这种关系也绝非仅仅是"攻击"和"保护"以及随后的"调整",如果和人生经验、社会现实联系起来,就会感觉到原来笨拙可笑的小诗一下变成锋利机敏的楔子,让你的微笑变得有点苦咸起来。再来看由 Gordon T. Osing 和 De-An Wu Swihart 翻译的顾城诗:

| 远和近 | **Far and Near** |
| --- | --- |
| 你 | You, |
| 一会看我 | you look at me one moment |
| 一会看云 | and at clouds the next |
| 我觉得 | I feel |
| 你看我时很远 | when you're looking at me, you're far away, |
| 你看云时很近 | but when you're looking at the clouds, how could we be nearer! |

我很喜欢顾城的这首诗,主要的理由也是因为它几乎用最简单的语言和方式表达出了丰富的诗意。从语言上讲,我对它的诗意一下子就可以捕捉到,全诗当中没有出现一个抽象难懂的字词,全是那种小学一年级学生就能认全甚至明白意思的词句。这一点和上文中佛罗斯特的完全不同,尽管那首诗也并不抽象,但用词显然要比顾城的复杂一些。两首诗的节奏从原文来感觉,顾城要更好一些。顾城的诗在形式上有一种"一、二、三"的递进感,而在意义上"你"、"我"、"云"、"远"、"近"、"看"六个字构成了丰富的互动、交织、扩展、加深的能力,词语具

## 第二章 出门远行:中国当代文学的翻译与出版

有了强烈"繁殖意义"的能力,从而极大地拓展了诗意空间,这首诗的意象效果和诗句功能与马致远的《天净沙·秋思》颇有异曲同工之妙。英译基本上准确地捕捉了原诗的意思,但几乎失去了原诗的节奏,读起来也有点罗嗦。比如开头"you, you look at me one meoment, and at clouds the next",英语死板地在"一会看我"前不得不再加另一个"you"来作为两句的主语,比起中文语法的魅力就差远了。中文"一会看我,一会看云"和"你看我时很远,你看云时很近",这种对仗的句式产生的特殊修辞效果,在中国传统文化中会加强我们的审美感受,但英译则几乎丧失了这种美丽的传统。中文的"重复"也让人在节奏和感觉上觉得很舒服,而英译诗在失去对仗效果的同时,这种重复叠唱的效果也没有了,形式的意义(如中国传统文化底蕴隐含的特殊诗意)就这样在翻译中流失了。英译诗"you look at me one moment, and at clouds the next",虽然在意思上没什么问题,但在形式和节奏上毫无美感,和原诗比起来,就像美女和美女相片的关系。"when you're looking at me, you're far away, but when you're looking at the clouds, how could we be nearer",这两句除了前面提到的问题外,"how could we be nearer"一句增加了太多的情感色彩,而原诗的情感其实是非常平静的,甚至没有表现出情感的倾向性,就像一架精密的天平,体现了高超的平衡艺术。最后的结论是,这首诗的翻译在我看来并不是很好。而我的结论似乎从某种程度上映证了佛罗斯特的判断。我不知道一个喜爱佛罗斯特诗歌又懂中文的英语母语者,会如何评论我对佛罗斯特那首诗的翻译,很有可能他也会指责我破坏了原诗的某些美妙。

通过以上这两首诗的举例,我们发现翻译最大的风险与挑战是:它要在另外一种语言和文化中重建并竭尽所能地接近于原作的风貌。问题的关键在于,由于两种语言及其背后的文化传统在许多方面,并不能实现完全对应的"无缝结合",因此总会"流失"掉一些东西。翻译中容易流失的东西主要是节奏、形式(及其意义)、语感、口气、意象内涵、文化积淀等等,而不容易丢掉的东西往往是词意关系相对明确的词语、思路、情节、事实、基本意思等"硬件"。要命的在于,有些"流失"掉的东西也许正是诗歌中最重要、美妙、特殊所在,是某个民族传统中根本无法复制的文化积淀。优秀的翻译只是取了两个民族文化相通的最大公约数而已,而失去的那一部分也并不仅仅依靠掌握其他民族的语言就能全部找回来。掌握了语言,却因为没有长期的文化浸淫,在理解的敏感度和准确度方面仍然会出现许多问题。但作为一种补偿,异域文化的碰撞和误读也会为双方带来意想不到的新启示,而这正是所有艺术都需要的创新力。因此,不需要惧怕翻译会失去什么,因为我们得到的可能会更多。从这个意义上,我们大概能更好地理解顾彬批评中国当代文学时的合理和不足之处。同时作为翻译家和作家的顾彬,他强调了翻译中流失的东西,因此总拿当代作家不懂外语来说事,却没有看到由于误读带来的启迪也许并不比流失的价值小。对于个人来说,多掌握一门外语肯定不会是什么坏事,但就文学的创造力来说,只要阅读能给他启发,即使是因为误解而产生的创新也仍然是一种肯定的价值,并且是属于个人的独创,还有可能演化为民族和人类的新财富。就我读到的几首中国古典诗歌的译诗而言,我觉得它们显然流失了许多,但有材料表明正是这种甚至有点拙劣的翻译却启发了不少外国现代诗人的灵感。他们并不懂中文,但因为误读产生了意想不到的创作灵感,并最终创造出自己的风格和技巧。所以说,真正的创造才是"找回"所有流失并加倍获益的途径。创造面前,没有是非。

中外文化的交流与翻译让我想起了中外人类起源的传说,《圣经》里有巴别塔通天的故事,《淮南子》里讲述了女娲补天的神话。在同样的天空下,人类却孕育出不同的语言和文明。虽然语言和文化的不同给我们造成了许多交流的不便,但灿烂的文明和独异的经验却依然可以通过交流缓慢地完成人类共同的想象与诉求。尽管人类被不同的语言和文明所区分,我们却相信现代人正在进行的中西文化交流,就是在延续和创造巴别塔上补天的新神话。也许我应该用自己创作的一首诗来结束对中外诗歌翻译的理解:

### 巴别塔 · 补天

巴别塔上的人们

打着手势 补天

用女娲撒下的彩石
建造 一艘大船 驶过
泥泞大地 藤条
划下许多沟界
禁果 少了根肋骨 却
沾满了泥巴
那些孩子
只轻轻一咬
到处弥漫起泥香和果味

## 第三节　西洋镜下看戏
### ——英语世界中国当代戏剧的翻译与研究

"西洋镜"是旧时欧美传入中国的一种娱乐装置,简单地说就是根据光学原理显示一些图片画面,因为最初画面多是西洋的风景画,所以叫西洋镜或"西洋景"。这个词语的出现其实包含着中外文化交流的意思,只不过那个时候更多是欧美对我们的"输入"。笔者是在如下意义上使用这个词的:和当年接受"输入"不同,今天我们加强了自己的文化"输出",因此想考察和了解现在的"西洋"(即欧美)是如何传播、翻译我们的当代戏剧;其次,我们又应该如何通过这面"西洋镜"看待自己的戏剧翻译与传播事业。最后,"镜"和影像有着天然的关系,使用这个词也可以比较贴切地表达出前述两点和戏剧之间的关系。

就整体而言,中国当代戏剧的翻译似乎不如诗歌和小说数量多、速度快、范围广,但其海外翻译和研究却并不显得很寂寞。海外对中国当代戏剧的翻译集中在两个版块,第一块是革命历史剧,以"样板戏"为代表,不论是剧本翻译还是研究专著,都呈现出大量集结的特点。另外一个版块是七八十年代之交和 80 年代以后涌现的批判现实以及先锋实验戏剧,从几部重要的戏剧翻译选集来看,这一部分在中国当代戏剧海外翻译和研究中的占的比例也不少。当然,90 年代以来中国当代戏剧继续探索的努力也在海外有一定的反响,呈现出一种正在生成的状态。本节将重点介绍一些当代戏剧海外翻译的基本情况和几部代表性的戏剧翻译选集。

**一、中国当代戏剧作品翻译**

有人指出中国当代戏剧经历了上世纪 60 年代的辉煌,70 年代的凋零,80 年代初期的复苏,自 1985 年以来至今处境一直困难①。如果这个描述大致符合事实,那么中国当代戏剧的翻译出版状况似乎也能佐证这样的判断。从时间上大致来讲,当代戏剧的两个上升繁荣期,即 60 年代和 80 年代初,正好是海外翻译出版相对缺少的时候;而它的两段低潮期,即 70 年代和 90 年代后,恰恰是翻译出版比较繁荣的时期,并且 70 年代的翻译出版多集中在 60 年代的剧目上;90 年代以后的翻译出版则更多地集中在 80 年代初的剧目上。这显然和翻译出版的相对滞后有着明显的联系,同时也从侧面映证了中国当代戏剧的发展状况。

50—70 年代是中国当代戏剧作品翻译的第一阶段。从笔者查阅到的资料来看,和小说、诗歌略有不同,由中国大陆翻译出版的中国当代戏剧并不是很多,海外翻译出版构成了这一时期当代戏剧海外传播的主体。出现这样结果的原因可能很复杂,比如戏剧、小说、诗歌各自的特点决定了翻译的畅通程度会有区别;再如剧本的海外市场和小说、诗歌的差异等。这一时期的当代戏剧翻译出版也并非均匀地分布,而是更集中于 1970 年代,并以海外出版为主。建国初由大陆翻译出版的当代戏剧,目前查到较早的翻译集有两本,都由北京外文出版社出版,分别是 1956 年《妇女代表:三部独幕剧》(*The Women's Representative: Three One-Act Plays*),全书只有 120 多页,除了孙芋的《妇女代表》外,另两部戏剧分别是《赵小兰》(*Chao Hsiaolan*)和《夫妻之间》(*Between the Husband and Wife*)②。另一本是 1957 年《纱厂的星期六下午及其他

---

① 《当代戏剧之命运:论戏剧黄金时代一去不复返?》,《佛山日报》2003 年 12 月 18 日,该文介绍了魏明伦等人的戏剧观点。
② 《赵小兰》,作者金剑,黑龙江省文工团 1950 年首演。剧本首发于 1950 年 9 月 14 日《黑龙江青年报》,《赵小兰》和《夫妻之间》都是人民艺术剧院最早表演的四小戏剧,另外两部是《麦收之后》、《喜事》。

第二章　出门远行：中国当代文学的翻译与出版

独幕剧》(*Saturday Afternoon at the Mill, and Other One-Act Plays*)，包括《刘莲英》、《新局长到来之前》①等。北京外文出版社的这两本戏剧集，从剧目来看都是独幕剧，篇幅短小，规模和力度显然都没有达到和当时戏剧成就相匹配的程度，给人一种尝试探索的印象。整个60年代，不论是海外还是大陆，笔者都没有发现有价值的中国当代戏剧翻译集。这也一定程度说明50年代刚刚起步的中国当代戏剧还处于发展阶段，而正在进行的60年代戏剧高潮又不能得到及时的译介。

　　大约从70年代开始，海外对中国当代戏剧的翻译出版进入到一个繁荣期。如1970年纽约大学出版Walter Meserve编《共产中国的现代戏剧》(*Modern Drama from Communist China*)，书名充满了政治意识形态色彩，这是当时海外出版界比较普遍的风气，作品选择的范围却很宽泛，包括我们今天说的现代和当代戏剧。如关汉卿《窦娥冤》(*Snow in Midsummer*)②，鲁迅《过客》(*The Passer-by*)，老舍《龙须沟》(*Dragon Beard Ditch*)，丁毅、贺敬之《白毛女》(*The White-haired Girl*)，孙芋《妇女代表》(*The Women's Representative*)，任德耀《马兰花》(*Magic Aster*)，傅铎等集体创作的《南方来信》(*Letters from the South*)，黄泳江和阿甲《红灯记》(*The Red Lantern*)等。从所选剧目来看，风格比较多样，但已经开始出现较多革命历史剧目。这里有个细节很有意思：阿甲与江青作为《红灯记》主要编导和主"抓"领导，围绕着《红灯记》演绎出一段掠夺与自卫"产权"的曲折历史。当年的宣传文章称："在毛主席号令

---

　　①　《刘莲英》，作者崔德志，剧本首发于《辽宁文艺》1954年第5期；《新局长到来之前》，作者何求，剧本首发表在《剧本》月刊1955年第6期。两剧都由中国青年艺术剧院1955年首演。

　　②　据冯沅君《怎样看待〈窦娥冤〉及其改编本》(《文学评论》1965年第4期)一文，《窦娥冤》有多种改写本，从明剧家叶宪祖《金锁记》到京剧《六月雪》、《窦娥冤》以及建国后的六种改编本：评剧《窦娥冤》，黄梅改编，辽宁人民出版社1957年版；川剧《窦娥冤》，徐文耀改编，四川人民出版社1958年版；蒲州梆子《窦娥冤》，晋南戏剧协会、晋南蒲剧院改编，太原人民出版社1961年版；秦腔《窦娥冤》，马健翎改编，兰州敦煌文艺出版社出版；豫剧《窦娥冤》，周奇之改编，河南人民出版社1958年版；秦腔《窦娥冤》，李约祉、张茂亭改编，西安长安书店1960年版。按照程砚秋《谈窦娥》(《戏剧论丛》1958年第1辑)一文描述："我学《窦娥冤》这个戏，……当时是王瑶卿老先生教的，……是京剧中传统的折子戏，当时也叫《六月雪》。"这里译的应该是指程砚秋所学的经过现代京剧改编后的《六月雪》，故作者是关汉卿。

下,江青同志率领了革命的文艺工作者,发动了京剧革命","进行了脱胎换骨的改造,终于使《红灯记》成为无产阶级的文艺样板①。"似乎表明江青才是《红灯记》真正的创造者,但海外出版却在那个年代可以无所畏惧地揭示真正的作者。70年代海外出版的中国当代戏剧还有:1972年纽约Random House出版Lois Wheeler Snow编《中国舞台:一位美国女演员在中国》(*China on Stage*:*An American Actress in the People's Republic*)。该书涉及内容主要是"样板戏",包括《沙家浜》(Shachiapang)、《红色娘子军》(Red Detachment of Women)、《智取威虎山》(Taking Tiger Mountain by Strategy)、《红灯记》。除了戏剧作品外,还附有相关的讨论文章和当时部分戏剧与舞蹈的索引。1973年波士顿David R. Godine出版John Mitchell编《红色梨园:中国的三部革命剧》(*The Red Pear Garden*:*Three Dramas of Revolutionary China*),全书约300页,别名为《白蛇传》。内容包括讨论京剧表演的《京剧的舞台》(The Staging of Peking Opera)一文和《白蛇传》(The White Snake,田汉)、《野猪林》(The Wild Boar Forest,李少春)、《智取威虎山》三部作品。1975年纽约出版Martin Ebon编《共产党戏剧五部》(*Five Chinese Communist Plays*),从书名就可以判断全是革命历史剧,包括《白毛女》(White-haired Girl)、《红色娘子军》、《智取威虎山》、《红灯记》、《杜鹃山》(Azalea Mountain)。从70年代这些戏剧选集的编目来看,当代革命历史剧、尤其是"样板戏"很明显地成为这一时期戏剧翻译的主体。海外译介不但速度快,规模大,而且风格类型集中。根据笔者对海外中国当代戏剧研究成果的整理,这一时期海外"样板戏"的研究著作也呈现同样的特点。海外对"样板戏"具体的研究理论和方法,笔者没有去做认真探讨,只是联想到国内近年来对"红色历史剧"的研究热潮,产生了一个疑问:我们现在运用的理论和方法是否仍然没有走出海外上世纪七八十年代就已经讨论过的范围?

---

① 中国京剧团《红灯记》剧组,《为塑造无产阶级的英雄典型而斗争——塑造李玉和英雄形象的体会》,《革命现代京剧〈红灯记〉主要唱段学习札记》,天津人民出版社,1970年,第1页。

## 第二章 出门远行:中国当代文学的翻译与出版

上世纪七八十年代之交,中国当代戏剧开始了"戏剧复兴"小高潮。一般来说,1976—1978 年是戏剧运动的第一次高潮。有两种形式的戏剧得以展开,第一种是"文革"前就比较著名的戏剧,如《霓虹灯下的哨兵》《江姐》等。第二种是 70 年代末由一批专业或非专业作家创作的戏剧,如宗福先《于无声处》、沙叶新《陈毅市长》、崔德志《报春花》、邢益勋《权与法》、苏叔阳《丹心谱》。1979 年起开始了另一拨更为复杂的戏剧运动,和前期深受"文革"压抑、开始反正的戏剧运动不同,这一拨戏剧运动不仅仅唤起人们对过去的回忆,而是以更为丰富的戏剧形式探讨过去、当下与未来的种种联系,探索的意味更强烈一些。如北京《有这样的一个校园》、上海《炮兵司令的儿子》、安徽《一个顽固的生产队长》、湖北《考虑考虑》等,尤其是沙叶新的《假如我是真的》,这些戏剧通过现实问题把过去和未来紧密的连接在一起思考。沙叶新《假如我是真的》在海外的影响比较大,有很多海外学者通过这部戏剧发表对当代中国社会和戏剧的评论意见。这股戏剧潮流在 1980 年代初很快地分化、转向,形成"批判现实主义"戏剧派,代表戏剧如 1981 年李龙云的五幕剧《小井胡同》等。2002 年由密歇根大学出版单行本《小井胡同》(*Small Well Lane*: *A Contemporary Chinese Play and Oral History*),译者是 Hong Jiang 和 Timothy Cheek。像《小井胡同》一样,上世纪七八十年代中国当代

图 10 《二十世纪中国戏剧选》封面

戏剧的这种繁荣,并没有在海外翻译出版中得到及时体现,相反,80 年代海外译介有代表性的中国当代戏剧集却非常少,成规模的译介出现在 90 年代。80 年代目前查到较有代表性的戏剧集是 1983 年印第安纳大学出版的耿德华(Edward Gunn)《二十世纪中国戏剧选》(*Twentieth-Century Chinese Drama*: *An Anthology*),该书约 500 多页,选择了大约十多部戏剧。另外还有 1989 年伦敦 Bamboo 出版李健吾《这不过是春天和十三年:早期两部戏剧》(*It's Only Spring*:*And*,*Thirteen Years*:*Two Early Plays*)。

90年代后,当代戏剧的海外译介出现较多作品集,其中一些也较有影响。我们这里以几部90年代译介的当代戏剧选为重点进行介绍,以便得到一些直观的印象,并和70年代当代戏剧的译介形成一种对比。1996年Edwin Mellen出版余孝玲(Shiao-ling Yu)编《文革后中国戏剧选,1979—1989》(Chinese Drama after the Cultural Revolution, 1979-1989: An Anthology)。全书约500页,该书涵盖了中国主要的两种戏剧形式,包括两部传统戏剧和五部现代话剧,这些戏剧都创作于后毛泽东时代,并体现出中国戏剧改变的某种方向。传统戏剧分别是郭大宇、习志淦《徐九经升官记》(Xu Jinjing's Promotion),魏明伦《潘金莲》(Pan Jinlian)。现代话剧有:高行健《绝对信号》(Alarm Signal)、《车站》(The Bus Stop),王培公《WM》,刘锦云《狗儿爷涅槃》(The Nirvana of Grandpa Doggie),何冀平《天下第一楼》(the First House of Beijing Duck)。1997年牛津大学出版Martha Cheung和Jane Lai共同编的《牛津中国当代戏剧选》(An Oxford Anthology of Contemporary Chinese Drama),这部选集厚达900页,编选了中国包括港台地区过去二十年来优秀的15部戏剧,戏剧种类广泛,包括社会现实剧、喜剧和先锋实验剧。其中大陆6部,基本分为探索剧和现实剧两种类型,具体剧目分别是:梁秉堃《谁是强者》(Who's the strongest of us all?)、刘锦云《狗爷儿涅槃》(Uncle Doggie's Nirvana)、高行健《彼岸》(The Other Side)、马中俊《老风流镇》(The Legend of Old Bawdy Town)、徐频莉《老林》(Old Forest)、过士行《鸟人》(Birdmen)。台湾5部全是探索戏剧,分别是马森《花与剑》(Flower and Sword)、赖声川《暗恋桃花源》(In Peach Blossom Land)、黄美序《空笼故事》(The empty cage)、李国修《救国株式会社》(National Salvation Corporation Ltd)、刘静敏《母亲的水镜》(Mother's Water Mirror)。香港4部分别是:陈尹莹(Joanna Chan)《谁系故园心》(Before the Dawn-wind Rises),杜国威

图11 《牛津中国当代戏剧选》封面

## 第二章 出门远行:中国当代文学的翻译与出版

(Raymond K. W. To)《人间有情》(Where Love Abides),荣念曾(Danny N. T. Yung)《烈女传》(Chronicle of Women),陈敢权(Anthony Chan)的《大屋》。1998年 East Gate Books 出版康奈尔大学戏剧研究教授颜海平(Haiping Yan)编选的《戏剧与社会:中国当代戏剧选》(*Theater and Society: An Anthology of Contemporary Chinese Drama*),这本戏剧选在海外的反响较好。除前言感谢相关友人的支持外,颜海平在书中还撰写了《戏剧与社会:中国当代戏剧介绍》一篇长文,对中国当代戏剧的许多重要创作变化、社会反响、历史发展等做了全面的介绍和评论,帮助海外读者建立理解所选作品社会背景的认识轮廓。书中所选戏剧和电影是从1979年以来上百部剧本中精心挑选出来,体现了中国当代社会、政治、经济、文化方面的变革。这些作品发表在引领潮流的期刊上,并在重要剧场上演,曾引起了全国范围内热烈的讨论。作为中国当代戏剧最重要的代表,它们同样体现了中国当代戏剧的两种潮流:传统戏曲和现代话剧。编选剧目有高行健《车站》(1983),王培公、王贵《WM》(1885),魏明伦《潘金莲:一个女人的沉沦史》(1986),陈子度、杨健、朱晓平《桑树坪纪事》(1988),还有一部电影剧本是郑义和吴天明的《老井》(1986)。这部选集不仅可以呈现中国当代文学的某些重大变革,其次也对中国新时期戏剧复兴和当时正在经历的复杂社会结构的变革提供许多重要的内视信息。比如作品《WM》用一种赤裸裸的、不加修饰的生活语言来面对当年的知青问题,比起当年的知青电视剧在内容方面的描述未必更残忍,但作为一种剧场形式,它所诉诸的集体记忆,它在公共场合对生活略带自然主义的暴露,在当时的形势下,其暧昧的表现方式也是被禁的直接理由。2008年这部戏剧在中国的再度上演同样预示了中国当代文化环境仍然在不断地发生着许多悄然的变革。中国先锋戏剧登上世界舞台的时候大约在90年代初,牟森的《零档案》参加布库塞尔戏剧节,因为在机场发生了剧组遭扣留事件,一时间引得境外舆论哗然①。作为中西方政治冷漠环境中的受益者,《零档案》成

---

① 陶子:《当代戏剧三十年》,《深圳晚报》2008年9月22日,B12版。

为当年欧洲戏剧节最受欢迎的剧目,几乎将欧洲的艺术节走了个遍,也为中国的当代表演艺术与欧洲艺术节的接轨,打下了基础。综上所述,我们可以发现,相对于70年代的译介,90年代戏剧译介视野变得更加开阔,剧目选择的范围包括了港台地区;风格也重新多样化,从批判现实到传统戏剧再到先锋实验剧等都有;因为拉开了一定的时间距离,使得整个当代戏剧的译介工作显得更加全面和客观起来。

图12 《正确的文本阅读》封面

进入新世纪以来,海外中国当代戏剧作品的翻译和研究基本上是对90年代的延续和发展,相对来说,戏剧研究方面出版的成就要比作品翻译更多一些。作品翻译比较典型的如2003年夏威夷大学出版社出版陈小媚编《正确的文本阅读:中国当代戏剧选》(Reading the Right Text: An Anthology of Contemporary Chinese Drama)。全书近500页,正文分为七个部分。开篇有陈小媚所作的长篇介绍性论述文,广泛而深入地介绍了这些戏剧相关的政治、文化之间的背景,勾连出戏剧、历史、社会和日常生活经验之间复杂的联系,她强调了原始材料的挖掘和对不同戏剧发展的描述,并从性别研究、表演研究、比较文化研究等不同角度提出了许多自己的研究心得。所选六部当代戏剧中的五部都是第一次翻译成英语,包括刘树纲《一个死者对生者的访问》(The Dead Visiting The Living);何冀平《天下第一楼》(The World's Top Restaurant);杨利民《黑色的石头》(Black Stones),沙叶新《江青和她的丈夫》(JiangQing and Her Husband);张莉莉《绿色营地的女儿们》(Green Barracks);张明媛《野草》(Wild Grass)。这些戏剧从众多戏剧精品中被挑选而出,每一种戏剧代表了传统和特定种类戏剧的变化,如地方剧、无产阶级戏剧、妇女剧、历史剧和实验戏剧等。正如编者在前言里所讲,这些戏剧可以帮助海外读者全面了解从毛泽东时代到后毛泽东时代、从社会主义现实主义到所谓"后社会主义"时代,中国社会发展动力的来源与变迁。该书设定的读者主要是对中国有兴趣但缺乏文化

第二章 出门远行：中国当代文学的翻译与出版

背景的学生、读者和研究者，因此，编选剧本时努力以简明扼要的方式体现出丰富多彩的知识，是海外新世纪以来又一部重要的中国当代戏剧选集。

以上，我们从不同时代分别介绍和总结了中国当代戏剧作品的翻译出版状况及其特点。如果就散文、戏剧、诗歌、小说的作品海外翻译出版情况进行比较的话，一个直观的印象是散文、戏剧不如诗歌、小说多。就戏剧作品和戏剧研究的情况比较的话，研究关注到的戏剧以及相关著述又多于作品的翻译出版。海外对中国当代戏剧的研究一般来说，和戏剧的繁荣或衰落有着一定的关系，比如比较集中研究"样板戏"和80年代前后戏剧，并且更加集中在某些戏剧的研究上，如沙叶新《假如我是真的》、《江青和她的丈夫》，高行健《绝对信号》、《车站》等。除了这种具体背景、作品的分析研究，海外研究还有一个特点就是把中国戏剧放在全世界的戏剧舞台上来观察，这方面比较有代表性的著作是由 Gabrielle H. Cody、Evert Sprinchorn 编辑，哥伦比亚大学出版社 2007 年出版的《哥伦比亚现代戏剧百科全书》(*The Columbia Encyclopedia of Modern Drama*)，全书 1700 多页，第 2 卷中分不同国别介绍了世界戏剧作品、戏剧家、戏剧种类、团体等，其中当然也包括部分中国现代戏剧。这本著作是在世界戏剧的背景中观察现代戏剧的相关问题，内容丰富，资料权威，在海外深受好评，非常值得戏剧研究者参考。

## 二、海外中国当代戏剧研究

如果说戏剧作品的翻译更多地体现为外在的观赏，那么对戏剧作品的研究则更多地表现为一种内在的体验与升华。相对于作品翻译，海外中国戏剧研究的著作显得异常丰富。在传统的小说、诗歌、戏剧、散文四大类型中，就作品翻译和相应的研究规模而言：小说就像个充满活力的小伙子，我们并不会惊奇于它产生巨大的翻译和研究成果；诗歌也因其精致的艺术追求像个受人关注的娇小公主，不断产生相关的翻译和研究。相比之下，散文就像过气的美女，曾经的辉煌仍然难掩今日的落寞；戏剧表现得很奇怪，像个主妇，看着不起眼，日子却过得实实在在。海外当代中国戏剧研究较有代表性的著作有些已在其他章节有所介绍,这里我们会补充和介绍另外一些海外中国当代戏剧研究资料,为了便于论述,我们以列表的方式进行。

**表格 5:海外部分中国当代戏剧著作整理表**

(按出版年排序)

| 中文/译名 | 外文名 | 作者 | 出处、说明 | 年份 | 备注 |
|---|---|---|---|---|---|
| 《中国传统戏剧的当代环境:1949年以来北京剧院检查模式的变化》 | The Traditional Theatre of China in Its Contemporary Setting : an Examination of the Patterns of Change within the Peking Theatre since 1949 | Daniel Shih-P'eng Yang | | 1968 | 博士论文 |
| 《样板戏:中国新戏剧》 | Yang-pan hsi: New Theater in China | Mowry, Hua-yuan Li | 加州大学伯克利中国研究中心 | 1973 | |
| 《中国当代戏剧和苏联影响(1919—1960)》 | The Contemporary Chinese Theatre and Soviet Influence, 1919—1960 | Yih-jian Tai | | 1974 | 博士论文 |
| 《近代以来中国戏剧:从1840至今》 | The Chinese Theatre in Modern Times: From 1840 to the Present Day | 马克林(Mackerras, Colin) | 伦敦:Thames &Hudson | 1975 | |
| 《中国当代戏剧》 | Contemporary Chinese Theatre | Roger Howard | 伦敦:Heinemann | 1978 | |
| 《文革中喜剧的命运》 | The Tate of Comedy in the Cultural Revolution | Charles J. Wivell | *约31页 | 1979 | 会议论文 |
| 《中国当代表演艺术》 | The Performing Arts in Contemporary China | 马克林 | Routledge & Kegan Paul | 1981 | |
| 《狂人演员:一位在中国的戏迷笔记》 | Actors are Madmen: A Notebook of a Theater-goer in China | A. C Scott | 威斯康星大学出版社 | 1982 | |

续 表

| 中文/译名 | 外文名 | 作者 | 出处、说明 | 年份 | 备注 |
|---|---|---|---|---|---|
| 《中国当代戏剧中的王昭君新形象》 | A New Image of Wang Zhaojun in Contemporary Chinese Drama | Anna Dolejalova | | 1982 | |
| 《二十世纪中国戏剧》 | Das chinesische Theater im 20. Jahrhundert | 艾伯斯坦（Bernd Eberstein） | 德国：Otto Harrassowitz | 1983 | 德文 |
| 《高行健与中国实验戏剧：建立一种现代禅剧》 | Towards a Modern Zen Theatre: Gao Xingjian and Chinese Theatre Experimentalism | Edward Gunn、赵毅衡等 | 纽约大学出版社 | 1987 | |
| 《中华人民共和国戏剧》 | Drama in the People's Republic of China | 董保中，马克林 | 纽约州立大学出版社 | 1987 | |
| 《中国当代历史剧四论》 | The Contemporary Chinese Historical Drama: Four Studies | 瓦格纳（Rudolf G. Wagner） | 加利福尼亚大学出版社 | 1990 | |
| 《黄佐临：中国的戏剧之父》 | Huang Zuolin: China's Man of the Theatre | Faye Chunfang Fei | | 1991 | 博士论文 |
| 《中国当代戏剧中寻找"精神家园"的彼岸》 | The Other Shore the Search for a "Spiritual Home" in Contemporary Chinese Drama | Michelle Leigh DiBello | | 1996 | 博士论文 |
| 《香港舞台：性别与表演转型》 | Staging Hong Kong: Gender and Performance in Transition | Lilley, Rozanna | Curzon | 1998 | |

续 表

| 中文/译名 | 外文名 | 作者 | 出处、说明 | 年份 | 备注 |
| --- | --- | --- | --- | --- | --- |
| 《中国的存在之光:戏剧与电影的改编与散漫轮廓》 | Lightness of Being in China: Adaptation and Discursive Figuration in Cinema and Theater | Harry Ku-oshu | 纽约:Peter Lang 出版社 | 1999 | |
| 《带着镣铐跳舞:中国当代话剧(1976—1989)》 | Dancing in Chains: Chinese Contemporary "Huaju" (Spoken Drama) from 1976—1989 | Bing Ban | | 1999 | 博士论文 |
| 《性别重构:中国当代戏剧(1979—1989)性别差异的政治重写》 | Reconfigurations of Gender: Contemporary Chinese Drama 1979-1989: the Politics of Re-inscribing Sexual Differences | 王辉(音) | | 2000 | 博士论文 |
| 《京剧中的异性扮装》 | Cross-Dressing in Chinese Opera | Li, Siu Leung | 香港大学出版社 | 2003 | |
| 《中国传统戏剧中的"丑"角:中国舞台上的喜剧、批判和宇宙学》 | The Role of the Chou ("clown") in Traditional Chinese Drama: Comedy, Criticism, and Cosmology on the Chinese Stage | Ashley Thorpe | Edwin Mellen 出版社 | 2007 | |
| 《戏剧理论选读 1900—2000》 | Theatre in Theory 1900—2000: an Anthology | David Krasner | Blackwell 出版社 | 2008 | |
| 《全球化阴影下的北京:中国当代电影、文学、戏剧中的诗学生产空间》 | Beijing in the Shadow of Globalization: Production of Spatial Poetics in Contemporary Chinese Cinema, Literature, and Drama | 聂晶(音) | | 2009 | 博士论文 |

这份列表虽然并不完全,也能基本反映从1960年代到新世纪初海外中国当代戏剧研究状况。通过分析,我们可以发现海外对中国当代戏剧的研究关注发生时间早,持续时间长;对当代戏剧的研究角度十分

灵活,从早期的意识形态关注,到后来的全球化背景下的解读,研究视野与时俱进;整体研究和具体研究相结合,理论探讨和文本分析相结合,断代和编年研究相结合,形成相对完整和丰富的研究体系;研究者中海外华人学者仍然是重要的构成力量,这一点和诗歌、小说具有类似特征,也符合整个海外中国当代文学研究的基本特点。中国当代戏剧研究方面的博士论文也有不少,其年代分布也与中国当代戏剧发展特征相吻合,即主要分布在 70 年代和 90 年代以后。如早期的两篇博士论文《中国传统戏剧的当代环境:1949 年以来北京剧院检查模式的变化》、《中国当代戏剧和苏联影响(1919—1960)》,其社会学、意识形态分析的思路十分明显。而 90 年代后的论文则表现得更加多元化,如纽约大学 Faye Chunfang Fei 的博士论文《黄佐临:中国的戏剧之父》,论文主要分析了黄佐临(1906—1994)作为中国戏剧引领者一生的生活与创作。作为中国第一代在西方学习的戏剧艺术家,回国后大力倡导以西方风格为基础、完全不同于传统戏曲的现代话剧,黄佐临的一生紧密地反映了中国 20 世纪社会、政治、文化和艺术的现实。文章介绍了黄佐临的戏剧背景,他在战争年代、"文革"前后以及对中国当代戏剧的影响等,认为黄佐临戏剧人生有三个重要的基础:全球性视野,全面参与中国的现实进程,对萧伯纳和布莱希特的结合。加州大学戴维斯分校聂晶(音)博士论文《全球化阴影下的北京:中国当代电影、文学、戏剧中的诗学生产空间》,以北京这个中国文化中心为例,以全球化背景为潜在对话,挑选了部分当代电影、文学、诗歌、戏剧作品调查和分析中国社会形态变化的意义,最后探讨文化生产对社会形态和文化表演的影响和再造的可能性。全文分为四个部分,第一章分析了四部表现北京空间变化的当代电影,讨论了从前单调、政治化、中性的北京变得越来越商业化、全球化、感性化;第二章以在北京出生的诗人严力为例,分析他诗歌中创造的诗意空间及对其他话语空间的批判和抵抗;第三章以北京三代作家创作的几部有争议的戏剧作品,讨论了城市扩张和自我认同的关系;第四章以孟京辉的两个戏剧为例,指出中国当代戏剧不论内容还是形式,都已摆脱了中国悠久的现实主义传统。1990 年代以后的博士论文,选题更加自由和丰富,每一篇都有自己独特的视角,避免了早期研究模式的单一化倾向。这一特点其实也是整个海外中国当代文学研究发展的基本趋势,这从侧面反映了中国当代社会的发展由单一走向了丰富、多元,是充满个性和活力的社会。

图13 《中国当代历史剧四论》封面

其他的戏剧研究著作在整体上也呈现出丰富的研究视角。如《京剧中的异性扮装》从鲁迅对京剧中男扮女装的看法谈起,分历史、文本、艺术实践、身体几章专门讨论了京剧中的异性扮装现象,研究角度比较新颖。《戏剧理论选读 1900—2000》,该书约 600 页,每二十年为一个分期,共分五部分收入不同时期戏剧理论文章 82 篇,规模较大,体系较完备,值得参考。《中华人民共和国戏剧》一书缘起于 1984 年在美国纽约水牛城(Buffalo)举办的一次中国当代戏剧、话剧国际会议,全书四部分共 14 章,开首有一篇董保中撰写的介绍性长文《中华人民共和国戏剧的传统与经验》。书中收录了海内外许多著名戏剧家、学者的文章,如《海瑞罢官》与中国当时的政治运动、郭沫若戏剧中的妇女形象、"文革"的戏剧理论规定、以"智取威虎山"为例谈现代戏剧的迷思、梅兰芳和布莱希特等外国戏剧理论家的比较、黄佐临的戏剧理念、"文革"后的戏剧实践以及海外戏剧对中国的影响等诸多角度,是一本非常权威的海外中国当代戏剧评论集。瓦格纳《中国当代历史剧四论》一书共 361 页,正文分为四章,第一章"困惑和动摇的引导:田汉的《关汉卿》(1958)和新历史剧";第二章"田汉的京剧《谢瑶环》(1961)";第三章"孙悟空三打白骨精:中国神话研究";第四章"历史剧的政治"。这部书中,瓦格纳考察了三部在 1958 至 1963 年间创作和表演的戏剧,通过它们分析和挖掘出隐含在其中的政治和文化意义。他同时在更宽广的范围内讨论了中国历史剧和政治之间的关系,为我们提供了更多理解文学和政治的角度。著名汉学家、美国加州大学伯克利分校教授白之评论这部书是"一本原创的、富有启发性的

## 第二章 出门远行:中国当代文学的翻译与出版

学术评论,是中国当代政治历史重要的研究成果之一"①,认为书中提供了对1949年后毛泽东、中国共产党及整个中华民族很好的理解。

专门致力于研究中国当代戏剧海外学者并不是很多,海外学者往往有着比较宽泛的研究范围。部分学者虽然会集中在中国戏剧方面,时间跨度却比较大,除了贯穿中国现代和当代戏剧外,所用的理论工具、研究角度都富有变化,不会拘泥于某种程式中。零星发表对戏剧研究意见的学者很多,我们也不打算纠缠于此,有研究者似乎是出于兴趣涉猎一番随即又另开园地,总之,海外中国当代戏剧研究者的表现形式也相对丰富。比较著名的戏剧研究者如前文提到的华人学者耿德华、赵毅衡、董保中以及德国学者艾伯斯坦、瓦格纳等。我们这里重点介绍另外两位学者。

华人学者陈小媚教授出版、发表过许多关于中国戏剧的著作和文章。如2002年夏威夷大学出版社出版的《正确的表演:中国当代政治剧场与通俗戏剧,1966—1996》(Acting the Right Part: Political Theater and Popular Drama in Contemporary China, 1966-1996)。这是一本关于上个世纪60年代到90年代中国戏剧研究的综合性英文著作。书中重点研究了"样板戏"并生动地反映了那个时期女性、金钱、国家、革命和视觉文化之间纷繁复杂的关系。通过研究,陈小媚描绘出了中国戏剧在那段历史

图14 《正确的表演》封面

动乱和政治斗争中,进行着自身的现代性发展的复杂轨迹,指出"样板戏"的创作准则影响了中国当代的戏剧表演和政治表现。作者是一个观察者,也是时代的一个参与者,很好地将她的术业专攻和个人记忆融合在书中,这种"体验式理论化"的研究方式让读者保持新鲜、好奇阅读印象的同时,也获得一定的理论思考深度。在作者的另一部戏剧专著《西方主义》(Occidentalism)中,对1980年代的话剧和观众反应作了深刻的回顾并强调了西方对中国的正面影响。此外还有2000年Pal-

---

① 原文见该书书底评论。

grave Macmillan 出版 Claire Sponsler 和陈小媚编《东西:跨文化表演与舞台差异》(*East of West*: *Cross-cultural Performance and the Staging of Difference*)。该书收集并提供了许多富有创新性的跨文化戏剧交流文章。通过考察电影、电视节目、舞台剧和歌剧等东西交流形式,推翻了西方文化强加东方的陈旧论调,表明东方不仅抵御了西方文化帝国主义,而且把西方文化很好地转化为当地的传统,展示了东西文化交流中表现出来的跨文化适应、融合、创造的过程。国内近年越来越多地展开与海外学者的互动和译介,这当然会不断地使我们的视野打开,站在世界学术的前沿,是把本土学术文化更好地推广开来的正确做法。然而,笔者在进行中国当代文学海外传播相关研究的过程中,却十分强烈地产生两个印象:其一是我们对海外相关作品和研究的基本情况了解得非常有限和零乱,甚至连"摸底"都谈不上。其二,我们与海外学术文化的互动与交流是非常不对等的,即海外向国内的"输入"仍然远远大于我们的"输出"。在我看来,正是因为第一步"摸底"工作都没有很好地完成,才导致了"输出"的不对等现象。因此,笔者在研究过程中会格外注意那些在国内较少介绍的海外学者。陈小媚就是笔者检索资料过程中渐渐浮出水面的一位学者,她对中国当代戏剧的研究还是取得了不俗的成就。

另一位对中国戏剧做出重要贡献的海外学者是澳大利亚格里菲大学的马克林教授。他1961年墨尔本大学毕业后,曾在北京担任两年中学英语老师,同时学习汉语。1970年获澳洲国立大学博士学位,论文的题目是中国京剧。其研究的领域主要是亚洲,尤其是中国的戏剧及音乐。马克林的戏剧研究著作较多,代表性的如牛津 Clarendon 1972 年出版的《京剧起源》(*The Rise of the Peking Opera, 1770-1870*: *Social Aspects of the Theatre in Manchu China*),此书后由台北中国文化大学1989年以中文出版,题名《清代京剧百年史,1770—1870》;再如英国 Routledge & Kegan

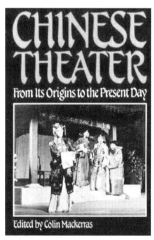

图15 《中国戏剧:从兴起到当下》封面

Paul1981 年出版《中国当代表演艺术》(*The Performing Arts in Contemporary China*),以上两本巨著确立了他在国际上中国戏剧研究的权威地位。另外,马克林对中国少数民族、中国现代及当代历史、政治和社会发展、国际形势及关系、从西方的角度看中国和马克思主义等也均有研究。出版的书籍多达 38 本,其中 14 本为个人著作,发表的学术论文数百篇,可以说是著作等身。其他主要著作或编著还有:戏剧方面有马萨诸塞大学 1975 年出版的《近代中国戏剧:从 1840—现在》(*The Chinese Theatre in Modern Times, from 1840 to the Present Day by Colin Mackerras*);夏威夷大学 1983 年出版《中国戏剧:从兴起到当下》(*Chinese Theater : from Its Origins to the Present Day*);纽约州立大学出版社 1987 年出版、与董保中合作《中华人民共和国戏剧》(*Drama in the People's Republic of China*);牛津大学出版社 1997 年出版《京剧》(*Peking Opera*)。马克林教授除了有大量中国戏剧方面的著述外,对中国政治、历史也皆有所涉猎,参与编写过多本关于中国的阅读手册,并对中国与西方的关系有所研究。海外中国当代戏剧研究及其学者还有一些,比如上文提到的耿德华、瓦格纳等,限于篇幅,这里不再展开。

**结语**

作为传统的戏曲大国,中国现代戏剧从上世纪初引入发展到现在已有一个世纪的历史。中国戏剧正如整个社会一样,在一个世纪的发展历程中获得一次又一次的新生,不断地走向成熟、走向世界。当年那个神秘的西洋镜小盒子,带走了我们许多惊奇的目光,也带走过我们的光荣与自豪。当我们从天朝上国的迷梦中惊醒后,便开始了一百年泥泞道路的行走与追赶。今天,我们仍然会寻找一面"西洋镜"来看世界和自己。在"看"与"被看"的关系中,彼此的风景却在发生着悄然的变化。当"看者"变成"被看者"或者相反时,彼此之间在碰撞中多了份交流与对话、宽容与接受、消化和转化,彼此不再变得那么遥远和陌生,我们也在差距和进步中看清了前进的方向。中国当代戏剧的舞台及其影响并没有仅仅局限于国门之内,正如日益融入世界的中国一样,其作品的翻译与海外研究同样构成了中国当代文学海外传播重要的一脉,与小说、诗歌等共同谱写着中国当代文学走向世界的新曲。

# 第三章 异域的镜像
## ——海外期刊中的中国当代文学研究

### 第一节 海外中国当代文学的跨学科化与边缘化
#### ——以《中国现代文学与文化》为例

根据笔者的调查访谈,顾彬教授认为中国现当代文学在海外已经形成一个学科;伯佑铭教授则认为,美国目前已经没有纯粹的"中国现代文学"这样一种学科概念;但他的回答也显示,美国曾经有过类似的学科概念,只是这一领域的研究已经发展成更为庞大的、跨学科式的研究,中国当代文学在这样的格局中显然更边缘化。那么,美国的中国现(当)代文学学科化、跨学科化以及边缘化的过程和表现是怎样的呢?本节我们通过美国期刊《中国现代文学与文化》(*Modern Chinese Literature and Culture*)来感受中国现(当)代文学在美国的发展与演变、现状与未来。希望这异域的镜像、他山的"恶声"能够帮助我们更好地观察中国当代文学的世界影响及其发展演变。

一、办刊历程

《中国现代文学与文化》由美国著名翻译家、汉学家葛浩文(Howard Goldblatt)于1984年9月(第1卷第1期)创办并担任主编,当时的名称是《中国现代文学》(*MCL*),是海外为数不多的专门致力于中国现当代文学研究的学术期刊。在创刊号的编者前言里,编者引用一句意大利民谚"大山育小鼠"(La montagna ha partorito il topo),谦虚地认为相对于过去一年多堆积如山的通信、手稿、备忘录等准备工作,《中国现代文学》的创刊出版正如一只小鼠,唯有期盼它的质量能比它的尺

## 第三章 异域的镜像——海外期刊中的中国当代文学研究

寸更好一些;同时也自信地指出,较之过去若干年,仅仅在其他学科的同僚中得到有限程度的认可而言,《中国现代文学》的出版发行成为了这门学科渐渐成长并成熟的标志。

从 1984 年创刊起截至 2009 年春,《中国现代文学与文化》已出版至 21 卷 1 期,其中 1999 年改名前的"文学期"共出版 10 卷。除 1984、1985 分别出第 1、2 期构成第 1 卷外,以后每年出版一卷两期,一般是在春秋两季出版。期间,1990、1991 年作为特例没有出版相应期刊,具体原因可能和当时中国的形势有关,如金介甫所言"一九八九年后,正如文学作品出版在大陆锐减一样,美国媒体和学生对中国的兴趣也大幅度减退,但西方对中国文学的翻译出版依然保持着旺盛的势头"①。1998 年《中国现代文学》第 10 卷的合集是"文学期"的最后一期。在这一期的编者前言里,葛浩文回顾了在旧金山 1980 年代早期的某一天,他和 John Berning、胡志德(Theodore Huters)、林培瑞(Perry Link)、Bill McDonald 几个人坐在一起商谈如何开拓更多的渠道,以便提高和扩大英语世界关于 20 世纪中国文学的研究成果。他们认为迈克·格兹(Mike Gotz)主编的《中国现代文学通讯》(*Modern Chinese Literature Newsletter*,1975-1981 年)已经开创了一个正确的方向,只是有许多的局限,需要创办一本真正的专业学术期刊,并相互约定努力在各自的研究机构寻找多方支持。旧金山大学人文学院的院长南希(Nancy McDermid)很快接受了这个想法

图 16 改版前的《中国现代文学与文化》

图 17 改版后的《中国现代文学与文化》

---

① 〔美〕金介甫著、查明建译《中国文学(1949—1999)的英译本出版情况述评》,《当代作家评语》2006 年第 3 期,第 72 页。

并慷慨资助出版了第一期。葛浩文认为15年过去后,尽管学科的构成、深度及品质上发生了一些变化,《中国现代文学》在坚持"高品质"和"兼收并蓄"方面还是成功的,多年来通过这一渠道广泛地传播了中国现代文学研究的多种方法、丰富主题以及各类综合信息。他认为这一阶段成功的关键在于从创刊开始就坚持的广泛合作,如编辑部里超过一打以上同事分别来自美国、欧洲、澳大利亚及亚洲;约半打多科罗拉多大学的研究生作为助理编辑上阵参与,特约编辑了五个专题讨论,其中一个还出版成书。最重要的是,《中国现代文学》得到了广大同僚们不折不扣的支持,他们订阅期刊、提供稿件,默默无私却相当敬业地奉献了大量评论,把讨论专题引入课堂教学并让学生们参与其中,与其他学科同僚分享期刊资源等,整个办刊过程充分地体现了"我们都是一家人"。

1999年第11卷起,俄亥俄州立大学东亚语言文学的邓腾克(Kirk A. Denton)教授出任《中国现代文学与文化》主编。在这期编者前言里,邓腾克对葛浩文多年来为这份期刊做出的贡献表达了自己的敬意,并认为"这份期刊对于现代文学学科的建立做出了不可估量的贡献,我们对他充满了感激之情"[①]。同时他也解释了改变期刊名称的原因:事实上,在《中国现代文学》时期,电影和文化研究已经开始变得越来越重要起来,开始走出单一学科的研究模式。新的编辑方针将在坚持高品质文学研究的同时深化这种跨学科研究路数,因此更改名称将是昭示这一编辑方向最好的信号。新名称在昭示办刊思路连续性的同时也指明了期刊现在想要推进的"文化"方向。做出这一转向则是因为他们确信:只有通过跨学科的观察才能更好地接近、更深刻地理解中国的复杂性和文化的多层性。跨学科的研究有可能提供一种容易被本学科内部学者忽略的观察视角,使这些学者在其他学科的研究方法的审视中受益;并帮助他们更好地理解文化间的差异性及其连接纽带。正如许多学者们一直从事的努力一样,《中国现代文学与文化》也想把中国文化的这种多元化与多样性图景呈现出来。

---

① Editor's Remarks, *Modern Chinese Literatrure and Culture*, 1999 Vol 11, Number 1, p.3.

## 第三章 异域的镜像——海外期刊中的中国当代文学研究

《中国现代文学》更名为《中国现代文学与文化》后不久,新主编邓腾克在网上创立了"中国现代文学与文化资源中心"(MCLC Resource Center,以下简称资源中心),其网址是:http://mclc.osu.edu/。该资源中心提供大量以英语语言发表的关于现代中国的文学、电影、艺术和文化方面的资料,这种传统媒介与现代电子媒介相接合的方式更好地发挥了现代中国文学在海外的传播效应。根据邓腾克主编与笔者的通信:他想通过这种方式使《中国现代文学与文化》形成集传统印刷、网络资源、电邮管理于一体的"三维多媒体资源"(a three-dimensional multi-media resource),以便更好地为那些对中国现代文学与文化有兴趣的学者、学生提供服务。他认为网络化管理最大的好处是可以迅速、大量、持续不断地更新资源。资料的收集过程并不是采用非常系统的方式进行,因此会造成有些领域的资料缺漏,但至少在"文学"和"媒介"这两个领域,他认为"资源中心"提供了最为全面的英文参考资料。这一电子资源中心除了有对我们的研究相当有用的资料外,更昭示了文学与"数字化"的紧密关系,非常值得对此进行专门研究。

尽管在发展的过程中,因为各种原因编辑阵容会有所变化,《中国现代文学与文化》却始终拥有一支专业素质高、跨学科和跨地域的编辑队伍。如现任主编邓腾克教授研究的主要领域有中国现代文学与文化、翻译、鲁迅研究等,代表性的研究著作有《现代中国文学中的自我问题:胡风与路翎》,其他与中国文学相关的编著有《中国:一个旅行者的文学伴侣》、《民国时期文学社团》(与贺麦晓合作)、《中国现代文学思想:文学随笔(1893—1945)》等。[①] 副主编贺麦晓(Michel Hockx)在伦敦大学东方与非洲研究所工作,主要研究中国现代诗歌、中国现代文学社会学、中国当代网络文化,著作有《文体问题:中国现代文学社团与杂志(1911—1937)》,《雪之晨:通往现代性道路上的八位中国诗

---

① *The Problematic of Self in Modern Chinese Literature:Hu Feng and LuLing* ,Stanford University Press 1998; *China: A Traveler's Literary Companion* , Berkeley:Wherabouts Press, 2008; *Literary Societies in Republican China* , Lexington Books,2008; *Modern Chinese Literary Thought: Writings on Literature* 1893-1945,Stanford University Press,1996.

人》,编辑有《二十世纪中国的文学视野》等。① 杂志编委会的其他成员主要还有:

表格 6:《中国现代文学与文化》编委会成员

| 姓名 | 工作部门 |
| --- | --- |
| 安雅兰(Judy Andrews) | 俄亥俄州立大学 |
| 伯右铭(Yomi Braester) | 华盛顿大学西雅图分校 |
| 陈小媚 | 加州大学戴维斯分校 |
| 周英雄 | 台湾中正大学 |
| 戴锦华 | 北京大学 |
| 米列娜(Milena Dolezelova - Velingerova) | 查理大学 |
| 胡志德(Theodore Huters) | 加州大学洛杉矶分校 |
| 安德鲁(Andrew Jones) | 加州大学伯克利分校 |
| 毕克伟(Paul Pickowicz) | 加州大学圣迭戈校分校 |
| 柯德席(Nicholas Kaldis) | 纽约州立大学宾厄姆顿大学 |
| 刘禾 | 哥伦比亚大学 |
| 王德威 | 哈佛大学 |
| 奚密(Michelle Yeh) | 加州大学戴维斯分校 |
| 郑树森(William Tay) | 加州大学圣迭戈分校,香港科技大学 |
| 张隆溪 | 香港城市大学 |

我们可以发现,该刊编辑人员以美国为中心,向外辐射到大陆、香港、台湾及欧洲,这种编辑格局在保证了"中国中心、美国视野"的同时也呈现出开放的姿态。在 15 名编委会成员中,华人学者共有 5 名,其中大陆学者 1 名。这个例子大体反映了海外学术界中不同学术力量的

---

① *Questions of Style. Literary Societies and Literary Journals in Modern China*, 1911-1937. Leiden: Brill 2003; *A Snowy Morning: Eight Chinese Poets on the Road to Modernity*, Research School CNWS (1994); *The Literary Field of Twentieth-Century China*; University of Hawaii Press 1999. 其中有陈平原教授的一篇文章,英文题目是 Literature High and Low:'Popular Fiction' in Twentieth-Century China。

## 第三章　异域的镜像——海外期刊中的中国当代文学研究

所占的比例,很具有象征性。海外华人学者因为占据了独特的文化和语言优势,因此构成了中国文学与文化传播的重要力量。相对来说,大陆学者的学术输出和世界影响力仍然需要进一步得到加强。从历年编委员名单的变化及编者前言的说明里,我们可以初步得到这样的印象:《中国现代文学与文化》期刊吸引和培养了一批海外中国现当代文学研究者,在这个平台上,汇聚了许多优秀的海外学者。如与雷金庆合著了《二十世纪中国文学》[①]的杜博妮;独立撰写了《二十世纪中国文学史》的德国汉学家顾彬及著名华人学者王德威、唐小兵、刘禾等,都曾与该刊有着密切的联系。在一定程度上,《中国现代文学与文化》可以说是海外(尤其是美国)中国文学研究趋势的历史缩影,即它从"汉学"或"中国学"的研究视域中渐渐形成相对独立的"学科",却不能像中国大陆那样进行更为严格细致的学科划分和建设,而是不得不转向更为宽泛的跨学科发展的研究模式。如果说"学科化"显示了现代中国文学在海外传播的不断成长与壮大,那么"跨学科"则恰恰说明了现代中国文学在海外的"边缘"角色与弱小位置,这在客观上决定了它不可能像大陆一样,在海外单独地支撑起自己的学科体系。这一特点体现在海外汉学家身上则表现为:他们的研究领域很难像大陆学界那样可以专攻一门,界限分明,而往往具有较大的伸缩性。这种研究格局除了个人兴趣、知识构成、文化背景等因素外,和现代中国文学在海外的边缘化角色是分不开的,它不足以支撑起学者通过专攻一门就获得应有的学术回报。为了生存和学术发展的需要,他们不得不开拓更为广阔的研究领域,许多学者的研究领域往往兼及文学、文化、影视等几个方面,时间范围也不会局限于大陆习惯的"现代"或"当代"某一段。这种"边缘角色"从根本上决定了海外现代中国文学研究的期刊、机构、学者也是"混合"型的,"当代文学"往往是包括在现代文学、文化甚至汉学(中国学)中。加强或改变海外现代中国文学这种"先天边缘、后劲不足"的状况,将是一个长期的过程,因为这不仅仅是学术的综合影响,更是

---

① *The Literature of China in the Twentieth Century*, First published in the United Kingdom by C. Hurst & Co. London 1997.

国力的长期较量。

## 二、栏目简介及其资料性

该刊的栏目设置大体经历了一个"简约化"的过程。早期的栏目主要包括:编者前言(Editor's Remarks),研究文章(Articles),书评(Reviews),时评(Currents)、作者简介(Contributors)几个部分。许多栏目都非常注重对一些重要参考资料有意识地收集与整理,如 1993、1994、1998 年分三次刊出的中国电影参考资料等①。在所有的栏目中,以文章和书评最为重要。现对部分栏目简要介绍如下:

编者前言除了对重要的变革进行相应的回顾与说明外,最主要的内容是对本期文章进行简要介绍。从 1989 年起,经常会以专辑的形式集中讨论一些有关中国文学或文化现象,至 2008 年秋一共发表了 15 个专辑讨论。如:80 年代文学、战争文学、台湾当代小说、现代文学摄影、城市研究、现代中国视觉文化与回忆、诗歌、高行健专辑等。这些专题讨论对象集中,角度不一,观点各异,往往能使读者对所讨论对象获得比较全面的印象,其中不乏富有启发性的论见。"书评"分为学术著作与文学译作两大类型,学术著作以海外学者居多,如 Howard Y. F. Choy 著《重拼过去:邓时代(1979—1997)的中国历史小说》,唐小兵《中国的后现代主义:先锋小说中的精神创伤与反讽》,孟悦《上海与帝国边缘》等②;也有少量大陆学者译作评论,如洪子诚《中国当代文学史》英译本的评论,王谨和白露(Tani Barlow)主编《电影与欲望:戴锦华作品中女性主义马克思主义与文化政治》③。2003 年以后的中国当

---

① Chinese Electric Shadows: A Selected Bibliography of Materials in English.
② *Remapping the Past*: *Fictions of History in Deng's China, 1979-1997*, by Howard Y. F. Choy. Brill Academic Publishers,2008, Reviewed by Andrew Stuckey,2010; *The Chinese Postmodern*: *Trauma and Irony in Chinese Avant-Garde Fiction*, by Xiaobin Yang. Ann Arbor: University of Michigan Press, 2002. Reviewed by Wendy Larson,2009; *Shanghai and the Edges of Empire*, by Meng Yue. Univ. Of Minnesota Press,2006, Reviewed by Alexander Des Forges,2008。
③ *A History of Contemporary Chinese Literature*,, Michael M. Day, brill (2007,2009 两种版本),Reviewed Edward Gunn,2008; *Cinema and Desire*: *Feminist Marxism and Cultural Politics in the Work of Dai Jinhua*, by Dai Jinhua. Eds. Jing Wang and Tani E. Barlow. Verso, 2002. Reviewed Megan Ferry,2005.

### 第三章 异域的镜像——海外期刊中的中国当代文学研究

代文学作品按照评论年代顺序依次有 2010 年杨显惠《上海女人》; 2009 年王安忆《长恨歌》;2008 年韩东《扎根》,姜戎《狼图腾》;2007 年 王小波《爱与束缚:王小波小说三篇》;2006 年朱文《我爱美元》,苏童 《我的帝王生涯》;2005 年莫言《丰乳肥臀》,阿来《尘埃落定》,迟子建 小说选集《超自然虚构》,陈染《私人生活》;2004 年余华《活着》和《许 三观卖血记》①。

"时评"是《中国现代文学》的一个特色栏目,于 1993 年后被取消, 往往以简短的形式关注和报告中国现代文学领域的各种最新研究状况,比较注重学科的信息发布和资料累积,如文学、学术著作出版信息, 内容包括文章,著作,硕士、博士论文等;各种大小学术会议信息;新的文学组织和研究项目;中国现代文学教学的课程与方法创新;交换项目、访问学者、重要演讲等。通过"时评"这个栏目,可以及时地了解和 把握海外及大陆中国现代文学的相关动态信息。在"时评"提供的所 有资料中,"西语写作中国现代文学的博士论文名单"是一份很有参考

---

① 这些作品的英文名、出版社、译者、评论者信息分别是如下: *Woman from Shanghai: Tales of Survival from a Chinese Labor Camp*, by Yang Xianhui; trs. Wen Huang (New York: Pantheon Books 2009), Reviewed by Paul Foster; *Song of Everlasting Sorrow: A Novel of Shanghai*, by Wang Anyi; trs. Michael Berry and Susan Chan Egan. (New York: Columbia University Press 2008). Reviewed by Michel Hockx; *Banished! A Novel*, by Han Dong; trs. by Nicky Harman. (Honolulu: University of Hawaii Press 2008). Reviewed by Mingwei Song; *Wolf Totem*, by Jiang Rong; trs by Howard Goldblatt (New York: Penguin USA 2008), Reviewed by Howard Y. F. Choy; *Wang in Love and Bondage: Three Novellas by Wang Xiaobo*; trs. by Hongling Zhang and Jason Sommer. (State University of New York Press 2007), Reviewed by Wendy Larson; *I Love Dollars and Ohter Stories of China*, by Zhu Wen; Tr. by Julia Lovell. (New York: Columbia University of Press 2007), Reviewed by Jason McGrath; *My Life as Emperor*, by Su Tong; Tr. by Howard Goldblatt (New York: Hyperion East 2005), Reviewed by Rong Cai; *Big Breasts and Wide Hips*, by Mo Yan. Tr. by Howard Goldblatt (Arcade Publishing, 2004). Reviewed by Kenny Ng; *Red Poppies: A Novel of Tibet*, by Alai, Tr. by Howard Goldblatt and Sylvia Li-chun Lin (Houghton Miflin, 2002). Reviewed by Gang Yue; *Figments of the Supernatural*, by Chi Zijian. (选译了六篇小说——笔者注) Tr. by Simon Patton. (James Joyce Press, 2004). Reviewed by Wang Ping; *Good-bye Mr. Nixon: A Review of A Private Life*, by Chen Ran. Tr. by John Howard-Gibbon (Columbia University Press, 2004). Reviewed by Larissa Heinrich; *To Live and Chronicle of a Blood Merchan*, by Yua Hua. *To Live*. Tr. by Michael Berry (New York: Anchor Books, 2003); *Chronicle of a Blood Merchant*. Tr. Andrew F. Jonese (New York: Pantheon Books, 2004). Reviewed by Richard King.

价值的资料,根据1987年3卷(1、2期合编)的编者按介绍:按编年顺序,美国华盛顿大学出版社已分别出版了1941—1970年和1971—1975年的《关于中国的博士论文:西方语言研究参考书目》[①]。《中国现代文学》则分三次刊出"现代文学"方面的博士论文,现根据《中国现代文学》1984、1987、1993年有关资料,对1980—1991年间的博士论文翻译整理如下:

表格7:1980—1991年西方语言撰写的中国现代文学博士论文表

| 年份 | 作者 | 题目 | 学校 | 页数 |
| --- | --- | --- | --- | --- |
| 1980 | Berninghausen, John David | 茅盾早期小说(1927—1931)现实主义的立场与风格 | 斯坦福大学 | 354 |
| | Fabre, Guihem | 1942年延安王实味事件:中国反对派的起源 | 巴黎第二大学(法) | 不详 |
| | Granat, Diana Seglin | 新短篇小说的文学延续性:《小说月报》(1921—1931)研究 | 宾夕法尼亚大学 | 213 |
| | Hou, Chien | 白璧德在中国 | 纽约州立大学(石溪分校) | 312 |
| | Mc Omber, Douglas Adrian | 许地山与身份寻求 | 加州大学伯克利分校 | 209 |
| | Modini, Colin Norman | 冯雪峰:鲁迅的继承者 | 澳大利亚国立大学 | 207 |
| | Tokuyama, Helen Strand | 压抑、中国作者与中国短篇小说(1917—1933) | 加州大学欧文分校 | 273 |

---

[①] *Doctoral Dissertations On China: A Bibliography of Studies in Western Languages*, 1941-1970; *Doctoral Dissertations On China 1971-1975*. Washington University Press. 没有标明出版年。此类参考资料还有: *Doctoral Dissertations on China and on Inner Asia, 1976-1990: an Annotated Bibliography of Studies in Western Languages*, compiled and edited by Frank Joseph Shulman, Westport, Conn: Greenwood Press, 1998.

第三章 异域的镜像——海外期刊中的中国当代文学研究

续 表

| 年份 | 作者 | 题目 | 学校 | 页数 |
|---|---|---|---|---|
| 1981 | Beyer,John Charles | 赵树理:从道德故事到"问题小说" | 利兹大学(英) | 不详 |
|  | 张诵圣(Chang,Sung-sheng) | 台湾当代小说研究 | 德州大学奥斯汀校区 | 170 |
|  | Hung,Chang-tai | 中国知识分子与民间文学 | 哈佛大学 | 437 |
|  | Semergiff, Kathleen S. | 中国妇女形象的转变(1949—1967):以丁玲为例 | 纽约圣约翰大学 | 243 |
|  | Yang,Jane Parish | 台湾新文学运动(1920—1937)的演变 | 威斯康星大学麦迪逊校区 | 275 |
| 1982 | Chang,Lily | 失落的中国皮影戏根源:与人物戏之比较 | 加州大学洛杉矶分校 | 427 |
|  | Chien,Cheng-chen | 台湾现代文学中的流放主题 | 德州大学奥斯汀校区 | 328 |
|  | Fong,Gilbert Chee Fun | 苏曼殊、徐振亚的主观主义:中国翻译小说 | 加拿大多伦多大学 | 不详 |
|  | Kane,Anthony James | 左翼作家联盟与中国文学策略 | 密歇根大学 | 353 |
|  | Linfors,Sally Ann | 私人生活:对现代作家欧阳子短篇小说的解析 | 德州大学奥斯汀校区 | 329 |
|  | Robinson,Lewis Steward | 双刃剑:基督教与二十世纪中国文学 | 加州大学洛杉矶分校 | 568 |
|  | 王德威(Wang,Davis Der-Wei) | 现实主义叙述的可能性:茅盾与老舍的早期小说 | 威斯康星大学麦迪逊校区 | 350 |
| 1983 | Clark,Paul John Abbot | 没有战场的英雄:1949年以来中国电影制作史 | 哈佛大学 | 354 |

续　表

| 年份 | 作者 | 题目 | 学校 | 页数 |
|---|---|---|---|---|
| 1983 | Harnishch, Thomas | 文学与政治：中国1978—1979年间的作家与短篇小说 | 慕尼黑大学（德） | 不详 |
|  | Kaplan, Harry Allan | 中国现代诗歌的象征主义运动 | 哈佛大学 | 340 |
|  | Yu, Shiao-ling | 后毛时期文学的文化革命 | 威斯康星大学麦迪逊校区 | 350 |
| 1984 | King, Richard | 一面破碎的镜子：文革文学 | 英属哥伦比亚大学（加） | 391 |
|  | Larson, Wendy Ann | 二十世纪早期中国作家的自传 | 加州大学伯克利分校 | 233 |
|  | Rupprecht, Hsiao Wei Wang | 张恨水的生活与虚构艺术 | 威斯康星大学麦迪逊校区 | 393 |
| 1985 | Anderson, Marston Edwin | 叙事与批评：中国现代文学中的社会现实结构 | 加州大学伯克利分校 | 229 |
|  | Chen, Chang-fang | 野蛮人的天堂：美国华人印象 | 印第安纳大学 | 451 |
|  | Chen, Wei-ming | 笔与剑：老舍短篇小说中的"文武之争" | 斯坦福大学 | 195 |
|  | Chou Yin-hwa | 中国人报告：自然、起源与发展 | 加州大学洛杉矶分校 | 251 |
|  | Field, Stephen Lee | 扛起犁铧：中国文学中农民的现实与理想形象 | 德州大学奥斯汀校区 | 207 |
|  | Lin, Buan-chap | 鲁迅修辞方法研究 | 新加坡国立大学 | 518 |
|  | Williams, Philip F. C. | 中国1920—1940年代视野下的吴祖缃及其乡村改良小说 | 加州大学洛杉矶分校 | 不详 |

第三章　异域的镜像——海外期刊中的中国当代文学研究

续　表

| 年份 | 作者 | 题目 | 学校 | 页数 |
|---|---|---|---|---|
| 1986 | Campbell, Catherine Pease | 吴祖缃小说与散文的性格研究 | 斯坦福大学 | 505 |
| | Chan, Ching-kiu Stephen | 现代中国现实主义问题：茅盾及其同代人（1919—1937） | 加州大学圣迭戈校区 | 340 |
| | Kaplan, Randy Barbara | 田汉的前左翼独幕剧 | 俄亥俄州立大学 | 490 |
| | 梁丽芳（Louis, Winnie Laifong） | 后毛时代青年的小说形象：一种主题学研究 | 英属哥伦比亚大学（加） | 不详 |
| 1987 | Chien, Ying-ying | 妇女斗争：东西方代表小说的比较研究 | 伊利诺伊大学厄巴纳香槟分校 | 385 |
| | Decker, Margaret Holmes | 中国当代小说中的讽刺变迁：高晓声 | 斯坦福大学 | 263 |
| | Li, Catherine Chan | 孔雀东南飞 | 加州大学洛杉矶分校 | 347 |
| | Stewart, Elizabeth Chen | 艾略特和张爱玲小说中的妇女问题意识 | 伊利诺伊大学厄巴纳香槟分校 | 166 |
| | Kukowski-Pieroni, Theresa | 诗人斗士的著作：胡风的主观现实主义在中国 | 威斯康星大学麦迪逊校区 | 643 |
| | Leung, Yiu-nam | 狄更斯与老舍的影响与平行研究 | 伊利诺伊大学厄巴纳香槟分校 | 221 |
| 1988 | Denton, Kirk Alexander | 社会转型中思想角色：路翎小说中的混乱与疯狂 | 多伦多大学（加拿大） | 不详 |

续 表

| 年份 | 作者 | 题目 | 学校 | 页数 |
|---|---|---|---|---|
| 1988 | Ferguson, Daniel Lee | 粤剧研究:音乐来源、历史发展、当代社会组织与应变策略 | 华盛顿大学 | 341 |
| | 赵毅衡(Zhao Yiheng) | 艰难的叙述者:中国二十世纪初的小说与文化 | 加州大学伯克利分校 | 456 |
| 1989 | Chen, Xiao-mei | 诗意的误读:中西文学关系中的接受焦虑 | 印第安纳大学 | 251 |
| | Hoare, Stephanie Alison | 情节剧与新方法:台湾当代剧本的文学策略 | 西北大学 | 381 |
| | Jang, Ren-hui | 中国传统戏剧的现代转换:对一份台湾"新"歌剧剧本的研究 | 西北大学 | 361 |
| | 刘康(Liu, Kang) | 个人主义与现实主义:路翎与欧洲现代小说 | 威斯康星大学麦迪逊校区 | 234 |
| | Peng, Hsiao-yen | 对立与超越:沈从文的先锋主义与原乡主义 | 哈佛大学 | 226 |
| | Ru, Yi-ling | 家庭小说:作为一种类属定义 | 宾夕法尼亚大学 | 240 |
| | Trumbull, Randolph | 上海的现代性 | 斯坦福大学 | 319 |
| | Xiao, Minghan | 巴金与福克纳作品中的上流社会家庭的衰落 | 俄亥俄州立大学 | 450 |
| | 张京媛(Zhang Jingyuan) | 弗洛伊德与中国现代文学(1919—1948) | 康奈尔大学 | 363 |
| 1990 | Chen, Li-fen Lily | 叙事作品中的虚构性与现实性:阅读四位台湾当代作家 | 华盛顿大学 | 315 |

### 第三章 异域的镜像——海外期刊中的中国当代文学研究

续　表

| 年份 | 作者 | 题目 | 学校 | 页数 |
|---|---|---|---|---|
| 1990 | Chow, William Cheong-loong | 周作人：新文化运动中的一个宁静的激进者 | 威斯康星大学麦迪逊校区 | 216 |
| | 刘禾(Liu, Lydia He) | 中国现代小说中第一人称叙事的政治策略 | 哈佛大学 | 216 |
| | Sun, William Huizhu | 定县农民戏剧实验（1932—37） | 纽约大学 | 309 |
| | Tam, King-fai | 张恨水小说的传统与革新 | 普林斯顿大学 | 272 |
| | Wu, Xiaozhou | 中西文学类型理论与批评：作为一种比较研究 | 爱默里大学 | 257 |
| | Yeh, Catherine Vance | 中国形式、世界流派：曾朴的政治小说《孽海花》 | 哈佛大学 | 382 |
| 1991 | Chen, Ai-Li | 寻求文化身份：台湾70年代的"乡土"文学 | 俄亥俄州立大学 | 不详 |
| | Matthews, Josephine Alzbeta | 艺术性与真实性：赵树理和他的小说世界 | 俄亥俄州立大学 | 410 |
| | Wu, Qing-yun | 女性成规的转变：中西文学中的女权主义者乌托邦 | 宾夕法尼亚大学 | 283 |
| | Yuame, Ming-bao Monika | 妇女与表达：中国现代小说的女性主义解读 | 斯坦福大学 | 212 |

这份名单总共发表的论文数目为66篇，平均每年约有6篇。从数量来看，并不呈现逐年递增减的趋势。从作者构成来看，华人约占三分之二，这一比例再次表明以美国为代表的海外学派中，华人学者是推动中国现当代文学、中外文学交流的重要力量。其中一些人很快成长为著名学者，如王德威、赵毅衡、张京媛、刘禾及后来成为《中国现代文学与文化》主编的邓腾克教授、研究"文革"文学的加拿大学者梁丽芳女士等。从选题来看，以大陆现代文学研究居多，专事于当代文学研究题目的仅

有 6 篇,分别是 1981 年约翰·查尔斯·拜尔(John Charles Beyer)《赵树理:从道德故事到"问题小说"》;1983 年托马斯·哈尼希(Thomas Harnisch)《文学与政治:中国 1978—1979 年间的作家与短篇小说》;余孝玲(Shiao-ling Yu)《后毛时期文学的文化革命》;1984 年瑞查德·金(Richard King)《一面破碎的镜子:文革文学》;1986 年梁丽芳《后毛时代青年的小说形象:一种主题学研究》;1987 年玛格丽特·霍姆斯·丹克(Margaret Holmes Decker)《中国当代小说中的讽刺变迁:高晓声》[1]。

### 三、历年目录与当代文学研究情况

通过对 1984 至 2009 年目录的分析,从中国当代文学研究的角度来看,未改名的《中国现代文学》(1984—1998)时期显然更具有参考价值。从时间上讲,它与中国当代文学剧烈变化和转型期基本吻合;从内容上讲,非常集中地讨论了大陆、港台从现代到当代的诸多文学问题。研究的作家也往往是一些经典或重要的作家,如现代作家有鲁迅、茅盾、路翎、冰心、戴望舒等,当代则有莫言、苏童、余华、北岛等。体裁主要涉及小说、诗歌、戏剧、电影等,尤以小说为重。地域包括大陆、台湾、香港的作家、诗人,以大陆和台湾较多。研究者呈现以美国华人学者为主向外扩散的特点,其身份以美欧亚的大学教授为主。内容方面既有整体性的研究,也有具体的作家作品的评论。从题目来看,一些文章的研究角度还是很值得关注的,有些内容看起来在国内也很少被提到,尤其是它比较客观地反映了大陆、台港文学在整个海外的传播情况,使我们获得了一种更广阔的观察大陆文学的视角,帮助我们更清楚地认识中国内地、香港、台湾三地作家在海外的文学影响,以及中国现代文学与当代文学在海外的不同影响力及其变化特征。

为了形成直观的印象,我们略去现代文学和港台等部分,以大陆当

---

[1] *From Moral Tale to 'Problem Story'*: The Fiction of Zhao Shuli;(德)Literatur und Politik in dern VR China: Die Schriftsteller und die Kurzgeschinchten in den Jahren1978-1979; *The Cultural Revolution in Post-Mao Literature*; *A Shattered Mirror*: The Literature of the Cultural Revolution; *The Fiction Image of Post-Mao Youth*: A Thematic Study; *The Vicissitudes of Satire in Contemporary Chinese Fiction*: Gao Xiaosheng.

## 第三章 异域的镜像——海外期刊中的中国当代文学研究

代文学为主要研究对象进行整理,对 1984 年以来的目录列表介绍。需要特别说明的是,大陆当代文学文章约占全部篇幅的三分之一,现代文学整体上略多一点,相关文章也具有很高的参考性(标 * 者为书评,部分人名保留英文原名)。

1984 年春 1 卷 1 期:
  王蒙,意识流与现代主义争议——郑树森(William Tay)
  关于"意识流"的一封公开信——王蒙
  延安"野百合"前作家的不满与党的反应:官僚作家与周扬——Yang-Kyna Rubin
  赵振开的小说:一种文化转化研究——杜博妮(Bonnie S. McDougall)

1985 年春 1 卷 2 期:
  北岛的诗:启示与交流——杜博妮
  *20 世纪中国女作家 ——Wendy Larson
  美中第二次作家大会——林培瑞(Perry Link)
  四海之内:爱荷华大学国际写作计划——Wang Chien-hui
  中国当代戏剧与话剧——Constantine Tung
  作家刘心武访问西德——Helmut Martin

1986 年 2 卷 1 期:
  刘宾雁与特写——Rudolf G. Wagner
  *《干校六记》(Geremie Berme 译);《干校六记》葛浩文译——Edward Gunn
  *《中华人民共和国文学与政治》(Rudolf G. Wagner)——瑞查德·金

1986 年 2 卷 2 期:
  姚雪垠及《李自成》访谈录——Guy Alitto
  *《繁荣与竞争:后毛时代中国文学》、《中国当代文学:后毛时代中国小说与诗歌选》(杜迈克[Michael S. Duke])——Andrew J. Nathan
  1986 金山会议(上海西南一个地名)——Yu-shih Chen

1987 年 3 卷 1—2 期：

她的敏锐感受力：郑敏的诗歌——Ling Chung

高晓声访谈——Yi-Tsi Mei Feuerwerker

《探求者》："百花"时期一份有文学独立性倾向期刊的相关资料——Rudolf G. Wagner

\*《中国(1949—1979)大众文学与表演艺术》(杜博妮编著)——讨论会，多人参与

\*《玫瑰与荆棘：中国小说的第二次"百花"时期 1979—1980》(林培瑞编著)；《菊花及其他故事》(冯骥才)——杜博妮

\*《后毛时代：中国文学与社会 1978—1981》(Jeffrey C. Kinkley)——顾彬

旧金山中国当代文学研讨会集要——Timothy Leung

第二届汉华语文学圈国际会议——Song Yongyi

1988 年 4 卷 1—2 期：

三家访谈：王安忆，朱玲，戴晴——Wang Zheng

用你的身体写作：舒婷诗歌中的文学创伤——顾彬

信息统计：德国的中文女性写作介绍——Ruth Keen

\*迷人的山虎：残雪的反抗与文化批评——Jon Solomon

\*中国当代小说的政治价值重估——Margaret H. Decker

1989 年 5 卷 1 期：

社会责任和自我表达：1980 年代中国文学——Helen F. Siu

红高粱家族的浪漫——周英雄

在美学和阐释学之间：阿城《棋王》中的一种新型成长小说①——Kin-yuen Wong

赵振开《波动》：中国现代主义小说的一个新起点——

---

① 原题为：Between Aesthetics and Hermaneutics: A New Type of Bildungsgroman in Ah Cheng's "The Chess Champion."；Bildungsgroman 有成长小说或教育小说两种翻译，这里采用更常见的成长小说的译法。

## 第三章 异域的镜像——海外期刊中的中国当代文学研究

　　　Philip Williams
　*《男人的一半是女人》(Martha Avery 译)——Marsha L. Wagner
　*《中国当代散文诗评》(Julia Lin)——Christopher Lupke
1989年5卷2期(本期有大量现代作家的研究)
　*《现实主义局限:革命时期的中国小说》(Marston Anderson)——王德威
　*《布礼:一部中国现代小说》(Wendy Larson 译)——Philip F. Williams
1992年6卷1—2期(台湾专辑):
　*《从死向生:从文革到天安门广场》(多多著,Gregory Lee 和 John Cayley 译)——Peter Button
　*《中华人民共和国戏剧》(Constantine Tung 和 Colin Mackerras 编)
　*《四部中国当代历史剧研究》(Rudolf Wagner)——Edward Gunn
　*《浮躁》(葛浩文译)——王德威
1993年春7卷1期:
　残余的现代主义:中国当代小说中的自我叙述——唐小兵
　文革小说的修正主义和转化——瑞查德·金
　*《现代中国女作家评估》(杜迈克)——Gregory Lee
　*《桑青与桃红:两位中国女性》(聂华苓著,Jane Parish Yang 与 Linda Lappin 译)——Gianna Quach
1993秋年7卷2期(有中国文学改编电影专辑,相关文章略):
　*《台湾当代小说的现代主义与本土性》(Yvonne Chang)——Rosemary Haddon
　*《里里外外:中国文学与文化中的现代主义与后现代主义》(Wendy Larson 和 Anne Wedell-Wedellsborg)——唐小兵
1994年8卷1—2期:
　寻找欢笑:杨绛的女性喜剧——Amy D. Dooling

《男人的一半是女人》中的动物象征与政治异议——Zuyan Zhou

特别节选:中国文学翻译谈五篇

世界文学经济中的中国文学——Andrew F. Jones

中国的声音——Ronald R. Janssen

边缘的注解:关于近期现代中国诗歌翻译——John Balcom

中国当代小说中的文化可译性——Kam Louie

现代中国小说的到来——Trevor Carolan

*《二十世纪中国文学的性别与性》(Tonglin Lu 编著)——Gianna Quach

*《革命中国的艺术与意识形态》(David Holm 编著)——Charles A. Laughlin

1995 年春 9 卷 1 期(城市研究专辑[上海],特约编辑:唐小兵):

1940 年代后中国小说理论概述——钱理群(Steven Day 翻译)

上海市民文学和(城市)家庭矛盾——Xueping Zhong ①

上海文学及其超越:李紫云(音)访谈——Xueping Zhong

苏童小说中的城乡对抗变化——Robin Visser

*《形式的距离》(北岛)——Simon Patton

*《朝阳:采访"迷惘的一代"中国作家》——梁丽芳(Laifong Leung)

*《现代中国作家自述》(Helmut Martin and Jeffrey Kinkley)——Haili Kong

1996 年秋 9 卷 2 期(诗歌研究专辑,特约编辑:奚密):

1960 年代与 1970 年代的地下诗歌——柯雷(Maghiel van Crevel)

创造者!破坏者:中国诗人的自我形象——顾彬

北岛诗歌中的思想与冲突——Dian Li

北岛访谈——Gabi Gleichmann

---

① Shanghai Shimin Literature and the Ambivalence of (Urban) Home.

## 第三章 异域的镜像——海外期刊中的中国当代文学研究

　　*《舒婷诗歌自选集》——Andrea Lingenfelter 翻译
　　*生命不能承受之重:《英儿》中顾城和谢烨的性别、性欲和疯狂——Simon Patton
1998 年 10 卷 1、2 期:
　　Anal(直译为肛门)无政府主义:莫言《红蝗》——Ling Tun Ngai ①
　　彰显真相:1970 年代中期小说中的寓言和隐喻——瑞查德·金(Richard King)
　　苏童小说中的颓废、革命和自决——Deirdre Sabina Knight
　　顾城的《英儿》:向西而行②——Li Xia
　　文革小说的意识形态风格——Lan Yang
　　余华小说中孤行者的再现——Rong Cai
1999 年 11 卷 1 期:
　　隐形书写:90 年代大众文化的隐形政治学——戴锦华
　　知识分子角色的质疑:90 年代中国新文化保守主义——Ben Xu
　　*《政治结束与诗歌开始,关于语言碎片化的评论:中国当代诗歌与多多》(柯雷著)——奚密
1999 年 11 卷 2 期:无
2000 年 12 卷 1 期:
　　*现代中国文学研究的文化转折:Rey Chow and Disasporic 的自我写作——Li-fen Chen
　　*《意识形态,权力,文本:现代中国文学中的自我表征与农民"他者"》(Yi-Tsi Mei Feuerwerker)——Wendy Larson
　　*《二十世纪中国的文学视野》(贺麦晓编)——Paul Manfredi

---

① 原题为:Anal Anarchy: A Reading of Mo Yan's "The Plagues of Red Locusts."
② 原题为:Gu Cheng's Ying'er: A Journey to the West. ,"A Journey to the West"也可译"西游记"。

2000 年 12 卷 2 期(本期有现代中国视觉文化与回忆专辑,特约编辑 Julia F. Andrews and Xiaomei Chen):
　　*《隐形书写:90 年代中国文化研究》(戴锦华)——Shuyu Kong

2001 年 13 卷 1 期:
　　文化构造与文化介入:90 年代中国城市小说解读——Jie Lu
　　*《新一代:中国当下诗歌》(Wang Ping 编)——Andrea Lingenfelter

2001 年 13 卷 2 期:
　　计划的诗情:毛时期诗歌朗诵的抒情性与戏剧性——John A. Crespi
　　创作源泉:顾城早期诗歌的中的对称性与想像力——Simon Patton
　　*《在中国发现中国民族主义现代化、认同及其国际关系》(郑永年)——Ben Xu
　　*《南方的诗:中国当代抒情诗的比较研究》(Raffael Keller,德国)——柯雷

2002 年 14 卷 1 期:
　　进退维艰:文化市场中的中国文学期刊——Shuyu Kong
　　文化词汇学:韩少功《马桥词典》——Vivian Lee
　　幻象逻辑:中国当代文学想象中的幽灵与闹鬼——Jianguo Chen
　　*《后现代主义与中国》(Arif Dirlik、张旭东编)——Jie Lu

2002 年 14 卷 2 期(高行健专辑):
　　高行健,诺贝尔奖及中国知识分子:2000 年诺贝尔奖余波备忘——Julia Lovell
　　遥远声音中的 Perfomance:高行健戏剧中的叙述形式(风格)——Sy Ren Quah
　　我的写作,你的疼痛,她的创伤:代词和(性别)主体在高行健的《灵山》与《一个人的圣经》中——Gang Gary Xu

## 第三章　异域的镜像——海外期刊中的中国当代文学研究

从屈原、沈从文的汉语背景下看高行健——Jeffrey C. Kinkley

去女性化:高行健《一个人的圣经》中以女性化为轴的他异性诉求——Carlos Rojas

迷失在森林中:《灵山》中的自然——Thomas Moran

《一个人的圣经》后记——刘再复

\*《现代性的丧失:以一份中文流行小说杂志为背景》(Denise Gimpel)——Jeffrey C. Kinkley

\*《高行健与中国实验戏剧:建立一种现代禅剧》(赵毅衡)——Mabel Lee

2003 年 15 卷 1 期:台湾电影专辑

2003 年 15 卷 2 期:

身体、空间和权力:苏童和张艺谋的《大红灯笼高高挂》中的文化想象——Hsiu-Chuang Deppman

2004 年 16 卷 1 期:无

2004 年 16 卷 2 期:无

2005 年 17 卷 1 期:亚洲视域中的中国文化专辑

2005 年 17 卷 2 期:多是电影与文化方面文章

2006 年 18 卷 1 期:中国现代主义专辑

2006 年 18 卷 2 期:有关贾樟柯电影的讨论文章

2007 年 19 卷 1 期:

诗学漫游:长河抒情、史诗意识与后毛时代的壮丽诗歌风景线——Jiayan Mi

2007 年 19 卷 2 期:

为何这个故事中有诗?李商隐的诗歌、中国当代文学及过去未来——Paola Iovene

2008 年 20 卷 21 期:

记忆的虚构:汪曾祺和后毛时代的本土重建——Carolyn Fitz-Gerald

2008 年 20 卷 2 期:中国现代喜剧专辑

2009 年 21 卷 1 期:无

这份目录,首先体现了《中国现代文学与文化》从创刊到 2009 年的编辑风格的大致变化。其次,这份目录虽然不能全面代表海外中国当代文学的整体传播状况,却不失为我们观察中国当代文学在海外传播与研究的一个很好的窗口。比如,通过它我们发现海外当代文学研究基本上与国内研究保持着同一步调,其研究视点相对于国内呈现出一种"追随"与"交错"的趋势。一方面,上世纪 80 年代初王蒙等关于"意识流"与"现代主义技巧"的争论、先锋女作家残雪的出现、著名诗人顾城之死等事件,它都能及时地给予与评论和研究。另一方面,对北岛的持续关注以及高行健的研究则与国内学界"交错"开来,显示了其独立、开阔和更加国际化的研究视野。从文学分期的角度来看,海外与国内也有着微妙的差别。海外没有国内非常明确的"中国当代文学"的学科概念,它的"现代"是包括了我们所说"当代"内容的。这和国内"重写文学史"过程中提出的"二十世纪中国文学史"、"现当代文学整体观"等有着异曲同工之妙。而针对当代文学分期,海外往往喜欢用"毛时期"与"后毛时期"来指称我们习惯的"十七年"、"文革"、"新时期"。其实,海外和大陆的分期观念中都包含了意识形态,如海外更愿意以"后八九"作为区分当代文学的一个关键点。大到分期意识,小到具体文章的题目,可以折射出这一阶段的海外中国当代文学研究,虽然不是狭隘的政治意识形态视角,但也绝不是纯粹的艺术趣味,而是一种复杂心境的观照。

这份目录也相对客观地显示了在不同历史时期,中国作家、诗人的海外传播状况与不同影响力。按照出现次数的多少对这份目录中作家、诗人进行简单统计,其名单如下:高行健(专辑),北岛 6 篇,王蒙 3 篇、苏童 3 篇、杨绛 3 篇、顾城 3 篇、张贤亮 2 篇、舒婷 2 篇、莫言 2 篇、刘心武、刘宾雁、姚雪垠、郑敏、高晓声、冯骥才、多多、王安忆、残雪、阿城、贾平凹、余华、韩少功、汪曾祺各 1 篇。北岛和高行健作为曾经在大陆有着广泛影响力的诗人和作家,因其身份、生活、语言的国际化,在整体上显然比其他大陆作家和诗人更有国际影响力。值得注意的是,高行健在获得 2000 年诺贝尔文学奖之前,《中国现代文学与文化》从来

第三章　异域的镜像——海外期刊中的中国当代文学研究

没有发表过他的相关研究,因此 2002 年的讨论专辑给人一种"隆重的突兀"印象。北岛的国际影响力则显得持久而广泛,对他的研究不仅数量多、时间久,并且有程度深、范围广的特点。大陆的作家和诗人首先呈现出不同代际的特征,并且年轻一代数量居多,显示出后备力量充足的趋势。其次,海外传播也呈现出一种"集团"效应。如诗人中的顾城、舒婷、多多包括北岛都是"朦胧诗"的主将;王蒙、刘宾雁、姚雪垠等则有"右派"的共同特征;刘心武、张贤亮、高晓声、阿城、王安忆和"伤痕"或"知青"文学都有联系;莫言、余华、苏童、残雪则是"先锋"的代表。而像汪曾祺、贾平凹这样相对独立于各种文学潮流之外的作家,他们的作品则往往具备鲜明的地域特征或民俗风情。不论是小说还是诗歌,整体研究或具体作品的研究,我们可以看出,海外中国当代文学的研究背后其实潜藏着某种"选择"的标准,其中有政治打量,也有文化的玩味;有民俗的猎奇,也有审美的观照。

**结语**

通过对《中国现代文学与文化》的个案研究,我们可以清晰地感受到,这份期刊所反映的美国学界的大概变化:从"文学"到"文化"、从学科化到跨学科化,尽管中国现(当)代文学在海外不断地发展着,却未能从根本上改变它的"边缘"性,不过"边缘"并不意味着没有分量。笔者以为美国的中国现当代文学研究发展变化远远地快于中国,这种大角度、大范围、站在全球化的立场上来研究中国现当代文学的方法,对我们也未尝不是一种启示。虽然笔者也坚持文学应该有其"单纯"的一面,但就研究而言,则赞同不断地拓展视角,扩大内涵,加强理论,以"对象统一"的原则,站在全球化的立场来进行,否则非常容易形成新的封闭现象。当然,在具体研究过程中,侧重于文学本身亦或文化延展,则完全是学者们个人的自由选择。

通过海外期刊来观察海外学界对中国当代文学的批评意见,这应该是最为直接和富有现场感的一种研究方式,《中国现代文学与文化》是很有代表性的海外中国文学期刊之一。对海外学界相关学术成果及时的切磋与借鉴,可以使我们更快地了解和掌握海外学术动态,增强与他们对话的能力。相对于国内这一学科的主流状态,海外中国现当代文学的跨学科化和边缘化现象将长期存在。然而,因为有着相同的研究对象,它们之间的互动也将长期存在。我们相信,这种交流除了让我们能以更积极的姿态参与到世界学术的共建活动中之外,也会为这一学科的不断发展做出良好的贡献。

## 第二节　被忽略的"文学史"
—— 从海外期刊看中国当代文学

无论是中国或是海外,报刊杂志都是文学存在和传播的重要载体,也是我们观察文学生成和发展的直观缩影。每份期刊都会因为自身特定的研究领域、办刊宗旨、组织机构、编委成员、编辑方针等因素,形成既独立又相互牵连的"圈子"或交流平台。那些历史悠久、专业性强、知名度高的期刊,在长期的办刊过程中会积累下大量珍贵的信息等待挖掘,可以说,优秀期刊往往会成为所研究领域"流动的历史"教材。这正是为什么近年来期刊研究越来越为学界重视的原因之一。借助文学期刊重返文学现场,最大限度地贴近和理解研究对象,直观地感受其中的信息,减少遮蔽和误读的可能,就成为我们的研究期待。

### 一、尚未开掘的文学"飞地"——海外期刊与中国当代文学

相对于国内不断深化的中文期刊研究而言,我们对外文期刊的研究则基本上是一片空白。如果说以往更多依靠海外"他者"输入的汉学视角,今天我们更有理由发展从本土"向外看"的海外研究视角。从"对象统一"的角度来讲,许多研究本来就很难分成内外。从历史现实来看,海外汉学与国内学界的交流与互动,曾给我们注入许多新鲜的活力。新的材料、角度、理论方法的应用,甚至会推动整个学科的发展。如海外上世纪六七十年代夏志清《中国现代小说史》、李欧梵《中国现代作家的浪漫一代》等,与1985年陈平原等人提出"20世纪中国文学",1987年陈思和提出"新文学整体观"等,之间应该有着某种微妙的关联。而这两年持续热议的德国汉学家顾彬对当代文学的评论,也正

## 第三章　异域的镜像——海外期刊中的中国当代文学研究

在引发当代文学价值重估等一系列活动。从"本土"看"海外"视角的介入,有可能会更好地促进这种交流的对等性,加强我们自己在海外汉学界说话的分量和主动性。

尽管国内出现了越来越多讨论"海外汉学"的文章,正如季进所言:相对于海外庞大的中国现代文学研究,国内对它们的关注与研究还是远远不够的。一是大量的研究成果尚未译介,得到译介的只占很小的比例;对海外(包括美国)中国现代文学研究的翻译介绍,始终处于零星的状态,一直没有系统地展开。二是尚未见到对中国现代文学研究进行整体研究的专著,对它们的发展脉络、基本特点、总体成就与不足等,还缺少深入的分析与研究,而这些对于拓展我们的中国现代文学研究显然大有裨益①。造成这种局面的原因很多,就目前情况来看,首先,海外中国现当代文学研究是一个十分庞大和复杂的体系,研究者需要具备较高的语言能力、知识结构、治学经验、跨学科能力,才有可能形成比较有价值的研究成果。其次,这个领域的研究国内基本处于开始阶段,没有太多成熟的资料可以直接利用,需要首先做大量"拓荒"性的资料收集与整理工作。再次,"系统"和"整体"性的研究在短期内很难实现,这是一个需要投入大量时间和人力的学术工程。最后,缺乏成熟的研究经验和行之有效的理论方法,使得这一研究领域的价值和意义还不能充分展现出来。

海外关于"中国文学"准确的期刊数目很难统计,除了它往往作为"汉学"(或中国学)的一部分出现外,另一个原因是许多区域研究期刊也会刊载中国文学的文章。根据国家图书馆藏"海外中国学期刊目录②"统计:和中国有关的海外汉学期刊约 300 种。其中,少量是海外出版的中文期刊,如韩国梨花女子大学中国学会 1998 年创刊发行的《国际中国学研究》、日本东京中国研究杂志社《中国研究》;俄文期刊 24 种,如《东方》(*Восток*)等;日文期刊共计 76 种,如早稻田大学中国

---

① 季进:《美国的中国现代文学研究管窥》,《当代作家评论》2007 年第 4 期。
② 资料来源:北京语言文化大学中国海外汉学研究中心,教育部哲学社会科学研究重大课题攻关项目《20 世纪中国古代文化经典在域外的传播与影响》文献资料—书目。

文学会《中国文学研究》、京都大学《中国文学报》等；西文期刊130种，其中"中国学期刊"72种，"亚洲和东亚研究期刊"58种；这些西文期刊从语种上讲主要指英、法、德三大语种，但并不意味着每种期刊只用一种语言发表文章，许多期刊往往同时用英、法、德甚至其他语种来发表文章。内容涉及历史、文学、哲学、艺术、文化、军事、经济、农业等各个方面。事实上，这份目录仍然远远不能全面展现海外中国学期刊状况。仅以"中国文学"日文期刊为例，笔者就通过各种检索渠道找到几十种该目录上没有的期刊，如东京汲古书院《中国文学月报》、中国笔记小说研究会《中国笔记小说研究》、中国俗文学研究会《中国俗文学研究》等，由此可以推测西文期刊遗漏的应该更多，甚至包括一些重要的期刊。据笔者对"中国现代文学资源中心"提供的期刊目录统计（包括电子期刊）①，其中关于中国现代文化与文学的综合性期刊共计63种；而专门针对"文学与文化"的期刊则有85种（包括部分大陆中文期刊），其中许多期刊国家图书馆藏"海外中国学期刊目录"中并没有收录。

关于中国现当代文学国内的中文期刊，我们可以如数家珍地罗列出一串名字。那么，同样也是在传播和研究中国现当代文学，有哪些重要的海外期刊呢（包括中文）？这些期刊及其中的研究文章又会体现出哪些不同于国内期刊的特色？国内目前尚不多见这方面的研究文章，我们希望能对此问题做出一些初步的探索。笔者发现海外有许多期刊会涉及中国现当代文学，通过海外学者的专家推荐和目录统计等多种方式，相对集中发表中国现当代文学比较重要的外文期刊（包括大陆、港台）约有20种，它们是：北京《中国文学》（*Chinese Literature*，已停刊）；美国俄亥俄州立大学《中国现代文学与文化》（*Modern Chinese Literature and Culture*，前期为 *Modern Chinese Literature*）；香港《现代中文文学学报》（*Journal of Modern Literature in Chinese*）；台湾《淡江评论》（*Tamkang Review*）；美国杜克大学《形势：东亚文化批评》（*Positions*：

---

① 资料来源：中国现代文学与文化资源中心（Modern Chinese Literature and Culture Resource Center，简称 MCLC）"期刊"部分。

East Asia Cultures Critique);荷兰莱顿大学《中国资讯:当代中国研究杂志》(China Information: A Journal on Contemporary China Studies);美国印第安纳大学《中国文学》(Chinese Literature: Essays, Articles, Reviews);美国俄克拉荷马大学《当代世界文学》(World Literature Today);美国加州大学洛杉矶分校《近代中国》(Modern China);美国《当代中国》(The Journal of Contemporary China);英国伦敦大学《中国季刊》(The China Quarterly);全美中国研究协会《美国汉学研究期刊》(The American Journal of Chinese Studies);澳大利亚《中国杂志》(The China Journal, 1995 年前刊名是 The Australian Journal of Chinese Affairs,中文为《澳中》);《澳大利亚东方协会杂志》(Journal of the Oriental Society of Australia);威斯康星大学《中文教师协会杂志》(Journal of the Chinese Language Teachers Association);台湾《中国文化》(Chinese Culture);美国《亚洲研究杂志》(The Journal of Asian Studies,前期名为 Far Eastern Quarterly);台湾师范大学《同心圆:文学与文化研究》(Concentric: Literary and Cultural Studies);法国现代中国研究中心(香港)《中国观察》(China Perspectives);香港中文大学《中国评论》(The China Review);夏威夷大学《中国研究书评》(China Review International);新加坡国立大学《亚洲社会科学杂志》(Asian Journal of Social Science,前期刊名为 Southeast Asian Journal of Social Science);德国波恩大学《袖珍汉学》(Mini-Sinoca);斯洛伐克科学院东方与非洲研究所《亚非研究》(Asian and African Studies)等等。以上期刊,多数把中国现当代文学视为一体进行研究,有的略侧重于当代文学,还有极少数属于专业中国现当代文学期刊,集中了许多海外著名学者重要文章。本节侧重于从这些期刊发表的文章反观"中国当代文学"的海外传播与接受状态,但重点并不在于讨论这些文章本身的内容。

**二、中国文学的延伸:两岸三地的外文期刊**

港、澳、台发行的外文期刊虽然针对的对象侧重有所不同,却共同推动着中国文学的对外传播。如澳门《神州交流》(Chinese Cross Currents);香港岭南大学《现代中文文学学报》;香港中文大学《译丛》

(*Renditions*)、《中国评论》;《新亚学术集刊》(*New Asia Academic Bulletin*);《亚洲文学评论》(*Asia Literary Review*)等。台湾则有《淡江评论》、《中国笔会》(*Chinese Pen*);《中国文化评论季刊》(*Chinese Culture, a Quarterly Review*)、《同心圆:文学与文化研究》、《国文学报》等。虽然这些期刊都在宣扬中国文学与文化,办刊历史却长短不一、内容各有侧重,风格也各有千秋。我们这里重点介绍两份翻译了大量中国文学作品的期刊。

大陆出版的外文期刊中,《中国文学》对于中国当代文学的海外传播有着极为特殊的意义。1950 年,叶君健筹备创办英文版《中国文学》杂志。1951 年英文版正式创刊,当时的英文名为 Chinese literature ,后来变更为 Chinese literature:fiction, poetry, art。第一辑译载了孔厥、袁静《新儿女英雄传》(沙博里翻译);李季《王贵与李香香》(杨宪益、戴乃迭译)。此后《中国文学》版本曾发生过多次变化:1958 年英文版由季刊改为双月刊,1959 年改为月刊。1964 年增出法文版季刊,1972 年法文版由季刊改为月刊。在 1970—1972 年间出版过中文版,内容与外刊相同。新时期后,其法文版和英文版先后于 1982 年、1984 年由月刊改成了季刊。从 1981 年起,从《中国文学》衍生出"熊猫"丛书①,并于 1986 年成立中国文学出版社,专门承担出版英、法两种文字《中国文学》杂志、熊猫丛书。此后,中国文学出版社增出中文文学书籍和文学选刊,内容和外文选刊有很大不同;1998 — 2000 年,与外研社合作出版英、法两种文字与中外对照本《中国文学》杂志和书籍,2000 年停刊。

据徐慎贵《〈中国文学〉对外传播的历史贡献》一文②:从 20 世纪 70 年代末起,《中国文学》译介了大量地新时期文学作品。如散文有《巩乃斯的马》、《总是难忘》、《道士塔》、《我与地坛》等;戏剧有《丹心谱》、《于无声处》、《权与法》等。小说诗歌则是译介的主体,诗歌如《光的赞歌》、《团泊洼的秋天》、《一月的哀思》、《华南虎》、《祖国啊,我亲爱的祖国》、《红纱巾》

---

① 关于"熊猫丛书",请参阅外文局民刊《青山在》2005 年第 4 期所载《中国文学出版社熊猫丛书简况》一文,有具体书目。

② 参见徐慎贵《〈中国文学〉对外传播的历史贡献》一文,《对外大传播》2007 年第 8 期。

## 第三章 异域的镜像——海外期刊中的中国当代文学研究

等;小说如《乔厂长上任记》、《人到中年》、《大桥下的红玉兰》、《这是一片神奇的土地》、《受戒》、《棋王》、《祖母绿》、《烟壶》、《美食家》、《陈奂生上城》、《芙蓉镇》、《爱,是不能忘记的》、《赤橙红绿青蓝紫》、《风景》、《烦恼人生》、《凤凰琴》、《伏羲伏羲》、《系在皮绳扣上的魂》、《沙狐》、《哦,香雪》、《鞋》、《清水里的刀子》等。50 年共出版了 590 期,介绍作家、艺术家 2000 多人次,译载文学作品 3200 篇,《中国文学》确实是当时国外了解、研究中国当代文学最重要的窗口之一。

《中国文学》除了发表文学作品外,同时发表许多作家作品的评论文章,并且有着鲜明的时代特色,就笔者能查到的资料,1959 至 1999 年有评论文章近 40 篇。最早一篇是发表于 1959 年的《张天翼与他的年青读者》①,60 年代初译介的作家也基本是之前引领风潮的作家,如《杨沫与她的小说〈青春之歌〉》、《刘白羽的写作》、《赵树理及其写作》、《李準的短篇小说》《小说家沙汀》②等。"文革"发生后,作家评论译介文章明显减少,仅有两篇:一篇是关于当时文艺界的争论文章,1967 年《周扬"题材广泛论"的真实意图》;别一篇是发表于"文革"后期的《作家浩然介绍》③。新时期初期,文章主要分为两种类型,一类是老作家的怀念与评论,如《田汉与他对中国现代戏剧的巨大贡献》、《丁玲的文学舞台回归》以及关于老舍的两篇文章《怀念老舍》、《欧洲茶苑:打开陌生世界的一扇门》④。另一类是对复出作家与当时新锐作家作品的评介,如《丛维熙简介》、《刘绍棠与他的写作》、《茹志鹃访谈》、

---

① Yuan, Ying. "Chang Tien-yi and His Young Readers."1959/06:137-139.

② Wu, Yang. "Yang Mo and Her Novel The Song of Youth." 1962/09:111-116;Chen, Tan-chen. "Liu Pai-yu's Writings."1963/03:88-94;Lu, Chien. "Chao Shu-li and His Writing."1964/09:21-26;Chen, Tan-cen. "Li Chun's Short Stories." 1964/10:90-96;Pin, Chih. "Sha Ting [She T'ing] the Novelist."1964/10:97-104.

③ Ai, Yen. "The Real Meaning of Chou Yang's 'Theory of Broad Subject Matter.'"1967/05/06:144-53;Chao, Ching. "Introducing the Writer Hao Jan."1974/04:95-101.

④ Ts'ao Yu. "In Memory of Lao Sheh."11 (1978):65-79;Krauter, Uwe. "Opening the Door to a Strange World:Teahouse in Europe."3 (March 1981):116-23;Fu, Hu. "Tian Han and His Immense Contribution to Modern Chinese Drama."10 (1979);Feng, Xiaxiong. "Ding Ling's Reappearance on the Literary Stage."1 (1980):3-16.

《贾平凹简介》、《刘心武的短篇小说》以及关于宗福先的文章《一声惊雷》①。经历过 20 世纪 80 年代的文学黄金期后,发表在《中国文学》上的作家评论文章也开始显得多元化起来,同时保持着某种时代的一致性。如对现代作家的重新挖掘与评价的有《关于废名》、《现代作家施蛰存》、《艾芜简介》②;对女性作家及相关的写作现象也有及时的译介,如《程乃珊〈蓝屋〉中的上海之魅:一条不舍昼夜的溪流》、《毕淑敏的小说:深入现实中》、《方方,写出她的时代》③;其他的还有比较学者、作家、翻译家的《劲松三刘:刘再复、刘心武、刘湛秋》、关于少数民族作家的《扎西达娃及其作品》、历史小说如《二月河与中国当代历史小说》、《杨书案:与圣人一起讲述》、"现实主义冲击波"作家《刘醒龙:从乡村男孩到睿智作家》、文化散文的代表《余秋雨:学者与散文作家》④。关于作家评论,这一时期有《我所知道的作家莫言》、《父与子:阿城和他的父亲》、《面向世界敞开心扉:王蒙访谈》、《刘庆邦与他富有创造性的

---

① Liu, Shaotang. "A Profile of Cong Weixi." 4 (April 1980): 57-60; Sun, Li. "Liu Shaotang and his Writings." 5 (1982): 89-91; "An Interview with Ru Zhijian." 3 (March 1980): 92-99; Du, Zhuan. "A Profile of Jia Pingwa." 7 (1983): 40-43; Chao, Pien. "Liu Hsin-wu's Short Stories." 1 (1979): 89-93; Cao Yu. "A Thunderclap." 4 (1979): 60-63.
② Dang, Shengyuan and Gao Jie. "About Fei Ming." Tr. Li Guoqing. (Spring 1990): 123-27; Ge, Mai. "The Modern Writer Shi Zhecun." Tr. Chen Haiyan. 4 (Win 1991): 156-161; Ge, Mai. "A Profile of Ai Wu." Tr. Lei Ming. (Summer, 1992): 40-43.
③ Bi, Bingbin. "Shanghai's Magic: A Day-and-Night Stream." In Cheng Naishan, The Blue House. 1989, 7-14; He, Zhenbang. "Bi Shuimin's Stories: Submersed in Reality." (Spring 1997); Wu, Lijuan. "Fang Fang, Reflecting Her Times." Tr. Li Ziliang. (Summer 1997).
④ Chen, Huiying. "The Three Lius of Jinsong: Liu Zaifu, Liu Xinwu, Liu Zhanqiu." Tr. Li Guoqing. (Aut 1989): 178-87; Danxhu, Angben. "Tashi Dawa and His Works." Tr. Chen Haiyan. (Aut. 1991): 58-62; Zhou, Baiyi. "Er Yuehe and Contemporary Historical Novels." Tr. Zhang Siying. (Aut 1998); Ye, Mang. "Yang Shu'an: Discoursing Equally with Sages." (Aut 1998); Feng, Xiaodong. "Liu Xinglong: From Country Boy to Witty Story Teller." Tr. Wang Ying. (Sum 1993): 63-66; Zhou, Zhengbao. "Yu Qiuyu-Scholar and Prose Writer." Tr. Zhang Siying. (Aut 1998).

## 第三章 异域的镜像——海外期刊中的中国当代文学研究

短篇小说》等①。从发表时间来看,《中国文学》确实如一本"流动的中国当代文学史",把中国当代文学正在发生的重要文学现象及时地译介到海外,最大限度地保证了海外读者与大陆文学界的同步接受。

《译丛》由香港中文大学翻译研究中心出版,现任主编 Lawrence Wong Wang Chi②。该刊是专门致力于中英翻译的杂志,从 1973 年以来,翻译出版了大量优秀中国文学作品。对象包括从中国古典文学到当代文学的各类诗歌、散文、小说等,同时也常发表关于艺术、中国、翻译等方面的研究文章,每期都配有相应的艺术插图、书法、相片等。期刊网站中的电子资源做得十分丰富,贮存了大量有用资料,可以从网上查到每一期目录及封面图;另有出现在《译丛》上所有"作者/翻译者"名单索引,并列出相应作品名单的"译丛"出版物或发表日期。古今作者人数达 600 多人,基本覆盖了各文学史时期的代表性文人作家,翻译者与作者名单按照字母顺序排列,点击相应人名,会展开该作者更详细的翻译信息。该数据库内容周全,查询方便,是一份非常有价值的电子资源。如查找"莫言",经"译丛"翻译的作品分别有《断手》(The Amputee)、《养猫专业户》(The Cat Specialist)、《爆炸》(Explosions)、《苍蝇》(Flies)、飞艇(The Flying Ship)、《老枪》(The Old Gun)、《金发婴儿》(The Yellow-haired Baby)。点击作者名字,就会看到莫言主要英译作品信息。从这份作者名单及其背后的作品可以看出,《译丛》为海外普通读者打开了一扇独特而迷人的通往中国文学的大门,而专家们又会从中读出大量有价值的学术信息和评论内容。美国《当代世界文学》评论该刊"内容丰富,制作精美,同类中最优秀的期刊";《华南晨报》(South China Morning Post)评论《译丛》是香港一个杰出的机构,30 年来中文英译的先锋";《中国季刊》(China Quarterly)评论"不论是

---

① Liu Yiran. "The Writer Mo Yan as I Knew Him." (Win 1989):32-42;Zhong, Chengxiang. "The Zhongs: Father and Son-Ah Cheng and His Father." Tr. Stephen Fleming. (1989):76-96;Zhang Dening and Jing Yi. "Open Our Hearts to the Panoramic World: An Interview with Wang Meng." (Spr1999):5-24, Qin, Ling. "Liu Qingbang and His Creative Short Stories." (Spri1999):25-29.

② 网址 http://www.renditions.org/renditions/。

深谙中文、或略知一二还是完全不懂,《译丛》都可为他们提供精神的盛宴,并令人愉悦地证明中文是如此的有生动有趣"。除翻译发表大量文学作品外,《译丛》也发表一些研究文章,从现当代文学角度来看,内容以现代文学居多,特别是讨论张爱玲、老舍以及海外诗人北岛、杨炼,作家高行健的文章较多,大陆当代文学则相对很少,笔者只查到一篇关于沙叶新戏剧的文章①。

### 三、"他山"之域的凝视:重要海外期刊

如果说中国文学注定是一道风景线的话,那么卞之琳的诗歌《断章》在某种程度上极好地诠释了它在中外文学期刊中的复杂角色:"你站在桥上看风景,看风景的人在楼上看你。明月装饰了你的窗子,你装饰了别人的梦。"在"看"与"被看"的关系中,角色和位置的不同往往会带来意想不到的"风景"效果。同样是中国当代文学,海外期刊关注的对象、视角以及办刊宗旨等都会导致与中国的外文期刊有所区别。尤其是研究视野方面,海外期刊明显比大陆及港台期刊更加开阔,往往会在世界文学的背景中或"平视"或"凝视"大陆、港台、海外华文文学。因为没有大陆或港台强烈的地域文化与引导意识,这些期刊综合起来表达的信息就会相对客观地反映中国当代文学在世界文学界的不同影响与地位。这一点如果参照前文《中国文学》(北京)等期刊,感受会更加具体鲜明。

就笔者查阅到的期刊而言,海外西文期刊中,重要的西文期刊以美国居多,并呈现一个明显的特点:即这些期刊都和汉学发达的国家、机构有着密切的联系。可以说,每份海外期刊都凝聚了一批重要的海外汉学家,通过对这些期刊研究者与被研究者交叉关系的分析,可以客观地反映出许多重要的信息:如可以看出哪些是海外研究中国现当代文学的重要学者;其次可以了解哪些作家、作品在海外更有影响力;最后,它也能反映出哪些海外期刊在研究中国现当代文学方

---

① Barme, Geremie. "A Word for the Imposter-Introducing the Drama of Sha Yexin." *Renditions* 19/20 (1983): 319-332.

## 第三章 异域的镜像——海外期刊中的中国当代文学研究

面更有权威性。下面,我们仍然以大陆"当代文学"为主对部分期刊介绍如下。

《中国资讯:当代中国研究杂志》(China Information: A Journal on Contemporary China Studies);荷兰莱顿大学主办,现任主编 Tak-Wing Ngo,从 1986 年创刊至今已出版 24 卷①。期刊网站可查从 1986 年 1 卷 1 期至当下(2010)历年期刊文章目录。《中国资讯》及时而深入地分析当代中国与海外华人社区在政治、经济、法律、生态、文学、社会与艺术等方面的发展。尤其注意那些在当代中国未引起重视的非主流观点,鼓励在不同的学术传统间相互讨论,为不同意见提供交流的平台,促进对历史敏感话题与当下重大事件的研究。《中国资讯》是海外期刊中发表大陆当代作家比较集中的期刊之一,当代文学所占比例相对较高。据不完全统计,从 1992—2007 年,仅大陆当代文学研究文章约 20 篇,这种情况在海外非文学专业期刊中是比较少见的。《中国资讯》上最早一篇中国文学的文章是 1988 年 2 卷 4 期《批评与性别:中国后毛期女性作家》。之后关于当代文学文章就越来越多,如 1988 年 3 卷 3 期《爱与性:女作家王安忆的一篇演讲主题》;1989 年 3 卷 4 期有两篇讨论张贤亮的文章,分别是《风雨历程后:张贤亮在北京,一个作家在中国》、《张贤亮〈男人的一半是女人〉:中国评论如是说》;同年第 4 卷 3 期发表中国诗歌的讨论文章《时间与自然:北岛、多多的诗歌意象应用》②。1990 年完

图18 《中国资讯》封面

---

① 网址 http://cin.sagepub.com/。
② Ravni Rai Thakur, Criticism and Gender: Women Writers in Post-Mao China; Chong, W. L. "Love and Sexuality: Themes from a Lecture by Woman Writer Wang Anyi."; Rint Sybesma, After the Tortuous Journey: Zhang Xianliang On Being a Writer in China; Rint Sybesma, Zhang Xianliang's "Half of Man Is Woman": What the Chinese Critics Said; W. L. Chong, Time and Nature: Bei Dao and Duoduo on Their Use of Poetic Images China Information。

全没有文学方面的评论,几乎全是当时中国时事的评论文章。海外期刊对于中国时事的跟进与研究非常的迅速而全面,对政治意识形态的关注直到现在仍然有挥之不去的影子。《中国资讯》在1988年就开始发表一些讨论中国价格、政治改革的文章①。1989年至1990年乃至1991年,对天安门事件各种角度的研究占据了主要位置,从《河殇》到敏感人物再到事件的系列研究与理论讨论,其阵势之强大令人惊异。有些文章甚至从"文革"来探究天安门事件。如发表于1991年6卷1期 Philip F. Williams《北京民运的一些地方前兆》(Some Provincial Precursors of Popular Dissent Movements in Beijing)一文,通过分析胡平报告文学《中国的眸子》(关于"文革"中两位女子悲惨命运的报告文学,作者胡平非异见者胡平)来探究北京民运的根源。此类文章还包括两篇关于王蒙的讨论,如《一碗稀粥中的风暴:王蒙与中国小说中的政治》、《王蒙〈坚硬的稀粥〉:一篇社会政治讽刺小说》②。女性作家也一直是海外研究中的一个重要支点,从期刊的作家研究情况来看,女作家张洁、残雪、张辛欣、王安忆等较早得到海外关注,尤其是张洁,当时的影响确实很大,许多期刊都有她的研究文章。《中国资讯》发表的女性作家的研究文章主要有《中国女性的地位:女作家张洁的演讲》、《张洁近期文学作品:不断强化的个人观照》;《文学、商业与"文革":张辛欣新议》、《中性妇女:张辛欣小说中的性别超越》;《在狂人群中:残雪小说中的自我与他者》③。这些

---

① W. L. Chong:Price Reform in China:the Heated Summer 1988 Debates,1988 3:1-11;SU Shaozhi:Some Problems of the Political Reform in China China Information 1988 3:32-37.

② Barme, Geremie. "A Storm in a Rice Bowl: Wang Meng and Fictional Chinese Politics." 7, 2 (1992): 12-19;Keyser, Anne Sytske. "Wang Meng's Story 'Hard Thin Gruel': A Socio-Political Satire." 7, 2 (1992): 1-11.

③ Chong, Woei Lien. "The Position of Women in China: A Lecture by Woman Writer Zhang Jie." 10, 1 (1995): 51-58;Hagenaar, Elly. "Some Recent Literary Works by Zhang Jie: A Stronger Emphasis on Personal Perspective." 10, 1 (1995): 59-71;Sybesma, Rint. "Literature, Business and the 'Cultural Revolution': an Update on Zhang Xianliang." 8, 4 (1994): 52;Jiang, Hong. "The Masculine-Feminine Woman: Transcending Gender Identity in Zhang Xinxin's Fiction." 15, 1 (2001): 138-65;Cai, Rong. "In the Madding Crowd: Self and Other in Can Xue's Fiction." 11, 4 (1997): 41-57.

## 第三章 异域的镜像——海外期刊中的中国当代文学研究

文章说明海外学者首先能很恰当地选择中国有代表性的女作家,能从一类现象中抓住典型作家进行研究;其次,他们对这些作家作品特点的概括与把握也相当准确和深刻。对沙叶新和浩然的研究在海外比较常见,这和他们作品中独特的时代气息是分不开的,如《历史与个人英雄:沙叶新历史剧中的戏剧规范变革》、《文化修复对抗文化革命:浩然〈金光大道〉的一种传统观照》[1]。其他当代作家研究文章还有《作家满意的微笑:苏童访谈》、《莫言与端木蕻良小说世界中的"本土"精神》、《放逐中死亡:顾城与谢烨的生与死》、《"芙蓉"、"文人花园"与毛泽东传记:古华生活与作品简介》[2]等。用"比较"的方法研究中国文学也是海外学者常见的模式,除了莫言与端木蕻良的比较研究外,还有《熵焦虑与寓言的消失:郑义〈老井〉与张炜〈古船〉中的水乌托邦》一文[3]。其他诸如对老舍、李泽厚、瞿秋白等人研究文章,因角度的限制不再多论。

《形势:东亚文化批评》(*Positions: East Asia Cultures Critique*),美国杜克大学主办出版,现任主编白露,每年出版三期,是美国第一家批判性地考察亚洲—美洲历史、文化的学术期刊[4]。《形势》发表许多关于东亚与亚洲—美洲社会、知识分子、政治、经济、历史、文化、文学等富有远见的学术文章、评论和书评,荣获多项期刊奖项。就中国现当代文

---

[1] Vittinghoff, Natascha-. "History and Heroes Privatim: Transformations of the Theatrical Norm in Sha Yexin's Historical Drama." 11, 4 (1997): 105-16; Yang, Lan. "Cultural Restoration Versus Cultural Revolution: A Traditional Perspective on Hao Ran's The Golden Road." 18, 3 (2004): 463-88.

[2] Leenhouts, Mark. "The Contented Smile of the Writer: An Interview with Su Tong." 11, 4 (1997): 70-80; Kong, Haili. "The Spirit of 'Native-Soil' in the Fictional World of Duanmu Hongliang and Mo Yan." 11, 4 (1997): 58-67; Brady, Anne-Marie. "Dead in Exile: The Life and Death of Gu Cheng and Xie Ye." 11, 4 (1997): 126-148; Van Der Meer, Marc. "'Hibiscus,' 'The Garden of the Literati,' and Mao Zedong's Biography: A Brief Introduction to the Life and Work of Writer Gu Hua." 7, 2 (1998): 20-29.

[3] Mi, Jiayan. "Entropic Anxiety and the Allegory of Disappearance: Hydro-Utopianism in Zheng Yi's Old Well and Zhang Wei's Old Boat." *China Information* 21 (2007): 109-140.。"Entropic":熵,是一个物理概念,被许多其他学科借用,引伸出更多的内涵。在这里有:混乱、无序、不确定的意思。

[4] 网址 http://positions.rice.edu/。

图 19 《形势》1993 年春季卷封面

学而言,是查阅过西文期刊中比较重要的一种,期刊上发表的中国现当代文学的作家评论文章,当代文学所占比例较高,约三分之一。现代及港台、海外作家主要有郁达夫、郭沫若、林纾、施蛰存、杨魁、北岛、杨炼、朱天文等。当代文学涉及作家也都是重量级的,如阿城、贾平凹、莫言、余华、格非、王安忆等。可以这样说,出现在《形势》中的作家都是比较经典的名家。《形势》从创刊起就关注着中国当代文学,如1993年1卷2期王瑾《中国后现代主义幻影:格非,自我定位与先锋展示》①,较早地从后现代主义视角理解格非的创作。1994年1卷2期《文本暴力:余华与施蛰存解读》②一文的研究角度也让人觉得很新奇。其他的如《〈棋王〉中的生存:通向后革命的民族叙事》、《酒国:一场豪华的堕落》、《上海怀旧:王安忆1990年代文学创作中的后革命寓言》、《蝇眼,残壁与贾平凹的反常怀旧》③;女性作家研究文章有《爱在美丽消逝时:王安忆〈长恨歌〉中的怀旧、商业与短暂性》、《杨沫〈青春之歌〉中的美学、方言与欲求》两篇④;从文章题目、作家与发表时间来看,有些文章的研究角度和方法确实引领风气之先,较早地借鉴异域的视野对当代文学进行独特的剖析。同时,也可以看出海外研究也并不全然是从文

---

① Jing Wang. "The Mirage of Chinese 'Postmodernism': Ge Fei, Self-Positioning, and the Avant-garde Showcase", *Positions*, 1, 2(1993).

② Jones, Andrew F. "The Violence of the Text: Reading Yu Hua and Shi Zhicun." *Positions* 2, 3 (1994): 570-602.

③ Yue, Gang. "Surviving in 'The Chess King': Toward a Post-Revolutionary Nation-Narration." 3, 2 (Fall 1995): 565-94; Yang, Xiaobin. "The Republic of Wine: An Extravaganza of Decline." *Positions* 6, 1 (1998): 7-31; Xudong Zhang, "Shanghai Nostalgia: Postrevolutionary Allegories in Wang Anyi's Literary Production in the 1990s." 8, 2 (2000) 349-387; Rojas, Carlos. "Flies' Eyes, Mural Remnants, and Jia Pingwa's Perverse Nostalgia." 14, 3 (Winter 2006): 749-73.

④ Ban Wang. "Love at Last Sight: Nostalgia, Commodity, and Temporailty in Wang Anyi's Song of Unending Sorrow." 10, 3 (Win 2002): 669-94; Button, Peter. "Aesthetics, Dialects, and Desire in Yang Mo's Song of Youth." 14, 1 (Spr2006): 193-217.

第三章 异域的镜像——海外期刊中的中国当代文学研究

艺性的角度来研究,他们对"异类"文学往往抱有强烈的兴趣。如关于民族宗教的《构造一个未知的中国:张承志伊斯兰小说中的宗教族群与历史哲学》、流亡与政治意识形态色彩浓重的《个人的理论化:遇罗锦自传中的身份、写作与性别》《君主统治与话语身体:刘晓波的政治与知识流亡批评》①。

《中国文学》(Chinese Literature, Essays, Articles, Reviews 取自封面,简称CLEAR)成立于1978年,第一期出版于1979年,直到今天仍然是唯一专门讨论中国文学的西语期刊。《中国文学》由美国威斯康星大学、耶鲁大学、加州大学戴维斯分校资助出版,每年一期,每期包括五到七篇从古典到现代各类文学的论文以及同样数目的书评,书评整体上略多。现在由威斯康星大学 William H. Nienhauser、耶鲁大学 Haun Saussy 和加州大学戴维斯分校的奚密负责编辑。《中国文学》虽然是专业的中国文学期刊,但当代文学方面的文章所占比例并不高,约占全部文章书评总数十之一二。目前查到最早的研究文章是1983年第5卷上杜迈可写的《春雨一滴:白桦〈苦恋〉中的人性意义》(A Drop of Spring Rain: The Sense of Humanity in Pai Hua's Bitter Love),另外两篇分别是1994年16卷陈小媚《读妈妈的故事:张洁与谭恩美(作品中)重建妇女的空间》(Reading Mother's Tale: Reconstructing Women's Space in Amy Tan and Zhang Jie)②;1996年18卷魏安娜(Anne Wedell-Wedellsborg)《中国的现实一种:余华解读》(One Kind of Chinese Reality: Reading Yu Hua)。涉及当代文学的书评相对较多,据笔者对1989—2005年所有期刊的统计,约有十余篇书评,如1991年13卷刘康评、雷金庆(Kam Louie),著《在事实与虚构之间:后毛泽东时期中国文学与社会散论》(Between Fact and Fic-

---

① Choy, Howard Y. F. "'To Construct an Unknown China': Ethnoreligious Historiography in Zhang Chengzhi's Islamic Fiction." 14, 3 (Win2006): 687-715; Wang, Lingzhen. "Retheorizing the Personal: Identity, Writing, and Gender in Yu Luojin's Autobiographical Act." 6, 2 (1998); Solomon, Jon. "The Sovereign Police and Knowledgeable Bodies: Liu Xiaobo's Exilic Critique of Politics and Knowledge." 10, 2 (2002): 399-430。

② 谭恩美:著名美籍华裔女作家,祖籍广东台山,1952年生于美国加州,有《喜福会》、《灶神之妻》等作品。

tion: Essays on Post-Mao Chinese Literature and Society);2002 年 24 卷 Gang G. Xu 评、齐邦媛和王德威编《二十世纪下半期中国文学》(Chinese literature in the Second Half of a Modern Century)。其他作家作品书评有王蒙《布礼》(Bolshevik Salute)、北岛《波动》(Waves: Stories)、冯骥才《三寸金莲》(The Three-Inch Golden Lotus)、刘索拉《混屯加哩咯楞》(Chaos and All That)、郑万隆《异乡异闻》(Strange Tales from Strange Lands)、古华《贞女》(Virgin Widows)等。还有少量关于中国戏剧研究著作的书评,如陈小媚著《中国当代政治剧场与通俗戏剧》(Acting the Right Part: Political Theater and Popular Drama in Contemporary China),Martha P. Y. Cheung 和 Jane C. C. Lai 编的《牛津中国当代戏剧选》(An Oxford Anthology of Contemporary Chinese Drama)。海外、现代、港台作家也多有涉及,如 1994 年 16 卷和 2009 年 31 卷载有讨论高行健的两篇文章。其他作家还有林纾、巴金、沈从文、郁达夫、何其芳以及港台作家王汶兴、杨魁、陈若曦等。总体而言,《中国文学》是一本重量级的海外期刊,可惜从当代文学的角度来看,发表的文章相对太少。

《当代世界文学》(World Literature Today)由美国俄克拉荷马大学学者 Roy Temple House 在 1927 年创办,最初名为《海外书览》(Book Abroad),1977 年改用今名①。该杂志主要刊登包括中国在内的当代世界各国优秀文学作品,发表相关作家、作品的评论,报道各类图书出版及学术会议的信息等,具有很高的学术水准。杂志所属的纽斯塔国际文学奖从 80 年代开始不断邀请中国知名作家担任评委,多名中国作家成为此奖的候选人,2008 年新设立的纽曼华语文学奖是中国文学推介和研究的重要窗口,首届得主是莫言。《当代世界文学》近年来非常注重与中国学界的合作,如与北京师范大学共同推出《当代世界文学》中国版(第 1 辑)②,精选了英文版 2007 年全年 6 期的内容,按中英双语出版,有三篇当代文学研究文章,分别是张清华《狂欢与悲戚:21 世纪

---

① 网址 http://www.ou.edu/worldlit/。
② 张健、戴维·克拉克编,北京师范大学出版社,2009 年。

第三章 异域的镜像——海外期刊中的中国当代文学研究

中国文学印象》、张柠《中国当代文化的基本格局》、张颐武《近年来中国文艺思潮的转变》。相应地,由北京师范大学文学院、俄克拉荷马大学孔子学院和美国《当代世界文学》杂志社共同主办的"中国文学海外传播"工程中,一项重要的内容就是在美国创办 Chinese Literature Today (《今日中国文学》)英文学术杂志。这份杂志以推动中国文学的海外传播,增强中国文学的国际影响力为宗旨。它奉行"学术论文,随笔写作"的风格,刊发当下中国优秀文学作品,介绍当代中国优秀作家,提炼和阐发中国文学中具有世界意义和感召力的话题,报道中国文学资讯,也关注中国文学与世界文学的联系。从 1935 年开始,《当代世界文学》就关注中国文学。如 Meng Chih 的《转折时期的中国新文学》(The New Literature of Changing China),文章一开头就纠正西方学者认为中国"停滞不前"的错误认识。1939 年至 1967 年期间,《海外书览》刊登了关于中国新文学的文章和介绍。"文革"期间,《当代世界文学》杂志没有刊登一篇介绍中国文学的文章。1979 年发表了葛浩文的文章《当代中国文学与新《文艺报》》(Contemporary Chinese Literature and the New Wenyi Bao),1981 年又刊载了他的《重放的鲜花:中国文学复苏》(Fresh Flowers Abloom Again: Chinese Literature on the Rebound)。20 世纪 90 年代以来,《当代世界文学》对中国文学的评论范围日益扩大,探讨的频率不断增加,如 John Marney 的《九十年代的中国政治与文学》(PRC Politics and Literature in the Nineties)、Michael S. Duke 的《走向世界:中国当代文学的一个转折点》(Walking Toward the World: A Turning Point in Contemporary Chinese Fiction)、Jie Min 的《变革中的中国小说》(Chinese Fiction in Transformation)、Bettina L. Knapp 的《中国妇女作家的新纪元》(The New Era for Women Writers in China)[①]。《当代世界文学》发表了许多中国作家研究文章,如 2000 年 74 卷 3 期关于莫言的就有《我的三本美国书》(My Three American Books)以及他 4 篇研究论文,分别是《禁食》、《从父性到母性:莫言的〈红高粱〉与〈丰乳

---

[①] 参引刘洪涛《美国〈当代世界文学〉杂志与中国文学海外传播》,《外国文学》2009 年第 5 期。

肥臀〉》、《西方人眼中的莫言》、《莫言的文学世界》①。其他大陆当代作家作品还有《现代主义与社会主义现实主义:以王蒙为例》、《余华:颠覆小说》、《浮躁评论》、《在黑夜建一座白塔:翟永明的诗歌》、《中文编织者马原》②。此外,还有许多关于海外、现代、港台作家的研究文章,如1981 提出王安忆面对张爱玲美学细节方面的矛盾心理让她在自己的写作中陷入两难境地的《华文作家聂华苓访谈》;2001 年《在个人与集体之间:高行健的小说》、《高行健的戏剧》;2008 年《绿,我多爱你:Lorca、北岛的〈波动〉与历史梦游》等。其他如鲁迅、丁玲、田汉、余光中、哈金等重要中国作家都有作品在该杂志上发表或受到评论。

图20 《近代中国》封面

《近代中国》(Modern China,取封面名),美国加州大学洛杉矶分校1975年创办,出版发行已有三十多年,是海外研究晚清、20世纪与当下中国历史与社会科学不可缺少的重要学术资源③。其学术立足于新研究或者对老问题新的疑问、回答与阐释。《近代中国》鼓励打破"前现代/现代"和"现代/当代"的界限,针对中国研究的重要问题举行专题讨论会,经常发表富有深度的评论文章以及杰出著作的书评。现任主编为加州大学洛杉矶分校的黄宗智(Philip C. C. Huang),期刊网站可以查阅从1975年到当

---

① Howard Goldblatt,"Forbidden Food:'The Saturnicon' of Mo Yan." P477-86;Chan, Shelley W. "From Fatherland to Motherland:On Mo Yan's Red Sorghum and Big Breasts and Full Hips." P495-500;Inge, Thomas M. "Mo Yan Through Western Eyes." P501-06;David Der-wei Wang, "The Literary World of Mo Yan". p.487-494.

② Tay, William. "Modernism and Socialist Realism:The Case of Wang Meng." 65,3 (1991):411-13;Zhao,Yihen"Yu Hua:Fiction as Subversion." (Sum 1991);Leung, K. C. "Review of Turbulence." 67(Winter 1993):232;Zhao,Yiheng,"Ma Yuan the Chinese Fabricator." (Spr 1995):312-16;Tao, Naikan. "Building a White Tower at Night:Zhai Yongming's Poetry." 73,3(1999):409-416.

③ 网址 http://mcx.sagepub.com/。

## 第三章 异域的镜像——海外期刊中的中国当代文学研究

下的每期目录。当代文学很早就得到了关注,如 1976 年第 2 卷就有 Joe C. Huang 撰写《农民小说家浩然》(Hao Ran[Hao Jan]:The Peasant Novelist)的研究文章。之后主要的文章还有《多重表达:阿城〈棋王〉中的食物、王者与民族传统》、《中国当代现实主义、现代主义与反"精神污染"运动》(涉及高行健、徐迟和徐敬亚)、《男子气概的太监》(关于贾平凹)、《外来者的问题化:莫言〈丰乳肥臀〉中的父亲、母亲与私生子》①。这些文章大多提出了一些可供借鉴的研究角度。如《王朔的精英背景与他的流氓特征》一文②,认为文革为少年政治精英们提供了一个独特的环境,使他们去发展与毛泽东授权的闹革命不同的另外一种流氓主义与反文化。作者挑战了西方评论者通常的观点:即王朔是一个描写普通人小说的作家,只是善于突出他在"文革"时期有流氓特征的贵族背景。文章认为在后毛泽东时代,这些前贵族青年流氓试图适应日益商业化和物欲化的新环境,有些人通过合法或非法的手段成功加入了新的精英阶层,另外一些失败者或被边缘化的人则变得更加贫困。作者认为,后者需要一种揶揄、顽劣的话语表达来帮助他们保持一种优越感。王朔故事中的人物及评论,正是通过颠覆主流意识形态和文化的方式,使这些人物、特别是被排斥和疏远的年轻一代,以想象的方式使他们受挫的欲望合法化。《西藏过去的文学解放:阿来〈尘埃落定〉的复调声音》③,文章认为很少有人注意到这本书中的社会政治影响,以及它重复了汉族关于旧西藏的叙述标准。文章提出了对这部小说新的解读,尽管它许多地方明显地重复了汉族的西藏叙述方式,小说却同时也潜藏着另一套话语叙述,通过西藏及其历

---

① Huters, Theodore. "Speaking of Many Things: Food, Kings, and the National Tradition in Ah Cheng's 'The Chess King.'" 14, 4 (1988): 388-418; Larson, Wendy. "Realism, Modernism, and the Anti-'Spiritual Pollution' Campaign in Modern China." 15, 1 (Jan. 1989): 37-71; Louie, Kam. "The Macho Eunuch: The Politics of Masculinity in Jia Pingwa's 'Human Extremities.'" 17, 2 (1991): 163-87; Cai, Rong. "Problematizing the Foreign Other: Mother, Father, and the Bastard in Mo Yan's Large Breasts and Full Hips." 29, 1 (Jan. 2003): 108-37.

② Yao, Yusheng. "The Elite Class Background of Wang Shuo and His Hooligan Characters." 30, 4 (2004): 431-469.

③ Baranovich, Nimrod. "Literary Liberation of the Tibetan Past: The Alternative Voice in Alai's Red Poppies." 36, 2 (2010): 170-209.

史来挑战汉族对西藏的叙述霸权并与它们区分开来。作者认为《尘埃落定》中削弱了旧西藏归附汉族政府以及西藏解放后的民族不满情绪,同时也分析了小说中的多重叙述及其在中国的政治语境。其他中国文学方面的研究文章还有1993年19卷1期刘康的《政治与批判范式:反思现代中国文学研究》,其中有对学者刘再复的研究,以及韩邦庆、瞿秋白、叶圣陶、傅雷、陈映真、丰子恺等人的相关研究文章。

图21 《中国季刊》一期封面

英国中国学研究比较重要的期刊主要是伦敦大学主办的《中国季刊》(*The China Quarterly*),伦敦大学东方与非洲学院当代中国所1960年创刊,每年出版4卷,是中国学研究权威期刊。收录包括大陆、港澳台研究的学术论文,调研报告,书评,新书信息等,研究领域包括政治与国际事务、经济与商业、地理人口学、艺术与文学。期刊网里包含有各期目录和摘要以及编辑信息,现任主编是东方与非洲学院政治研究所的Julia Strauss。这份期刊从创建时起就对中国文学保持高度关注,如早在1961年8卷有《老舍及其幽默》(Lao She: The Humourist in His Humour)一文,2000年164期发表了另一篇研究老舍的文章《为现代世界建设中国男子气概:以老舍〈二马〉为参考》(Constructing Chinese Masculinity for the Modern World: with Particular Reference to Lao She's The Two Mas)。其他较早的研究还有柏杨两篇(1962年17卷和2001年92卷)、茅盾三篇(1964年19、20卷和1979年78卷)以及高行健(2001年167卷)、杨炼(2006年185卷)、李泽厚(1992年132卷)等。大陆当代文学主要有:《沉默之前:秦兆阳的早期小说(1940—1957)》、《张洁与张欣欣小说中的妇女想象》、《男子气概与少数民族:

## 第三章 异域的镜像——海外期刊中的中国当代文学研究

〈异乡异闻〉中的异化》①。

澳大利亚的中国学研究也在不断发展,这里重点介绍两份期刊。第一份是《中国研究》(The China Journal,中文取自封面),澳大利亚国立大学当代中国研究中心(Contemporary China Centre, Australian National University)主办,1979年创刊,1979至1995年期间,刊名为 The Australian Journal of Chinese Affairs,封面名为《澳中》②。主要研究1949年以后的中国大陆、香港、台湾的当代事务,也包括中国共产党史研究。每年出两期,栏目包括论文、书评(较多),大陆当代文学研究文章主要集中在《澳中》时期,按发表时间顺序主要有《胡风:重返反革命》、《戏剧往事:吴晗与〈海瑞罢官〉》、《社会主义资本主义与中国现代化的追寻:蒋子龙的工业管理理想》、《一个中国作家的多样化文体:1979—1980文化解冻中的王蒙小说》、《阿城短篇小说:道教、孔教与生命》、《发现野百合:第一届中共整风运动中王实味与毛泽东的延安讲话》、《王朔与流氓文化》③。另一份是《澳大利亚东方协会杂志》(Journal of the Oriental Society of Australia),从1960年起连续出版,是澳大利亚目前出版最早的亚洲研究期刊④。2002年第34卷出版了一份包含该刊42年历史的索引,一共有254篇文章:其中135篇中国(2篇专谈西藏),58篇日本,30篇东南亚,22篇南亚,韩国、蒙古各3篇,缅甸、柬埔寨、中东和斯里兰卡共3篇。可以看出,中国研究一直是该刊的重镇。该刊销售于世界范围的85个学术机构,过去42年间有三个主编,第一任是 A. R.

---

① Bordahl, Vibeke. "Before Silence: Qin Zhaoyang's Early Short Stories 1940-57." 110 (1987): 231-55; Roberts, Rosemary A. "Images of Women in the Fiction of Zhang Jie and Zhang Xinxin." 120 (1989): 800-13; Louie, Kam. "Masculinities and Minorities: Alienation in 'Strange Tales from Strange Lands." 132 (Dec. 1992): 1119-1135.
② 网址:http://journals.cambridge.org/altion/display journd = cqy。
③ Endrey, Andrew. "Hu Feng——Return of a Counter-Revolutionary." 5 (1981): 73-90; Fisher, Tom. "'The Play's the Thing': Wu Han and Hai Rui Revisited." 7 (1982); Louie, Kam. "In Search of Socialist Capitalism and Chinese Modernisation: Jiang Zilong's Ideas on Industrial Management." 12 (1984): 87-96; Williams, Philip. "Stylistic Variety in a PRC Writer: Wang Meng's Fiction of the 1979-1980 Cultural Thaw." 11 (1984): 59-80; Louie, Kam. "The Short Stories of Ah Cheng: Daoism, Confucianism and Life." 18 (1987): 1-14; Cheek, Timothy. "The Fading of Wild Lilies: Wang Shiwei and Mao Zedong's Yan'an Talks in the First CCP Rectification Movement." 11 (1984): 25-58; Barme, Geremie. "Wang Shuo and Liumang ('Hooligan') Culture." 28 (1992): 23-66.
④ 网址 http://www.arts.usyd.edu.au/publications/JOSA/journals.htm。

Davis,他为该刊的创办和运行做出了巨大的贡献,现任主编 Dr. Sue Wiles。发表对港台及现代作家包括何其芳(1967 年 5 卷)、白先勇(1972/3 年 9 卷)、田汉(1983/1984 年/116 卷)、郁达夫(1992 年 24 卷)、朱光潜(2000/2001 年 32/33 卷)以及海外诗人北岛(2000/2001 年 32/33 卷)的研究等。关于大陆当代作家的文章主要有《诗歌前兆:顾城的朦胧美学要素》、《中国士文化的挽歌:作为小说教化的〈废都〉》、《张承志写作中的穆斯林身份》①。

通过以上综述的海外期刊与中国当代文学关系的译介,我们会形成一个初步印象:海外期刊中,保存着大量中国当代文学鲜活的资料,可以和国内研究形成有效的对照。而当我完成对海外中国当代文学作品翻译出版、海外期刊研究后,渐渐认为海外与中国现当代文学史之间也可能存在一部"不该遗忘的'文学史'"②。以上我们罗列了众多海外期刊与中国当代文学的信息,目的就是想通过期刊这一最为活跃的记录历史的形式,温习一下中国当代文学海外接受的丰富形态,也许可视为笔者小心求证的开始吧。笔者相信,随着后文关于海外著述与学人、中国当代作家海外接受个案研究等工作的不断深入,将会更系统地证明:中国现当代文学的海外传播与接受理应纳入到我们的文学史写作视野中来,并且会对现有的写作模式与评论形成强有力的影响。

---

① Patton, Simon. "Premonition in Poetry: Elements of Gu Cheng's Menglong Aesthetic." 22-23 (1990-91):133-45;Wang, Yiyan. "Elegy for Chinese High Culture: Feidu as Fictional Enculturation." 27/28 (1995/96): 165-194;Zhang, Xuelian. "Muslim Identity in the Writing of Zhang Chengzhi." 32/33 (2000/2001): 97-116.

② 陈平原《不该被遗忘的"文学史"——关于法兰西学院汉学研究所藏吴梅〈中国文学史〉》,《北京大学学报》(哲学社会科学版)2005 年 1 期。

# 第四章 他山之声：中国当代文学的海外著述与学人

## 第一节 海外中国当代文学研究著述

中国当代文学的海外研究著述非常丰富，我们目前投入的研究力量和产生的成果显然远远不够。这些研究著述编著杂糅，再加之和现代文学混合在一起以及跨学科研究方式的应用，许多著述界限模糊，增加了我们的甄别难度，造成一定的研究困难。在"中国现代文学与文化"期刊与资源中心部分，我们已简要介绍了一些当代文学的海外著述，本章将通过各种角度和方法，希望能将那些最有代表性的海外著述更深入地勾勒出来[①]，还有一些著述我们将和海外学者放在一起介绍。

### 一、中国当代文学海外博士论文

以中国现当代文学作为研究对象的海外博士论文，我们在上一章已有介绍，这里再补充介绍另外一些关于中国当代文学的博士论文。从选题来看，海外中国现当代文学博士论文以大陆现代文学研究居多，当代文学包括台港文学的话，数量也不少。按照发表年代顺序和查阅到的资料，专注于大陆当代文学的海外博士论文主要有：1980 年纽约大学 Luke Kai-hsin Chin 的博士论文《1949 年后中国戏剧改革政策：再社会化的精英策略》(*The Politics of Drama Reform in China after 1949: Elite Strategies of Resocialization*)；1983 年哈佛大学

---

[①] 本文部分材料参考了顾彬《二十世纪中国文学史》，华东师范大学出版社，2008 年；〔美〕金介甫著、查明建译《中国文学(1949—199)的英译本出版情况述评》，《当代作家评论》2006 年第 3、4 两期，在行文中不再一一指明。

Paul John Abbot Clark《英雄无战场:1949后中国电影创作史》(*Heroes Without Battlefields:A History of Chinese Film Making since 1949*);慕尼黑大学托马斯·哈尼希(Thomas Harnishch)《文学与政治:中国1978—1979年间的作家与短篇小说》(德文,*Literatur und Politik in dern VR China:Die Schriftsteller und die Kurzgeschinchten in den Jahren1978-1979*)。1993年康奈尔大学 Christopher Lupke《后殖民散居时代的现代中国文学》(*Modern Chinese Literature in the Post-Colonial Diaspora*);1996年美国纽约州立大学 Aili Mu《毛泽东的美学意识形态及其功能》(*Mao Zedong's Aesthetic Ideology and Its Function*);1997年俄亥俄州立大学哥伦布分校 Di Bai《女性的美丽新世界:文革戏剧模式再认识》(*A Feminist Brave New World:The Cultural Revolution Model Theater Revisited*);同年澳大利亚国立大学 Hua-ying Ni《后文革文学(1970年代末—1990年代初)中的文革处理》(*The Treatment of Cultural Revolution in Post-Cultural Revolutionary Literature,Late 70's to Early 90's*)。2000年康奈尔大学 Peter Button《美学的形式与现代中国想象:蔡仪的审美哲学》(*Aesthetic Formation and the Image of Modern China:The Philosophical Aesthetics of Cai Yi*),2009年在博士论文的基础上由荷兰莱顿 Brill 出版《中国文学与审美现代性的真实形态》(*Configurations of the Real in Chinese Literary and Aesthetic Modernity*)一书,认为中国"社会主义现实主义"小说的出现是我们理解长达半个世纪的中国文学最好的现代概念之一,而资本主义的全球化进程,使得文学文本的现代性构成与现代哲学和文学理论有着复杂的关系。这本书从鲁迅"真实的阿Q故事"开始,追溯了中国独特、复杂、富有创造性的文学现代性历程。然后,以蔡仪关于"典型"(type)、"形象"(image)的美学理论为例,探讨了全球化潮流与文学思想、哲学的关系,对诸如杨沫的《青春之歌》、罗广斌、杨益言《红岩》这样的社会主义现实主义小说从根本上进行了重新思考与解读。2002年英国爱丁堡大学 Oliver Krämer《海外中文小说:天安门事件后海外作家作品中的流亡属性》(*Chinese Fiction Abroad:The Exilic Nature of Works Written by Chinese Writers Living Abroad after the Tiananmen*

第四章 他山之声:中国当代文学的海外著述与学人

Massacre);2006年哈佛大学Alison Groppe《非中国本土创作:当代马来西亚中文小说中创造的地域特征》(Not Made in China: Inventing Local Identities in Contemporary Malaysian Chinese Fiction);2007年伦敦大学东方与非洲学院(SOAS)Rossella Ferrari《先锋热行:孟京辉与中国当代先锋戏剧》(Pop Goes the Avant-garde: Meng Jinghui and Contemporary Chinese Avant-garde Theatre)。最近的博士论文是2008年伦敦大学院东亚研究所Heather Inwood《中国当代诗歌现状》(On the Scene of Contemporary Chinese Poetry),主要研究中国大陆2000年以来的诗歌状况。可以看出,这些博士论文选题角度、研究的理论与方法以及某些结论等均呈现出丰富、开放、自由同时也不无意识形态或猎奇心理。不论如何,它们的确提供了和大陆当代文学研究视角与方法非常不同的另一套思路,值得我们从中领悟出一些自己的新视野、新方法。

作为中国文学的组成部分,港台文学因其独特的历史背景与政治情境会表现出一些与大陆迥然不同的特征,海外的视角更可能产生"以异看异"独特效果,或许也会产生了一些我们意想不到的成果与视角。如1987年德州技术大学Brent Leonard Fleming《剧院管理程序:台湾中央文化剧院运作研究》(Theatre Management Procedures: An Operations Manual for the Cultural Center Theatres in Taiwan, the Republic of China);1991年俄亥俄州立大学Aili Chen《寻求文化身份:台湾七十年代"乡土"文学》(The Search for Cultural Identity: Taiwan 'Hsiang-T'u' Literature in the Seventies),印第安纳大学Donald B. Snow《粤语写作与香港文化:方言文学的成长》(Written Cantonese and the Culture of Hong Kong: The Growth of Dialect Literature);1992年纽约大学Mingder Chung《台湾小剧场运动(1980—1989):美学与政治之间的探索》(The Little Theatre Movement of Taiwan (1980-1989): In Search of Alternative Aesthetics and Politics);1993年华盛顿大学Catherine Theresa Cleeves Diamond《台湾小剧场运动中的跨文化适应角色》(The Role of Cross-cultural Adaptation in the Little Theatre Movement in Taiwan),加拿大英属哥伦比亚大学Rosemary M. Haddon《大陆与台湾乡土小说专题调查》(Nativist

Fiction in China and Taiwan: A Thematic Survey);1999年德州大学Charles McArthur《本土运动后的台湾文学:建设作为中国模式一部分的文学身份》(Taiwanese Literature' after the Nativist Movement: Construction of a Literary Identity Apart from a Chinese Model);2000年华盛顿大学 Li-fen Chen《叙述话语的中的虚构与现实:台湾当代四位作家解读》(Fictionality and Reality in Narrative Discourse: A Reading of Four Contemporary Taiwanese Writers)包括陈映真、Ch'i-Teng Sheng,Wang Chen-ho 和王文兴四位台湾作家。同年墨尔本大学 Fran Martin《情境性特征:1990年代台湾小说与电影中同性恋叙述》(Situating Sexualities: Queer Narratives in 1990s Taiwanese Fiction and Film);2003年宾夕法尼亚大学 Bert Mitchell Scruggs《台湾殖民小说中的集体意识与个人身份》(Collective Consciousness and Individual Identities in Colonial Taiwan Fiction),同年华盛顿大学 Na-huei Shen《悲情年代:台湾日据时期自然主义研究》(The Age of Sadness: A Study of Naturalism in Taiwanese Literature under Japanese Colonization)。

博士论文作为学科研究最高级的形式,可以比较准确和深入地反映出海外学界对于中国当代文学的关注角度。从以上选题来看,对中国(或中文)当代文学来讲,海外博士论文覆盖的范围极其广泛,从中国大陆到香港、台湾甚至马来西亚都有。对于大陆的选题多集中在上世纪90年代以前,"文革"或意识形态领域的研究相对更多;从题材类型来看,戏剧、电影、小说、诗歌都有涉及;从时间来讲,涵盖了新中国以来的创作,并且进入的角度多姿多彩,有的甚至有专门史的味道。港台文学的研究同样呈现出丰富的维度,除少数选题把大陆与台湾联系起来一起研究外,多数还是强调了台湾的本土意识与身份认同方面的问题。如果和《中国现代文学与文化》期刊中的博士论文结合起来考虑,窃以为就海外中国当代文学博士论文,也可以做出许多进一步的深入研究,比如选择已经成长为著名学者的博士论文,讨论他们的学术起点与成长的相关衍生问题等。它同时提供了一种当代文学研究话题的世界背景,有利于看清我们自己的优势与缺陷,更好地提高研究水平。

## 二、意识形态审视下的世界社会主义文学

社会主义的产生、发展和反复、曲折地前进,构成了 20 世纪世界历史画卷的重要一笔。《共产党宣言》发表至今已有一个半世纪,从理论到实践,社会主义在整个 20 世纪与资本主义形成了激烈的对抗与对话。上世纪 50 年代后,社会主义国家及其文学一度蓬勃发展,并和资本主义世界在文学、文化领域展开了全面的意识形态宣传与反宣传。随着中华人民共和国的建立,东西方对立阵营进一步加强。在文化领域里,意识形态的渗透也随处可见。这里我们大致按照时间顺序,分"十七年"、"文革"与"后毛时代"三个时段进行介绍。

**海外"十七年"研究**

纵观海外"十七年"文学的研究,"中共"、"政治"、"社会主义"等和政治意识形态紧密联系的词语充斥于各类研究的名目中。最有代表性的如《剑桥中国史》,其中有李欧梵、佛克马(Douwe Fokkema)和白之(Cyril Birch)撰写的章节,从晚清、民国时期直至新中国。文学史的叙述在三卷中有四章,并且只叙述到 1981 年。在第 15 卷"中华人民共和国"中,有"共产主义下的文学"(Literature under Communism)专论①。从这一时期海外中国当代文学研究成果来看,海外研究界,尤其是早期对中国当代文学的研究,基本把当时的中国文学视为"世界社会主义文学"的一个组成部分,强调意识形态的分析、注重与苏联模式的比较、考察知识分子的角色,并从历史根源上探寻这一文学形态的发展过程。从中可以看出,早期海外中国当代文学研究其实也相当类型化、模式化,能跳出窠臼、有独到见解的研究成果并不多见。从时间上来讲,这一研究模式一直持续到 20 世纪 80 年代以后才有所松动。此类研究成果很多,如麻省理工学院国际研究中心 1954 年出版的阿尔博特《中共小说》;香港联合出版于 1955 年出版 Ts'ung Chao《中共的文学与艺术纲要》等。

在一片"共产、中共"题目中,有些研究的切入角度比较新颖,如从

---

① Cambridge UP, 1986, pp.743-812.

语言和修辞的角度来探讨当时的文学与共产主义关系的《共产中国比喻语言的使用》(The Use of Figurative Language in Communist China)一书①。海外研究同时也很注重从知识分子的角度观察当时的文学现象,如1960年纽约Praeger出版Roderick MacFarquhar《百花运动与中国知识分子》(The Hundred Flowers Campaign and the Chinese Intellectual)。但多数研究还是无法摆脱意识形态的控制,如1960年纽约圣约翰大学出版霍华德·希尔曼(Howard Boorman)编《中国当代文学与政治》(Literature and Politics in Contemporary China);1963年纽约Praeger出版白之编的《中共文学》;1965年出版弗克玛(D. W. Fokkema)《文学教条在中国与苏联的影响(1956—1960)》;1968年华盛顿大学出版夏济安(Hsia T. A)编著的《黑暗的闸门:中国左翼文学运动研究》以及《中共小说中的英雄与英雄崇拜》(Heroes and Hero-Worship in Chinese Communist Fiction)②。台湾当时也积极地加入了文化反共宣传的阵营,如台北亚洲人民反共联盟1969年出版Ting-sheng Li《中国共产党1949—1969迫害的知识分子》(The CCP's Persecutions of Intellectuals in 1949-1969),只是一本约70页的宣传手册。随着时间的推移,海外研究的思路也开始出现一些新的调整,从传统文化、人物形象、文学运动、政治现实等各种角度展开更加丰富的研究,如1970年纽约Praeger出版Ralph Crozier编《中国文化传统与共产主义》(China's Cultural Legacy and Communism)。1971年纽约Antheneum出版Merle Goldman的《共产中国的文学异议》(Literary Dissent in Communist China.);1973年香港Heinemann出版Joe Huang《共产中国的英雄与恶棍:作为生命反思的中国当代小说》(Heroes and Villains in Communist China: The Contemporary Chinese Novel as a Reflection of Life)等。

## "文革"时期文学研究

海外很早就展开"文革"及其文学的研究,在研究方法、理论应用

---

① 加州大学伯克利分校中文研究中心1958年出版,作者Chi Li。
② 《中共小说中的英雄与英雄崇拜》更早一版由中共文学国际研究社团(International Study Group on Chinese Communist Literature)1962年出版。

## 第四章 他山之声：中国当代文学的海外著述与学人

和阐释观点及研究成果等方面显得开阔和多元化。除了传统的书面研究著作外，其他关于"文革"的研究形式还有网络（如"文革"网上博物馆①），展览（如加州大学圣迭戈分校举办的"勿忘文革、多媒体展示"）、会议（如海德堡大学"反思文革"）等。我们这里重点介绍部分关于"文革"文学的著作。

早期"文革"文学的研究成果有 1971 年香港大学亚洲研究中心 Paul G. Pickowicz《人民共和国的文学与人民》(*Literature and People in the People's Republic*)；同年还有伦敦 C. Hurst 出版 D. W. Fokkema《北京报告：一个西方外交官关于文革的观察》(*Report from Peking：Observations of a Western Diplomat on the Cultural Revolution*)，从个人角度对中国文革进行描述，同类作品还有 1976 年企鹅（Penguin）出版 Kai-yu Hsu《中国文坛：一位作家对中国的参访》(*The Chinese Literary Scene：A Writer's Visit to the People's Republic of China*)。其他专论文革或涉及文革的编著还有 1978 年夏威夷大学出版 Godwin Chu 编的论文集《中国大众媒体：塑造新的文化形态》(*Popular Media in China：Shaping New Cultural Patterns*)。

海外对"文革"的研究非常典型地体现了"意识形态"和"泛意识形态"研究的两种思路。我们所说的这两种思路的区别只是从整体趋势而言的，并不指存在泾渭分明的划分界限。这就意味着有时候这两种思路是混杂在一起的，对"文革"文学的研究，有些著作侧重于从文学作品和作家角度讨论，其中的意识形态色彩就会减轻许多。如 1984 年 Gotebord 出版 Par Berman《文革期间中国短篇小说中的美德模范》(*Paragons of Virtue in Chinese Short Stories during the Cultural Revolution*)；1998 年香港大学 Lan Yang《文革小说》(*Chinese Fiction of the Cultural Revolution*)；2003 年 Lexington Books 出版 Zuoya Cao《走出考验：知青文学作品》(*Out of the Crucible：Literary Works about the Rusticated Youth*)；1994 年 Sharpe 出版梁丽芳（Laifong Leung）《朝阳：采访"迷惘的一代"中国作家》(*Morning Sun：Interviews with Chinese Writers of the*

---

① 网址：http://www.cnd.org/CR/halls.html。

*Lost Generation*)等。还有一些从"修辞与文革"角度展开的研究,如 1981 年加州大学伯克利分校中国研究中心出版 Lowell Dittmer 和 Ruoxi Chen 合作的《文革伦理与修辞》(*Ethics and Rhetoric of the Chinese Cultural Revolution*);2000 年斯坦福 Ablex 出版 Ray Heisey 编《在修辞和交流中观察中国》(*Chinese Perspectives in Rhetoric and Communication*);2004 年南卡罗莱纳大学出版 Xing Lu《文革修辞:对中国思想、文化、交流的影响》(*Rhetoric of the Chinese Cultural Revolution*:*The Impact on Chinese Thought*,*Culture*,*and Communication*)等。以语言来研究文革政治,这种思路在海外似乎也颇为流行,如 Kevin Brown《文革期间内蒙古的语言政治》(*Language Politics in Inner Mongolia during the Cultural Revolutionhttp*),通过考察某一地域语言与文革政治的关系来展开自己的研究,角度新颖而独特①。

总体来说,后来出现的"文革"研究著作基本走向了"泛意识形态"研究,其表现特征往往是从一种很淡的意识形态立场出发,以历史反思或文化介入的方式,加上一些技术化的研究角度,形成一种混合、复杂的研究样态。这类研究在上世纪 90 年代以后比较普遍。如 2002 年 Rowman and Littlefield 出版 Woei Lian Chong 编《中国伟大的无产阶级革命:主动叙述与后毛时代的反叙述》(*China's Great Proletarian Cultural Revolution*:*Master Narratives and Post-Mao Counternarratives*)。2003 年 Palgrave Macmillan 出版 Kam-yee Law 编论文集《反思文革:超越整肃与屠杀》(*The Chinese Cultural Revolution Reconsidered*:*Beyond Purge and Holocaust*),该书从历史、社会结构来源、建构与解构、个案研究等不同角度对文革展开全面的反思。2006 年纽约 Routledge 出版 Andrew Hammond 编《冷战文学:全球冲突中的写作》(*Cold War Literature*:*Writing the Global Conflict*)等。

关于文革,还有有几本书值得专门介绍一下。伦敦史学家赫丹女士(Innes Herdan)在八十多岁高龄时,于 1992 年由 Zed Books 出版《笔与剑:现代中国的文学和革命》(*The Pen and the Sword*:*Literature and*

---

① 该作目前只在网络上发表,详细内容可参见 www.innermongolia.co.uk。

## 第四章 他山之声:中国当代文学的海外著述与学人

Revolution in Modern China),一百余页的内容却引起了港台一些学者的争议,斥之为海外奇谈。作者最招人非议的内容正是对"文化大革命"的理解,她认为"文革"的动乱和破坏虽然是事实,但也有它正面的意义,而毛泽东将来最让人怀念的也许正是"文革"的精神。该书体现了作者不迎合时髦的思潮、只写自我真实感受、毫不妥协的独立学术精神。1999 年 Greenwood 出版 Tony H. Chang《中国文革(1966-197):英语著作参考书目编选》(China during the Cultural Revolution, 1966-1976: A Selected Bibliography of English Language Works)。作者参考了华盛顿大学图书目录、哈佛大学网上图书系统、加州大学图书目录、美国国会图书馆目录以及 OCLC 数据库等资源,收录了截止 1997 年前后、通常被学生和研究者使用到的 1000 多条关于文革的图书、专题论文、文章、博士论文及视图资料。提供了大量文学上关于"文革"的有用信息,包括军事、教育、经济、对外关系、艺术等,是一本很好的参考书。最近新出版的还有 2006 年 Toronto Lanham,和牛津 The Scarecrow 联合出版 GuoJian、Yongyi Song、Yuan Zhou 合编的《文革史词典》(Historical Dictionary of the Chinese Cultural Revolution)收集了大量的文革资料;2008 年剑桥大学出版 Paul Clark《中国文革史》(The Chinese Cultural Revolution: A History)。

### "后毛时代"文学研究

"文革"后或者后毛泽东时代文学在海外一般指 1976—1989 年这段时间,是海外中国当代文学研究最为重要的一个阶段。我们所说的"新时期"在海外往往被区分为"后毛时代"和"后八九时代"两个阶段,本书中"后毛时代"则特指从"文革"结束后一直到当下的文学时期。通观整个海外中国当代文学研究,整体上基本经历了由意识形态向文学审美回归、由社会学材料向文艺学文本回归、由单极化向多元化发展这样一种趋势。但因为这门学科在海外的边缘位置和跨学科研究特征,使得它又呈现出复杂交错的态势。

上世纪七八十年代之交,当时中国文学呈现"喷涌"的状态和繁多的文学事件、广泛的社会影响、对外开放的态度都促使海外研究也进入到一个活跃期。这一阶段的海外文学研究总体上"意识形态"在慢慢减弱,但仍脱不了"社会学材料"的观察角度。研究对象既有对"十七年"和"文革"的回顾,也有对当时各类文学现象的及时反映。如1981年海外出版了几本关于1976年"四五"事件、"北京之春"(1978—1980)以及当时的地下诗歌和绘画活动的著作,主要包括慕尼黑Simon & Magiera出版费立民(Flemming Christiansen)《中国的民主运动——社会主义中的革命?》(Die demokratische Bewegung in China-Revolution im Sozialismus?);Marion Boyars出版古德曼(David S. G. Goodman)《北京街头的声音:中国民主运动的诗歌与政治》(Beijing Street Voices: The Poetry and Politics of China's Democracy Movement)。这些书基本上站在西方民主立场上对中国的变化进行相关研究,其中的意识形态宣传是不言而喻的。此外,集中研究上世纪七八十年代之交的文学成果还有1979年Cardiff大学出版Jurgen Domes编《毛以后的中国政治》(Chinese Politics after Mao);1980年伦敦Croon Helm出版Bill Brugger编《"四人帮"后的中国》(China Since the 'Gang of Four');1982年加州大学伯克利分校出版社出版Chen, Jo-hsi《民主墙与非官方杂志》(Democracy Wall and the Unofficial Journals)等。

进入80年代后,海外学界对于中国当代文学的研究整体上开始淡化意识形态,原来的研究模式密度渐渐降低。如1984年加州大学伯克利分校出版社出版杜博妮编著《中国(1949—1979)大众文学与表演艺术》;1985年印第安纳大学出版社出版杜迈克著《繁荣与竞争:后毛时代中国文学》以及1985年纽约夏普出版的《中国当代文学:后毛时代中国小说与诗歌选》。哈佛大学出版社1985年出版金介甫编(Jeffrey C. Kinkley)《后毛时代:中国文学和社会1978—1981》(After Mao: Chinese Literature and Society 1978-1981),也是集中讨论了七八十年代之交的中国文学现象。他还在《中国的正义与小说:当代中国的法制与文学》(Chinese Justice, the Fiction: Law And Literature In Modern China)中,将1980年代中国的法制文学作为中国文学的一个缩影,发现中国历史上的文学文本与法律文本在结构和语体上有类似之处,并且以侦探小说情节为例,比较了西方和中国的文学类型建构。同样的作品还有林培瑞编著《玫瑰与荆棘:中国小说的第二次"百花"时期1979—1980》

## 第四章 他山之声：中国当代文学的海外著述与学人

(*Roses and Thorns: The Second Blooming of the Hundred Flowers in Chinese Fiction 1979-1980*)。

对后毛泽东时代的文学分析大多都是学术专著，研究角度各异，总体上保持持续的热情和冷静的态度。如1989年Wild Peony出版雷金庆《在事实与虚构之间：后毛时代中国文学与社会散论》(*Between Fact and Fiction: Essays on Post-Mao Chinese Literature and Society*)；同年德国波恩出版Haishi Zou Hao的《1980年代中国诗歌、戏剧和文学》(*Chinese Poetry, Drama and Literature of the 1980's*)。同时，海外研究很容易受到时事的影响，学术意识形态的色彩时有浮现，我们可以很容易从八九十年代之交的一些海外著述中感受到这些。如1991年台北政治大学出版Bih-jaw Lin编《中国大陆后毛泽东时代政治社会变化：文学视角》(*Post-Mao Sociopolitical Changes in Mainland China: The Literary Perspective*)，其中Geremie Barme的文章观点尖锐，认为1976—1989年间的中国新时期文学不过是一座天鹅绒般的监狱。同年斯坦福大学出版耿德华(Edward Gunn)的《改写中文》(*Rewriting Chinese: Style and Innovation in Twentieth-Century Chinese Prose*)以渊博的学识考察了整个20世纪语言的变化，对当代大陆和台湾尤为关注。1992年波鸿出版Yuhuai He《张弛之间：1976—1989中国政治—文学事件》(*Cycles of Repression and Relaxation: Politco-Literary Events in China, 1976-1989*)则很明显地从"政治与文学"的角度展开论述。同年莱顿大学出版埃里·哈吉纳(Elly Hagenaar)的《意识流与中国现代文学中的自由间接引语》(*Stream of Consciousness and Free Indirect Discourse in Modern Chinese Literature*)则探讨了中国作家如张洁、王蒙等与意识流技巧的关系。而当中国社会平稳发展后，海外研究在整体上也会渐渐恢复到常态，它依然会摆出一副"审视"的姿态，只不过更趋于平和和理性。如1997年香港中文大学出版社出版Chen Fong-ching和Jin Guantao《从青春手稿到河殇：中国大众文化运动和政治变革，1979—1989》(*From Youthful Manuscripts to River Elegy: The Chinese Popular Cultural Movement and Political Transformation, 1979-1989*)；1997年纽约牛津大学出版社出版Timothy Cheek著《毛时期中国的宣传与文化：邓拓与知识阶层》(*Propaganda and Culture in Mao's China：Deng Tuo and the Intelligentsia*);澳大利亚国立大学的教授 Geremie Barmé 对中国的批评意见主要体现在两本书中,夏普出版社 1996 年出版《毛的影子:伟大领袖的死后崇拜》(*Shades of Mao：The Posthumous Cult of the Great Leader*);纽约哥伦比亚大学出版社 1999 年出版《浸在红中:中国当代文化》(*In the Red, Contemporary Chinese Culture*)。2000 年普林斯顿大学出版社出版林培瑞《文学之用:生命在社会主义文学系统中》(*The Uses of Literature：Life in the Socialist Literary System*),该书讲到了艺术团体和出版界的政治功能。

### 三、诗歌、散文及其他研究

**诗歌、散文研究**

海外诗歌研究是继小说之外另一大类型研究(戏剧研究请参阅"西洋镜下看戏"一节内容),著述丰富,范围广泛,对象众多,我们这里根据掌握的资料重点介绍一些代表性作品。1985 年俄亥俄大学出版社出版 Julia Lin《中国当代散文诗评》(*Essays on Contemporary Chinese Poetry*)集中了许多海外许多学者一流的批评研究文章,值得一读。1989 年 Bloomsbury 出版多多著《从死向生:从文革到天安门广场》(*Looking Out from Death：From the Cultural Revolution to Tiananmen Square*),可以参阅。1991 年耶鲁大学出版社出版奚密的《中国现代诗歌:1917 年后的理论与实践》(*Modern Chinese Poetry：Theory and Practice since 1917*),该书考察了诗歌理论和艺术方面的问题以及它们的历史和文学背景,解释了中国现代诗歌演变的原因。奚密在一种私人化、内敛而富有创造性的论述中,探讨了现代中国诗歌独特的文体特征以及自 1917 年以来接受西方现代主义影响、并整合和改造既有传统的许多问题,颇受批评界好评。其他讨论中国当代诗歌的论述还有 2000 年德国 Projekt 出版 Raffael Keller《南方的诗:中国当代抒情诗的比较研究》(*Die Poesie des Sudens：Eine vergleichende Studie zur chinesische Lyrik der Gegenwart*);2000 年芝加哥大学出版社出版 John A. Crespi《少数派的宣言:中国新诗与新诗朗诵(1915—1975)》(*A Vocal Minority：New*

## 第四章 他山之声:中国当代文学的海外著述与学人

*Poetry and Poetry Declamation in China*,1915-1975),他的另一本专著《革命的声音:中国现代诗与听觉想象》(*Voices in Revolution: Poetry and the Auditory Imagination in Modern China*),2009 年由夏威夷大学出版社出版。2001 年伯尔尼 Peter Lang 出版顾彬编《苦闷的象征:寻找中国的忧郁》(*Symbols of Anguish: In Search of Melancholy in China*);2004 年莱顿 CNWS Publications 出版张晓红(Zhang, Jeanne Hong)《话语权的发现:中国当代女性诗歌》(*The Invention of a Discourse: Women's Poetry from Contemporary China*);较新的诗歌论文集还有 2007 年纽约 Palgrave Macmillan 出版 Christopher Lupke 编《中国当代诗歌新观察》(*New Perspectives on Contemporary Chinese Poetry*)等。

海外学者中,柯雷(Maghiel van Crevel)是专门致力于研究中国当代诗歌最重要的学者之一。他 1963 年生于鹿特丹,先后在荷兰、中国、澳洲做过语言学、汉语、中国文学方面的教学研究、评论与翻译工作,曾担任过莱顿大学汉学院主任,专长中国近现代文学研究,包括小说、诗歌,主要研究中国当代诗歌。柯雷执教的荷兰莱顿大学汉学院,分中国语文学、中国历史学、现当代中国学三个系,莱顿大学"汉学图书馆"、"现当代研究中心"均为欧洲汉文古籍收藏最多的图书馆之一,其中有全欧洲知名的"中国当代诗歌资料库",既有个人诗集,也有诗选,以及相关的作者资料。柯雷用英语、荷兰语和汉语发表过大量学术论文,并将大量中国诗歌及多篇中文小说、戏剧译成英文和荷兰文。其学术成就集中体现在两部学术著作当中:一本是 1996 年 CNWS 研究院出版《粉碎的语言:中国当代诗歌与多多》(*Language Shattered: Contemporary Chinese Poetry and Duoduo*);另一本是 2008 年 Brill 出版《精神、混乱与金钱时代下的中国诗歌》(*Chinese Poetry in Times of Mind, Mayhem and Money*)[①]。该书行文活泼、论述严谨,是海外中国诗歌研究的一个突破,很适合在海外教学使用;涵盖了从上世纪 80 年代到现在的诗歌

---

① 有关这两本书的研究请参阅梁建东、张晓红:《论柯雷的中国当代诗歌史研究》,苏州大学海外汉学(中国文学)研究中心/本站原创。网址:http://www.zwwhgx.com/content.asp?id=2877。

现象,围绕着文本概念,语境和互文语境(metatext),诗的内涵、社会政治和文化环境等问题展开广泛的批评话语。作者讨论和研究的对象包括韩东、海子、西川、于坚、孙文波、杨炼、王家新、北岛、尹力川、沈浩波和颜峻等。谈论内容丰富,从诗的节奏、奥妙到国内媒体对流亡诗人的抨击以及文化遗产、象征资本、智力活动、社会评论、情感表达、语言的音乐性等内容。

纯粹的中国散文研究在国外很少看到,尤其是中国当代散文研究。多数名为"散文"(Prose 或 Essay)的著述其实并不是我们所理解的"散文"研究,有的甚至和散文毫无关系。在仅有的少量散文研究著述中,古代、现代散文研究的比例也多于当代。笔者查阅到的散文著述主要有:1973 年 G. K. Hall 出版 Jordan D. Paper 的《中国散文指南》(Guide to Chinese Prose),此书不到 200 页。德国的中国散文研究比较突出,如集中讨论中国当代散文的有 1992 年剑桥、哈佛联合出版鲁道夫·瓦格纳(Rudolf Wagner)的《当代中国散文研究》(Inside a Service Trade: Studies in Contemporary Chinese Prose)。该书主要集中在上世纪 50—80 年代散文、报告文学上,尤其是 50 年代的报告文学分析较多。瓦格纳深入研究了刘宾雁接受的苏联作家的影响,其中还有对王蒙、高晓声、蒋子龙的作品相当不客气的批评,认为他们的作品是文学形式的政策建议书。还有现为德国慕尼黑应用语言大学教授、中文系系主任、汉学家、翻译学家吴漠汀(Martin Woesler,1969—),曾翻译过包括曹雪芹《红楼梦》(合作)、鲁迅、周作人、王蒙、张洁、贾平凹等一大批中国作家作品。散文翻译的代表性作品为 1998 年波鸿出版《20 世纪中国散文集》(Chinesische Essays des 20 Jahrhunderts),采用中德对照方式;波鸿大学 2000 年又出版了中英对照的《20 世纪中国散文集》(The Chinese Essay in The 20th Century),中德、中英版都于 2003 年再版。散文著述方面,吴漠汀的代表作是:1998 年柏林欧洲大学出版《中国现代散文研讨会:20 世纪内的自我定义》(The Modern Chinese Literary Essay - Defining the Chinese Self in the 20th Century,取封面名);1998 年波鸿出版《现当代中国散文史》(Geschichte des chinesischen Essays in Moderne und Gegenwart)全书共分 3 册,约 900 页,两书都于 2003 年再版。在《现当

# 第四章 他山之声：中国当代文学的海外著述与学人

代中国散文史》中，他整理了中国长期受冷落的散文作品如随笔、杂文、小品文、抒情散文等，分时代地论述了中国散文从五四至上世纪八九十年代的不同表现形式，挖掘了其中个人主义的兴起等因素，他的研究引起了欧美汉学界的广泛关注。除此以外，他的著述还有1998年《寻求自由的散文：王蒙，中国前文化部长，作为散文家在1948—1992》(*Der Essay ist die Sehnsucht nach Freiheit: Wang Meng, ehemaliger Kulturminister Chinas, als Essayist im Zeitraum 1948 bis 1992*)；《中国现当代散文：以阶级变化为基础的探讨》(*Geschichte des chinesischen Essays in Moderne und Gegenwart: Grundlagen zur Erforschung einer sich wandelnden Gattung*)；2006年欧洲大学出版《在哈佛大学关于二十世纪中国散文的报告》(*Harvard Lecture on the 20th Century Chinese Essay*)，全书65页；2002年与中国学者合著《中国的数字梦想》(*China's Digital Dream*)一书，对互联网在中国发挥的巨大自由化的影响有着精彩论述。

**其他研究**

海外20世纪中国文学中也有一些重要英文研究资料与指南。如雷金庆和Louise Edwards编著、台北中国研究中心1993年出版的《中国当代小说英译目录与批评，1945—1992》(*Bibliography of English Translations and Critiques of Contemporary Chinese Fiction, 1945-1992*)，该书可以结合齐邦媛、王德威编，印第安纳大学出版社2000年出版的《二十世纪下半期中国文学评述》(*Chinese Literature in the Second Half of a Modern Century: A Critical Survey*)一书阅读。齐、王合作的这本书在海外中国当代文学研究界有着重要的地位，它一共分为十五部分，每一部分都是由该领域的权威学者撰写。如第一部分是刘再复"中国当代文学理论的世纪末争论"；第二部分是齐邦媛"台湾文学"（1945—1999）；第三部分是郑树森"殖民主义、冷战与边缘地：香港文学五十年的生存环境"，第四部分是王德威"重塑民族历史：二十世纪中叶共产主义与反共产主义小说"。而第八、九、十部分则分别是李庆西"寻根：八十年代大陆文学的反文化回归"、吴亮"文革的再回忆：八十年代中国先锋文学"、李陀"反抗现代性：八十年代大陆文学批评反思"。书中附录是美国学者金介甫"中国文学英译出版参考目录1949—1999"，已被节选翻译成中文在《当代作家评论》上发表。这本书也很好地展示了大陆、港台、海外学者合作治学的可能性。其他资料性或指导性很强的著作还有 2002 年 Nova Science Publishers 出版 James L. Claren《中国文学：概述与参考书目》(*Chinese Literature：Overview and Bibliography*)。全书 239 页,把中国文学分为三个时期,其中近代时期从 13 世纪到当下,按照科目、作者与题目索引简述了海外学界对各个时期研究的综合文献与最基本的英文资源、书目,是研究海外中国文学不可多得的资料。

  因为研究角度各异,许多海外著述很难有效地归类整理,我们也将根据实际情况,随机性地介绍一些研究成果,有些会详细说明,有些会简要概括,有些则只能一笔带过了。如关于后现代主义与美学的著述有：Wendy Larson 和 Anne Wedell-Wedellsborg 编《里里外外：中国文学与文化中的现代主义与后现代主义》(*Inside Out：Modernism and Post-modernism in Chinese Literary Culture*)；张旭东《改革时代的中国现代主义》(*Chinese Modernism in the Era of Reforms*)、《后现代主义与中国》(*Postmodernism & China*)；唐小兵《中国的后现代主义：先锋小说中的精神创伤与反讽》(*The Chinese Postmodern：Trauma and Irony in Chinese Avant-Garde Fiction*)；陈建国(Jianguo Chen)《美学超越：当代中国的幻象、怀乡与文学实践》(*The Aesthetics of the 'Beyond'：Phantasm, Nostaligia, and the Literary Practice in Contemporary China*)等。关于中国监狱文学的研究有魏纶(Philip F. Williams)与吴燕娜[①]合作《万里大墙：中共劳改营的跨学科研究》(*The Great Wall of Confinement：the Chinese Prison Camp through Contemporary Fiction and Reportage*),加州大学出版社 2004 年,台北黎明文化出版 2007 年出中文版。除此之外,还有 2006 年出版《作家笔下劳改营里的重塑与抵抗：纪律和公布》(*Remolding and Resistance among Writers of the Chinese Prison Camp：Disciplined and*

---

[①] 魏纶现任新西兰梅西大学语言研究学院院长与中文教授,加州大学洛杉矶分校博士毕业,主要研究中国文化与社会,尤其是当代文学中的囚犯和流民形象。吴燕娜现任加州大学河滨分校中文教授、亚洲语言文化部主任,哈佛大学东南亚系博士,研究范围包括中国文学、文化、语言等等。

Published)。而2004年德国出版Thilo Diefenbach《中国现代文学的暴力语境》(Kontexte der Gewalt in moderner Chineschiche Literatur),其中主要讨论了莫言、苏童、张炜和陈忠实等人的作品。2005年香港大学出版Qingxin Lin《历史的零碎书写:中国新历史小说解读(1986—1999)》(Brushing History Against the Grain: Reading the Chinese New Historical Fiction, 1986-1999),专门讨论了当代新历史小说的相关问题,包括莫言、苏童、王安忆、陈忠实等。有一本书我格外想单独介绍一下,即2003年伦敦出版Chaohua Wang编《一个中国,多种途径》(One China, Many Paths),其中包括了汪晖、陈平原、钱理群、王安忆、甘阳、王晓明等众多学者作家的文章与访谈,比较集中地讨论了中国20世纪八九十年代的文学进程。这种中国学者观察和表达中国问题的方式,可以更深入地探讨问题的本质,避免了某些海外学者浮光掠影式的印象评论,与海外学者的相关研究形成有效的对话,较好地纠正了海外学者表达中国时存在的许多问题。笔者以为,加强中国学者在海外的话语权、有效传达出中国学界的声音,仍然是我们急需努力的方向。

图22 《吃》封面

1998年斯坦福大学出版社出版梅仪慈(Yi-tsi Mei Feuerwerker)《意识形态、权力、文本:中国现代文学中的自我表征与农民"他者"》(Ideology, Power, Text: Self-Representation and the Peasant "Other" in Modern Chinese Literature),全书正文共分六章,先从知识分子与农民在从传统到现代过程中的位置谈起,然后从语言的角度分析"五四"及共产主义、现实主义的文本表现等,第三章探讨了鲁迅与写作的危机,第四、五两章分别讨论了赵树理、高晓声的农民创作模式,最后一章则探讨了韩少功、莫言、王安忆在后现代"寻根"写作中的表现。1999年杜克大学出版Gang Yue《吃:现代中国的饥饿、同类相食与饮食政治》(The Mouth That Begs: Hunger, Cannibalism, and the Politics of Eating in Modern China)是在其博士论文基础上完成,作者从古代文学的"吃"谈起,引出中国现代文学"五四"时期如鲁迅作品,一直讨论到天安门事件后诸多中国作家作品中"吃"的丰富内涵。书中讨论了许多中国作家如沈从文、王若望、陆文夫、张贤亮、阿城、郑义、刘震云,女作家如萧红、王安忆、李昂、美籍华人作家黄玉雪(Jade Snow Wong)、汤婷婷(Maxine Hong Kingston)、谭恩美(Amy Tan)等的作品,并和西方同类作品比较,对"吃"进行了比较全面的个人化和政治性的解读。

2003年夏威夷大学出版社出版 Fengyuan Ji《语言工程:毛时代中国的语言与政治》(Linguistic Engineering: Language and Politics in Mao's China),全书328页。该书认为新中国成立后创建全新、革命的人类信念,促使当局进行了一系列改变、引导、控制人们意识形态的语言工程。如教人们使用许多新的政治词汇,赋予旧词以新意,把传统改造成适应革命目的需求,压制那些表达"错误"的词汇,要求人们背诵口号、教条标语以及引导人们用正确的形式表达正确的思想等。这种不间断的重复教育将会把革命公式灌

图23 《语言工程》封面

输到人们的思想中,使他们坚信革命信仰和价值。在引论部分,作者首先通过语言和思想的研究测试评估了这种语言工程的潜力与可能。在接下来的几章中,她追踪了中国这项语言工程的历史,描述了共产党执政早年语言工程的发展,接着详细展开了"文革"期间前所未有的语言控制工程的论述。在此过程中,她分析研究了这种语言工程在土改(land reform)、阶级斗争(class struggle)、人际关系(personal relationships)、大跃进(the Great Leap Forward)、毛崇拜(Mao-worship)、红卫兵运动(Red Guard activism)、革命暴力(revolutionary violence)、大批判(Public Criticism Meetings)、样板戏(the model revolutionary operas)以及外语教学等方方面面的表现。她也重新解释了毛泽东在"文革"早期的策略,显示了他如何利用"训经"(exegetical principles)原则和文本语境(contexts of judgment)来打击他的对手。该书最后总结并评估了这项语言工程的得失之处,并谈论到了后毛时代的中国共产党是如何慢慢解除这项工程。笔者以为《语言工程》是一本有力、有趣、富有创

见的研究著作,不论是在语言学、政治学或者中国共产主义研究、革命文学以及心理学领域,它都提供了富有启发的意见。同时笔者也认为这种"用纯粹科学的方法进行明显意识形态色彩的研究"在海外学界表现得比较普遍,是后期海外中国当代文学研究中比较突出的一个现象,但不可否认,这也是一种非常"好玩"和值得学习的方法。

海外中国当代文学的研究角度多样,如性别和女性研究一直就是海外中国当代文学研究的一个重要角度,这方面的研究成果相对也较多。虽然笔者积累并整理了大量包括女性研究在内的其他资料,限于篇幅却只能挂一漏万地在这里打开一角,以点代面地展示海外各类研究的丰富成果,我们今后将会进一步展开相关研究。

## 第二节 中国当代文学海外学者

有许多海外学者都需要进行专门的研究,才能相对完整地提示出他们之于中国当代文学海外传播的重要意义,比如美国学者王德威和翻译家葛浩文。从中国当代文学海外传播的文化代理角度,完全值得展开专门的个案研究,做出许多文章来,这也是本课题今后要继续推进的工作。类似的学者还有很多,但如果将他们一一研究,显然会使一节的内容变成一本专著。本节的目的旨在初步呈现海外学者的丰富样态,所以,除了对大陆相对熟悉的海外汉学家顾彬有专节讨论外,其他暂且略过,留待将来进行更深入的研究。即便如此,我们仍难以在一节内容中承受多达上百位海外学者译介,因此,除了将一些学者如柯雷、奚密、马克林等分散到诗歌、戏剧章节外,更多的人只能先一笔带过,留作存目。

如果把 20 世纪中国文学作为一个整体来看,对海外中国现当代文学传播与研究有过影响和做出实绩的学者确实很多,如捷克的普实克(Jaroslav Prek)、高利克(Marian Galik)、米列娜(Milena Dolezelová-Velingerová);瑞典的马悦然(Goran Malmqvist);荷兰的佛克马(Douwe Fokkema)、汉乐逸(Llody Haft)和柯雷;澳大利亚的杜博妮、雷金庆、王一燕;英国的贺麦晓(Michel Hockx);德国的马汉茂(Helmut Martin)、鲁道夫·瓦格纳、魏格林（Susanne Weigelin-Schwiedrzik）、司马涛（Thomas Zimmer）、巴巴拉·密特勒（Barbara Mittler）；丹麦的魏安娜（Anne Wedell-Wedellsborg）；奥地利的李夏德（Richard Trappl）；瑞典的罗德弼（Torbjon Lodén）；日本的藤井省三、关根谦和、谷川毅、千野拓政；北美学者如金介甫（Jeffrey C. Kinkley）、伯佑铭（Yomi Braester）、林培瑞、白睿文（Michael Berry）；杜迈可（Michael S. Duke）、戴迈河（Michael Day）等；华人学者如奚密、周蕾（Rey Chow）、陈小媚、王斑、王瑾、唐小兵、杨小斌（音）、史书美、赵毅衡、张旭东、陈建华、张英进、刘康、刘剑梅、梁丽芳、金丝燕等。此外，就笔者查到的资料来看，海外中国当代文学研究相对突出的学者还有：胡志德（Theodore Huters）、瑞查德·金（Richard King）、白露（Tani E. Barlow）、魏纶（Philip F. Williams）、陈建国、耿德华（Edward Gunn）、孙康宜（Kang-I Sun-Chang）、岳刚（音，Gang Yue）、王屏（音，Ping Wang）、徐贲（Xu Ben）、杨兰（音，Yang Lan）、蔡荣（音，Cai Rong）、黄一冰（Huang Yibing）、康斯坦丁·董（Constantine Tung）等。这些学者，从地域上讲分布在世界主要地区；从代际上讲可以说老、中、青几代结合；从研究内容来看又涉及小说、戏剧、诗歌等主要种类；总之，即使是这样一种印象式罗列，我们也可以看出海外中国当代文学研究现状确实是人才济济，著作林立，值得我们注意倾听这些来自"异域"的中国当代文学研究的"老调新声"。

### 一、衔泥的燕子：杜博妮、雷金庆的《二十世纪中国文学》

从事不同民族国家间的文化交流工作，正如辗转迁徙的燕子，每到一处，必然衔泥筑巢，以点滴的积累营造出一片暖人的春意来。英国爱丁堡大学荣休教授杜博妮正是这样一只衔泥而飞的燕子。杜博妮生于1941年，是著名的汉学家和翻译家，主要学术方向为中国现当代文学、翻译、私密性研究。先后在悉尼大学、哈佛大学、香港中文大学、挪威奥斯陆大学等处讲授中文和中国文学，并翻译了大量中国文学作品。北岛在一篇文章中指出杜博妮在悉尼出生长大，父亲是澳共领导人之一。1958年她17岁时被送到北京大学学习中文，以期成为中澳两党之间的使者。但由于"水土不服"，她在北京呆了15个月后就离开了，却从

第四章　他山之声：中国当代文学的海外著述与学人

此跟中文结缘,后获得悉尼大学的博士学位①。杜博妮的研究涵盖整个中国现当代文学,曾编辑、译介、著述过许多著名中国现当代作家作品,如毛泽东、何其芳、朱光潜及北岛、阿城、陈凯歌等。她是少数曾长时间于中国大陆工作过的西方汉学家之一,因此和中国当代文学联系紧密,并与其中多人维持密切的工作关系。近二十年来和澳大利亚昆士兰大学的雷金庆有过许多成功的合作。

图24　《二十世纪中国文学史》封面

就现当代文学而言,杜博妮最有分量的研究专著应该是与雷金庆合著的《二十世纪中国文学》(*The Literature of China in the Twentieth Century*),1997年在英国伦敦由Hurst & Company出版,全书约504页。此外还有香港大学出版社1997年版、哥伦比亚大学出版社1999年版,本文采用的是黑色硬壳包装的伦敦版。该书除导论(Introduction)、参考书(Further Reading)、作品名对照表(Glossary of Titles)、索引(Index)外,主体分为三部分。导论即第一章开篇讲到:"中国的古典诗歌和传统小说已经在世界范围内取得了读者的广泛认可,二十世纪中国文学却没有获得相似的待遇。虽然许多作品因为缺乏文学吸引力而不能被广泛地译介,但一些作品却仅仅因为缺少相应的知识和优秀的翻译也被不公平地忽略。而且,现代中国文学提供了观察这个世界上人口最多民族的一种内在视角。我们的目标就是在中国漫长的文化、文明史中,通过本书提供自本世纪起至最后十年间这一段最为艰难、激进和困惑的历史时期,中国文学史整体的广阔画面以及中国人民表达自己的方式。"导论部分还从文学与现代中国的关系、文学的类型、作家、文学发展史分期、大陆与港台几个角度分别进行了论述。该书对20世纪中国文学的历史分期和国内习惯的划分显著不同,体现了非常有意思的"他者"的视野。该书认为依据文学经典的构成可以把20世纪中国文学分为三个时期,而这三个时期也构成了全书

---

① 北岛:《在中国这幅画的留白处》,《财经》杂志,总164期。

的主体,每一部分都在历史背景的基础上作相应的文学状况概述,全书包括导论在内共分为14章。

第一部分是1900—1937年。描述了中国新文学的发起,强调了西方文学对于职业创作决定性的影响因素,如文学新概念、风格类型和语言以及读者基础的不断壮大。由第二、三、四、五章构成,分别是:走向新文化(Towards a New Culture)、诗歌:旧形式转型(Poetry: The Transformation of the Past)小说:主题叙述(Fiction: The Narrative Subject)、戏剧:表演创作(Drama: Writing Performance)。第二部分是1938—1965年,作者认为这一时期整体上可以看作是对前期不断欧化(Westernisation)的中断。由于日本的侵略,作家们主动地承担起拯救民族的重任,中国共产党政权的稳固与扩展直至建立新中国,也对文学的生产与消费产生了越来越多的政治限制。西方风格的现代主义和苏联模式的政治控制是这一时期文学的显著特点。这一部分由第六、七、八、九章构成,分别是:重返传统(Return to Tradition)、小说:寻找典型性(Fiction: Searching for Typicality)、诗歌:大众化的挑战(Poetry: The Challenge of Popularisation)、戏剧:为了政治的表演(Drama: Pcrforming for Politics)。最后一部分是1966—1989,作者认为"文革"十年削弱了共产党的控制和苏联模式的影响,并导致第二阶段的结束。20世纪70年代出现的地下文学是对以传统戏剧为基础、政治宣传味浓重、集体创作话剧的明显胜利,同时也是30年代现代传统及欧化的延续。1980年代开创了当代写作的一个新的时期,官方试图加强和重组的五六十年代的传统渐渐地被忽略。1980年代的实验运动以及对于图书和读者开放的姿态,使得这一时期的文学非常吸引西方读者。1989年,许多作家离开中国,通过海外创作来维持与中国文学及其世界的联系。这一部分由第十、十一、十二、十三、十四章构成,分别是:重申现代性(The Reassertion of Modernity)、戏剧:革命和改变(Drama: Revolution and Reform)、小说:探索前进(Fiction: Exploring Alternatives)、诗歌:现代性的挑战(Poetry: The Challenge of Modernity)、结论(Conclusion)。

除了历史分期和观察角度的明显不同外,该书在每章节的安排

## 第四章 他山之声：中国当代文学的海外著述与学人

上也略有不同，虽然每章都是从整体、小说、诗歌、戏剧四个方面分别论述，但在不同阶段对小说、诗歌、戏剧是有所侧重的。也就是说这三种体裁在不同历史时期扮演的角色在作者看来是有所区别的。全书以作家研究作为主要支撑，以客观资料为主，评论演绎的内容并不多。作家是按照出生年月进行排序，如第一章诗歌部分按照顺序先后出现的作家分别苏曼殊、胡适、郭沫若、刘大白等，小说部分则是刘鹗、李伯元、吴沃尧、曾朴等，戏剧有欧阳予倩、陈大白、汪仲贤、胡适、郭沫若等。每位作家所占篇幅并不多，以郭沫若为例，第三章诗歌部分大约有五页多点的篇幅、第四章小说部分没有论述，第五章戏剧部分约一页半，第九章戏剧部分有三页篇幅介绍了他后期的创作。而鲁迅的情况是：第三章诗歌部分和周作人、郁达夫一起有一页半的篇幅，第四章小说部分有六页半的篇幅。这种体例的安排很有意思，从内容看上也体现了作者对这些作家创作类型、历史以及成就的某种价值判断。该书不因为这些人的综合成就而进行面面俱到的研究，也没有国内学界成规的限制，因而线条清晰，重点突出。当代作家的论述篇幅比较均匀，多数约为两页，在介绍作家基本信息的基础上对其代表性作品有简要论述。偶尔也有小小的错误，如苏童的毕业院校弄错为北京大学（其实是北京师范大学）。

海外有评论称这本著作是海外已经出版、用英语创作的关于二十世纪中国诗歌、小说、戏剧最全面的学术著作。依笔者观察，此言非虚。香港中文大学的 Simon Patton 评论"本书务实的品质使它成为刚入这一领域新手们不可多得的重要参考，书中丰富的细节和成功的组织，也使它也成为从事中国现当代文学教学与研究的便捷参考"。葛浩文评论"我们一直期待着一本可读的、综合的、客观的、结构组织好的二十世纪中国文学史，现在我们有了"[1]。笔者认为这本书的组织体例确实值得国内学界借鉴，但其论述不足多少让人觉得

---

[1] 以上三处评论均出自亚马逊（Amazon）英文网该书评论处 http://www.amazon.com/Literature-China-Twentieth-Century/dp/0231110855/ref = sr_1_1? ie = UTF8&qid = 1289591959&sr = 8-1。

有点遗憾。

  杜博妮其他著述主要还有加州大学伯克利分校出版社1984年版《中华人民共和国大众文学与表演艺术,1949—1979》。这本书在海外影响颇大。其他编著还包括《中国隐私概念》(*Chinese Concepts of Privacy*),与Anders Hansson合作,内容主要是对陈染、刘恒、孙甘露、邱华栋和朱文作品的分析与研究。《中国人之娱乐:节日、游戏与闲暇》(*The Chinese at Play: Festivals, Games and Leisure*),与人合作,内容有韩少功《马桥词典》等。和鲁迅有关的译著有《两地书》(*Letters Between Two: Correspondence Between Lu Xun and Xu Guangping*),索引中有错误,在"中国现代文学与文化"资源中心2004年的出版中得到了纠正,在此基础上牛津大学2002年出版《现代中国情书与隐私:鲁迅与许广平的亲密生活》(*Love-letters and Privacy in Modern China: The Intimate Lives of Lu Xun and Xu Guangping*)。此外还有《虚构作者,想象观众:二十世纪中国现代文学》(*Fictional Authors, Imaginary Audiences: Modern Chinese Literature in the Twentieth Century*)。除了自己编著外,她有部分研究成果发表在其他人编著的作品里,如关于同性恋文学研究的《中国现代小说、戏剧、电影中的变装:反思陈凯歌霸王别姬》一文[1]。杜博妮还有大量文章,如《诗、诗人和诗歌在1976年:中国现代文学类型的一场演练》、《异见文学:关于中国70年代官方和非官方文学》、《地下文学:香港的两份报告》[2]、《赵振开的小说:文化异化的研究》《北岛的诗歌:启示与沟通》[3]、《作为集体话语的自我叙述:王安忆小说中的女性主体性》、《中国当代文学翻译的问题与可能》、《文学礼仪或怪诞狂

---

  [1] 陈雅湞编著:《霸王别姬:同志阅读与跨文化对话》(*Farewell To My Concubine*),南华大学初版2004年。第五章由杜博妮撰写、陈雅湞译,杜博妮应该在1995年前就发表过这类研究文章。

  [2] Poems, Poets, and Poetry 1976: An Exercise in the Typology of Modern Chinese Literature. " *Contemporary China* 2, 4 (Winter 1978); Dissent Literature: Official and Nonofficial Literature In and About China in the Seventies, *Contemporary China* (1979): 49-79; Underground Literature: Two Reports from Hong Kong. " *Contemporary China* 3, 4 (1979): 80-90.

  [3] Zhao Zhenkai's Fiction: A Study in Cultural Alienation. *ModernChinese Literature* 1, 1 (1984): 103-130. Bei Dao's Poetry: Revelation and Communication. *Modern Chinese Literature* 1, 2 (1985): 225-252.

欢:中华人民共和国建国以来五十年文学》①等。

杜博妮翻译了大量中国文学作品,当代文学方面北岛的许多作品都是经杜博妮翻译介绍的,译文非常地道。香港中文大学出版社1985年版小说《波动》(*Waves*),该书后来多次修订和再版,版本比较复杂:1986年修订并扩充了内容,1987年由伦敦 Heinemann 再版,1989年伦敦 Sceptre 又出平装本,1990年纽约再次修订出版北美版《波动》。当代小说、电影剧本则有阿城的作品如1989年《孩子王》(*King of the Children*);1990年《三王:当代中国故事三篇》(*Three Kings: Three Stories from Today's China*);陈凯歌作品如《黄土地》(*The Yellow Earth: A Film by Chen Kaige*)以及《假面舞》(*The Masked Dance*)等。

以上我们以中国当代文学视野为主对杜博妮的相关研究与成就做了介绍,即便如此,我们也能感受到她对中国文学海外传播所做的巨大贡献。中国有许多描写燕子的古诗句,其中唐代诗人白居易的《晚燕》大概正好可以表达出我们的心情:"百鸟乳雏毕,秋燕独蹉跎。去社日已近,衔泥意如何。不悟时节晚,徒施工用多。人间事亦尔,不独燕营巢。"

## 二、众声喧哗:其他汉学家

杜迈可(Michael S. Duke),加拿大英属哥伦比亚大学亚洲研究学系教授。1975年加州大学伯克利分校中国语言与文学博士毕业,1977年根据其博士论文改写成《陆游》一书。后来转变治学方向,致力于中国当代文学研究,编著、翻译、发表过许多极有影响力的中国当代文学作品与研究成果。从著述情况来看,杜迈可对中国当代文学的翻译与研究做出了巨大的贡献。杜迈可独立撰写了两部著作,其中一部是1985年印第安纳大学出版社《繁荣与竞争:后毛泽东时代的中国文学》

---

① Self-Narrative as Group Discourse: Female Subjectivity in Wang Anyi's Fiction, *Asian Studies Review* 19, 2 (1995): 1-24; Problems and Possibilities in Translating Contemporary Chinese Literature, *The Australian Journal of Chinese Affairs* 25 (Jan. 1991): 37-67; Literary Decorum or Carnivalistic Grotesque: Literature in the People's Republic of China after 50 Years, *The China Quarterly* 159 (Sept. 1999): 723-733.

(*Blooming and Contending*:*Chinese Literature in the Post-Mao Era*)。该书主要论述了1977年末至1984年春的中国当代文学。中国文学从1948年开始沦为政治附庸,尤其是"文革"期间,文学的独立性和艺术性遭到了完全的破坏,以至于西方并不从文学的角度而更愿意作为一种社会学材料来看待这一时期的文学。杜迈可认为这一状态从1977年开始得到了改变,中国当代真正的文学由此展开。此书调查、分析了1977至1982年重要的文学事件。第一章论述在此期间中国共产党的文艺路线的重大变化,从而为后来文艺创作的变化提供了背景。随后各章的内容包括:中国作家的文学批评;1979—1980年出现的新写实小说(the neo-realistic fiction);《人民日报》记者勇敢的纪实报告;白桦和戴厚英的人道主义主题及其遭遇。最后一章论述了后毛泽东时期年青一代作家试图超越过去狭隘的意识形态界限,迈向真正现代中国文学的努力。金介甫认为这是第一部,也是十年来唯一的专论后毛泽东时代文学的英文专著,其目的是为了揭示中国当代文学的艺术价值。同时他也指出:即便如此,杜迈可还是忍不住要强调他重点论述的作家刘宾雁、白桦的政治勇气[1]。另一部是1990年Peregrine Smith Books出版的《铁屋子:中国民主运动和天安门事件实录》(*The Iron House*:*A Memoir of the Chinese Democracy Movement and the Tiananmen Massacre*)。

杜迈可主编或参与编辑过多本中国当代文学书籍,有三本在西方很有影响,按照出版时间顺序分别是:1985年纽约夏普出版社出版的《中国当代文学:后毛泽东时代小说诗歌选》(*Contemporary Chinese Literature*:*An Anthology of Post-Mao Fiction and Poetry*)。这本书只有137页,开篇是杜迈可的《后毛时期的中国文学:"批判现实主义"的回归》(Chinese Literature in the Post-Mao Era:The Return of "Critical Realism")一文。所选作品分为荒废(ruins)、历史(History)、个人的世界(A World of Their Own)追求光明和真理的知青(Intellectual Youth in Quest of Light and Truth)、妇女的过去与现在(Women Then and Now)、制度

---

[1] 〔美〕金介甫著、查明建译《中国文学(1949—1999)的英译本出版情况述评》,《当代作家评论》2006年第3期,第71页。

## 第四章　他山之声：中国当代文学的海外著述与学人

(The System)、边缘生活(Marginal Lives)七部分。从所选作家作品中可以看出，编者想努力全面地呈现当时中国文学的面貌，并特意编选了一些超出当时主流文学的作品，如涉及了宗教和个人的主题等。另一本是夏普出版社1989年出版的《中国现代女作家：批评重估》(Modern Chinese Women Writers: Critical Appraisals)。全书约290页，论述了被认为是最优秀中国当代女作家的作品，包括大陆、台湾及海外华文作家作品。这些作品一方面见证了中国当代妇女写作的质量，同时也试图阐明中国妇女生活的复杂问题。第三本是夏普出版社1991年版《现代中文小说世界：大陆、台湾、香港中短篇小说选》(Worlds of Modern Chinese Fiction: Short Stories & Novellas from the People's Republic, Taiwan & Hong Kong)。此书344页，收录了始发于1978—1989各种文学期刊、由17个译者翻译的25篇作品。内容涉及中国不同时代人际关系、都市社会、穷乡僻壤的内地生活，从遥远的天山到现代化的香港、从战争年代到当下生活，尽管译者试图给每部作品倾注它们独特声音，使这部选集成为汇集、展示中国当代文学的美丽平台，有评论者却认为这些作品并不令人满意。《出版人周刊》(Publishers Weekly)评论认为其中很重要的原因是译者不同的翻译水平导致的。如讲述大陆"文革"对一个村子影响的《无言的丰碑》(A Wordless Monument)，叙述者的语言有时就像一个美国牛仔。尽管所选作品比较真实地唤醒人们对中国近些年动乱历史的认知，也反映了几代人之间的冲突与价值分歧，一些作品读起来还是让人有模仿西方文学的尴尬印象。这些作品还存在语言的幽默性不足和中国地方风俗被破坏的问题，如描写中国西部的两篇作品，虽然部分片断真实、新鲜，富有东方独特的色彩，遗憾的是，这些作品有时会被政治意识形态干扰，破坏了原本自然的叙述节奏。这些因素都导致了西方读者的接受障碍，不能完全深入进去。杜迈可翻译了许多大陆和台湾作家作品，如现代名家巴金的《怀念萧珊》[1]，当代作家则有苏童

---

[1] Remembering Xiao Shan. Tr. Michael Duke. In Mason Y. H. Wang, ed., *Perspectives in Contemporary Chinese Literature*. University Center, MI: Green River Press, 1983, 113-131.

的《妻妾成群》(拍成电影即张艺谋导演的《大红灯笼高高挂》)①等。

戴迈河(Michael Day)的经历相当丰富,和中国的关系也与众不同,1982—1992年间曾先后在济南、南京、湛江、北京、西安、香港生活过近七年。1985年在加拿大英属哥伦比亚大学获得亚洲与中国语言学士学位,然后在中国作为互换生留学两年。他在中国期间的研究兴趣是中国当代先锋诗歌和整个当代文学,1992年重返英属哥伦比亚大学攻读硕士(当时曾作为文化间谍被驱逐),硕士论文为《后见之明:彻底非学术与情绪过度化》(*In Hindsight, Thoroughly Non-academic and Over-emotional*),主要讨论当时被"监禁"的朋友如廖亦武等四川诗人。2000年因为各种原因放弃了英属哥伦比亚大学博士学业,2001—2005年在捷克查理大学(Charles University)讲授中国现代诗歌与文学、高级阅读课程——毛泽东文选等课程。2002年经贺麦晓介绍成为莱顿大学博士,师从柯雷教授。后来在CCK(蒋经国)奖学金的资助下于2004年顺利完成博士论文。题目是《后毛时代四川先锋诗歌发展,1982—1992》(*The Development of Avant-garde Poetry in Post-Mao Sichuan, 1982—1992*),2005年10月正式博士毕业,2007年起至今在圣迭戈国立大学任教。根据戴迈河自己提供的出版目录来看,其代表性的学术出版物主要有:2007年翻译并由Brill出版的洪子诚《中国当代文学史》(*A History of Contemporary Chinese Literature*),全书厚达636页,附有大量的译者注释、参考书目等重要信息。2005年莱顿大学DACHS网上出版其博士论文,题目改为《中国诗歌第二世界:四川先锋诗歌,1982-1992》(*China's Second World of Poetry: The Sichuan Avant-garde, 1982-1992*),其中有非官方杂志、一些珍贵的图片以及20多位先锋诗人翻译作品选等重要资料。1993年的硕士论文《中国另外的诗歌世界:四川的三位地下诗人》(*China's Other World of Poetry: Three Underground Poets from Sichuan*)长达616页,有许多诗歌翻译和原始资料,后在DACHS网络发表。他也发表过许多关于网络与中国先锋诗歌方面的文章,翻译过大量当代诗歌、文学作品,尤其是用捷克语发表了许

---

① *Raise the Red Lantern*. Tr. Michael Duke. New York: William Morrow, 1993.

多关于中国当代文学方面的作品与文章。

胡志德(Theodore Huters),美国著名汉学家,加州大学洛杉矶校区东亚语言文化系教授、副系主任。1969年在斯坦福大学获政治学学士学位;1972、1977年分别获得斯坦福大学中文硕士、博士学位。胡志德九岁起在香港待了4年,之后回到美国上学,在斯坦福大学三年级开始学习冷门的中文。作为海内外屈指可数的钱锺书研究专家,胡志德与钱锺书《围城》的相遇很偶然:在一家小书店乱翻书时老板推荐《围城》并很快喜爱上。后来便有了博士论文《传统的革新:钱锺书与中国现代文学》(1977年),通过钱锺书的影响从中国现代文学的研究转到晚清学术思想的研究中,主要著作有:《钱锺书》(波士顿:Twayne,1982;中文版北京:中国广播电视出版社,1990)、《把世界带回家:西学中用在晚清和民初中国》(*Bringing the World Home : Appropriating the West in Late Qing and Early Republican China*)、《师陀的"一个吻"的错觉艺术》(*The Art of Delusion in Shi Tuo's "A kiss"*)、《批评的基础:共和国后期文学》(*Critical Ground : Literature in Late Republican China*);翻译过汪晖《中国新秩序:社会、政治与经济转型》(*China's New Order : Society, Politics, and Economy in Transition*)。与人合作翻译北岛《蓝房子》(*Blue house*),与其他人合作编辑的出版物主要还有《中国历史中的文化与政府:协议、容纳与批评》(*Culture & State in Chinese History : Conventions, Accommodations, and Critiques*)、《中国革命文学选集》(*Revolutionary Literature in China : An Anthology*);与唐小兵合编,杜克大学出版社《中国文学与西方:现实主义创伤,(后)现代挑战》(*Chinese Literature and the West : the Trauma of Realism, the Challenge of the (post) Modern*)、《阅读中国现代短篇小说》(*Reading the Modern Chinese Short Story*);1985年参与李欧梵主编,加州大学伯克利分校出版《鲁迅及其遗产》(*Lu Xun and His Legacy*)。

文棣(Wendy Larson)现任俄勒冈大学波特兰分校副校长、东亚语言与文学系教授,从事中国文学、电影和哲学研究。在加州大学伯克利分校1978年硕士论文为《鲁迅的自传写作:朝花夕拾》(*Lu Hsun's Autobiographical Writings : Zhaohua xishi*);1984年博士论文《20世纪早期中国作家自传》(*Autobiographies of Chinese Writers in the Early Twentieth Century*)。之后出版的著作有《文学权威与中国现代作家:矛盾与自传》(*Literary Authority and the Modern Chinese Writer : Ambivalence and Autobiography*),该书在博士论文基础上,以五四以后五位现代著名作家沈从文、巴金、胡适、鲁迅、郭沫若的自传材料为中心,参考中国文人的传记写法,讨论了一系列文学相关问题。《现代中国的女性与写作》(*Women and Writing in Modern China*),内容主要分为五部分:分别是女性、写作与民族主义话语;女性、道德与文本;身体与文本;新女性与新文学;女性写作与社会参与。《从阿Q到雷锋:20世纪中国的弗洛伊德与革命精神》(*From Ah Q to Lei Feng : Freud and Revolutionary Spirit in 20th Century China*),全文分为六部分,分别是:弗洛伊德的困扰;20世纪初中国的心理学和弗洛伊德的性理论;从阿Q到雷锋:革命话语与精神;乡村精神:芒克的《野事》与王小波的《黄金年代》;萃取革命精神:姜文《阳光灿烂的日子》和闵安琪《红杜鹃》①;新毛主义时代的工作坊:何建军的《邮差》②;结论:中国现代文化研究中的历史与文学美学。该书独辟蹊径从鲁迅时代的人物角色一直追寻、分析到雷锋时代的革命精神,使用的材料新鲜有趣,理论方法的分析也值得借鉴。合作的主要编著有《移动的性别:帝国晚期与现代中国的劳动分化和文化改变》(*Gender in Motion : Divisions of Labor and Cultural Change in Late Imperial and Modern China*)、《里里外外》(*Inside Out : Modernism and Postmodernism in Chinese Literary Culture*)、《中国当代文学:穿越边界》(*Contemporary Chinese Literature : Crossing the Boundaries*)。此外,

---

① 闵安琪(Anchee Min)与《红杜鹃》(*Red Azalea*):闵安琪,华裔作家,成名作《红杜鹃》是当年"纽约时报"畅销书。作品还有《凯瑟琳》(*Katherin*)、《成为毛夫人》(*Becoming Madam Mao*)、《狂热者》(*Wild Ginger*),以及写慈禧太后的《兰贵人》(*Empress Orchid*,玉兰皇后)等。《红杜鹃》具有强烈的自传色彩,小说以20世纪70年代末至80年代的上海为背景,女主人公在农场艰难、单调的生活中与名叫"燕"的女战友发生了奇妙的暧昧情感,回到上海成为演员后对"燕"和另一个男人复杂的情感故事。

② 何建军:第六代导演,其代表作《邮差》曾参加过20多个电影节,获过多项奖,但因私自参展和内容暴露在国内被禁。《邮差》主要讲了与姐姐相依为命的小豆因姐夫的介入打破了生活的平静。在邮局女青年诱引下与之发生了关系,并在无聊的生活中窥视信件,参与、干涉他人生活:第三者、卖淫、自杀、同性恋、吸毒等。

第四章　他山之声:中国当代文学的海外著述与学人

她还翻译并介绍了王蒙的小说《布礼》(Bolshevik Salute: A Modernist Chinese Novel)。

青年一代学者如黄亦冰,康涅狄格学院(Connecticut College)副教授①,主要研究中国现当代文学、电影和大众文化,中西方(后)现代主义比较等,1983—1993年在北京大学获得中国文学学士、硕士、博士学位后,又于2001年获得加州大学洛杉矶分校博士学位,论文有《从"孤儿"到"私生子":文革遗产与当代中国个人寓言》(From "Orphans" to "Bastards": the Legacy of the Cultural Revolution and Contemporary Chinese Allegories of the Individual)。2007年出版《中国当代文学:从文革到未来》(Contemporary Chinese Literature: From the Cultural Revolution to the Future)。全书分为六章:反思文革遗产;多多:不可能的告别或者在革命与现代主义之间流亡;王朔:改革时代的顽主或者现实社会的谱系;张承志:另类民族形式的追求或者老红卫兵的新文化教徒;王小波:从"黄金"年代到"白银"年代或者抵抗历史重压的写作;修正中国现代性的两副面孔。

白睿文(Michael Berry),著名汉学家王德威的学生,现为加州大学圣芭芭拉分校东亚系副教授,主要研究领域为当代华语文学、电影、流行文化和翻译学。著有《痛史:现代中国文学界与电影的历史创伤》(A History of Pain: Trauma in Modern Chinese Literature and Film)。译作有与Susan Chan Egan合译王安忆《长恨歌》(The Song of Everlasting Sorrow: A Novel of Shanghai),独立翻译余华《活着》(To Live);叶兆言《一九三七年的爱情》(Nanjing 1937: A Love Story);张大春《我妹妹》与《野孩子》等。关于电影研究还有2009年出版《贾樟柯的"故乡三部曲":小武,站台,任逍遥》(Jia Zhangke's "Hometown Trilogy": Xiao Wu, Platform, Unknown Pleasures)。《光影言语:当代华语片导演访谈录》,哥伦比亚大学出版社2005年出版后又出台湾版(已出大陆版)。作者精通汉语,和李安等导演是用英文交流,和大多数其他导演则用中文,所以不论是本书的中文版还是英文版,都有翻译和直录整理的内容,因

---

① 个人网页 http://www.conncoll.edu/academics/web_profiles/huang.html#。

有较多第一手信息,值得参阅。

  这注定是一个草草收场的结尾,或者说是有意的"研究中断"。虽然笔者完成了对本节开篇列出大部分学者的基本信息整理,却没有必要在这里一一罗列呈现,因为我相信,即使是这样潦草的介绍,也会让大家感受到海外中国当代文学研究者的异彩纷呈和众声喧哗。有时候,留下一些学术遗憾是件不得已的事情,比如欧洲的法国、西班牙、意大利、俄罗斯等,以及中国的近邻日本和韩国,都有一些优秀的中国文学研究者,对于他们,只能留待以后进行更充分的专门研究与介绍了。

## 第三节　枳橘之间
### ——顾彬的中国当代文学研究

  谈到德国汉学家顾彬,人们自然地会把他与"炮轰"中国当代文学联系起来①。2006年底暴发的"垃圾论"事件,不仅使这位从前在中国并不十分引人注目的知名汉学家成为了媒体"大红人",由"顾彬现象"引发的一系列争论也成为近年来中国当代文坛的一件盛事。在"文学失去了轰动效应"许多年后,"顾彬事件"倒让文学再次有了点轰动效应;在跟风式的写作高潮过后,我们想以更科学、冷静的态度来看待顾彬中国当代文学的评论与研究,尤其是被他严厉批评的当代小说的研究。

  顾彬的中国当代文学研究,在中国"主场"才能最大程度地实现其学术影响。另一方面,中国当代文学在"海外客场"的表现也多少和这些"国际裁判"有着密切的关系。文学当然要比足球复杂得多,比如很难产生体育竞技那么清晰的评判标准等,因此总免不了打一些"审美的口水仗",这也正是它的有趣之处。笔者浏览了国内对顾彬的相关报道与评论,发现多数是印象式话题评论,能集中、深入讨论顾彬的中

---

① 2006年12月11日《重庆晨报》发表《德国汉学教授称中国当代文学是垃圾》一文后,引发了顾彬的中国当代文学研究和中国当代文学价值评估的巨大争议。

## 第四章 他山之声:中国当代文学的海外著述与学人

国当代文学研究的文章,除了少数学者对《二十世纪中国文学》的评论外,对顾彬的讨论整体上存在着"话题有余,专业不足"的缺陷。对一个学者的回应,应该建立在较为全面、客观的材料基础上,避开肤浅的媒体话题,围绕着他最有代表性的中国当代文学研究成果来展开。

### 一、顾彬的中国文学之路与研究成果

顾彬现任波恩大学汉学系、主任教授、翻译家、作家。多年来出版不同语种专著、译著和编著达五十多部。他用德文翻译了不下百位中国作家的作品,为中国文学的海外传播做出巨大的贡献,2007年11月,在首届"中坤国际诗歌奖"上与中国诗人绿原同获"诗歌翻译出版交流奖"(C奖)。顾彬于1945年12月17日出生在德国中部的策勒小城,父亲在一家公司搞技术,有摄影爱好,二战中曾参加空军负责拍摄地面照片;母亲在波森的一家工厂当职员,养育了三个男孩,顾彬是老大。按照顾彬小说《半场爱》里的描述,小时候在阁楼发现的水手日记里的义和团,让他最早对中国有了接触和认识。他的文学实践大概在十六七岁的时候由写诗开始。1967年是顾彬的第一个重要转折年,这一年他通过庞德翻译李白的《黄鹤楼送孟浩然之广陵》一下子爱上了唐诗和中国文学,从此开始了"汉学"之路。1968转入维也纳大学改学中文及日本学,并由中文启蒙老师起了非常贴切的中文名——"顾彬"。1969至1973年在波鸿大学专攻汉学,师从霍福民(Alfred Hoffmann)教授,兼修哲学、日耳曼语言文学及日本学,并于1969年去日本寻找唐朝的中国,感受中国文化的气息①。1973年获波鸿大学汉学博士学位,其博士论文为《论杜牧的抒情诗》(Das lyrische Werk des Tu Mu [803—852], Versuch einer Deutung)。此后,他担任讲师,讲授中国语言文学。1974年11月在当时的北京语言学院(今北京语言文化大学)进行为期一年的现代汉语学习,这一年是顾彬的第二个人生转折年,期间因为"认识了鲁迅和其他中国现代作家的价值"而开始了对中国现当代文学长期的关注与研究。之后去日本阅读了大量译成日文的中国

---

① 刘若南:《顾彬:我希望我是错的!》,《南风窗》2007年4月16日,第80页。

现代文学作品,为以后的研究打下了基础①。1977至1985年间任柏林自由大学东亚学系讲师,教授中国20世纪文学及艺术,期间多次往返于中国。1981年通过了教授资格论文,其题目为《空山——中国文人的自然观》(*Der durchsichtige Berg. Die Entwicklung der Naturanschauung in der chinesischen Literatur*),该书已出中文版②。同年,他拥有了中国妻子张惠子女士,后者在某种程度上更加强了他和中国生活、文化的紧密联系。也许我们应该考察一下那些中国妻子对著名汉学家的影响,如马悦然、宇文所安等,我相信这是一个非常有意思的课题。1985年起任教于波恩大学东方语言学院中文系,1989年起与妻子共同主编介绍亚洲文化的杂志《东方·方向》(*Orientierungen-Zeitschrift zur Kultur Asiens*)及介绍中国人文科学的杂志《袖珍汉学》(*minima sinica-Zeitschrift zum chinesischen Geist*)。1995年任波恩大学汉学系主任教授,2010年荣休,但仍在波恩大学带博士,同时奔波于中国的许多大学。

顾彬研究范围广泛,著述丰富。他的学生和同事曾于他六十岁生日时,把他的各类作品大体归类并编了目录,作为给顾彬六十大寿的贺礼。这份目录收入截至2008年10月顾彬的主要学术成就,分为专著、出版物、编辑期刊、文章、评论、翻译、文学创作包括散文与诗歌、悼念文章几部分,就其学术成果而言,应该说是非常全面、权威、可信的资料。除了前文提到《论杜牧的抒情诗》、《空山——中国文人的自然观》外,顾彬的其他学术成就主要还有:2002年开始,主编十卷本《中国文学史》(*der Geschichte der chinesischen Literatur*),该套丛书中文版权已由华东师范大学出版社买下,于2008年开始部分出版。顾彬亲自执笔这套文学史著作的第一卷《中国诗歌史:从起始到皇朝的终结》;第六卷《中

---

① 顾彬:中文版序,《二十世纪中国文学史》,华东师范大学,2008年。在顾彬《走出书斋的文学史家》一文提到:"从1974年起,正当人们还未对中国当代文学真正产生兴趣的时候,我便开始了相关资料的收集工作。(本文是伯尔尼德文演讲稿,这里采用由教授提供私人资料的中文译稿)

② 德文版,威斯巴登Franz Steiner出版社,1985年;中文版由马树德译,上海人民出版社,1990年。

第四章 他山之声:中国当代文学的海外著述与学人

国传统戏曲》;第七卷《二十世纪中国文学史》(中文已出)①;与 Marion Eggert、Rolf Trauzettel、司马涛合作完成第四卷《中国古典散文:从中世纪到近代的散文、游记、笔记和书信》(中文已出)。其他专著还有《猎虎:现代文学的六个尝试》(Die Jagd nach dem Tiger. Sechs Versuche zur modernen chinesischen Literatur)、《关于"异"的研究》(Studien zum Fremden. Exoticism and Salvation, 中文版)、《影子的声音, 翻译的技巧与艺术》(Die Stimme des Schattens. Kunst und Handwerk des Ubersetzens)②。顾彬参与的中文出版除前述作品外, 还包括《甲骨文与殷商人祭》、《世界文化史故事大系. 德国卷》和德语区中文教学会议论文集(部分是中文)《目标:中文课程和语言描述》(Zielsprache Chinesisch : Beitraäge zur Sprachbeschreibung und -unterrichtung)③。英语出版物主要有与香港摄影师朱德华(Almond Chu)合作的《朱德华》一书, 以朋友的身份撰写有一篇五千多字的前言;多人合作的《镜子倾斜:摄影香港的空间与时间》(The Diagonal Mirror ; Space and Time in Photographing Hong Kong);与马汉茂合作的《苦闷的象征:寻找中国的忧郁》(Symbols of Anguish : In Search of Melancholy in China; Helmut Martin [1940-1999] in Memoriam);与瓦格纳合作的编辑会议论文集《中国现代文学评论》(Essays in Modern Chinese Literature and Literary Criticism : Papers of the Berlin Conference, 1978)④等, 这两本英文编著有一定的影响力。

其他合编、主编、翻译的著作和文学作品按出版时间大致如下(原书名、出版信息略):《中国的文化、政治与经济——霍福民65岁生日纪念文集》、《新领导下的中国:四人帮后中国社会、经济、科学与文化

---

① 德文版由慕尼黑 KG Saur Verlag 出版社出版, 分别是:Die chinesische Dichtkunst. Von den Anfängen bis zum Ende der Kaiserzeit, 2002 年;Die klassische chinesische Prosa. Essay, Reisebericht, Skizze, Brief. Vom Mittelalter bis zur Neuzeit, 2004;Die chinesische Literatur im 20. Jahrhundert, 2005;Die klassische chinesische Prosa: Essay Reisebericht, Skizzen, 2004。

② 三本书的出版社分别为:波鸿 Brockmeyer 出版社, 1984 年;曹卫东译, 北京大学出版社 1997、2002、2004 版;慕尼黑 edition global 出版社, 2001 年。

③ 王平、顾彬, 大象出版社, 2007;与马树德合作, 有北京语言文化大学出版社 1998 年版和上海外语教育出版社 2003 年版;

④ 四本书出版社分别为:Asia One Product & Publishing Ltd, 2009;海德堡 Kehrer 出版社 2008;Peter Lang 出版社, 2001;波鸿 Studienverlag N. Brockmeyer, 1982。

的回顾与分析》、翻译并评介茅盾《子夜》、丁玲《莎菲女士的日记》、《百花文艺:中国现代小说(1949—1979)》、《中国现代文学评论》、《中国现代文学》、《中国妇女与文学》、《高行健〈车站〉,来自中国的抒情剧》、《野百合花,中国文学翻译》、《走出百草园,鲁迅研究》、《拆卸钟楼:中西精神研究,纪念陶泽德(Rolf Trauzettel)文集》、《基督教、儒教与现代中国革命精神》、《红楼梦研究》、《红墙之旅:唐代诗歌及其阐释》。顾彬在中国现当代文学方面翻译成绩更丰富,除译介茅盾和丁玲外,还翻译过巴金的《家》和《寒夜》以及冰心、卞之琳、徐志摩、冯至、郑敏等。他也曾翻译过毛泽东、周恩来、陈毅等老一辈革命家的诗作及参与《毛泽东文选》的德译。连他后来否定的浩然作品,也有译作《两担水》(Zwei Eimer Wasser),发表在1978年《波鸿东亚研究年鉴》(*Bochumer Jahrbuch zur Ostasienforschung*)上。顾彬对中国当代文学的翻译主要体现在诗歌方面。20世纪90年代起,已出版的译作主要包括:北岛《太阳城札记》(1991)、杨炼《面具和鳄鱼》(1994)、杨炼《大海停止之处》(1996)、《鲁迅选集》六卷本(苏黎世,1994)、张枣《春秋来信》(1999)、梁秉钧《政治的蔬菜》(2000)、北岛《战后》(2001)、翟永明《咖啡馆之歌》(2004)等。从编目来看,中国当代小说方面方面的翻译较少,经顾彬教授确认,他确实只翻译过少量的中短篇。此外,作为作家,顾彬目前已出版三本诗集《新离骚》(2000)、《愚人塔》(2002)和《影舞者》(2004),一本散文集《黑色的故事》(维也纳,2005)。

据不完全统计,顾彬在各种刊物、报纸上发表不同语种文章二百多篇。那么,顾彬的文章对中国当代文学的研究是什么状况呢?根据出版编目,我从上百篇"文章"和"书评"中对涉及中国当代文学的50多篇文章进行了归类,大致如下:一、诗歌类约20篇。又可细分为整体诗歌和具体诗人评论,顾彬对中国当代诗歌持肯定态度,这里略过。二、词典词条6个。在《当代外国文学批评词典》(*Kritisches Lexikon zur fremdsprachigen Gegenwartsliteratur*)中,分不同年份撰写了王蒙、张洁、王安忆、张辛欣、北岛、大陆与台湾文学词条。三、戏剧类1篇,名为《行为抑制示例:关于20世纪中国戏剧理论》(*Das Paradigma der Handlungshemmung. Zu einer Theorie des chinesischen Theaters im 20. Jahr-*

## 第四章 他山之声：中国当代文学的海外著述与学人

hundert)发表于波鸿《东亚研究年鉴》1987年10期,英语版发表在《亚非研究》(Asian and African Studies 6:1 1997)。四、当代文学(小说)的批评文章、访谈、书评约20余篇。书评共计8篇,分别是:棉棉《啦啦啦》、卫慧《上海宝贝》、黄慧贞《可怜的女人》、余华《许三观卖血记》、Bernhard Führer《审查：在中国历史与当代中的文本与权威》、魏纶(Philip F. Williams)、吴燕妮编《作家笔下劳改营里的重塑与抵抗：纪律和公布》、南木《那一片海》、金介甫编《后毛时代：中国文学与社会(1978—1981)》,以上书评篇幅一页者居多,其他涉及中国当代小说的文章这里不再一一罗列。

虽然这份个人学术成果编目仍有所遗漏,却能基本代表顾彬的学术成就。以此为据,我们认为顾彬对中国当代文学的贡献整体上呈现"翻译大于研究,诗歌多于小说"的特点。就当代小说而言,又有以下特点：早期的研究政治意识形态、社会学分析的色彩较重,研究的对象基本止于80年代末,当代作家的兴趣点较少并且有着私人交往的痕迹,当代小说的翻译较少,具体作品的文本分析数量较少。第二,阅读多,评论少。其实,这应该是每个学者的特点。一方面,学者没有精力把那么多的阅读转化成写作；另一方面,许多阅读也激发不了个人的写作欲望。顾彬的"阅读多,评论少",除了前述理由外另有他意：这里特别强调顾彬已经发生的阅读量和他应该转化(而未转化)的评论太少。他对中国当代小说颇有微词,也有学者怀疑他的阅读量如何,如果他对当代小说连起码的阅读量都没有,那么他的批评意见自然也将变成空中楼阁。顾彬曾在其他访谈中提到过他对中国当代小说的阅读情况,承认阅读较慢,数量比不过中国学者,90年代后读得较少等。如果没有令人信服的阅读量,以这么少的研究成果就对中国当代文学发表一些印象式的批评意见,那么学术严谨性将荡然无存。就作品而言,波恩大学的图书馆及顾彬的私人藏书都很丰富,当代文学各个时期、各类代表作品基本能见到。从书评、各类访谈以及《二十世纪中国文学史》中,都能显示出他的中国当代小说的阅读量。笔者以为顾彬的阅读量虽然不能和国内学者相比,却也足以支撑他的批评。相对于阅读量,笔者更在意的另一个问题是他与当代中国及小说的隔膜究竟有多大？笔者以为他的海外视角在成就他的同时也遮蔽了他;他贡献了一种超脱的个人化批评标准,却忽略了中国当代文学许多特殊的"成长经验",也少了些中国人对这段历史特有的"切肤之感",这一点我们将在下文会有所论述。第三,范围广,焦点少。这是我对顾彬整体学术研究的印象。作为学者的顾彬,其学科背景比较丰富,知识体系相对完善,既有德国哲学、文学、神学方面的西学积累,也有汉学和日本学的相应准备,语言能力也不错。特别是对中国文学的积累,从唐代延伸到现代和当代,这让他在西方的横向参照系外,增加了来自中国传统的纵向参考。同时,作为翻译家和作家,他比普通学者拥有更多体味语言和文学关系的渠道。这种跨语际、国别的文学体验,虽然不一定有必然的话语优先权,但至少能成为有益的话语资源。有学者指出顾彬否定1949年以后的当代文学有四个参照:一是欧洲尤其是德国经典作品;二是中国古代文学;三是以鲁迅为代表的现代文学;四是以西川等为代表的中国当代诗人[1]。笔者非常同意这一判断,从顾彬的简历与著述中也可以得到验证。除此之外,笔者以为可能还有"半个"参照,即当代文学中极少数被顾彬认可的作品,如王蒙《组织部新来的年轻人》及80年代的少量作品。从出版编目来看:无论是编著还是文章,其研究范围都相当广泛,可以说纵横于古今中外、上下五千年。这同时也会为我们带来一个巨大的疑问:顾彬的学术着力点究竟在哪里?我们知道美国的宇文所安专注于唐代文学研究,王德威以晚清和当代文学研究见长。虽然顾彬教授一生勤奋,每天只休息五个小时,即使考虑到天赋异禀的因素,就个人的精力和研究的范围来看,如果在每个研究领域都成就非凡的话,总让人有点力不能及的顾虑。我并不怀疑顾彬教授的认真、严谨与勤奋,但就编目中当代小说成果和《二十世纪中国文学史》中大陆当代小说的研究来说,他的一些结论是令人怀疑的。也许顾彬教授的古代、现代文学研究情况会更好一些?我想不论哪一种研究,优秀的研究成果应该是:在令人信服的材料基础上,开拓新的研究领域或在原有领域得到新的结论,显示新的问题意识、演示新的理论方法。按照这样的标

---

[1] 王彬彬《我所理解的顾彬》,《南京大学学报》2009年第2期,第77—78页。

第四章　他山之声：中国当代文学的海外著述与学人

准来衡量顾彬的中国当代小说研究，会是什么样子呢？

### 二、"垃圾论"与《二十世纪中国文学史》

"垃圾论"和《二十世纪中国文学史》可以说是顾彬中国当代文学批评和研究的集中代表。如果说前者只是随意性很强的想法表达，缺乏严密的学术论证，后者则应该是可以代表其个人严肃学术意见的"白皮书"，也是我们研究顾彬中国当代文学的核心材料。就国内评论来看，往往将二者分而论之，鲜有从《二十世纪中国文学史》来反观"垃圾论"的文章。由媒体引发的"垃圾论"及其评论已经泛滥成灾，信息量也大到了令人厌烦的程度，考虑到观点已多为人所知，这里我们以材料目录的形式来简要呈现事件的发展过程，个别附以简短说明。

早在2004年，顾彬在上海做"二十一世纪的中国文学状况"的报告，其中基本表达了后来的批评意见，未有反响。2006年11月26日，德国之声中文网发表《德国汉学权威另一只眼看现当代中国文学》。国内外一些华文媒体转载了这篇报导。但由于标题不是那么醒目，并没有引起注意。12月11日，《重庆晨报》发表题为《德国知名汉学家顾彬称中国当代文学是垃圾》的报道，迅速成为新闻热点，引发全国热议，国内媒体和学术界开始出现密集的讨论，相关文章，这里不再赘述。2008年9月，顾彬《二十世纪中国文学史》中文版发行。在"垃圾论"的背景下，这部著作自然引起了普遍的关注，产生不少书评[1]。这些书评大多肯定了顾彬"执迷中国"的精神，书中由"批判性距离"产生的不同于中国的海外视野（或"世界文学"），作为个人学术史的独特声音性及审美能力等。肖鹰特别强调了此书贯彻了对于"一种真正的对话"的渴望，具体解释为：热情的追问、真诚的倾听和坦率的表达。对于书

---

[1] 截止2010年6月检索到的主要书评如下：范劲《形象与真相的悖论——写在顾彬和〈二十世纪中国文学史〉"之间"》，《文学评论》2009年第4期；王家新《"对中国的执迷"与"世界文学"的视野——试析顾彬对20世纪中国文学的阐释和批评》，《中国人民大学学报》2009年第5期；陈晓明《"对中国的执迷"：放逐与皈依——评顾彬的〈二十世纪中国文学史〉》，《文艺研究》2009年第5期；严家炎《交流，方能进步——顾彬〈二十世纪中国文学史〉给我的启示》、（接下页）

中存在的缺陷,如严家炎认为"疏漏了若干较重要的作品"、"误读"、"较大的问题,则是对五四新文化运动的看法"。陈福康认为"此书不少地方仍未跳出一些西方的中国文学研究者的框框,也仍未跳出中国一些'精英'论者的框框","许多中国新发现的史料,新论定的史实,作者似乎都不知道。因此,此书仍然不能完整地准确地反映二十世纪的中国文学史全貌。尽管作者强调'思想史深度',但却连二十世纪中国文学理论和批评的争鸣也很少写到。至于文学社团的发起和活动、文学报刊和书籍的编辑出版等文学史上的鲜活内容,更几乎毫无涉及"。关于书中史料的误读和错用及其中隐藏的问题,学者们也从不同角度分别指摘了出来。

作为顾彬《二十世纪中国文学史》的主译者,范劲从"真相"和"形象"入手,通过对顾彬叙事模式的分析,以具体的例子论证了"真相永远只存在于意识和对象、作者和文本'之间'",对顾彬的叙述姿态和研究立场提出某种程度的质疑和修正。如顾彬认为郁达夫《沉沦》、老舍《茶馆》中"叙述者的陈述是形象,作者的意图才是真相",范劲认为顾彬的理解显然是非常个人化的"一种"解读方式。再如对舒婷《祖国啊,我亲爱的祖国》,从德译诗指出,那"完全是从他自己的'反误读'的角度出发,而丧失了原文中'我'和对象交融的关系",因为"顾彬没有考虑传统诗歌修辞中的互文手法","顾彬暗暗走向了独白"。就"中国和世界的交融——顾彬的另一中心母题",作者以唐湜的说法有力地反驳了顾彬"陈敬容1946年在上海开始翻译波德莱尔和里尔克,并由此变成了一个女诗人"(而这可能正是陈晓明认为"顾彬的批判基于他的同质化的欧洲文学观念"的表现之一)。但我不太同意范劲"'美学

---

(接上页)陈福康《读顾彬〈二十世纪中国文学史〉》,两文均见《中国现代文学研究丛刊》2009年第2期;董之琳《个人文学史的视角与方法——关于顾彬〈二十世纪中国文学史〉的当代叙述》,《扬子江评论》2009年第2期;罗四鸰《顾彬的可疑与可敬——评顾彬〈二十世纪中国文学史〉》,《书城》2009年第7期;肖鹰《波恩的忧郁:罪与对话——汉学家顾彬,兼谈〈二十世纪中国文学史〉》,《中华读书报》,2008年12月3日;叶开《谈顾彬〈二十世纪中国文学史〉》、殷国明、范劲、刘晓丽《一次触动历史的文学对话——关于顾彬〈20世纪中国文学史〉的讨论》,《中文自学指导》2009年第2期等十几篇。

## 第四章 他山之声:中国当代文学的海外著述与学人

的'就是过去公认为美的。所以毫不奇怪,中国当代文学不被顾彬看重,因为当代即'未过去的',从本体上尚未进入审美领域"的说法,这个判断有太多需要说清楚的问题。尽管顾彬保持了和他研究的对象之间的"批判性距离",遵循个人性的阐释立场,"依据语言驾驭力、形式塑造力和个性精神的穿透力"维护着独立于政治意识形态的美学标准,并且特别说明书中的评价都是他个人的主观见解。但他和"二十世纪中国文学"可能不但真的存在"距离",似乎还有许多"隔膜",尤其是对中国当代文学。范劲的一些观点可以从陈晓明的文章中得到某种程度的回应,如陈晓明认为"顾彬的批判基于他的同质化的欧洲文学观念,对这种'对中国的执迷'所依据的中国本土历史语境,持过度贬抑的态度,这就影响到顾彬叙述中国二十世纪文学史的周全性"[①]。并从"对中国的执迷"在顾彬的文学史叙事中所起到的特殊作用——"既被贬抑,被放逐;又时时被召回借用"做了精彩的分析,论证了"异质性的中国让顾彬在叙述中国当代文学时找不到方向,找不到理解的参照系"。"根本缘由在于,在顾彬的现代性谱系中,中国当代文学无法找到安置的处所。他所理解的中国当代,在与中国现代断裂的同时,也与世界现代脱离,它是被区隔的异质性的文学。1949 年以后的中国,被悬置于现代性之后,封存于'专制'、'集权'的密室内。"笔者比较赞同陈文中的一些观点,如顾彬先验地把中国文学放逐出世界文学的场域,存在着另一种"政治执迷"的参照。他把中国现代文学史嫁接到欧洲的现代语境中,从而淡化了 20 世纪中国本土的经验(这一点也往往会成为别人肯定顾彬的依据,如被理解成"世界文学的标准")。顾彬强调从现代人的内心经验出发,注重分析作家的情感心理和文本,并且似乎专注于文学作品本身的文学性价值等(所以他基本忽略了有特定文学史意义的那些作品)。陈文特别指出顾彬的研究主要是建立在西方汉学的基础上,其中西方汉学研究的学术含量相当丰厚,但对中国大陆的当代研究资料几乎没有涉猎,虽然在参考文献中列出一些,从引

---

[①] 陈晓明:《"对中国的执迷":放逐与皈依——评顾彬的〈二十世纪中国文学史〉》,《文艺研究》2009 年第 5 页。

述来看,几乎没有实际运用。这使他的中国现当代文学史叙述几乎与中国大陆割裂。陈文也委婉地表示了对顾彬中国当代文学的原文阅读量的质疑,顾彬对苏童、莫言、贾平凹的评价,笔者也以为很难令人信服。王家新的分析也可以和陈晓明形成一种学术对话,他认为"这是一本有着独特的批评视角和个人文体的文学史和思想史著作,也是一部能够不断引发人们去思考的以中国文学为对象的著作。它也许不那么'客观',也不'全面',却富有新意和敏锐的洞察力"①,虽然也是支持顾彬的观点,但行文却比叶开的评论要显得客观、冷静、内敛和心平气和得多②。王家新抓住顾彬评判文学的标准——"最后肯定是世界文学的标准"来展开。指出顾彬的"世界文学"并不是以欧洲为中心的观念,因为他深知屈原、李白、杜甫、曹雪芹、鲁迅达到了一个怎样的高度,他就是以这样一种眼光来看20世纪中国文学的。因而他的视野已远远超出了一般西方人的视野,体现了一种中西视野的融合,他的"世界文学"是由不同时代和国家的优秀文学作品所形成,并在当今世界为人们所普遍认同的文学。王家新认为顾彬在批评中国当代文学时一再谈到语言问题,是因为文学的价值最终只能由语言来承担和决定,也因为中国现代出过鲁迅这样一位语言大师。并认为顾彬坚持了一种"不合时宜"的"精英"立场导致他的声音"打击面"太大了,在方式上或许也有些偏激,但其出发点是在以"世界文学"之名来伸张卫护文学的价值和尊严,并对我们习惯了"自己给自己打分"提出了批评。我认为范劲、陈晓明、王家新的三篇文章以一种文本对话的学术精神共同呈现了理解此书的丰富维度。

  以上这些书评作为一种专业回应,显然比媒体简单地沉浸于"垃圾论"的泡沫中要理性许多,尽管各方在批评的切入点上依然存在着分歧,但对问题的分析却深入、客观、冷静了许多,并且终于把讨论的主题从"话题"引向了"专业"。我想顾彬教授本人也应该乐意接受别人

---

  ① 王家新:《"对中国的执迷"与"世界文学"的视野——试析顾彬对20世纪中国文学的阐释和批评》,《中国人民大学学报》2009年第5期。
  ② 叶开:《顾彬〈二十世纪中国文学史〉的评论》,《文景》2008年第10期。

# 第四章 他山之声：中国当代文学的海外著述与学人

以他的学术著作为基础提出的各类批评意见。

### 三、枳橘之间的中国当代文学研究

完成了对顾彬"垃圾论"事件及当代文学研究资料的阅读和整理后，我慢慢地意识到顾彬的中国当代文学研究在中外语境中，颇有点"橘生淮南则为橘，生于淮北则为枳"的意味。这里有两个层面：第一个层面是就"垃圾论"事件而言的。正如本节开头已经说明那样，在海外并不显山露水的中国当代文学研究在它的主场——中国得到了最大程度的学术关注，这是一个学者的幸福。不论人们的批评意见如何，都算是对顾彬"四十年来，我将自己的所有的爱都倾注到了中国文学之中"的回报，中国当代文学研究的"海外之枳"经过移植后有明显变成"海内之橘"的倾向。第二个层面是就顾彬中国当代文学研究本身来说的。正如前文书评中已经提到的一样，顾彬的《二十世纪中国文学史》是一本有特点、有新意同时也存在不足和缺陷的个人著作，尤其是中国当代文学研究，存在的问题可能更多一些。尽管顾彬表示在"行文中给出的评价都是他个人的主观见解，并不图普遍有效，尤其不奢望经久不灭"，"我的偏好与拒绝都代表我个人"（前言，第2页），"20世纪中国文学并不是一件事情本身，而是一幅取决于阐释者及其阐释的形象"（导论，第9页），这并不代表我们失去了对话和交流的机会。如果学术仅仅是个人的事业，学者当然有权利决定怎么写、写什么。从这一点上讲顾彬的中国当代文学研究存在多少问题都是无可非议的。假若学术同时也是一项公共的事业，这种"阐释的形象"就需要对"事情本身"尽量地负责，个人的学术豁免权就会被剥夺，留给个人自由伸缩的空间也会受到压制，就得承受其他公共力量的批评。从这样的角度来看，顾彬的中国当代文学研究又有了"个人之橘"和"公共之枳"的游动空间，因此，我对顾彬中国当代文学研究的整体评价是游移在"枳橘之间"。

下面我们先来看第一个层面的具体情况。通过前文论述，我们对顾彬的中国当代文学著述情况已有了解。那么，当他因"垃圾论"事件在中国一夜暴红后，对他和中国当代文学研究带来了什么影响？从中我们又能反思一些什么？

以中国知网（CNKI）数据库为例：截止2010年6月，检索到"作者"是顾彬的文章共18篇（已去掉同名作者），涉及当代文学的约10篇。其中2006年12月（垃圾论暴发）以前的文章共有6篇，分别是《"只有中国人理解中国"？》《圣人笑吗？——评王蒙的幽默》《解读古代中国的"忧郁感"》《多弦的琴——唐人的记忆与回忆》《德国的忧郁和中国的彷徨：叶圣陶的小说〈倪焕之〉》《综合的心智——张枣诗集〈春秋来信〉译后记》①。"垃圾论"事件以后发表的12篇文章中，有8篇涉及中国当代文学，都是和"垃圾论"有关的访谈或文章。有趣的是，在这种讨伐中国当代小说的浪潮中，竟然有一篇当代小说书评《中国当代小说〈那一片海〉：它对欧洲来说远远不够》，题目充满了肯定意味②。起初，我怀疑这是作者利用顾彬炒作自己的作品，但顾彬的编目里确实有该书评。中文版开头一段是转述语气，应该是后来加上去的。"曾炮轰中国当代文学的德国汉学家顾彬，首次点评了中国当代小说《那一片海》。他说这部小说对中国来说分量是不轻的。"接下来是第一人称叙述，讲到自2006年底批评中国当代小说以来"我从未收到过来自中国的任何一位作者的手稿，以邮寄或是电子邮件的形式，请我对其发表看法以及建议"（笔者其实看到过许多不知名、不入流作家的授权书和文稿），在波恩读书的作者有机会就其小说理念向顾彬请教。顾彬简要点评了小说的封面、书名、内容、技法、主题后谈到"所有文学作品中，作家对语言的架构能力尤为重要。这部小说的作者显然是很成功的"，在写作方法上评价是"他刻意采取了常见的写作模式，完全迎合中国读者的口味"，"他的创作迎合了当代文学的国际潮流"。最后说"关于这部作品，对中国来说，分量是不轻的，但对欧洲而言，还远远不够"。全文读起来，正如所有的书评一样，有夸大溢美之感，避重就轻

---

① 依次发表在《读书》2006年第7期（在该年12期上另有《略谈波恩学派》一文）、《当代作家评论》2004年第3期、《清华大学学报》哲版社2004年第3期、《中国海洋大学学报》社科版2004年第6期、《清华大学学报》哲社版2002年第2期、《作家》1999年第9期。

② 《聪明泉》（EQ版）2007年第12期，据查，这是一本面向初中生的读物。《那一片海》，作者南木，上海人民出版社，2006年。

## 第四章 他山之声：中国当代文学的海外著述与学人

地谈缺点。我设法阅读了此书，没看多少就放弃了，因为我立刻闻到了被顾彬批评的那种"商业化模式"的味道，语言也毫无美感，思想深度就更谈不上了。联想到顾彬写过被他斥为"垃圾"的棉棉、卫慧的书评，我想顾彬教授可能无意间成了人情的牺牲品（这种可能性很大，因为我后来和他提起此事，他显然不知道这篇书评译成中文后的样子）；否则我就只好怀疑他对文学的品味了。

检索到"题名"为顾彬的文章共计43篇，基本都是别人对顾彬的评论。其中2006年12月以前的文章仅有3篇，分别是《理解与阐释的张力——顾彬教授访谈录》《"望"与"思"和"上天"与"大地"评述顾彬教授的〈李白的"静夜思"和艾兴多夫的"月夜"〉》《德国汉学家——顾彬》[①]。其余42篇文章发表情况分别是：2006年1篇，2007年9篇，2008年5篇，2009年20篇，2010年5篇。"垃圾论"的聚焦效应不但在媒体上，即使在学术期刊上也是显而易见的。这些文章中不乏真知灼见的论述，但聚焦于"顾彬的当代文学批评与研究"本身的讨论，除了书评和个别文章外，几乎没有深入的专业研究。这是十分令人奇怪的现象：顾彬批评中国当代小说，作为学术回应，不论是支持或批评的意见，我们都应该从他的当代文学的研究实绩出发才合理。如果说书评因为着眼于全书，不能集中谈当代文学，其他的评论文章呢？为什么会忽略这样一个常识？笔者以为其中仍然透露出当下学术界的浮躁之气，给人一种"赶集凑热闹"的印象。我并不否定人们围绕着话题来写，我质疑的是有那么多人都采用这种方法来回应一个学术争论，这不显得有点奇怪吗？以上的检索统计，一方面客观地反映了"垃圾论"对顾彬和中国当代文学造成的直接影响；另一方面也显示了当下学界可能存在的一些问题，比如浮躁、学术跟风和学术勇气等。别忘了，顾彬对当代文学尖锐的批评意见我们并非首次听到，何以这次偏偏"树欲静而风不止"呢？同时，它也很形象地说明了海外的中国当代文学移植到中国后由"枳"变"橘"的现象。

---

[①] 依次发表在：《文艺研究》2005年第9期、《解放军艺术学院学报》2000年第1期、《鲁迅研究月刊》1995年第8期。

让我们聚焦于《二十世纪中国文学史》当代文学(小说)部分,看看占全书不到四分之一篇幅的当代文学研究大概的情况。在 420 多页中,包括台港澳文学在内的中国当代文学仅有 112 页,而新时期以来约占 65 页,并且论述对象基本止于 80 年代末,如果再具体到被他批评的小说部分就更少了。顾彬的著述清楚地表明了当代文学不过是他宽广研究领域的一个分支,只是因为他批评的声音过于响亮,给公众造成强烈的中国当代文学研究权威的印象。就当代文学篇幅过于短小等问题,我曾当面请教过顾彬教授,他表示那是因为对象太多,需要做出自己的选择。顾彬当然有权根据自己的观察做出选择,但正如部分学者已经指出的那样:作为一本文学史,这样的处理方式并不周全,遗漏了许多重要的对象,首先会给人造成一种论述比较片面的印象。退一步说,在已有的论述中,也存在着参考资料偏重于西方、精英立场之于当代异质文化的隔膜、对作家作品的解读缺乏信服力等问题。关于顾彬作品阅读量和具体作品分析较少、某些重要作家缺失等问题,顾彬教授的回答是他是有意为之,因为不想在文学史里重复。我想这毕竟是一部个人学术史,我们不必总是按照已经习惯的轻重、详略来阅读这本文学史。但顾彬在义学史里对一些中国作家的评论是有偏差的,如对王安忆的评价是"神经质的,根本不能停笔","笔下始终在写同一样东西",仅以有限的中文阅读经验,我们也会觉察出这些评价来得确实有些莫名其妙。顾彬后来在访谈中承认对王安忆的评价是让他感到后悔的,因为他觉得《长恨歌》是一部非常优秀的小说。

写到这里,突然想起某位教授对当代文学研究的感慨,他的大意是人们误以为当代文学很容易,学术品格似乎低人一等,于是有了那些圈内流传的说法。其实,做好当代文学研究是特别难的一件事。世上只有认真和不认真的学术,没有高级或低级的分野。当代文学特殊的学科属性让其有了更多"酱缸"性,加之缺乏必要的观察距离,分歧和争论多一些也是自然的事。面对连中国学者也纠缠不清、争论不休的中国当代文学,有汉学家敢于涉步其中本来就是一件极不容易的事。顾彬教授的当代文学研究嵌套在他的整个学术体系中,不论他的当代文学研究表现出"枳"或"橘"的特点,还是处于"枳橘之间",我们都应该怀着尊重和感激的心情,感谢他为我们贡献了可以争议的观点和研究文本。

　　附1:关于中国文学研究与中国当代文学——与顾彬教授访谈(《东吴学术》2010年第3期发表部分内容,另有关于余华《兄弟》的访谈及本文部分内容参见《理论与创新》2011年第1期)

# 第五章 拓展认同:中国当代作家海外传播及其个案研究

## 第一节 当代作家海外传播概述

中国当代作家的翻译状况很复杂,比如翻译语种很丰富,同一作品可能有许多语种的译作;翻译数量很庞大,除了成书成册的翻译外,更有许多作品散落于各种期刊和选集中,收集整理的工作庞大;翻译种类很齐全,从小说、诗歌到戏剧,不同种类的作家作品都有涉及。如果再考虑到这些作家的海外研究状况,对同一作家的海外传播的研究将变得异常困难和复杂起来。虽然从理论上,我们认为对同一作家作品的研究,应该建立在一种全球性的视野上,综合考察其作品在国内外的传播、影响以及相互间的关系,然而,现实的情境使我们不得不退而求其次,从可以掌握的一些点线出发,徐徐推进这方面的研究。

### 一、中国当代作家的翻译统计

为了对中国当代作家的海外出版状况有一个更直观的印象,笔者选择了王蒙、莫言、苏童、余华、阎连科、李锐、王安忆、贾平凹、韩少功、铁凝、毕飞宇、卫慧等12位作家进行了一个抽样统计。这些作家时间上以新时期以来作家为主;写作风格方面,在主流文学创作的基础上特别选择以另类写作出名的代表卫慧,以期获得对中国当代文学不同层次的对比感受;作家代际方面,特意增加了毕飞宇这样的后起之秀,并考虑了不同文学风格、国内外影响等因素。根据OCLC世界图书馆联机检索,我们统计了各语种的翻译出版数量,罗列成表。需要说明的是:其一,有些语种里的数据并不准确,主要原因是目录

## 第四章 他山之声:中国当代文学的海外著述与学人

重复造成的,但这并不影响我们的一些基本结论。其二,有些作品多次再版,我们的统计一般以第一版为主,其他版本除个别外,多数出于简洁的考虑被忽略掉了。关于这些作品的详细信息,请参见下文作家个人作品的统计分析。

表格8:WorldCat 中国当代 12 位作家翻译作品统计比较

(注:本表按作品被翻译语种数量的多少进行排序)

| 作家 | 外语种数 | 作品翻译状况(括号内为各语种数量) |
|---|---|---|
| 卫慧 | 21 | 中文(41)越南语(Vietnamese)(5)英语(4)斯洛文尼亚语(Slovenian)(3)西班牙语(3)法语(2)克罗地亚语(Croatian)(2)波兰语(Polish)(2)俄语(2)阿拉伯语(Arabic)(1)捷克语(Czech)(1)丹麦语(Danish)(1)德语(1)希伯来语(Hebrew)(1)印尼语(Indonesian)(1)意大利语(Italian)(1)日语(1)韩语(Korean)(1)马其顿语(Macedonian)(1)瑞典语(Swedish)(1)泰语(Thai)(1)土耳其语(Turkish)(1) |
| 苏童 | 13 | 中文(133)法语(16)英语(13)韩语(7)芬兰语(Finnish)(2)丹麦语(1)荷兰语(Dutch)(1)希伯来语(1)意大利语(1)波兰语(1)斯洛伐克语(Slovak)(1)斯洛文尼亚语(Slovenian)(1)塞尔维亚语(Serbian)(1)瑞典语(1) |
| 莫言 | 12 | 中文(233)法语越南语(20)英语(17)韩语(7)日语(3)希伯来语(2)意大利语(2)波兰语(Polish)(2)西班牙语(2)瑞典语(2)德语(1)挪威语(Norwegian)(1) |
| 余华 | 11 | 中文(74)法语(15)韩语(9)越南语(6)英语(5)瑞典语(2)捷克语(1)德语(1)希伯来语=(1)马拉亚拉姆语(Malayalam)(1)西班牙语(1)塞尔维亚语(1) |
| 王蒙 | 9 | 中文(182)英语(11)法语(9)韩语(3)德语(2)泰语(2)越南语(2)日语(1)俄语(1)西班牙语(1) |

续　表

| 作家 | 外语种数 | 作品翻译状况（括号内为各语种数量） |
|---|---|---|
| 阎连科 | 8 | 中文（57）法语（7）英语（3）丹麦语（2）捷克语（1）韩语（1）斯洛文尼亚语（1）西班牙语（1）越南语（1） |
| 李锐 | 6 | 中文（158）瑞典语（5）英语（4）越南语（4）法语（1）德语（1）俄语（1） |
| 王安忆 | 5 | 中文（131）法语（7）英语（5）越南语（2）德语（1）韩语（1） |
| 贾平凹 | 5 | 中文（120）越南语（13）法语（7）英语（5）日语（1）韩语（1） |
| 韩少功 | 5 | 中文（49）法语（5）越南语（3）英语（2）波兰语（1）西班牙语（1） |
| 毕飞宇 | 5 | 中文（34）法语（5）英语（3）韩语（2）西班牙语（1）越南语（1） |
| 铁凝 | 4 | 中文（76）法语（5）越南语（4）英语（3）韩语（2） |

上表虽然不一定能准确、全面地反映出这些作家海外传播的实际情况，至少可以反馈出一些有意思的现象。比如从整体来看，十二位作家中，法语和越南语的翻译数量居然多于英语，尤其是越南对中国当代文学的翻译，有点出人意料。作家方面，卫慧和其他作家因为写作风格、套路的区别，仅从翻译语种数量来看，卫慧的翻译要远远地多于其他当代传统的主流作家。她的翻译作品其实主要是《我的禅》和《上海宝贝》两部，尤其是《上海宝贝》，所有数量为"1"的都是这部作品的翻译。由此可以推断，世界图书市场其实和中国一样充斥着流行的元素，翻译数量的多少并不能代表作品的艺术性。而其他中国作家也呈现出耐人寻味的区别来：苏童、莫言、余华都以两位数高居前三甲，除了他们的创作实力外，还有一个共同点就是他们都有被著名导演张艺谋改编并获国际电影大奖的作品，如莫言《红高粱》获第38届西柏林电影节金熊奖等；苏童《大红灯笼高高挂》先后获第48届威尼斯电影节银狮

## 第五章 拓展认同:中国当代作家海外传播及其个案研究

奖等;余华《活着》1995 年获香港第 14 届电影金像奖等。如果说王蒙以其多年的创作和巨大影响处于靠前的位置并不让人感到意外的话,阎连科则很有点异军突起的味道。在表中,他和余华是两个中文作品相对不多、翻译作品数量却很多的作家。据查,阎连科虽然改编过别人的作品,自己的作品却尚未改编成什么知名电影。那么导致其作品翻译如此迅猛增长最大的原因是什么呢?接下来的几位作家,李锐、王安忆、贾平凹、韩少功、毕飞宇、铁凝翻译语种数量大体相同,原因和表现却各有特点。李锐是作品翻译成瑞典语最多的作家,译者主要是诺贝尔文学奖评委成员之一马悦然,因此也就有了他可能获诺贝尔文学奖的传闻。韩少功的法语译作数量最多,可据我了解,他曾经努力学习过英语,为什么法语译作却显得更多一些呢?王安忆和贾平凹是两位实力相当、创作力旺盛的作家,不论是中文创作数量还是国内影响力,都应当和苏童等差不多,是什么原因导致他们的译作相对不丰富呢?对中国作协主席铁凝的翻译主要集中在 2004 年以后,笔者对她的研究兴趣点之一是:中国作协这种体制以及行政工作和作家创作出版之间是否存在着某种影响关系?从文学体制与文学创作的关系来看,这个角度应该可以延展开一些话题,而铁凝作为个案也很有代表性。对作为后起之秀的毕飞宇作品的翻译则是出于对中国当代文学未来发展可能性的关注,他的表现可以说很正常。

联机计算机图书馆中心(OCLC)及其检索目录系统 WorldCat 并不能完全准确地反映出中国当代文学的翻译状况。事实上,几乎以上每一位作家都有一些其他语种的翻译作品没有被及时收录,比如意大利语和日语译本。以苏童、莫言、余华的日语译本为例,首先三人都有日语译作,但表中却未显示苏童和余华的日语译作;其次莫言的日译作品数量其实很多,但表中只显示了少数,并且目录重复,实际上只收录了莫言的一本日语作品。尽管这个系统存在着一些不尽如人意的缺陷,但它确实值得我们充分利用并通过其他资源对研究对象不断地补充和完善。

## 二、当代十作家译作简析

前文我们在整体上比较分析了当代十二位作家的翻译状况,莫言和余华因为下文会有更为详细的个案研究,这里暂且略过,下边我们来具体地了解一下另外十位作家的翻译信息。这十位作家的翻译统计,我们还是以前述表格为基准,适当补充一些相关资料,以便对这些作家的海外传播有更为直观的了解和把握,我们也希望能从中得到更多有益的经验和总结。首先来看苏童。

**表格9:WorldCat世界图书馆联机检索苏童的外文图书**

(注:此表中各语种的数据和上表不同之处,是因为去除了重复目录的结果,下同)

| 语种 | 中文 | 外文 | 译者 | 出版社 | 年份 |
|---|---|---|---|---|---|
| 英语(6) | 妻妾成群 | Raise the Red Lantern | 杜迈克 | 纽约 William Morrow | 1993 |
| | 米 | Rice | 葛浩文 | 纽约 William Morrow | 1995 |
| | 我的帝王生涯 | My Life as Emperor | 葛浩文 | 伦敦 Faber 纽约 Hyperion | 2004 2005 |
| | 碧奴 | Binu and the Great Wall: The Myth of Meng | 葛浩文 | 纽约 Canongate | 2007 |
| | 桥上的疯妈妈及其他 | Madwoman on the Bridge and Other Stories | | 伦敦 Black Swan | 2008 |
| | 河岸 | The boat to redemption | | 伦敦 Doubleday | 2010 |
| 法语(7) | 妻妾成群 | Epouses et concubines | Annie AuYeung; Françcoise Lemoine | 巴黎 Flammarion | 1992 1997 |

第五章　拓展认同：中国当代作家海外传播及其个案研究

续　表

| 语种 | 中文 | 外文 | 译者 | 出版社 | 年份 |
|---|---|---|---|---|---|
| 法语(7) | 红粉 | Visages fardeés | Denis Beéneéjam | Arles：Ph. Picquier | 1995 |
| | 罂粟之家 | La maison des pav-ots | Pierre Brieère | 巴黎 Éd. You-Feng | 1996 |
| | 纸鬼 | Fantômes de papiers：nouvelles | | 巴黎 Descleée de Brouwer | 1999 |
| | 米 | Riz | Noeël Dutrait | La Tour-d'Aigues：Éd. de l'Aube | 2003 |
| | 我的帝王生涯 | Je suis l'empereur de Chine | Claude Payen | Arles：P. Picquier | 2005 2008 |
| | 碧奴 | Le mythe de Meng | Marie Laureillard | 巴黎 Flammarion | 2009 |
| 韩语 | 离婚指南 | 이혼지침서 | Taek-kyu Kim | 아고라，Soôul-si：Agora | 2006 |
| | 红粉 | 홍분：쑤퉁소설 | Su-joông Choôn | 아고라，Soôul-si：Agora | 2007 |
| | 我的帝王生涯 | 나, 제왕의생애：쑤퉁장편소설 | Hyoôn-soôn Mun | 아고라，Soôul-si：Agora | 2007 |
| | 碧奴 | 碧奴. Nunmul | Ǔn-sin Kim | Kyoônggi-do Munhak Tongne | 2007 |
| | 米 | 米. Ssal | Ǔn-sin Kim | Soul-si：Agora | 2007 |
| | 蛇为什么会飞 | 뱀이 어떻게 날수있지：쑤퉁장편소설 | | 문학동네，Kyoǒngi-do：Munhak Tongne | 2008 |
| | | 마씨집안자녀교육기：쑤퉁소설 | | 아고라 Soôul-si：Agora | 2008 |
| 芬兰语 | 妻妾成群 | Punainen lyhty | | Porvoo；Helsinki Juva：WSOY | 1994 |
| | 碧奴 | Uskollisen vaimon kyyneleet myytti Meng Jiangnuüsta | | Helsinki Tammi | 2007 |

续 表

| 语种 | 中文 | 外文 | 译者 | 出版社 | 年份 |
|---|---|---|---|---|---|
| 丹麦语 | 妻妾成群 | Under den røde lygte : en fortælling | | Kbh：Per Kofod | 1993 |
| 荷语 | 米 | Rijst | | 荷兰 De Geus | 1997 |
| 希伯来语 | | Orez | | Tel-Aviv：Sifriyat Poalim | 2000 |
| 意大利语 | 妻妾成群 | Mogli e concubine | Maria Rita Masci | 米兰 Feltrinelli | 1998 |
| 波兰语 | 妻妾成群 | Zawieśćie czerwone latarnie | Danuta Sękalska；Janina Szydlowska | Warszawa：Wydawnictwo MG | 2008 |
| 斯洛伐克语 | 碧奴 | Slzy nefritovej ženy：mýtus o žene, ktorá slzami zborila Dlhý múr | | Bratislava：Slovart | 2007 |
| 斯洛文尼亚 | 碧奴 | Binu | | Ljubljana：Mladinska knjiga | 2007 |
| 塞尔维亚 | 我的帝王生涯 | Moj carski život | VladanStojanovi | Beograd：Plavo slovo | 2006 |
| 瑞典语 | 妻妾成群 | Den röda lyktan：två berättelser från Kina | Anna Gustafsson Chen | Stockholm：Tranan | 1993 |

苏童是较早受到西方国家关注的中国当代作家中之一，特别是 20 世纪 90 年代初随着电影《大红灯笼高高挂》的获奖，原著《妻妾成群》很快就被译介并吸引了西方读者的视线。表中显示，《妻妾成群》是苏童最早的译作，自 1992 年译成法语后多次再版，成为在法国最畅销的中国当代小说之一。《妻妾成群》的英文版则于 1993 年出版，并也多次再版，其他语种如丹麦、芬兰、瑞典也先后于法、英版后出版。可以看出，电影改编对苏童作品的翻译出版与海外影响确实起到了很直接的推动作用。从翻译出版的年份来看，苏童的翻译主

要集中在 1993—1998 年和 2005—2009 年两个阶段。前一阶段以《妻妾成群》为代表;后一阶段以《碧奴》为代表。《碧奴》是英国坎农格特出版社发起、全球参与的"重述神话"大型图书出版项目,这种国际性的图书出版项目显然也极大地带动了苏童小说后一阶段的外译工程。从语种上来看,英语、法语、韩语对苏童作品的译介最多,表中没有显示苏童的日语译作,据查他的日语译作有三本:分别是古川裕译、1997 年日本东方书店出版的《离婚指南》;村上满里子、苏童翻译研究会译,2007 年出版的《蛇为什么会飞》;饭塚容译、2008 年出版的《碧奴》。从作品来看,《妻妾成群》、《碧奴》、《我的帝王生涯》、《米》等翻译次数较多,笔者比较关心的问题是,除了《妻妾成群》、《碧奴》显而易见的原因外,还有哪些关键因素决定着一部作品能否被翻译?这也是我们展开当代作家海外传播研究的一个核心问题,需要更多的调研后才能有效地回答。

### 王蒙

王蒙作为当代最为重要的作家之一,其作品的翻译当然不仅数量多,语种丰富,而且持续时间久,在海外的影响力也较大。

表格 10:WorldCat 世界图书馆联机检索王蒙的外文图书

| 语种 | 中文/*译名 | 外文 | 译者 | 出版社 | 年份 |
| --- | --- | --- | --- | --- | --- |
| 英语 | 蝴蝶及其他 | Butterfly and Other Stories | | 北京:中国文学出版社 | 1983 |
| | 王蒙作品选(2 卷) | Selected Works of Wang Meng(2 vols) | | 北京:中国文学出版社 | 1989 |
| | 布礼 | A Bolshevik Salute: A Modernist Chinese Novel | Wendy Larson | 华盛顿大学出版社 | 1989 |
| | 雪球 | Snowball | Cathy Silber DeidreHuang | 北京:中国文学出版社 | 1989 |
| | *新疆下放故事 | Tales from the Xinjiang exile | | NY Bogos& Rosenberg | 1991 |

续 表

| 语种 | 中文/*译名 | 外文 | 译者 | 出版社 | 年份 |
|---|---|---|---|---|---|
| 英语 | 异化 | Alienation | Nancy Lin Tong Qi Lin | 香港联合出版 | 1993 |
| | 坚硬的稀粥及其他 | The Stubborn Porridge and Other Stories | 朱虹 | George Braziller | 1994 |
| 法语 | 蝴蝶 | Le papillon | | 北京：中国文学出版社 | 1982 |
| | 布礼 | Le Salut bolchevique | Chen-Andro | 巴黎 Messidor | 1989 |
| | *新疆下放故事 | Contes de l'Ouest lointain：[nouvelles du Xinjiang] | | 巴黎 Bleu de Chine | 2002 |
| | 淡灰色的眼珠 | Des yeux gris clair | | 巴黎 Bleu de Chine | 2002 |
| | *智者的笑容 | Les sourires du sage | | 巴黎 Bleu de Chine | 2003 |
| | *跳舞 | Celle qui dansait | Franc?oise Naour | 巴黎 Bleu de Chine | 2004 2005 |
| 韩语 | | Pyonsin inhyong：Wang Mong changp'yon sosol | Hyŏng-jun Chôn | 首尔 Munhak kwa Chisongsa | 1996 |
| | | 청춘만세 | | 흑룡강조선민족출 | 2004 |
| | | Nabi | | 首尔 Munhak kwa Chisŏngsa | 2005 |
| 越南 | 活动变人形 | Hoat dong bien nhan hinh | | 河内文化信息出版社 | 2006 |
| | 蓝狐 | Cáo xanh | 阮伯听 | 劳动出版社 | 2007 |

第五章 拓展认同：中国当代作家海外传播及其个案研究

续　表

| 语种 | 中文/*译名 | 外文 | 译者 | 出版社 | 年份 |
| --- | --- | --- | --- | --- | --- |
| 德 | *说客盈门及其他 | Lauter Fürsprecher und andere Geschichten | Inse Cornelssen | 波鸿 Brockmeyer | 1989 |
| 泰 | | Phīsūa | Siridhorn | Krung Thēp：Nānmibuk | 1994 1999 |
| 日语 | 淡灰色的眼珠 | 淡い灰色の瞳 | Hiroshi Ichikawa；Eiji Makita | 德間書店 | 1987 |
| 俄 | | Izbrannoe：［sbornik］ | | MoskvaRaduga | 1988 |
| 西 | 王蒙短篇小说集 | Cuentos | | 墨西哥学院 | 1985 |

上表中罗列了王蒙有据可查的主要译作，可以肯定的是，这份列表仍然不能完整反映出王蒙作品的翻译状况。根据网络查阅整理，王蒙其他的翻译作品按照出版年顺序排列如下：1981年日本出版中篇小说《蝴蝶》日文版；1982年北京外文出版社出版中短篇小说集英、法文版，其中收录有王蒙作品；1984年匈牙利欧洲出版社出版短篇小说集《说客盈门》匈文版，罗马尼亚书籍出版社出版短篇小说集《深的湖》罗文版；1987年，瑞士第三世界对话出版社出版中短篇小说集《夜的眼》德文版，意大利米兰赛维勒书局出版长诗单行本《西藏的遐思》意文版；1988年北京外文出版社出版中短篇小说集《王蒙小说集》俄文版；1989年北京外文出版社出版小说集《相见集》、《雪球集》英文版，巴黎人道报出版社出版中篇小说《布礼》单行本法文版，韩国中央日报社出版长篇小说《活动变人形》韩文版，米兰加尔赞蒂书局出版长篇小说《活动变人形》意文版；1990年德国波鸿布洛克迈耶出版社出版中短篇小说集《王蒙小说集》德文版；1992东京白帝社出版长篇小说《活动变人形》日文版；1998年出意大利文版小说集《不如酸辣汤及其他》、《坚硬的

稀粥》。可以看出,王蒙的作品翻译主要集中在上世纪八九十年代,作品也多以《蝴蝶》等中短篇居多,其代表性的长篇小说除日文版《活动变人形》外,其他作品的翻译数量并不是很多,这一点和其他几位排名靠前的作家有明显不同。

**阎连科**

阎连科的创作近年来引起国内外的普遍关注。在现实背景下讲述荒诞奇谲的故事,是阎连科留给读者突出的印象,在笔者看来,他正是用一种"歪曲现实"的写作方法达到表现真实的效果。他的长篇小说《日光流年》、《坚硬如水》、《受活》、《风雅颂》都在文坛引起较大反响,被称为"中国最有震撼力也最受争议的作家"。新著《我与父辈》一改往日风格,却同样引起国内外的关注与好评。阎连科这位"中国目前最具爆发力的作家"在国际文坛上也同样体现了某种"爆发"的特征。

表格11:WorldCat 世界图书馆联机检索阎连科的外文图书

| 语种 | 中文 | 外文 | 译者 | 出版社 | 年份 |
| --- | --- | --- | --- | --- | --- |
| 法语 | 为人民服务 | Servir le peuple | Claude Payen | Arles:P. Picquier | 2006 |
| | 丁庄梦 | Le rêve du village des Ding | Claude Payen | P. Picquier | 2006/07 2009 |
| | 受活 | Bons baisers de Lénine | Sylvie Gentil | P. Picquier | 2009 |
| | 年月日 | Les jours, les mois, les années | Brigitte Guilbaud | P. Picquier | 2009 |
| | 我与父辈 | Songeant à mon père | Brigitte Guilbaud | P. Picquier | 2010 |
| 英语 | 丁庄梦 | The Death of Ding Village | | London:Constable | 2009 |
| | 为人民服务 | Serve the people! | Julia Lovell | New York:Black Cat;Berkeley | 2008 2007 |

第五章　拓展认同：中国当代作家海外传播及其个案研究

续　表

| 语种 | 中文 | 外文 | 译者 | 出版社 | 年份 |
|---|---|---|---|---|---|
| 丹麦语 | 为人民服务 | Folkets tjener | | Lindhardt og Ringhof | 2008 |
| 捷克 | 为人民服务 | Služlidu! | | Praha：BB/art | 2008 |
| 韩语 | 为人民服务 | 인민을위해복무하라: 옌롄커장편소설 | | 웅진지식하우스 | 2008 |
| 斯洛文尼亚语 | 为人民服务 | Služi ljudstvu | Maja Lihtenvalner | Tržič：Učila International | 2008 |
| 西语 | 为人民服务 | Servir al pueblo | | Madrid Maeva | 2008 |
| 越南语 | 为人民服务 | Người tình phu nhân sư trưởng : tiểu thuyết | Công Hoan Vũ(武公欢) | 河内青年出版社 | 2008 |
| 日语 | 为人民服务 | 人民に奉仕する | 谷川毅 | 文藝春秋 | 2006 |
| | 丁庄梦 | 丁庄の夢 | 谷川毅 | 出書房新社 | 2007 |

和其他作家不同，阎连科的作品翻译主要集中在 2006 年以后，呈喷发状态。在短短三四年的时间内，以《为人民服务》为代表吹响了进军海外市场的号声。日语和法语是其海外传播最早的语种，可能正是因为在日本和法国的成功，其他语种的翻译也迅速跟进。从表上来看，法国目前对阎连科的翻译最全面也最迅速，连新作《我与父辈》也已经有了译作。除了法国外，阎连科在日本也越来越受到瞩目。《丁庄梦》在日本初版 1 万册迅速告罄后马上就推出第二版，并把《丁庄梦》译成盲文出版。日本翻译家谷川毅用"震惊"来形容他对盲文版《丁庄梦》问世的感受，因为在日本，作品被翻译成盲文的中国作家只有鲁迅、老舍等经典作家的作品，这从另一个侧面体现了阎连科作品在日本的受重视程度相当之高。谷川毅表示打算将阎连科的新作《我与父辈》译成日文，并认为日本读者喜欢具有中国本土特色、反映中国现实与变化、反映农民阶层与命运的抗争和追求生存权利的渴望的作品。这也正是阎连科的作品在日本受到普遍关注和很高评价的

主要原因之一①。

### 李锐

曾任山西省作家协会副主席,在海外颇有影响的李锐是一位有个性、有成就,同时也备受关注的中国当代作家,著有长篇小说《旧址》、《无风之树》、《万里无云》、《银城故事》。传闻李锐是少数几个可能问鼎诺贝尔文学奖的中国作家之一,这种传闻其实源于一个事实:即诺贝尔文学奖评委会唯一的汉学家马悦然一直在翻译李锐的作品。除了瑞典文外,李锐的许多作品也被翻译成英、法、日、德、荷兰等多种文字。

表格12:WorldCat 世界图书馆联机检索李锐的外文图书

| 语种 | 中文 | 外文 | 译者 | 出版社 | 年份 |
| --- | --- | --- | --- | --- | --- |
| 瑞典语 | 厚土 | Den sveklösa jorden: berättelser från en bergstrakt | Göran Malmqvist | Höganäs:Wiken | 1989 |
| | | Släktgården | 马悦然 | Stockholm:Atlantis | 1999/2002 |
| | | Träden vill vila | | Stockholm:Atlantis | 2000 |
| | 万里无云 | Den molnfria rymden | 马悦然 | Stockholm:Atlantis | 2003 |
| 越南语 | 无风之树 | Cây không gió : truyện dài | ĐinhHiếnTrần(陈延宪) | 河内文学出版社 | 2004 |
| | 旧址 | Chốn xưa | Son Lê(梨山) | Hà Nội : Nhà xuất bản Hội nhà văn | 2007 |
| | 银城故事 | Ngân thành cố sự | ĐinhHiếnTrần(陈延宪) | 河内作家协会出版社 | 2007 |

---

① 《日本文学界只关注三位中国作家:莫言、阎连科和残雪》,《辽宁日报》2009 年 10 月 19 日。

第五章 拓展认同:中国当代作家海外传播及其个案研究

续　表

| 语种 | 中文 | 外文 | 译者 | 出版社 | 年份 |
|---|---|---|---|---|---|
| 越南语 | 厚土 | Đất dày : tập truyện ngắn | TúChâuPhạm（范秀珠） | Hà Nội : Nhà xuất bản Hội nhà văn | 2007 |
| 英语 | 银城故事 | Silver City : a novel | Howard Goldblatt | NY:Metropolitan Books | 1997 |
| 法语 | 无风之树 | Arbre sans vent | Annie Curien | P. Picquier | 2000 |
| 德语 | 假婚 | Trügerische Heirat | Ines Gründel; HelmutMartin | Dortmund: Projekt | 1994 |

　　表中显示李锐的翻译作品以瑞典语和越南语居多,马悦然翻译了李锐四部作品,分别是《厚土》和其他三部长篇小说。法文译作并不多,主要是长篇小说《无风之树》,另外还有一些短篇小说和几篇文学演讲,英文译作也只有《银城故事》一部,德文译作有短篇小说集《假婚》。李锐曾在一篇采访中表示他不在畅销和"著名"之列,在海外也没有多少影响力。相对于其他作家,李锐的作品大概确实并不"畅销",但他说不"著名"是有点君子自谦了,以《厚土》为代表的小说创作证明了他的实力。"实力"和"影响力"之间的关系有时候是非常微妙的,李锐的海外获奖和被马悦然不断翻译作品的事实,客观上也促进了他的影响力,进一步巩固或加强了他在国内成为经典化作家的地位。当然,这个现象其实同样存在苏童、余华、莫言等其他中国当代作家身上,只不过表现方式各有不同而已。

**王安忆**

　　王安忆是我国当代最有成就和影响力的小说家之一,她创作了大量优秀作品,曾多次获得过国内外的重要奖项。许多作品被译成多国文字出版,我们还是以 OCLC 联机检索为主要依据,了解一下她作品的海外传播状况。

**表格13:WorldCat 世界图书馆联机检索王安忆的外文图书**

| 语种 | 中文/*译名 | 外文 | 译者 | 出版社 | 年份 |
|---|---|---|---|---|---|
| 英语 | 小鲍庄 | Baotown | Martha Avery | Viking Penguin | 1985 |
| | 流逝 | Lapse of Time | Jeffrey Kinkley | 旧金山:China Books | 1988 |
| | 小城之恋 | Love in a Small Town | Eva Hung | 香港译丛 | 1988 |
| | 荒山之恋 | Love on a Barren Mountain | Eva Hung | 香港译丛 | 1991 |
| | 锦绣谷之恋 | Brocade Valley | McDougall and Chen Maiping | 纽约:New Direction | 1992 |
| | 长恨歌 | Song of Everlasting Sorrow | Michael Berry and Susan Chan Egan | 纽约:哥伦比亚大学出版社 | 2008 |
| | 忧伤的年代 | Years of Sadness: Selected Autobiographical Writings of Wang Anyi | Wang Lingzhen and Mary Ann O'Donnell | Ithaca: Cornell East Asian Serie | 2010 |
| | 小饭店 | The little restaurant | | NY:Better Link | 2010 |
| 法语 | *香港之光 | Leslumiéres deHong Kong | Denis Bénéjam | Arles:P. Picquier | 2001 |
| | 忧伤的年代 | Amère jeunesse | Éric Jacquemin | 巴黎:Bleu de Chine | 2004 |
| | 长恨歌 | Le chant des regretséternels | Yvonne André; Stéphane Lévêque | P. Picquier | 2006 |
| | 小城之恋 | Amour dans une petite ville | Yvonne André | P. Picquier | 2007 |

第五章　拓展认同：中国当代作家海外传播及其个案研究

续　表

| 语种 | 中文/*译名 | 外文 | 译者 | 出版社 | 年份 |
|---|---|---|---|---|---|
| 法语 | 锦绣谷之恋 | Amour sur une colline dénudée | Stéphane Lévêque | P. Picquier | 2008 |
|  | 荒山之恋 | Amour dans une vallée enchantée |  | P. Picquier | 2008 |
| 越南语 | 长恨歌 | Trường hận ca : tieu thuyét | 王智闲、梨春荣 | 河内作家协会出版社 | 2006 |
|  |  | Thăm sắc hoa đào | Son Lê | Hội nhà văn | 2009 |
| 德语 | *路 | Wege : Erzählungen aus dem chinesischen Alltag | Andrea Dööteberg | Bonn : Engelhardt- | 1985 |
| 韩语 | 长恨歌 | 장한가: 미스 상하이의 |  | 은행나무, Ŭnhaeng Namu | 2009 |

王安忆的译作以英语和法语居多，但总体语种并不是很多。除了表中语种外，笔者专门检索了她的日文译作，根据日文版亚马逊图书网站查询：仅有现代中国文学翻译研究会译、1987年NGS出版的《終着駅》；佐伯庆子译、1989年德间书店出版的《现代中国文学选集》两本，其他代表性长篇小说未见日文译本。从时间来看，大致可分为两个阶段。第一阶段以上世纪80年代末、90年代初为主，译作也是王安忆早期的代表作，如英文版《小鲍庄》、《流逝》和"三恋"，德文版《路》；第二阶段则是新世纪以来，英文以《长恨歌》为代表，法语、越南语、韩语则是新世纪后才开始大量翻译。"三恋"和《长恨歌》可以看成王安忆翻译作品的代表，尤其是《长恨歌》，应该成为我们考察王安忆海外传播的首选作品。

图25　《长恨歌》英译封面

### 贾平凹

贾平凹是一位富创造力和广泛影响的作家,作品被翻译成多种语言在多个国家传播。国际上获得的大奖主要有:美国美孚飞马文学奖(《浮躁》1987)、法国费米娜文学奖(《废都》1997)、法兰西共和国文学艺术荣誉奖(2003)。贾平凹的创作力和莫言颇有一拼,几乎平均每一两年就有一部长篇。他的创作有一个特点:即可以敏锐感受、捕捉到时代变迁中人物精神、社会生活的最新动态,并用文学方式迅速表现出来,作品中具有较多作家主体思考的痕迹,艺术表现方面总会留下一些遗憾,但整体格局却并不显得低下。他对中国当代"农民"和"知识分子"的描写不但数量多,而且具有某种"精神生活史"的谱系特点,是一个值得认真研究的作家。

**表格 14:WorldCat 世界图书馆联机检索贾平凹的外文图书**

| 语种 | 中文/译名 | 外文 | 译者 | 出版社 | 年份 |
|---|---|---|---|---|---|
| 英语 | 浮躁 | Turbulence | 葛浩文 | Louisiana State Press | 1987 |
|  | 天狗 | The Heavenly Hound |  | 北京熊猫书屋 | 1991 |
|  | 晚雨 | Heavenly Rain |  | 北京熊猫书屋 | 1996 |
|  | 古堡 | The Castle | Shao-Pin Luo | York Press | 1997 |
| 越南语 | 当代中国短篇小说 | Tập truyện ngắn Trung Quốc hiện đại | Phạm Phú Hà; Bầu Lê | 作家协会出版社 | 1997 |
|  |  | Nôn nóng : tiểu thuyết |  | 文学出版社 | 1998 |
|  | 苦中乐 | Niềm vui trong nỗi khổ |  | 胡志明市文艺出版社 | 2002 |
|  |  | Que cu |  | 胡志明市文艺出版社 | 2002 |
|  | 贾平凹短篇集 | Truyện ngắn Giả Bình Ao |  | 人民公安出版社 南方文化公司 | 2003 |

第五章　拓展认同：中国当代作家海外传播及其个案研究

续　表

| 语种 | 中文/译名 | 外文 | 译者 | 出版社 | 年份 |
|---|---|---|---|---|---|
| 越南语 | 怀念狼 | Hoài niệm sói : tiểu thuyết | （武公欢） | 文学出版社 | 2003 |
| | 鬼城 | Quỷ thành | | 妇女出版社 | 2003 |
| | 小说：爱情 | Cuộc tình : tiểu thuyết Trung Quốc | Gia Tùng La（罗家松） | 作家协会出版社 | 2004 |
| | 废都 | Phế đô : tiểu thuyết | | 文学出版社 | 2005 |
| 法语 | 废都 | La capitale dechue | Geneviève-Imbot-Bichet | 巴黎 Stock | 1997 |
| | 土门 | Le village englouti | Geneviève Imbochet-Bichet | 巴黎 Stock | 2000 |
| 日语 | 废都 | 廃都 / Haito | Tomio Yoshida | 东京中央公論社 | 1996 |
| 韩语 | 废都 | 廢都：가평요장편소설 | Ha-jŏng Pak | 일요신문사 | 1994 |

表中显示，贾平凹的外文译作以越南语数量最多，从1997年至2005年间，一共有九部出版物，当然，其中也包括一些作品合集。英语译作除了北京熊猫书屋推出的《天狗》、《古堡》外，还有两本，其中一本就是由葛浩文译，并为贾平凹赢得1987年美孚奖的《浮躁》，而他最有影响和争议的《废都》目前还没有英译作品。但《废都》却很早就有了韩语、日语、法语译本。事实上，一部作品的外译除了它本身的艺术性因素外，还有很多偶然性的因素在起作用。

**韩少功**

中国当代文学的创作往往会表现出某种强烈的"地域性"，比如莫言、贾平凹、李锐、王安忆等都有自己鲜明的地域特征，韩少功则是"文学湘军"的代表。他是1985年倡导"寻根文学"的主将，中途曾下海经商，1996年出版的长篇小说《马桥词典》引起各方争论，跌跌撞撞地写到了21世纪,代表作有《爸爸爸》、《女女女》等。

表格15:WorldCat 世界图书馆联机检索韩少功的外文图书

| 语种 | 中文 | 外文 | 译者 | 出版社 | 年份 |
| --- | --- | --- | --- | --- | --- |
| 法语 | 爸爸爸 | Pa, Pa, Pa(法) | Noel Dutrait and Hu Sishe | Aix-en-Provence: Alinea | 1990 1995 |
| | 诱惑 | Seduction(法) | Annie Curien. | 巴黎:Philippe Picquier | 1990 |
| | 女女女 | emme, Femme, Femme : roman | Annie Curien | Paris; Arles: P. Picquier | 1991 2000 |
| | 空屋的秘密 | Énigmes d'une maison vide | | 中国文学出版社 | 1993 |
| | 山上的声音 | Bruits dans la montagne et autres nouvelles(法) | Annie Curien | 巴黎:Gallimard | 2000 |
| 英语 | 归去来及其他 | Homecoming? and Other Stories | | 香港中文大学 | 1992 |
| | 马桥词典 | A Dictionary of Maqiao | Julia Lovell | New York:Dial Press | 2003 2005 |
| 越南语 | 爸爸爸 | Bố bố bố | QuỳnhHương Trần | [Hà Nội] : Nhà xuất bản Hội nhà vă | 2007 |
| | 马桥词典 | Từ điển mã kiều | | Hội Nhà Văn | 2008 |
| 波兰语 | 马桥词典 | Slownik Maqiao | Magorzata Religa | Warszawa:Świat Książki | 2009 |
| 西语 | 爸爸爸 | Pa pa pa | | Madrid Kailas | 2008 |

除上表作品外,韩少功的译作据查还有法文版《鞋癖》(Arcane,1992年)、《暗香》(2004年);意文版《爸爸爸》(Edizione Theoria,1992年);荷兰文版《女女女》(De Geus,1995年)、《马桥词典》(2002年);《马桥词典》英文版除2003、2005年美国版外,还有澳大利亚 Harper

# 第五章 拓展认同:中国当代作家海外传播及其个案研究

Collins 2004 年版。另有《爸爸爸》等译为德文、日文,《西望茅草地》等译为俄文等。韩少功是少数能通过外文(英语)阅读并翻译外国文学作品的作家之一。早在 1985 年,他就去武汉大学英文系进修学习,后来与学外语的姐姐韩刚合作翻译的米兰·昆德拉(Milan Kundera)的《生命中不能承受之轻》(*The Unbearable Lightness of Being*),影响深远。相对于其他语种,韩少功的法语译作数量最多,主要集中在 1990 至 2000 年间,共有五部作品,包括早期的代表作《爸爸爸》、《女女女》。可能正是因为法译作品较为成功,他也于 2002 年获法国文化部颁发的法兰西文艺骑士勋章。他的另一个翻译出版期则出现在新世纪后的近几年,主要以《马桥词典》为代表。

### 铁凝

现任中国作协主席也是中国当代文学很有特点和代表性的作家之一,多重的身份并不能掩盖她作为作家的成就,其作品外译也比较客观地反映了她的创作能力。

**表格 16:WorldCat 世界图书馆联机检索铁凝的外文图书**

| 语种 | 中文/*译名 | 外文 | 译者 | 出版社 | 年份 |
| --- | --- | --- | --- | --- | --- |
| 法语 | 小说合集 | Le corsage rouge | | 北京:外文出版社 | 1990 |
| | 第十二夜 | La douzième nuit | Prune Cornet | Bleu de Chine | 2004 |
| | 棉花垛 | Fleurs de coton | Véronique Chevaleyre | Paris:Bleu de Chine | 2005 |
| 越南语 | 无雨之城 | Thành phố không mưa : tiểu thuyết | Son Lê (梨山) | 作家协会出版社 | 2004 |
| | 大浴女 | Những người đàn bà tắm : tiểu thuyết | | 作家协会出版社 | 2006 |
| | 安德列的晚上 | Chơi vơi trời chiều | | 作家协会出版社 | 2006 |
| | 玫瑰门 | Cửa hoa hồng | Son Lê | 妇女出版社 | 2007 |

续 表

| 语种 | 中文/*译名 | 外文 | 译者 | 出版社 | 年份 |
|---|---|---|---|---|---|
| 英语 | 麦秸垛 | Haystacks | | 北京:外文出版社 | 1987/2005 |
| | 哦,香雪 | Oh, Xiang Xue | | Singapore:EPB | 2009 |
| | 永远有多远 | How Long is Forever | | N. Y. Reader's Digest Association | 2010 |
| 韩语 | 无雨之城 | 비가오지않는도시 | | 실천문학사 | 2007 |
| | *合集,莫言等 | 중국현대소설선 | | 민음사 | 2008 |

相对于本书涉及的同一时期成名的其他作家,铁凝的中外文作品在数量上都不是很多。除表中罗列外,其他外译作品还包括《没有纽扣的红衬衫》(西班牙文);池泽实芳译、日本东京近代文艺社出版小说集《给我礼拜八》(1995年)、《红衣少女》(2002年)、《麦秸垛》(2003年),饭塚容译、中央公论新社出版《大浴女》(2004年)等。从表中可以看出,铁凝的作品外译除了少数早期作品外,其他外译作品主要集中在2004年以后,作品翻译并没有集中在某一部作品上。贺绍俊在《作家铁凝》一书中曾提到铁凝的三重身份角色:政治身份、作家身份、女性身份。铁凝以高超的人生智慧统一了这三重身份,并提供了更为丰富的观察世界的视角,我们期待着铁凝能创作出更多优秀的作品来。

**毕飞宇**

毕飞宇以《青衣》、《玉米》、《玉秀》、《玉秧》、《平原》等作品渐渐地确立自己在中国当代文坛的地位。在中国当代作家中,毕飞宇是继莫言、余华之后,海外传播成就非常突出的新一波作家代表。作为一个小说家,毕飞宇有着良好的语言功力和独特的创作风格,尤其是对细节的把握,使他很有可能走得更远、更好。

第五章　拓展认同:中国当代作家海外传播及其个案研究

**表格 17:WorldCat 世界图书馆联机检索毕飞宇的外文图书**

| 语种 | 中文 | 外文 | 译者 | 出版社 | 年份 |
|---|---|---|---|---|---|
| 法语 | 青衣 | L'opéra de la lune | | Arles：P. Picquier | 2003 |
| | *三姐妹 | Trois soeurs（玉米等） | Claude Payen | Arles：P. Picquier | 2004 |
| | 雨天的棉花糖 | De la barbeàpapa un jour de pluie | Isabelle Rabut | Arles：Actes Sud | 2004 |
| | 上海往事 | Les triades de Shanghai：roman | | Éditions Philippe Picquier | 2007 |
| | 平原 | La plaine | Claude Payen | Arles：P. Picquier | 2009 |
| 英语 | 三姐妹 | Three sisters | 葛浩文 | London：Telegram<br>Boston：Houghton Mifflin Harcourt | 2008<br>2010 |
| | 青衣 | The moon opera | 葛浩文 | Boston：Houghton Mifflin Harcourt | 2009 |
| 韩语 | 玉米 | 위미 : 장편소설 | Chi-un Paek | 문학동네 | 2008 |
| | 青衣 | Cheongeui | Eun Shin Kim | Paju：Munhakdongn | 2008 |
| 西班牙语 | 玉米 | Las feroces aprendices Wang | Barcelona Verdeciel | | 2007 |
| 越南语 | 平原 | Binh nguyên | | Hà Nội：Công an nhân dân | 2008 |

毕飞宇的译作都集中在新世纪以后,在短短六七年的时间里包括《青衣》、"三姐妹"系列、《平原》等作品得到翻译。相对来说,法语作品依然是被译最多、时间最早的语种,而《青衣》、《三姐妹》都很快再版,说明了这些作品在海外的受欢迎程度。根据与毕飞宇先生的沟通,他指出在表格中,德语、荷兰语、西班牙语和土耳其语的《青衣》没有收录,并且西班牙语和土耳其语都是由法语翻译过去的。《推拿》的法语版即将推出,此外,《玉米》也将推出越南语版和挪威语版。毕飞宇也

不断斩获一些海外的重要奖项:如《玉米》获 2010 年第四届英仕曼亚洲文学奖,而该奖项当时普遍以为会被大江健三郎获得;《平原》获 2010 年法国《世界报》文学奖;英国版的《青衣》则进入了独立文学奖决选名单。作品《推拿》以细腻的手法、独特的视角,在几十平米的空间里写出了盲人生活的悲欢离合,显示出作家强劲的创作实力。在以上所有作家中,毕飞宇的中文作品数量并不多,作为一个还在不断发展、丰富的青年作家,我们认为毕飞宇的海外传播已经取得了不俗的成绩。

**卫慧**

生于 1973 年,被称为"晚生代"、"新新人类"的女作家卫慧,毕业于复旦大学中文系。出版了《像卫慧那样疯狂》、《水中的处女》、《欲望手枪》、《上海宝贝》、《我的禅》、《狗爸爸》等书。以《上海宝贝》为代表的部分作品据称译成 31 种文字,并登上日、英、意、德、法、香港、新加坡等多国各类畅销榜前十。如果说卫慧在国内是以另类写作一举成名、成为年轻一代女作家成名路的经典案例,那么她的海外传播同样可视为这种国内"波涛"荡漾出来的"涟漪"。

**表格 18:WorldCat 世界图书馆联机检索卫慧的外文图书**

| 语种 | 中文/*译名 | 外文 | 译者 | 出版社 | 年份 |
| --- | --- | --- | --- | --- | --- |
| 越南语 | | Tuyển tập Vệ Tuệ | Sơn Lê.; Lệ Chi Nguyễn | Hà Nội : Văn học | 2007 |
| | 上海宝贝 | Báo bối Thượng Hải | Xuân Oanh. | Nhà xuất bản Văn học | 2007 |
| | | Gia đình ngọt ngào của tôi | Lệ Chi Nguyễn (阮丽芝) | 胡志明文艺出版社 | 2008 |
| 英语 | 上海宝贝 | Shanghai Baby | Bruce Humes | NY:Pocket Books London: | 2001 2002 |
| | 我的禅 | Marrying Buddha | | LondonRobinson | 2005 |

第五章 拓展认同：中国当代作家海外传播及其个案研究

续 表

| 语种 | 中文/*译名 | 外文 | 译者 | 出版社 | 年份 |
|---|---|---|---|---|---|
| 斯洛文尼亚语 | | DekleizŠanghajazgod baoljubezni, seksuinsamospoznavanju | Andreja BlažičKlemenc | Tržič：Učila International | 2002 2005 |
| | | Poroka z budo | Nina Cedilnik Frua | Tržič：Učila International | 2007 |
| | 上海宝贝 | Shanghai Baby | Romer Alejandro Cornejo；Liljana Arsovska | Barcelona, Spain：Planeta Buenos Aires：Booket | 2002 2007 |
| | 我的禅 | Casada con Buda | AinaraMuntOjanguren；XuYing | Barcelona：Emecè Editores | 2005 |
| 法语 | 上海宝贝 | Shanghai Baby | Cora Whist | Cahors：Philippe Picuier | 2001 2003 |
| 波兰语 | 上海宝贝 | Szanghajska kochanka | HannaSzajowska | WarszawaALBATROS | 2002 |
| | 我的禅 | Poślubić Buddę | ZofiaUhrynowska-Hanasz | Wydawn. A. A. Kurylowicz | 2006 |
| 俄语 | 我的禅 | Замужем за Буддой | | Столица-принт | 2006 |
| | 上海宝贝 | Крошка из Шанхая | | Столица-Принт | 2006 |
| 阿拉伯语 | 上海宝贝 | Shanghhāy bībī | | Manshūrāt | 2005 |
| 捷克语 | 上海宝贝 | Shanghai Baby | | Praha：Motto | 2003 |
| 丹麦语 | 上海宝贝 | Shanghai Baby | | Kbh.；Rosinante | 2002 |
| 德语 | 上海宝贝 | Shanghai Baby | Karin Hasselblatt | Munich：Ullstein | 2002 |
| 希伯来语 | 上海宝贝 | Shanḥ' ai bebi | Ar' aleh Lerer | Or Yehuda | 2003 |
| 印尼语 | 上海宝贝 | Shanghai Baby | | Yogyakarta | 2003 |
| 意大利语 | 上海宝贝 | Shanghai Baby | | Milano | 2004 |

续 表

| 语种 | 中文/*译名 | 外文 | 译者 | 出版社 | 年份 |
|---|---|---|---|---|---|
| 日语 | 上海宝贝 | 上海ベイビ- | MichioKuwajima | 文藝春秋 | 2001 |
| 韩语 | 上海宝贝 | 상하이베이비 | Hǔi-ok Kim | 집영출판사 | 2001 |
| 马其顿语 | 上海宝贝 | Šangaj bejbi | | Skopje：TRI | 2004 |
| 瑞典语 | 上海宝贝 | Shanghai Baby | AnnaGustafs-son Chen | Stockholm | 2002 |
| 泰语 | 上海宝贝 | Shanghai Baby | | Bangkok Amarin | 2003 |
| 土耳其语 | 上海宝贝 | Şanghay bebeği | | İstanbul：Bilge | 2002 |

  卫慧的译作数量虽然不少,作品其实主要就两部:《上海宝贝》和《我的禅》。除少数语种如越南语、斯洛文尼亚语译本外,其他语种的译本基本上都是《上海宝贝》。如果和苏童相比,我们就会发现,苏童的《碧奴》因为参与了一个世界图书出版计划,所以得到了较多国家的翻译。然而,卫慧并没有类似的计划,何以这么多的国家如此集中地翻译她的这部小说?我们都知道这部小说被中国政府列为禁书而很快地激起国外翻译出版的热情。另一个原因可能是作品中的"性"——它显然具有召唤世界的能力。根据一般经验,当一部中国当代文学作品具有了"政治"(被禁)标签,往往就会引来海外出版的青睐,而卫慧更是将中国出位的"性"表演第一次带给了世界,这可能是这部小说海外传播如此迅速和广泛的原因吧。

  这个抽样考察仅仅是整个中国当代文学海外传播的"一叶之秋",但这些细微的表现依然有利于我们进一步探讨隐藏其后的那些更为复杂的问题。当我们反问研究中国当代作家作品海外传播的意义何在时,除了感受和发现海外传播的规律外,我们更想探讨有哪些因素是世界文学共通的,而又有哪些因素是某一个民族国家独异的经验?同样的一个文学文本,在跨越不同语境叙述的过程中,哪些因素一直得到了传播?哪些因素又不断地被改写或阻隔?当把文学研究的目光从本土的视域投向更为广阔的世界时,我们发现许多原来清晰和理所当然的问题突然又变得模糊和令人困惑起来。面对陌生和茫然的挑战,我们能做的唯有继续踏上征程。

## 第二节 本土性、民族性的世界写作
### ——莫言海外传播与接受

莫言是中国最富活力、创造力和影响力的作家之一,无论是国内还是海外,都享有很高的声誉。在国内数量不算很多的当代作家海外传播研究的文章中,关于莫言的研究相对较多[①]。海外中国当代作家研究,莫言无疑是一个重镇。本节以莫言的海外传播为研究重心,围绕着莫言作品的海外翻译出版、接受与研究状况展开,希望通过对这一案例的整理与研究,揭示和探讨中国当代文学海外传播过程中可能存在的一些问题。

### 一、作品翻译

一般认为,莫言在国内的成名作是《透明的红萝卜》,1986年《红高粱家族》的出版则奠定了他在中国当代文坛的地位。根据对莫言作品翻译的整理,《红高粱》也是他在海外最先翻译并获得声誉的作品。这部作品于1990年推出法语版,1993年同时推出英语、德语版。莫言的作品被翻译成多种语言出版,并先后获得过法国"Laure Bataillin外国文学奖"、"法兰西文化艺术骑士勋章"、意大利"NONINO国际文学奖"、日本"福冈亚洲文化大奖"及美国"纽曼华语文学奖"等国外奖项。作品被广泛地翻译出版并且屡获国外文学奖,客观地显示了莫言的海外传播影响以及接受程度。为了更详细准确地了解莫言作品的海外出版状况,笔者综合各类信息来源,对莫言海外出版进行列表综述。

---

[①] 如山东师范大学姜智芹:《他者的眼光:莫言及其作品在国外》,《中国海洋大学学报》(社会科学版)2006年第2期;《西方读者视野中的莫言》,《当代文坛》2005年第5期,两文有复合之处。另如山东大学的陈曦:《法国读者视角下的莫言》,《吉林省教育学院学报》2008年第5期,此文较多综合了其他文章的内容。

### 表格19：莫言作品翻译统计列表①

| 语种 | 中文/译名 | 外文 | 译者 | 出版社 | 年份 |
|---|---|---|---|---|---|
| 法语 | 檀香刑 | Le supplice du santal | Chantal Chen-Andro | Paris：Points, impr. Paris：Seuil | 2009 2006 |
| | 生死疲劳 | La dure loi du karma | Chantal Chen-Andro | Paris：Éd. du Seuil, DL | 2009 |
| | 四十一炮 | Quarante et un coups de canon | Noël Dutrait; Liliane Dutrait | Paris：Seuil | 2008 |
| | 天堂蒜薹之歌 | La mélopée de l'ail paradisiaqu | Chantal Chen-Andro | Paris：Points, impr. Paris：Éd. Messidor | 2008 1990 |
| | 欢乐 | La joie | Marie Laureillard | Arles：P. Picquier | 2007 |
| | 会唱歌的墙 | Le chantier | | Paris：Seuil Scandéditions | 2007 1993 |
| | 师傅越来越幽默 | Le maître a de plus cn plus d'humour | Noël Dutrait | Paris：Points, impr | 2006 |
| | 丰乳肥臀 | Beaux seins, belles fesses : les enfants de lafamille Shangguan | Noël Dutrait; Liliane Dutrait | Paris：Éd. du Seuil, DL | 2005 2004 |
| | 爆炸 | Explosion | Camille Loivier | Paris：Caractères | 2004 |
| | 藏宝图 | La carte au trésor | Antoine Ferragne | Arles：P. Picquier | 2004 |
| | 十三步 | Les treize pas | Sylvie Gentil | Paris：Éd. du Seuil | 2004 1995 |
| | 铁孩 | Enfant de fer | Chantal Chen-Andro | Paris：Seuil | 2004 |

---

① 本表主要依据世界图书馆联机检索(WorldCat)整理,同时参考了Googlebook、Amazon资源进行补充。表中空白部分表示来源信息中没有,个别作品名因无法确定中文原名保留空白。

第五章　拓展认同：中国当代作家海外传播及其个案研究

续　表

| 语种 | 中文/译名 | 外文 | 译者 | 出版社 | 年份 |
|---|---|---|---|---|---|
| 法语 | 透明的红萝卜 | Le radis de cristal | Pascale Wei-Guinot; Xiaoping Wei | Arles：P. Picquier | 2000 1993 |
| | 酒国 | Le pays de l'alcool | Noël Dutrait; Liliane Dutrait | Paris：Seuil | 2000 |
| | 红高粱家族 | Le clan du sorgho | Pascale Guinot | Arles：Actes Sud | 1990 |
| 越南语 | 蛙 | Ếch | Nguyễn Trần（陈中喜） | Hà Nội：Văn học | 2010 |
| | 战友重逢 | Ma chiến hữu | Trung Hý Trần | Hà Nội：Nhà xuất bản Văn học | 2009 |
| | 牛 | Trâu thiến | Trung Hý Trần | à Nội：Văn Hóa Thông Tin | 2008 |
| | 红蝗 | Châu chấu đỏ | Trung Hý Trần | Hà Nội：Văn học, | 2008 |
| | 筑路 | Con đường nước mắt | Trung Hý Trần | Hà Nội：Văn học, | 2008 |
| | 白棉花 | Bạch miên hoa | Trung Hý Trần | Hà Nội：Văn học, | 2008 |
| | 丰乳肥臀 | Báu vật của đời | Đình Hiến Trần（陈庭宪） | TP. Hồ Chí Minh：Nhà xuất b Hà Nội Văn àn Văn nghệ | 2007 2002 |
| | 生死疲劳 | Sống đọa thác đày | Trung Hý Trần | Hà Nội：Nhà xuất bản Phụ nữ, | 2007 |
| | 四十一炮 | Tứ thập nhất pháo | Trung Hý Trần（陈中喜） | Nhà xuất bản Văn Nghệ, | 2007 |
| | 生蹼的祖先们 | Tổ tiên có màng chân | Thanh Huệ; Việt Dương Bùi | Nhà xuất bản Văn học, | 2006 |
| | 酒国 | Tửu quốc：tiểu thuyết | Đình Hiến Trần | Hà Nội：Nhà xuất bản Hội nhà văn, | 2004 |
| | 檀香刑 | Đàn hương hình | Đình Hiến Trần | Hà Nội：NXB Phụ nữ, | 2004 |
| | 四十一炮 | Bốn mươi mốt chuyện tầm pháo | Đình HiếnTrần（陈庭宪） | Hà Nội]：Nhà xuất bản Văn Học, [ | 2004 |
| | 红树林 | Rừng xanh lá đỏ | Đình Hiến Trần | Hà Nội：Nhà xuất bản Văn Học, | 2003 |

续　表

| 语种 | 中文/译名 | 外文 | 译者 | 出版社 | 年份 |
|---|---|---|---|---|---|
| 英语 | 生死疲劳 | Life and death are wearing me out | Howard Goldblatt（葛浩文） | New York：Arcade Pub | 2008 |
| | 变 | Change | Howard Goldblatt | London；New York：Seagull | 2010 |
| | 丰乳肥臀 | Big breasts and wide hips | Howard Goldblatt | London：Methuen；NY：Arcade Pub | 2004 2005 |
| | 师傅越来越幽默 | Shifu, you'll do anything for a laugh | Howard Goldblatt；Sylvia Li-chun Lin | London：Methuen | 2002 |
| | 酒国 | The republic of wine | Howard Goldblatt | London：Penguin；NY：Arcade Pub | 2001 2000 |
| | 天堂蒜薹之歌 | The Garlic Ballads | Howard Goldblatt | NY：Penguin Books New York：Viking | 1996 1995 |
| | 红高粱 | Red sorghum | Howard Goldblatt | NY：Penguin Books；NY：Viking | 1994 1995 1993 |
| 韩语 | 四十一炮 | 사십일포：모옌장편소설 | | 문학과지성사 | 2008 |
| | 天堂蒜薹之歌 | 티엔탕마을마늘종노래 | Hong-bin Im | 문학동네 랜덤하우스 | 2008 2007 |
| | 红高粱家族 | 홍까오량 가족 | Yŏng-ae Pak | 문학과지성사 | 2007 |
| | 食草家族 | P'ul mŏknŭn kajok | | Sŏul-si：Raendŏm Hausŭ | 2007 |
| | 檀香刑 | T'an syang sing | Myŏng-ae Pak | Sŏul：Chungang M & B, | 2003 |
| | 透明的红萝卜 | 꽃다발을안은여자 | Kyŏng-dŏk Yi | 호암출판사 | 1993 |

第五章 拓展认同：中国当代作家海外传播及其个案研究

续 表

| 语种 | 中文/译名 | 外文 | 译者 | 出版社 | 年份 |
|---|---|---|---|---|---|
| 日语 | 生死疲劳 | 転生夢現〈上、下〉 | 吉田富夫 | 中央公論新社 | 2008 |
| | 四十一炮 | 四十一炮 Yonjūippō | Tomio Yoshida | 中央公論新社 | 2006 |
| | 白狗秋千,莫言短篇自选集 | 白い犬とブランコ—莫言自選短編集 | 吉田富夫 | 日本放送出版協会 | 2003 |
| | 檀香刑 | 白檀の刑〈上,下〉 | 吉田富夫 | 中央公論新社 | 2003 |
| | 红高粱 | 赤い高粱 | Akira Inokuchi | 岩波書店 | 2003 |
| | 最幸福的时刻莫言中短篇集 | 至福のとき—莫言中短編集 | 吉田富夫 | 平凡社 | 2002 |
| | 丰乳肥臀 | 豊乳肥臀（上,下） | 吉田富夫 | 平凡社 | 1999 |
| | 酒国 | 酒国：特捜検事丁鈎児（ジャック）の冒険 | 藤井省三 | 岩波書店 | 1996 |
| | 来自中国之村莫言短篇集 | 中国の村から—莫言短篇集 | 藤井省三、長堀祐 | JICC出版局 | 1991 |
| | 莫言选集 | 莫言（現代中国文学選集） | 井口晃 | 徳間書店 | 1989 1990 |
| | 怀抱鲜花的女人 | 花束を抱く女 | 藤井省三 | JICC出版局 | 1992 |
| 希伯来语 | | Baladot ha-shum | Idit Paz | Or Yehudah; Hed artsi: Sifriyat Ma'ariv | 1996 |
| | 红高粱 | אדומה דורה | Yoav Halevi | מעריב ספרית, | 1994 |

续表

| 语种 | 中文/译名 | 外文 | 译者 | 出版社 | 年份 |
|---|---|---|---|---|---|
| 意大利 | 养猫专业户及其他故事 | L'uomo che allevava i gatti e altri racconti | et al | Cuneo：Famiglia cristiana；Torino：Einaude | 2008 1997 |
| 波兰 | 丰乳肥臀 | Obfite piersi, pelne biodra | Katarzyna Kulpa | Warszawa：Wydawnictwo W. A. B | 2007 |
|  | 酒国 | Kraina wódki | Katarzyna Kulpa | 同上 | 2006 |
| 西班牙 | 红高粱 | Sorgo rojo |  | Barcelona El Aleph Barcelona：Muchnik | 2009 1992. |
| 德语 | 酒国 | Die Schnapsstadt | Peter Weber-Schäfer | Reinbek bei Hamburg：Rowohl | 2002 |
| 瑞典 | 天堂蒜薹之歌 | Vitlöksballaderna |  | Stockholm：Tranan | 2001 |
|  | 红高粱 | Det röda fältet | Anna Gustafsson Chen | Stockholm：Tranan | 1998 1997 |
| 挪威 | 红高粱 | Rødt korn |  | Oslo：Aschehoug | 1995 |

上述列表显然并不全面，仅以德语作品为例，除表中《酒国》外（2005年再版），莫言的德译作品还有《红高粱家族》(*Das rote Kornfeld*, Peter Weber Schäfer 译，有 Rowohlt1993、1995, Unionsverlag2007 年版)、《天堂蒜薹之歌》(*Die Knoblauchrevolte*, Andreas Donath 译，有 Rowohlt1997、1998、2009 年版)、《生死疲劳》(*Der Überdruss*, Martina Hasse 译，Horlemann2009 年版)、《檀香刑》(*Die Sandelholzstrafe*, Karin Betz 译，Insel Verlag2009 年版)和中短篇小说集《枯河》(*Trockener Fluβ*, Bochum 1997 年)以及短篇小说合集《中国当代短篇小说集》(包括莫言、阿来、叶兆言、李冯, Chinabooks2009 年版)。莫言的意大利语作品除了表中收录外，经查还包括：《红高粱》(*Sorgo rosso*, Einaudi 2005 年版)《丰乳肥臀》(*Grande seno, fianchi larghi*, Einaudi 2002、2006 年版)、《檀香刑》(*Il supplizio del legno di sandalo*, Einaudi, 2005、2007 年版)、《生死疲劳》(*Le sei reincarnazioni di Ximen Nao*, Einaudi 2009 年)。

## 第五章 拓展认同:中国当代作家海外传播及其个案研究

莫言的越南语作品数量很多,除表中所列外,还有早期代表作品《透明的红萝卜》(củ cải đỏ trong suốt)、《红高粱家族》(Cao lương đỏ,译者 Lê Huy Tiêu 黎辉肖, Nhà xuất bản Lao Động, 劳动出版社 2006 年)。除了个人作品外,莫言也有和其他中国当代作家一起翻译的作品集,这里不再列出。

可以看出,莫言作品翻译较多的语种有法语、英语、德语、越南语、日语和韩语。其作品海外传播地域的分布和余华及苏童具有相似性:即呈现出以发达资本主义国家和受中国文化影响很大的亚洲国家为中心的特点。这说明经济发展水平和文化关联程度是制约中国文学海外传播最基本的两个要素。从莫言的主要传播地域来看,以英法德为代表的西方接受和以日韩越为代表的东方接受会有哪些异同？这里其实产生了一个很复杂的问题:究竟有哪些主要的因素在制约着文化的交流方向和影响程度？我们知道文化和政治、经济并不总是平衡发展的事实,中国作为文明古国,产生了不同于西方并且可以与之抗衡的独立文化体系,形成了以自己为中心的亚洲文化圈。当它的国力发生变化时,它会对文化传播的方向、规模、速度产生哪些影响？这些都值得以后更深入探讨。

中国当代文学的西译往往是由法语、德语或英语开始,并且相互之间有着很大的影响。一般来说,如果其中一个语种获得了成功,其他西方语种就会很快跟进,有些作品甚至并不是从中文译过去,而是在这些外文版之间相互翻译。就笔者查阅的中国当代作家作品而言,一般来说法语作品会出现得最早。莫言的西方语种翻译也符合这个特点,如《红高粱家族》法语版最早于 1990 年推出,1993 年又推出《透明的红萝卜》;德语和英语版《红高粱》则都于 1993 年推出并多次再版,反映了这部作品的受欢迎程度。相对于西方语种,东方国家如越南和韩国对中国当代文学的翻译高潮一般出现在新世纪以后,尤其是越南对中国当代文学的翻译非常出乎笔者的意料。许多当代作家翻译最多的语种往往是法语或越南语,并不是想象中的英语。如本表中显示莫言翻译作品最多的是法语,其作品在法国的影响力很大。莫言在 2006 年的一次访谈中曾表示:除了《丰乳肥臀》、《藏宝图》、《爆炸》、《铁孩》四本新译介的作品,过去的《十三步》、《酒国》、《透明的红萝卜》、《红高粱》又都出版了简装本,书展上同时有八九本书在卖①。另外,《丰乳肥臀》在法国出版以后,确实在读者中引起一定的反响,正面的评价比较多。他在法国期间,法国《世界报》、《费加罗报》、《人道报》、《新观察家》、《视点》等重要的报刊都做了采访或者评论,使得他在书展期间看起来比较引人注目。

从以上统计来看,日本不但是亚洲,也是世界上最早译介莫言作品的国家。如1989年就有井口晃翻译的《现代中国文学选集:莫言》,并很快再版,之后有1991年藤井省三、长堀祐翻译的《莫言短篇小说集》。日本汉学家谷川毅表示:"莫言几乎可以说是在日本代表着中国当代文学形象的最主要人物之一。无论是研究者还是普通百姓,莫言都是他们最熟悉的中国作家之一。"据谷川毅讲,是电影把莫言带进了日本,"根据莫言的小说改编的电影在日本很受欢迎,他的小说也随之开始引起注意,所以,他进入日本比较早"②。莫言的韩语译作除一部外,其余的都集中在了新世纪,而越语作品在2004年以来竟然出版多达十本以上,其出版速度和规模都是惊人的。有越南学者指出:"在一些书店,中国文学书籍甚至长期在畅销书排行榜占据重要位置。而在这些文学作品中,莫言是一个引人注目的代表性作家,其小说在中国作家中是较早被翻译成越南语的,并很受越南读者的欢迎,在越南国内引起过很大的反响,被称作越南的'莫言效应'。""根据越南文化部出版局的资料显示,越文版的《丰乳肥臀》是2001年最走红的书,仅仅是位于河内市阮太学路175号的前锋书店一天就能卖300多本,营业额达0.25亿越南盾,创造了越南近几年来图书印数的最高纪录。"③越南著名诗人、批评家陈登科评论道:"我特别喜欢莫言的作品,尤其是《丰乳肥臀》与《檀香刑》两部小说。莫言无

---

① 《莫言、李锐:"法兰西骑士"归来》,《新京报》2006年11月11日,http://cul.sohu.com/20061111/n246328745.shtml。

② 参见《日本文学界只关注三位中国作家:莫言阎连科和残雪》,《辽宁日报》2009年10月19日。

③ [越]陶文琉,《以〈丰乳肥臀〉为例论莫言小说对越南文学的影响》,资料来源参见"中国文学网"http://www.literature.org.cn/Article.aspx? ID = 33685。

第五章 拓展认同:中国当代作家海外传播及其个案研究

疑是当今世界上最伟大的作家之一。"对于莫言及其他中国当代文学在越南走红的原因,笔者很赞同陶文琉的分析。首先,莫言作品具有高贵的艺术品质。通过《丰乳肥臀》与越南当代小说的比较,他指出中越当代文学发展的过程中其实存在着某种相同的倾向,突出地体现在思想与审美趋向以及文学艺术的建构与发展方面。其次,莫言作品能够在越南风行还跟中越两国共有的历史文化传统有关。中越不但历史上都深受儒家文化的影响,形成了相近的文化情趣与历史情结,上世纪80年代后两国都进入了转型时期,在政治、经济、文化、思想等社会多方面也有许多相似之处。最后,莫言作品在越南能够产生广泛影响,也是全球化时代文化交流的必然产物。

## 二、莫言的海外研究

以莫言作品的海外传播规模和影响力,很自然地会成为海外研究中国当代文学的代表之一。笔者在查阅和莫言整理的过程中发现了一个基本规律:如果一个作家的作品翻译语种多、作品数量多、再版次数多,必然会产生研究成果多的效应,这些作家往往也是在国内经典化的作家。在英、法、德、日几个语种间,都有大量关于莫言的研究文章,限于语言能力,笔者这里只对部分有代表性的英语研究成果进行简要梳理。

和中国一样,海外学术期刊是研究莫言最重要的阵地之一,海外涉及中国当代文学的主要学术期刊几乎都有关于莫言的研究文章。如《当代世界文学》曾专门出版过莫言评论专辑,发表了包括 Shelley W. Chan《从父性到母性:莫言的〈红高粱〉与〈丰乳肥臀〉》(*From Fatherland to Motherland: On Mo Yan's Red Sorghum and Big Breasts and Full Hips*);葛浩文《禁食》(*Forbidden Food：'The Saturnicon' of Mo Yan*);托马斯·英奇(Thomas M. Inge)《西方人眼中的莫言》(*Mo Yan Through Western Eyes*);王德威《莫言的文学世界》(*The Literary World of Mo Yan*)四篇文章①。另一个重要的中国现当代文学研究期刊《中国现代

---

① *World Literature Today* 74, 3 (Summer 2000).

文学与文化》(前名为《中国现代文学》)也先后发表过周英雄(Ying-hsiung Chou)《红高粱家族的浪漫》(*Romance of the Red Sorghum Family*)、Ling Tun Ngai《肛门无政府:读莫言的"红蝗"》(*Anal Anarchy: A Reading of Mo Yan's The Plagues of Red Locusts*)、陈建国《幻像逻辑:中国当代文学想象中的幽灵》(*The Logic of the Phantasm: Haunting and Spectrality in Contemporary Chinese Literary Imagination*,该文同时分析莫言、陈村、余华的作品)、G. Andrew Stuckey《回忆或幻想?红高粱的叙述者》(*Memory or Fantasy? Honggaoliang's Narrator*)①。其他期刊上研究莫言的文章还有刘毅然(音,Yiran Liu)《我所知道的作家莫言》,蔡荣(音,Rong Cai)《外来者的问题化:莫言〈丰乳肥臀〉中的父亲、母亲与私生子》,Suman Guptak《李锐、莫言、阎连科和林白:中国当代四作家访谈》,Thomas M. Inge《莫言与福克纳:影响与融合》,孔海莉(音,Haili Kong)《端木蕻良与莫言虚构世界中的"母语土壤"精神》,Kenny K. K. Ng《批判现实主义和农民思想:莫言的大蒜之歌》和《超小说,同类相残与政治寓言:莫言的酒国》,杨小滨《酒国:盛大的衰落》等②。

除了学术期刊外,在各类研究论文集中也有不少文章涉及莫言。如著名的《哥伦比亚东亚文学史》中国文学部分有伯佑铭《莫言与〈红高粱〉》(*Mo Yan and Red Sorghum*)③;其他还有Feuerwerker和梅仪慈(Yi-tsi Mei)合作的《韩少功、莫言、王安忆的"后现代寻根"》(*The Post-*

---

① *Modern Chinese Literature* 5, 1 (1989): 33-42; 10, 1/2 (1998): 7-24; *Modern Chinese Literature and Culture* 14, 1 (Spring 2002): 231-65; 18, 2 (Fall 2006): 131-62。

② The Writer Mo Yan as I Knew Him. *Chinese Literature* (Winter 1989): 32-42; Problematizing the Foreign Other: Mother, Father, and the Bastard in Mo Yan's Large Breasts and Full Hips, *Modern China* 29, 1 (Jan. 2003): 108-37; Li Rui, Mo Yan, Yan Lianke, and Lin Bai: Four Contemporary Chinese Writers Interviewed. "*Wasafiri* 23, 3 (2008): 28-36; Mo Yan and William Faulkner: Influence and Confluence. *Chinese Culture The Faulkner Journal* 6, 1 (1990): 15-24; The Spirit of 'Native-Soil' in the Fictional World of Duanmu Hongliang and Mo Yan. *China Information* 11, 4 (Spring 1997): 58-67; Critical Realism and Peasant Ideology: The Garlic Ballads by Mo Yan. *Chinese Culture* 39, 1 (1998): 109-46, Metafiction, Cannibalism, and Political Allegory: Wineland by Mo Yan. *Journal of Modern Literature in Chinese* 1, 2 (Jan. 1998): 121-48; The Republic of Wine: An Extravaganza of Decline. *Positions* 6, 1 (1998): 7-431.

③ *Columbia Companion to Modern East Asian Literatures*. NY: Columbia UP, 2003, pp. 541-545.

## 第五章 拓展认同:中国当代作家海外传播及其个案研究

Modern 'Search for Roots' in Han Shaogong, Mo Yan, and Wang Anyi)①,杜迈克《莫言1980年代小说中的过去、现在与未来》(*Past, Present, and Future in Mo Yan's Fiction of the 1980s*)②,Tonglin Lu《红蝗:逾越限制》(*Red Sorghum: Limits of Transgression*)③,王德威《想象的怀乡:沈从文,宋泽莱,莫言和李永平》(*Imaginary Nostalgia: Shen Congwen, Song Zelai, Mo Yan, and Li Yongping*)④,岳刚(音,Gang Yue)《从同类相残到食肉主义:莫言的酒国》(*From Cannibalism to Carnivorism: Mo Yan's Liquorland*)⑤,张学平(Xueping Zhong)《杂种高粱和寻找男性阳刚气概》(*Zazhong gaoliang and the Male Search for Masculinity*)⑥,朱玲(音,Ling Zhu)《一个美丽新世界?红高粱家族中的"男子气概"和"女性化"的构建》(*A Brave New World? On the Construction of 'Masculinity' and "Femininity" in The Red Sorghum Family*)等⑦。海外研究中国当代文学的博士论文,一般来说,很少有单独研究某一当代作家论的文章,多数是选择某一主题和几位作家的作品完成。如加拿大英属哥伦比亚大学2004年博士毕业的方津才(音,Jincai Fang),其论文题目为《中国当代男性作家张贤亮、莫言、贾平凹小说中父系社会的衰落危机与修补》⑧。当然,除了英语外,法语、德语也有许多研究成

---

① In Feuerwerker, *Ideology, Power, Text: Self-Representation and the Peasant "Other" in Modern Chinese Literature*. Stanford: SUP, 1998, pp.188-238.

② In Ellen Widmer and David Wang, eds., *From May Fourth to June Fourth: Fiction and Film in Twentiety-Century China*. Cambridge: Harvard UP, 1993, pp.295-326.

③ In X. Tang and L. Kang, eds. *Politics, Ideology, and Literary Discourse in Modern China: Theoretical Interventions and Cultural Critique*. Durham: Duke UP, 1993, pp.188-208.

④ In Ellen Widmer and David Wang, eds., *From May Fourth to June Fourth: Fiction and Film in Twentiety-Century China*. Cambridge: Harvard UP, 1993, pp.107-132.

⑤ In Yue, *The Mouth that Begs: Hunger, Cannibalism, and the Politics of Eating in Modern China*. Durham: Duke University Press, 1999, pp.262-88.

⑥ In *Masculinity Besieged? Issues of Modernity and Male Subjectivity in Chinese Literature of the Late Twentieth Century*. Durham: Duke UP, 2000, 119-49.

⑦ Lu Tonglin, ed. *Gender and Sexuality in Twentieth-Century Chinese Literature and Society*. Albany: SUNY Press, 1993, pp.121-134.

⑧ The Crisis of Emasculation and the Restoration of Patriarchy in the Fiction of Chinese Contemporary Male Writers Zhang Xianliang, Mo Yan, and Jia Pingwa. Ph.D. Diss. Vancouver: University of British Columbia, 2004.

果,如执教于巴黎七大的法国诗人、翻译家、汉学家尚德兰(Chen-Andro, Chantal)女士,主要负责 20 世纪中国文学和翻译课程,对中国当代诗歌的法译作出了重要的贡献。她也对莫言的小说颇有研究兴趣,曾撰写有《莫言"红高粱"》(*Le Sorgho rouge de Mo Yan*)一文[①]。

莫言的英译作品目前有《红高粱》、《天堂蒜薹之歌》、《酒国》、《丰乳肥臀》、《生死疲劳》、《师父越来越幽默》和《爆炸》,译者主要是被称为现代文学的首席翻译家的葛浩文先生。对莫言文学作品的研究发表在 Chinese Literature, Modern Chinese Literature and Culture(前身是 Modern Chinese Literature), World Literature Today, Modern China, China Information, Journal of Modern Literature in Chinese, Positions 等著名期刊上[②]。当然,在各类报纸媒介上也有许多关于莫言及其作品的评论。海外对莫言的研究角度各异,从题目来看,大体可以分为以下几类:作品研究,如对《红高粱》、《酒国》等的分析,这类研究数量最多,往往是从作品中提炼出一个主题进行;比较研究,如 Suman Guptak 对莫言和李锐,孔海莉对莫言和端木蕻良,王德威《想象的怀乡》以及方津才的文章等。还有一类可以大致归为综合或整体研究,如王德威《莫言的文学世界》、刘毅然、杜迈克等人的文章。作品研究里,目前以对《红高粱》、《丰乳肥臀》、《酒国》的评论最多。

现为哈佛大学教授的王德威在《莫言的文学世界》一文中认为[③]:莫言的作品多数喜欢讨论三个领域里的问题,一是关于历史想象空间的可能性;二是关于叙述、时间、记忆之间错综复杂的关系;三是重新定义政治和性的主体性。文章以莫言的五部长篇小说和其他著名的中篇为基础展开了论证,认为莫言完成了三个方向的转变,它们分别是:从天堂到茅房,从官方历史到野史,从主体到身体。莫言塑造的人物没有一个符合毛式话语那种光荣正确的"红色"人物,这些有着俗人欲望、

---

① In La Litterature chinoise contemporaine, tradition et modernite: colloque d'Aix-en-Provence, le 8 juin 1988. Aix-en-Provence: Publications de l'Universite de Provence, 1989, 11-13.
② 关于海外期刊的介绍请参见笔者"海外期刊与中国当代文学"一章。
③ 该文主要内容可参见《千言万语,何若莫言》,王德威,《当代小说二十家》,北京:三联书店 2006 年,第 217 页。

## 第五章　拓展认同:中国当代作家海外传播及其个案研究

俗人情感的普通人正是对于毛式教条的挑战。在谈到《红高粱》时他说:"我们听到(也似看到)叙述者驰骋在历史、回忆与幻想的'旷野'上。从密密麻麻的红高粱中,他偷窥'我爷爷'、'我奶奶'的艳情邂逅……过去与未来,欲望与狂想,一下子在莫言小说中化为血肉凝成的风景。"文章最后指出,之所以总是提及"历史"这一词汇是因为他相信这是推动莫言小说世界的基本力量,也客观上证明了他一直试图通过小说和想象来替代的努力。莫言不遗余力地混杂着他的叙述风格和形式,这也正是他参与构建历史对话最有力的武器。

时任弗吉尼亚州伦道夫—梅肯学院英文系的托马斯·英奇(Thomas M. Inge)教授对莫言作品大为赞赏,他在《西方人眼中的莫言》一文开篇即讲:"莫言有望作为一个世界级的作家迈入21世纪更广阔的世界文学舞台。"文章着重分析《红高粱》、《天堂蒜薹之歌》和《酒国》三部作品。如认为《红高粱》营造了一个神奇的故乡,整部小说具有史诗品质,其中创新性的叙事方式颠覆了官方的历史真实性,对日本侵略者也非简单地妖魔化处理,在创作中浸透着作者的观点,塑造了丰满、复杂性格的人物形象等,这些都是这部作品取得成功的重要因素。他认为莫言已经创作出了一批独特有趣、既对中国当代文学有益又保持其延自身美学原则的作品,莫言正以其创作积极地投身于将中国文学带入世界文学的进程。他说不止一个批评家同意加拿大英属哥伦比亚大学的杜迈克教授的意见,即莫言"正越来越显示出他作为一个真正伟大作家的潜力"。杜迈克对莫言的《天堂蒜薹之歌》很欣赏,他认为:这部作品把技巧性和主题性的因素融为一体,创作了一部风格独特、感人至深、思想深刻的成熟艺术作品。这是莫言最具有思想性的文本,它支持改革,但是没有任何特殊的政治因素。它是20世纪中国小说中,形象再现农民生活的复杂性,最具想象力和艺术造诣的作品之一。在这部作品中,莫言或许比任何一位写农村题材的20世纪中国作家,更加系统深入地进入到中国农民的内心,引导我们感受农民的感情,理解他们的生活[①]。

---

[①] 《当代作家评论》2006年第6期。

当时执教于科罗拉多大学的葛浩文教授在《禁食》一文里,从东西方文学中人吃人现象谈到莫言对于吃人肉这个问题的处理。文章首先分析两种"人吃人"类型,一种是"生存吃人",他举了美国 1972 年 Andean 失事飞机依靠吃死难者尸体生存下来的例子;另一种是"文化吃人"(learned cannibalism),这种"吃人"通常有文化或其他方面公开的理由,如爱、恨、忠诚、孝、利益、信仰战争等。作者认为吃人尽管经常和"野蛮"文化联系在一起,却也因为它具有强烈的寓言、警醒、敏感、讽刺等效果常被作家描写。具体到《酒国》,他指出《酒国》是一部有多重意义的小说,它直面许多中国人的国民性,如贪吃、好酒、讳性等特征,探讨了各种古怪的人际关系,戳穿了靠一个好政府来治理文明国家的神话。他认为既然《酒国》中的吃人肉不是出于仇恨,不是出于饥荒导致的匮乏,而是纯粹寻求口腹之乐,那么作者这样写显然是一种寓言化表达:如中国由来已久对农民的剥夺和人民政府的代表们对人民的压迫,以及作家对于整个社会是否还有人性存在提出的强烈质疑。科罗拉多大学的 W. Shelley Chan 博士《从父性到母性》一文则对莫言的《红高粱》和《丰乳肥臀》进行了分析。认为《红高粱》中表现出对历史的不同书写,从意识形态的角度肯定了莫言对毛式革命话语的颠覆和解构。她认为《丰乳肥臀》中父亲形象的缺失可以被看做是对毛式话语模式的挑战,因此这部作品可以视作对共产主义父权意识形态的一种叛离。不仅如此,作品中的性描写充满了对过去意识形态的反叛意味,作者通过这些手法在质疑历史的同时也审视了中国当下的国民性和文化。

对于《丰乳肥臀》,《华盛顿邮报》专职书评家乔纳森·亚德利(Jonathan Yardley)评价此书处理历史的手法,让人联想起不少盛名之作,如拉什迪的《午夜的孩子们》和加西亚·马尔克斯的《百年孤独》,不过它远未达到这些作品的高度。"此书的雄心值得赞美,其人道情怀亦不言而喻,却唯独少有文学的优雅与辉光。"亚德利盛赞莫言在处理重大戏剧场面——如战争、暴力和大自然的剧变时的高超技巧。"尽管二战在他出生前 10 年便已结束,但这部小说却把日本人对中国百姓和抗日游击队的残暴场面描绘得无比生动。"给亚德利印象最深的,是莫言在小说中呈现的"强烈的女权主义立场",他对此感到很难理解。亚德利说,尽管葛浩文盛名在外,但他在翻译此书时,或许在信达雅之间搞了些平衡,其结果便是莫言的小说虽然易读,但行文平庸,结构松散。书中众多人物虽然有趣,但西方读者却因为不熟悉中文姓名的拼写而很难加以区别。提到《丰乳肥臀》的缺点,亚德利写道:"那多半是出于其远大雄心,超出了素材所能负担的限度,这没什么不对。"①他还认为此书也许是莫言的成功良机,或可令他获得诺贝尔文学奖的青睐。

以上我们主要列举了海外专家对莫言作品的一些评论意见,海外普通读者对《生死疲劳》也有大量的阅读评论。其中,在亚马逊网站上我看到了八九个读者对这部作品的评论意见,基本上都是正面、肯定的意见,但是理由各有不同。如一位叫 wbjonesjr1 的网友评论道:"《生死疲劳》是了解二战后中国社会内景的一种简捷方式。"他强调了这部小说的情节控制的速度、戏剧性和其中的幽默意味,尤其佩服、惊叹于莫言对小说长度的巧妙化解,每个轮回的都是一个独立的故事,这样读者就不会掉入漫长的阅读过程中了。网友 Bradley Thomas JohnQPublic 认为这部书对于西方人来说,可以帮助他们了解其他人的生活,同时意识到他们自己的道德并不一定适用到其他国家区域。也有一些读者似乎对"长度"感到很困难,至少两位网友提到虽然这本书故事精彩,内容丰富,但却仍然让他们感到有点"疲劳",一位叫 Blind Willie 的网友说"我推荐这本书,但有时《生死疲劳》也确实让我感到很疲劳"。在其他的一些评论中,有些评论者则指出了《生死疲劳》中的民俗、人物性格刻画、叙述方面的高超技巧,当然也有人指出这部作品的不足之处,如认为小说的最后三分之一写得太松等。

### 三、莫言海外传播的原因分析

在讨论莫言作品海外传播原因之前,我们应该首先思考另一个更

---

① 康慨,《莫言"雄心"被赞〈丰乳肥臀〉英文版出版》,《东方早报》2004 年 12 月 03 日,http://read.big5.anhuinews.com/system/2004/12/03/001064168.shtml。

普遍的问题:中国当代文学在海外不断得到传播的原因有哪些?这显然不是一个三言两语就能讲清楚的问题。提出这个问题的关键在于想指出:中国当代作家个人的海外传播除了他本人的艺术素质外,往往离不开这种更大的格局,并且有时候这种大格局甚至会从根本上影响作家个人的海外传播状况。比如当前世界似乎正在泛起的"中国热"的带动效应,再如当文化传播作为一种政府行为时,作家作品的选择就会受到过滤和筛选;大型的国家、国际文化活动也会加速或扩大作品的译介速度和范围,更不用说国家整体实力的变化、国家间经济、文化关系方面出现重大变化带来的种种影响了。就整体而言,这些基础性的影响因素还包括政治意识形态与文学的关系,东西方文明的交融与对抗,政府或民间交流的需要等。笔者曾就此问题做过一项海外学者的调查问卷,美国华盛顿大学的伯佑铭教授的观点正好印证了我的判断。他认为:中国国际综合实力、政府文化活动、意识形态差异、影视传播、作家交流、学术推动、中国当代文学中的地域风情、民俗特色、传统和时代的内容,以及独特文学经验和达到的艺术水平等,都是推动当代文学海外传播的重要因素。在与王德威教授访谈时,他也明确承认文学永远是的 politic(政治)的,认为中国的强大确实对作家的海外传播有着微妙的关系。当然,在这一总体格局中,作家的海外传播又会形成自己的传播特点。

  关于莫言海外传播的原因,一些学者也曾做出过自己的探讨。如张清华教授在德国讲学期间,曾问过包括德国人在内的许多西方学者,他们最喜欢的中国作家是谁?回答最多的是余华和莫言。问他们为什么喜欢这两位?回答是,因为余华与他们西方人的经验"最接近";而莫言的小说则最富有"中国文化"的色彩。因此他认为:"很显然,无论在任何时代,文学的'国际化'特质与世界性意义的获得,是靠了两种不同的途径:一是作品中所包含的超越种族和地域限制的'人类性'共同价值的含量;二是其包含的民族文化与本土经验的多少"[①]。张清华

---

  ① 张清华:《关于文学性与中国经验的问题——从德国汉学教授顾彬的讲话说开去》,《文艺争鸣》2007年第10期。

## 第五章 拓展认同:中国当代作家海外传播及其个案研究

教授总结出来的这两个基本途径,其实也从文学本身揭示了中国当代文学海外传播基本原因:即中国当代文学兼具世界文学的共通品质和本土文学的独特气质。共通的部分让西方读者容易感受和接受,独异的本土气质又散发出迷人的异域特色,吸引着他们的阅读兴趣。而莫言显然在本土经验和民族文化方面有着更为突出的表现。另一方面值得怀疑的是:这种地域性很强的本土经验能否被有效地翻译并且被海外读者感受和欣赏到?这就涉及莫言海外传播比较成功的另一个重要因素——好的翻译。

中国很多当代作家的写作中都充满了地域特色,如莫言和贾平凹就是两位地域色彩浓重的著名作家。莫言天马行空般的语言和贾平凹有着特殊民族传统文化积淀的方言,都会给翻译带来极大的困难。贾平凹对此深有感受:他认为中国文学最大的问题是"翻不出来"。"比如我写的《秦腔》,翻出来就没有味道了,因为它没有故事,净是语言";他还认为中国目前最缺乏的是一批专业、优秀的海外版权经纪人,"比如我的《高兴》,来过四五个谈海外版权的人,有的要卖给英国,有的要卖给美国,后来都见不到了。我以前所有在国外出版的十几种译本,也都是别人断续零碎找上门来和我谈的,我根本不知道怎么去找他们";最后他认为要培养一批中国自己的在职翻译家①。翻译人才的缺乏确实是中国文学走出去的一个障碍。国外对中国当代文学的翻译远远不是系统的译介,苦于合适的翻译人才太少,使得许多译介处于初级和零乱的阶段。顾彬教授曾与笔者在一个访谈中也提到过翻译问题,他讲到自己为什么更多地翻译了中国当代诗歌而不是小说时,其中一个重要原因就是他自己也是诗人。他的潜话题是:诗歌的语言要求更高,他培养的学生可以很好地翻译小说,但未必能翻译诗歌。所以,优秀的翻译人才并不仅仅是语言的问题,还涉及深刻的文化理解甚至切身的创作体验等。我们可以培养大量懂外语的人,但让这些人既能对本国的语言文化有精深的掌握,又能对他国的语言和文化达到对等的程度,并

---

① 《铁凝、贾平凹:中国文学"走出去"门槛多》,《文汇报》2009 年 11 月 9 日 http://book.163.com/09/1109/10/5NM17U2U00923K7T.html。

且具备文学创作经验,这的确不是一个简单任务。顾彬批评中国当代作家不懂外语,他总喜欢举现代名家如鲁迅、老舍、郁达夫等为证,许多著名国外作家往往也能同时用外语创作。不得不承认,从理论上讲兼具作家、学者、翻译家三重身份的人应该是最合适的翻译人才。莫言也许是幸运的,他的许多译者正好符合这一特点。如英语译者是号称为中国现代文学首席翻译家的葛浩文;日语译者包括东京大学著名教授腾井省三教授等。

前文我们已经提到莫言在海外传播另一个重要的因素:张艺谋电影的海外影响。这一点不但在日本如此,其他西方国家亦如是。电影巨大的市场往往会起到极好的广告宣传效应,迅速推动海外对文学作品原著的翻译出版。莫言本人也承认:"中国文学走向世界,张艺谋、陈凯歌的电影起到了开路先锋的作用。"[①]中国当代文学和中国电影在海外的传播与影响,充满了互生互助的味道,这一方面说明优秀的文学脚本是电影成功的重要基础;另一方面也说明,成功的电影运作会起到一种连锁效应,可以带动起一系列相关文化产业,其中的规律与利弊很值得我们认真研究。我们知道,1988 年《红高粱》获第 38 届西柏林电影节金熊奖,随后 1989 年再获布鲁塞尔国际电影节青年评委最佳影片奖。电影的成功改编和巨大影响迅速地推动了文学作品的翻译,这一现象并不仅仅止于莫言。张艺谋可以说是为中国当代文学的海外传播间接做出巨大贡献的第一人,他先后改编了莫言的《红高粱》、苏童的《妻妾成群》(改名为《大红灯笼高高挂》)、余华的《活着》,这些电影在获得了国际电影大奖的同时带动或扩大了海外对这些作家小说的阅读兴趣。另一方面,莫言、苏童、余华等人的海外传播同时也显示:电影对文学起到了聚光灯的效应,它提供了海外读者关注作家作品的机会,但能否得到持续的关注,还得看作品本身的文学价值。比如莫言就曾提到过,他的作品《丰乳肥臀》、《酒国》并没有被改编成电影,却要比被改编成电影的《红高粱》反响好很多。

当然,影响莫言海外传播的因素还有很多,除了作品本身的艺

---

[①] 莫言、李锐:《"法兰西骑士"归来》,http://cul.sohu.com/20061111/n246328745.shtml。

第五章　拓展认同：中国当代作家海外传播及其个案研究

品质、作家表现出来的艺术创新精神、作品中丰富的内容等因素外，国外对中国文学接受环境的变化也是重要的原因。我们曾谈到海外对中国当代文学的阅读和接受大体经历了一个由社会学材料向文学本身回归的趋势，这种变化使得作品的文学艺术性得以更多的彰显，这种基于文学性的接受与传播方式，对于像莫言这样的作家来说，更容易被人注意到他的创作才华。笔者有幸参加了2009年德国法兰克福书展期间中国作家的一些演讲、谈话活动。不论是在法兰克福大学歌德学院会场，还是法兰克福文学馆的"中国文学之夜"，留下的直观印象有以下几点：参加的听众有不少是中国留学生或旅居海外的中国人。外国读者数量也会因为作家知名度的大小而产生明显变化，比如莫言、余华、苏童的演讲，会场往往爆满，而另一些作家、学者的演讲会场则并非那么火爆。提问的环节往往是文学和意识形态问题混杂在一起，比如有国外记者问铁凝的方式很有策略性。他首先问一个文学性问题，紧接着拿出一个中国异议作家的相片，问铁凝作为同行，对那位异议作家被关入狱有何评论等。在"中国文学之夜"会场上，作家莫言、刘震云、李洱等以各种形式和海外同行、读者展开对话。对中国当代文学近年来在国外传播、接受的变化提出了个人观感。如莫言和德国作家的对话中讲到[①]：上世纪80年代国外读者阅读中国小说，主要是通过文学作品了解中国社会、经济等方面的情况，从纯文学艺术角度欣赏的比较少。但现在这种情况已经有了很大改观，德国的一些读者和作家同行开始抛开政治经济的视角，从文学阅读与鉴赏的角度来品味作品。德国作家马丁·瓦尔泽就曾在读完《红高粱家族》之后评价说，这部作品与重视思辨的德国文学迥然不同，它更多的是在展示个人精神世界，展示一种广阔的、立体化的生活画面，以及人类本性的心理、生理感受等。莫言得到这些反馈信息时感到很欣慰。他说：这首先说明作品的翻译比较成功，其次国外的读者、同行能够抛开政治的色彩甚至偏见，用文学艺术以及人

---

① 魏格林：《沟通和对话：德国作家马丁·瓦尔泽与莫言在慕尼黑的一次面谈》，《上海文学》2010年第3期。类似对话在法兰克福文学馆也举行过。

文的观点来品读、研究作品是件很让人开心的事。他希望国外读者能以文学本位的阅读来体会中国小说。

必须要指出的是,以上我们只是普遍性地分析了莫言作品海外传播的原因,但不同国家对同一作家作品的接受程度是有区别的,其中也包含了某些独特的原因。如莫言作品在法国、日本、越南,在接受程度、作品选择方面会有差别。莫言在谈到自己作品在法国较受欢迎的原因时说:"法国是文化传统比较深厚的国家,西方的艺术之都,他们注重艺术上的创新。而创新也是我个人的艺术追求,总的来说我的每部小说都不是特别注重讲故事,而是希望能够在艺术形式上有新的探索。我被翻译过去的小说《天堂蒜薹之歌》是现实主义写法,而《十三步》是在形式探索上走得很远。这种不断变化可能符合了法国读者求新求变的艺术趣味,也使得不同的作品能够打动不同层次、不同趣味的读者,获得相对广阔的读者群。"①总的来说,在艺术形式上有探索,同时有深刻社会批判内涵的小说比较受欢迎,如《酒国》和《丰乳肥臀》。《丰乳肥臀》描写了一个非常复杂的大家庭的纷争和变化,《酒国》则是一部寓言化的、象征化的小说,当然也有社会性的内容。小说艺术上的原创性和深刻的思想内涵,是打动读者的根本原因。独立的文学经验并不代表无法和世界文学很好地融合,笔者虽然并非莫言研究的专家,但也能感受到他和其他中国当代作家完全不同的风格。以莫言和贾平凹、苏童、格非、余华、王安忆为例,我在阅读他们的作品《檀香刑》、《生死疲劳》、《秦腔》、《高兴》、《人面桃花》、《山河入梦》、《兄弟》、《启蒙时代》时,感受各有不同。莫言、贾平凹之于苏童、格非,一方更倾向于民间、乡土,有着粗粝、热闹、生气勃勃的语言特性,小说散发出强烈的北方世俗味道;另一方则精致、细腻、心平气和地叙述,充满了南方文人的气息。阅读《人面桃花》、《碧奴》清静如林中饮茶,而阅读《生死疲劳》、《秦腔》则热闹若台前观戏。莫言、贾平凹作品的画面感强,色彩浓重,声音响亮,气味熏人,与余华的简洁、明快、幽默,王安忆的优雅、华贵、绵长的叙述风格都形成了鲜明的对比。即便

---

① 莫言、李锐:《法兰西骑士"归来》,http://cul.sohu.com/20061111/n246328745.shtml。

第五章　拓展认同：中国当代作家海外传播及其个案研究

莫言和贾平凹，虽然在文风上有相似性，但陕地和鲁地不同的风俗、语言特征也很明显地区分开了他们的作品。莫言显得比贾平凹更大开大合，汪洋恣肆，有一种百无禁忌、舍我其谁的叙述气概，鲁人的尚武、豪迈之情由此可见一斑。

鲁迅1934年在《致陈烟桥》的信件中谈论中国木刻时曾说："现在的文学也一样，有地方色彩的，倒容易成为世界的，即为别国所注意。打出世界上去，即于中国之活动有利"，①后来被人们演绎出"越是民族的，越是世界的"的说法。鲁迅的原话在他的文章语境中是十分严谨的。"越是民族的，越是世界的"，我们如果从合理的方向来理解这句话，也可以讲得通。这里引出一个问题：写作是如何从个人出发，走出地方、民族的局限，走向世界的？就本质来说，写作其实是完全个人化的。我们听说过有两人或集体合作的作品；有通过地方民谣等口头传唱形成的作品；也有某一民族流传形成的作品；即便这些作品，最终也总是通过多次的个人化写作固定下来的；但好像从来没有听说过有世界范围内的传唱并形成的作品。莫言或者其他有世界影响力的中国当代作家，他们的写作都是从超越个人经验出发，沾染着地方色彩、民族性格，最终被世界接受的。包括王德威、伯佑铭等教授在内的许多海外学者也认可中国当代文学中，地方和民族风情会显示出中国文学独异的魅力，是构成世界文学的重要标志。虽然作家们都在利用地方和民族的特色，但莫言无疑是其中最为成功者之一。他以个人的才华、地方的生活、民族的情怀，有效地进入了世界的视野。

## 第三节　极简化写作中的人类性、世界性
### ——余华海外传播与接受

余华是中国当代文学海内外影响力都很大的作家之一。和其他著名当代作家一样，相对于日渐深入系统的国内研究，余华的海外传播研究目前也并不充分。我们曾讨论过同一研究对象在不同民族国家、文

---

① 见《鲁迅全集》第13卷，人民文学出版社2005年版，第81页。

化语境中的传播问题,全球化的发展使得这种跨语境的叙述、传播更加普遍和快速,也要求我们相应地具备一种跨语境的研究能力。当同样的对象处于异质文化的研究视域时,无疑可以为我们提供一种充满对话、启示和张力的观察角度,通过对余华作品海外传播的研究,也许可以更好地反思他的创作与经典化过程。

## 一、"出门远行"的作品

以先锋文学创作成名的余华,随着1991年《呼喊与细雨》、1992年《活着》发表,在90年代的写作转型中迅速走向经典,并开始了作品的海外传播之旅。余华最早的外文译本是1992年德译《活着》,但我们更愿意把1994年视为余华小说全面向外传播的扩张元年,因为这一年其代表作《活着》被译成多种语言单独出版,其作品陆续被广泛译介到其他国家,如法国Hachette出版公司出版了《活着》,Philippe Picquier公司出版了小说集《世事如烟》;荷兰De Geus公司出版《活着》;希腊Livani出版《活着》。为了更加详细、全面、准确地了解余华作品的海外传播情况,我们综合利用了各种手段最大限度地获得余华作品的外译信息。

表格20:余华作品翻译统计列表

| 语种 | 中文/译名 | 外文 | 译者 | 出版社 | 年份 |
| --- | --- | --- | --- | --- | --- |
| 法语 | 十八岁出门远行及其他 | Sur la route à dix-huit ans : et autres nouvelles | Jacqueline Guyvallet Angel Pino | Arles:Actes Sud | 2009 |
| | 古典爱情 | Un amour classique : petits romans | Jacqueline Guyvallet | Leméac, impr | 2009 2000 |
| | 兄弟 | Brothers | Angel Pino; Isabelle Rabut | Actes Sud | 2008 |

第五章 拓展认同：中国当代作家海外传播及其个案研究

续 表

| 语种 | 中文/译名 | 外文 | 译者 | 出版社 | 年份 |
|---|---|---|---|---|---|
| 法语 | 活着 | Vivre！ | Ping Yang | Actes sud LibrairieGénéraleFrançaise | 2008 1994 |
| | 一九八六年 | 1986 | Jacqueline Guyvallet | Arles：Actes Sud | 2006 |
| | 在细雨中呼喊 | Cris dans la bruine | Jacqueline Guyvallet | Actes Sud | 2003 |
| | 世事如烟 | Un Monde évanoui | Nadine Perront | P. Picquier | 2003/1994 |
| | 许三观卖血记 | Le vendeur de sang | | Actes sud | 2006/1997 |
| 韩语 | 炎热的夏天 | 무더운여름: 위화소설 | Cho Sŏng-ung | 문학동네 | 2009 |
| | 我没有自己的名字 | 내게는이름이없다 | Po-gyŏng Yi | 푸른숲 | 2007 2000 |
| | 活着 | 인생: 위화장편소설 | Wŏn-dam Paek | 푸른숲 | 2007 |
| | 许三观卖血记 | 허삼관 매혈기 | Yong-man Choe | Pŭrun SupTosŏ ch'ulp'an | 2007 2002 |
| | 在细雨中呼喊 | 가랑비속의외침: 위화장편소설 | Ch'oe Yong-ma | 푸른숲 | 2003 |
| | 世事如烟 | 세상사는연기와같다 | Cha-yŏng Pak | 푸른숲 | 2000 |
| 越南 | 在细雨中呼喊 | Gào thét trong mùa bụi | Cŏng Hoan Vũ | Hà Nội: Công an nhân dân | 2008 |
| | 兄弟 | Huynh đệ | Cŏng Hoan Vũ | Nhàxuâtbản Côn gannhân dân | 2006 |
| | 许三观卖血记 | Chuyện Hứa Tam Quan bán máu | | Nhàxuâtbản Côn gannhân dân | 2006 |
| | 活着 | Song: truyen vua | Cong Hoan Vu | HaNoiVan Hoc | 2005/02 |
| | 古典爱情 | Tinh yêu cổ điển | Cŏng Hoan Vũ | HaNoiVan Hoc | 2005 |

续 表

| 语种 | 中文/译名 | 外文 | 译者 | 出版社 | 年份 |
|---|---|---|---|---|---|
| 英语 | 兄弟 | Brothers | EileenCheng-yin Chow; Carlos Rojas | NY: Pantheon Books | 2009 |
| | 在细雨中呼喊 | Cries in the drizzle: a novel | Allan Hepburn Barr | Anchor Books | 2007 |
| | 许三观卖血记 | Chronicle of a blood merchant: a novel | Andrew F. Jones | NY: Anchor Books | 2004, 2003 |
| | 往事与刑罚 | The past and the punishments | Andrew F. Jones | University of Hawai'i Press | 1996 |
| | 活着 | To live | Michael Berry | Anchor Books | 2003/93 |
| 瑞典语 | 许三观买血记 | En handelsman i blod | Anna Gustafsson Chen | Stockholm: Ruin | 2007 |
| | 活着 | Att leva | Anna Gustafsson Chen | Stockholm: Ruin | 2006 |
| | 许三观卖血记 | Dva liangy rýžového vina: osudy muže, který prodával vlastní krev | Vasilij Tuťunnik | Praha: Dokořán | 2007 |
| 德语 | 活着 | Leben! | Ulrich Kautz | Klett-Cotta | 1992 |
| | 兄弟 | Brüder | Ulrich Kautz | Fischer | 2009 |
| | 许三观卖血记 | Der Mann, der sein Blut verkaufte | | Klett-Cotta | 2000 |
| 日语 | 兄弟 | 兄弟 | 泉 京鹿 | 文藝春秋 | 2008 |
| | 活着 | 活きる | 飯塚 容 | 角川書店 | 2002 |
| 希伯来语 | 许三观卖血记 | סאן־גואן שׂרי של קורותיו | Dan Daor | עובד עם | 2007 |
| Malayalam | | Oru raktavilāpanakkārante puravṛttam | | Kottayam, India: D C Books | 2006 |
| 西班牙语 | 兄弟 | Brothers | Vicente Villacampa | 墨西哥: Grupo Editorial Planeta | 2009 |
| 塞尔维亚语 | 活着 | Živeti | Zoran Skrobanović | Beograd: Geopoetika | 2009 |

## 第五章　拓展认同:中国当代作家海外传播及其个案研究

上表中共列了十一种语言的作品翻译信息,以此为基础,根据余华博客资料,删除表中重复内容,对余华作品翻译情况补充如下(同一出版社则只列年份)。表中出现但信息不完备的语种有:韩文《活着》(韩国绿林出版社1997)、《许三观卖血记》(1999)、《在细雨中呼喊》(2004);《夏季台风》(韩国文学村庄出版社)、《1986年》、《战栗》;《兄弟》(韩国人文出版社2007);《灵魂饭》(2008)。越南文《活着》(越南文学出版社2002);德文《活着》(德国 KLETT-COTTA 出版社1998,btb 出版社2008);《许三观卖血记》(KLETT-COTTA 出版社1999,btb 出版社2004)。西班牙文《活着》(西班牙 Seix Barral 出版社)、《许三观卖血记》、《兄弟》、《在细雨中呼喊》。印度 Malayalam 语《活着》(印度 Ratna 出版社)、《许三观卖血记》(印度 Ratna 2005)。

表中没有出现的语种作品有:意大利文《折磨》(意大利 EINAUDI 出版社1997)、《许三观卖血记》(1999)、《世事如烟》(2004);《活着》(DONZELLI 出版社1997;Feltrinelli 出版社2009);《在细雨中呼喊》(DONZELLI 出版社1998);《兄弟》(上部,Feltrinelli 出版社2008;下部,2009)。荷兰文《活着》(DEGEUS 出版社1994)、《许三观卖血记》(2004);葡萄牙文《活着》(巴西 Companhia das Letras 出版社2008)、《许三观卖血记》、《兄弟》(长篇小说);挪威文《往事与刑罚》(挪威 TIDEN NORSK FORLAG 出版社2003);希腊文《活着》(希腊 Livani 出版社1994);俄文《许三观卖血记》(俄罗斯《外国文学》月刊连载);捷克文《许三观卖血记》(捷克 Dokoran 出版社);斯洛伐克文《兄弟》(Marencin PT 出版社2009);泰文《活着》(泰国 Nanmee 出版社)、《许三观卖血记》、《兄弟》。

根据这份整理资料显示,从语种规模来讲,余华的外译作品语种有二十种,数量不算少。从传播区域来看,主要集中在欧洲和亚洲,几乎没有看到非洲和南美洲(仅有巴西)的出版信息。这是一个很有意思的现象,说明余华的作品传播遵循着两个基本规律:其一是经济性,如欧洲语言的传播国家其经济水平也相对发达;其二是文化性,这一点以亚洲国家日本、韩国、越南、泰国、印度的传播较为突出,它们都和中国有着密切的文化渊源,形成某种共同的文化圈。从时间上看,余华的海外传播首先从德语、法语、英语开始,由代表作《活着》牵头,然后渐渐地扩展到其他语种。这一点,余华、苏童、莫言三位作家具有相似的特点,即首先都有代表性的作品打开海外市场,而欧美市场、尤其是英、德、法三大语种的译介往往会极大地带动其他语种的翻译传播。另一位海外传播也很广泛的作家卫慧在形式上也具有相似的特点,她靠《上海宝贝》首先在英、德、法语种取得市场,然后一举拿下二十余个语种的海外拓展。和余华他们不同的是,卫慧是爆发性的海外拓展,给人昙花一现的印象,和余华他们凭着多年的艺术积累不断开拓当代文学的海外市场有着显著的区别。余华最早的外文版单行本应该是 Anchor Books 公司 1993 年的英语版《活着》,他到目前为止写出的所有长篇小说都被译成不同语种出版,其中《活着》、《许三观卖血记》、《兄弟》的翻译最多。与我们印象不同的是,余华的外译语种最多的不是英语,而是法语、越南语甚至韩语。中国当代作家在不同国家的接受程度是有区别的,就笔者对苏童、莫言等当代作家的统计资料而言,在整体上法语和越南语的翻译数量确实比英语要多一些。具体又各有不同,比如莫言在日本的传播和接受就比苏童和余华要广泛许多。还有一个现象是三位作家每个语种都会拥有一个比较稳定的翻译者,由此看来,找到一个合适稳定的译者,对于作家的海外传播是非常重要的事情,如果这个译者本身又是声名卓越的大家则效果更好,比如葛浩文之于莫言、马悦然之于李锐。

**二、余华作品的海外接受与研究**

随着余华作品外译质量和规模的提高,他也渐渐地进入到海外各种奖项的关注视野。如 1998 年《活着》获意大利文学最高奖——格林扎纳·卡佛文学奖。2000 年《许三观卖血记》被韩国《中央日报》评为"百部必读书"之一。2002 年小说集《往事与刑罚》获得澳大利亚悬念句子文学奖。2004 年《许三观卖血记》获美国巴恩斯—诺贝尔新发现

## 第五章 拓展认同:中国当代作家海外传播及其个案研究

图书奖。同年,《在细雨中呼喊》获法国法兰西文学和艺术骑士勋章①。2008年《兄弟》荣获法国国际信使外国小说奖,授奖评语称"余华的笔穿越了巨变中国的四十年,这是一部伟大的流浪小说"②。我们知道,获奖有两个基本意义:众里挑一和价值肯定,这在客观上会增加作家作品的知名度和含金量,是作品开始获得经典地位的标志之一。虽然不同的奖项关注的角度并不相同,获奖与否也并非作品艺术高下的绝对标准,但考察获奖情况无疑是我们观察作品接受程度一个较好的参照。相对于各类国内的文学大奖,余华似乎有点"墙里开花墙外香"的意思。从获奖情况来看,余华的海外奖项不论是从数量还是分量上讲,都似乎超过了国内奖项。从时间上来看,《活着》是1992年发表,1994年开始收获包括港台地区的各类奖项,随着翻译的推进,在近十年的时间里收获了包括意大利、法国等图书大奖,其海外接受和经典化的速度相对还是较快的。海外获奖和作家国内经典地位的形成会有什么样的关系?让我们先看余华、苏童、莫言的一组对比数据。

余华的成名作是1987年发表的《十八岁出门远行》,而奠定其经典地位作品应该是1992年发表的《活着》。《活着》也是余华最早的外文版单行本,分别有1992年德语版,1993年英语版和1994年法语版。《活着》被导演张艺谋改编成电影,赢得1994年戛纳电影节陪审团大奖。1998年《活着》获意大利文学最高奖——格林扎纳·卡佛文学奖。可以看出,从成名到成为国内非常有影响力的小说家,余华用了五年时间,同样的时间里他也开始了其外文出版。笔者不太确定1994年电影获奖与其小说的海外传播是否有直接关系,一个客观事实是1994年起余华的小说开始有了更多的外译,但这个时候他无疑已基本确立国内

---

① "法兰西文学艺术骑士勋章"设立于1957年,是法国四大勋章之一,专门颁发给在文学艺术领域获得卓越成就者,或为传播法兰西文化和艺术做出突出贡献的各国人士。该勋章由法国文化部授予,每年只有极少数享有很高声誉的艺术家有资格获得,文学艺术骑士勋章是法国政府授予文学艺术界的最高荣誉。

② "国际信使外国小说奖"由法国著名的《国际信使》周刊组办。《国际信使》是文摘类周刊,选编世界各地报刊上的文章,翻译成法语发表。该奖只设外国小说奖,不设法国小说奖,"国际信使外国小说奖"2008年是第一届。该年法国各出版社推荐了130部外国小说参与竞争,共有10部外国小说入围终评,最终根据评委会投票,选定《兄弟》获奖。

的地位。

苏童的成名作当推1987年发表的《一九三四年的逃亡》,1989年发表的《妻妾成群》可视为其最早的经典性作品。1991年张艺谋根据《妻妾成群》改编的电影《大红灯笼高高挂》获第48届威尼斯电影节银狮奖、金格利造型特别奖、国际影评人奖和艾维拉诺莉特别奖。《妻妾成群》也是苏童最早有译作的作品,分别于1992出法语版,1993年出英语版。笔者尚未查到有这部小说获得国外文学奖的信息,而且相对于余华、莫言,苏童的获奖似乎也很少,比较著名的海外奖项是以小说《河岸》获得了2009年度的英仕曼亚洲文学奖。相对于余华,苏童从成名到写出他本人比较经典性的作品速度似乎更快一些。因为电影改编出现在外文译本之前,因此我们可以把电影的宣传效果考虑在内。和余华、莫言不同的是,苏童的获奖情况明显不如其他两位,但就他的海外出版和接受情况状况来看,又并不比莫言和余华逊色。苏童的例子也许正好说明:海外获奖和作家经典化之间并不存在必然的关系。一个作家的地位归根结底是由他手中的笔决定的。

莫言成名作应该是1985年发表的《透明的红萝卜》,而1986年《红高粱》发表则立即引起轰动,可视为其经典性作品,1987年长篇小说《红高粱家族》由解放军文艺出版社出版。1988年由张艺谋改编的电影《红高粱》获西柏林电影节金熊奖,引起世界对中国电影关注的同时,也极大地带动了该小说的翻译。1990年出法语版,1993年出英语、德语版。2000年《红高粱家族》被《亚洲周刊》选为20世纪中文小说100强。莫言和余华、苏童比起来,最明显的特点就是经典化速度更快。用作家史铁生的话讲就是:"我觉得莫言几乎是直接走向成熟的作家,从一开始他的作品就带有自己独特的语言风格。"[①]从目前公开的信息来看,莫言的海外传播可能是三位作家中受电影影响最明显的一位。

之所以把莫言、苏童、余华放在一起比较除他们三位非常有可比性外,还在于三人能从不同向度反映中国当代文学海外传播的现象。三

---

① 华语文学传媒年度杰出成就奖:莫言 http://news.xinhuanet.com/book/2004-04/19/content_1427049.htm。

## 第五章 拓展认同:中国当代作家海外传播及其个案研究

人年龄虽然略有相差,但从成名来说基本处于同一时期,属于同一代作家。三人甚至在写作历史上也具有许多相似性,都有先锋写作的经历,又都大约在上世纪 90 年代中期实现了写作上的转变等。就海内外影响来说也都非常广泛,并且都有作品被张艺谋成功改编成电影。仔细比较他们三人的海外传播统计表,就会发现每个人成功的路径和可能的原因并不一样。同时,三个人又拥有一些共通的特性,如都有较好的译者,成熟的海外经纪人等。分析和对比他们三人海内外的创作与传播情况,会给我们带来更多有益的启发。比如关于电影对作家海外传播的影响,莫言发生的最早,其次是苏童,再次是余华,虽然我们相信电影会对小说的海外传播起到很强的影响作用,但就三人的情况来说影响并不是等同的。莫言是最早明显从电影改编中获益的当代作家,尽管后期他用创作证明了自己的实力。苏童的创作也和影视改编的宣传效应有着密切的联系,相对而言,余华在这方面的表现倒不是特别显眼。那么海外获奖是否会加速或加强作家在国内的经典性程度?虽然并没有直接的证据显示海外获奖将会加速作家在本国的经典地位的形成,至少对于苏童、莫言、余华等来说,他们的经典地位基本上是在国内就已确立,然后才引起国外的注意。但正如我们在前文中已经分析的那样,获奖本身意味着一种价值肯定,而我们面对西方这种强势文化多少又有点"仰视焦虑",影响范围的扩大意味着知名度的提高,加之这些作家作品本身具备的艺术才华,这些因素的综合无疑最终会加速或加强作家作品的经典性。

除了海外影视影响和获奖情况外,我们也可以从海外研究和大众传媒两个层面来进一步考察余华的海外传播与接受状况。海外学者对余华的研究数量不少,代表性的研究成果主要发表在学术期刊和各类研究专著中,除了海外学者外,也有少量大陆学者如汪晖、张颐武等的研究文章被翻译发表。有些海外学者发表了不止一篇余华的研究,如陈建国《暴力:政治与美学——余华的一种解读》(Violence: The Politics and the Aesthetic-Toward a Reading of Yu Hua);《感官世界:余华对真实的困扰》(The World of the Sensory: Yu Hua's Obsession with the 'Real');《逻辑幻像:中国当代文学想象中的困扰和幽灵》(The Logic of the Phantasm: Haunting and Spectrality in Contemporary Chinese Literary Imagination,文章同时分析了莫言、陈村、余华的小说)①。再如美国史密斯学院东亚语言文学系的 Deirdre Sabina Knight 先后发表过《1990 年代中国小说中的资本主义与启蒙:以余华〈许三观卖血记〉为例》(Capitalist and Enlightenment Values in 1990s Chinese Fiction: The Case of Yu Hua's Blood Seller);《中国 1990 年代小说中的自主权与资本主义》(Self-Ownership and Capitalist Values in 1990s Chinese Fiction,文章涉及余华《许三观卖血记》)②。丹麦奥胡斯大学的魏安娜(Anne Wedell-Wedellsborg)发表的研究文章有《中文现实一种:阅读余华》(One Kind of Chinese Reality: Reading Yu Hua);《幽灵小说:中国现代文学与迷信》(Haunted Fiction: Modern Chinese Literature and the Supernatural,分析了余华《世事如烟》);《后社会主义中国文学身份中的多重临时性:余华小说〈兄弟〉及其接受的讨论》(Multiple Temporalities in the Literary Identity Space of Post-Socialist China: A Discussion of Yu Hua's Novel Brothers and its Reception)③。另一位华人学者杨小滨也撰写过不少关于余华的文章,如《余华:过去的记忆或现在的分裂》(Yu Hua: The Past Remembered or the Present Dismembered);《余华:迷茫的叙事与主题》(Yu Hua: Perplexed Narration and the Subject);《欲望"主体"与精神残渣:对〈兄弟〉的心理—政治解读》④。以上是比较集中讨论余华的海外学者,其研究思路大体可分为作品研究、主题研究、比较

---

① 分别发表于:*American Journal of Chinese Studies* 5,1 (1998): 8-48;In Chen, *The Aesthetics of the 'Beyond': Phantasm, Nostaligia, and the Literary Practice in Contemporary China*. Newark: University of Deleware Press, 2009, 91-125;*Modern Chinese Literature and Culture* 14, 1 (Spring 2002): 231-65.

② 分别发表于 *Textual Practice* 16, 3 (Nov. 2002): 1-22;In *The Heart of Time: Moral Agency in Twentieth-Century Chinese Fiction*. Cambridge: Harvard University Asia Center, 2006, 222-258.

③ 分别发表于 *Chinese Literature: Essays, Articles, Reviews* 18 (1996): 129-145;*International Fiction Review* 32 (2005) [deals with Yu Hua's "Shi shi ru yan"];In *Postmodern China*. Chinese History and Society. Berliner China-Hefte 34 (2008).

④ 前边两文出自 In Yang, *The Chinese Postmodern: Trauma and Irony in Chinese Avantgarde Fiction*. Ann Arbor: University of Michigan Press, 2002, pp.56-73;pp.188-206;第三篇参见《清华学报》(台湾)2009 年第 6 期。

第五章　拓展认同：中国当代作家海外传播及其个案研究

研究等几个类型；涉及余华长、中、短篇新老作品。当然还有其他更多海外学者也对余华持有研究的热情，如美国埃默里大学俄罗斯与东亚语言文化系蔡荣（音，Rong Cai）的《余华小说中的孤独旅行者再认识》（The Lonely Traveler Revisited in Yu Hua's Fiction）；美国加州大学伯克利分校的 Andrew F. Jones 教授《文本暴力：阅读余华和施蛰存》（The Violence of the Text: Reading Yu Hua and Shi Zhecun）；赵毅衡《余华：颠覆小说》（Yu Hua: Fiction as Subversion）；Marsha Wagner《余华小说的颠覆性》（The Subversive Fiction of Yu Hua）①。此外还有发表在学术专著和论文集里的文章如刘康《短暂的先锋文学运动及其转型：以余华为例》（The Short-Lived Avant-garde Literary Movement and Its Tranformation: The Case of Yu Hua）；沈丽妍（音，Liyan Shen）《先锋小说中的民间元素：余华的〈现实一种〉和〈世事如烟〉》（Folkloric Elements in Avant-garde Fiction: Yu Hua's 'One Kind of Reality' and 'World like Mist'）②以及一些访谈等。关于余华海外研究的具体分析意见我们下文以《兄弟》为例进行分析，这里不再举例详细介绍。

　　海外普通读者对余华作品的评价是什么？如果从国内新闻媒体的相关报道来看，基本是一边倒式强调作家作品在海外受欢迎的报道。余华的海外市场和反响确实显示了他强劲的海外拓展能力，作家对自己小说在海外的影响却有着清醒的认识："现在全世界开始更多地关注中国，我想这对中国文学是一件好事。"同时，他指出"像我这样的中国作家即使有一些作品在海外获奖和出书，影响力仍然有限得很。文学发生影响力是一个缓慢暗藏的过程，正因为如此，它的影响力才能穿越时空穿越具体时代而直指人心"③。按照笔者在海外书店的亲身经

---

① 分别发表于 *Modern Chinese Literature* 10, 1/2 (1998): 173-190; *Positions* 2, 3 (1994): 570-602; *World Literature Today* (Summer 1991); *Chinoperl Papers* 20-22 (1997-99): 219-244.
② In Liu, *Globalization and Cultural Trends in China*. Honolulu: University of Hawai'i Press, 2004, 102-126; *Canadian Review of Comparative Literature* 35, 1-2 (March-June 2008): 73-86.
③ 余华：《必须忘掉以前的小说才可能写出新的小说》，http://www.chinawriter.com.cn/2007/2007-03-19/62759.html.

验和其他海外学者也多次提到的感受，我更愿意把余华的这段说辞看成他的真实感受而非谦虚。在中国当代名家中，余华的小说语言以简捷著称，他的这种语言风格对于小说翻译中的常见的语言"围墙"有着很好的"翻越"效果，而他作品中对于人类共通经验的描写又容易帮助海外读者理解作品。《兄弟》在海外的好评我觉得除了以上两个因素外，还有一个重要因素：这是第一部正面强攻、详细刻画中国当代社会生活的时代巨著。尽管它有一些国内批评界认为不满意的表现，但这些批评意见在海外可能正好被忽略掉，而其中有价值的部分却被更鲜明地突显出来。

我们以谷歌图书上余华的英译长篇小说为例，看一下读者对这些作品有哪些评论意见。这些评论分为专家评论和用户评论，专家评论一般来说有两条，基本上不会有什么让人意外的评论，我们重点看一下用户评论中的意见。余华的四部英译长篇小说分别是 1993 年《活着》，2003 年《许三观卖血记》，2007 年《在细雨中呼喊》，2009 年《兄弟》。我们先整体上看一下谷歌图书用户评论系统对这四本书的"星级"评价（共分为一至五个星级，五星表示最好，截止 2010 年 10 月）：《活着》共有六人参与，其中五星四人，四星两人；《许三观卖血记》共十人参与，五星三人，四星三人，两星和一星各一人，未评级三人。《在细雨中呼喊》共六人参与，五星和四星各两人，另外两人未评级；《兄弟》共十七人参与，五星八人，四星和三星各四人，一星一人。仅凭这简单统计我们可以初步得出以下结论：在余华目前的四部长篇小说中，《活着》是争议最少的经典性作品，《在细雨中呼喊》相对而言也没有太多争议。人们对《许三观卖血记》开始出现不同意见，对这部作品的评论意见分层最丰富，总体来说，认为不错的还是占了多数。对《兄弟》的评论最热闹，意见虽然也极不统一，但显然恶评者还是属于极少数。

对于《活着》，网友 kevin c 认为"是一部令人极其感动和投入的关于人类斗争的小说。我们不由自主地因主人公一生的各种悲剧和斗争而尊重他。这部小说反映了生活的本质，同时也让我们珍惜短暂生命的每一时刻"。另一位网友 Vashti Bandy 认为：《活着》是一本很难解释的小说。小说的写作看起来很简单，但是当你在作者质

## 第五章 拓展认同:中国当代作家海外传播及其个案研究

朴叙述中阅读的时候却会感觉承载了很多,这是一本让你哭泣的小说。我用了两天时间读完,然后觉得自己像个等待所有事情都沉静下来的哑巴。这是一本让你合上书、放在书架后仍然紧紧抓住你的书。"对于《许三观卖血记》,网友 J. Bauer 给了五星,他写道:"我对这里有负面评论感到吃惊,这本书根本不压抑,这是我发现少有的可以快乐阅读和有着微妙幽默的中国作品。"他所说的负面评论是指另外两位给了一星和两星的评论意见,其中一人写道:"我想读完这本书,但它太让人心碎了,不能完成",另一位则说这部书有让人不舒服的东西,两人都没提具体原因。对于《在细雨中呼喊》,网友 Matthew Miller "jazzplayer" 说:"我是在看了张艺谋电影《活着》后对余华产生了兴趣的,这本书是我在书店随意拿起的第一本书,我没有失望。我并不常阅读严肃的现代小说,更少评论,但《在细雨中呼喊》确实是非常好的一本小说,高超的叙述,诙谐幽默的描写都使小说的结局更感动。我只能说以后我会继续读下去。"有些网友对这本书的评论甚至是一篇小规模的文章,可见对它的投入之情。关于《兄弟》我们也分别摘录不同星级的评论意见进行介绍。网友 Kevin M. Kuschel Choluteca 给了五星评价,其中讲到"我读了余华全部的作品发现它们都非常引人入胜。这本小说和《活着》、《许三观卖血记》有些不一样,它有更多的黑色幽默。它令人觉得不可思议的同时又觉得如此可信。"网友 Lee Sorensen 给了四星,其中说"这是我读余华的第一本书然后我出去买了他的其他书。开始我觉得他的幽默令人生厌,但是随着阅读的进行我发现了这是奇特的幽默——混合着辛辣,令人着迷。这是中国当代历史的大课堂,并不是简单的讲述,而是混杂了家族、爱、激情、争斗、经济,不要错过它"。给了三星评价的网友在肯定了这部小说的同时指出"作者的讽刺太残酷简陋而并非机智诙谐,而且故事的黑暗性往往又压制了讲述的幽默,人物刻画太古怪而很难得到同情(笔者猜是在说宋钢),《兄弟》可能好读但却很难好卖"。网友 Paul Whitelaw Gorski 给了一星评价,他讲到"我无法相信我能像以前一样读那么多,我希望至少可以利用免费试用或者退货"。他没讲具体原因,我怀疑除了内容不喜欢外,是否因为这本小说太长太厚，让他最终失去了阅读的耐心，因为海外读者对于长度似乎比国内读者敏感，他们没有耐心阅读过长的小说。比较这些普通读者的评论，我们会发现他们对作品的感受既有和我们相似的部分，也有和我们错位的部分。尤其是对《兄弟》的评论意见，即使在其他更多的海外评论中，也很少看见国内常听到的那种内容低俗、语言粗糙等类似的批评。

### 三、《兄弟》海外评论与研究

《兄弟》在国内出版后经历了巨大的争议和毁誉。总体来讲，国内的评论应该是"恶评多于赞美"。如果说对《兄弟》（上）批评家们还在持观望态度的话，《兄弟》（下）的出版则把这种批判推上高潮，甚至出现了给余华"拔牙"专辑。直到以陈思和为代表的"上海的声音"出现后，主流批评界才有点逆转的意思。相对于国内，海外的评论正好相反，基本上是"赞美多于恶评"——在专业批评界和普通读者评论中都如此。需要说明的是，《兄弟》在国内的网民评论中，反响似乎并没有专业批评界那么惨，这一点从市场反映也能说明问题。我在想，如果专业批评和大众评论出现分裂时，究竟是大众的审美品味在下降，还是批评家的审美理论太死板？这其中很可能隐藏着某种变革的成分。《兄弟》的确是一本很有意思的书，随着对它研究的深入，我越来越倾向认同它是一本"有小瑕疵的时代大书"。

从国内媒体报道到余华的博客资料，再到笔者查阅的海外评论原文来看，《兄弟》在海外可以说是影响大、好评多。如 2004 年《活着》和《许三观卖血记》都在《纽约时报书评》做过广告，余华说"我感觉当时美国媒体相对还是比较冷漠的，《纽约时报》告诉出版社说会有一篇书评结果最后什么也没有。除了《华盛顿邮报》出过一篇，其他媒体几乎没什么反响"。2009 年英文版《兄弟》出版前后，美国主要媒体几乎无一例外地大篇幅介绍余华和他的作品，"甚至包括 NPR 这样的很重要的广播"[①]。当然也有不同意见，比如在美国很著名的《纽约时报书评》

---

① 《跟余华聊 5 年来中国在美国不断扩大的影响力》，http://blog.sina.com.cn/yisuli。

## 第五章　拓展认同：中国当代作家海外传播及其个案研究

虽然给了它一个整版评论,得到的却是毁誉参半的评价①。在新泽西学院(the College of New Jersey)任职的评论者杰斯·罗(Jess Row)称此书"实乃20世纪末的一部社会小说",同时指出它超出了西方读者的阅读体验,乃社会喜剧、市井粗俗和尖锐讽刺的混合体,尤其"充满了狂风暴雨般的语言和肉体暴力——诅咒,贬斥,乌眼青,痛殴——而且余华描写此种暴力时是如此写实,不厌其烦,虽经翻译过滤,仍然令人感到无法消受"。评论者最后甚至认为小说的结尾沉闷而乏味,几乎令人无法卒读。他怀疑英文版的《兄弟》也许正好证明"中国与西方之间在普遍的意义和理解之间,仍然存在着何等宽广的鸿沟"。余华通过别人的转述对这篇书评的反馈意见是:其一书评仅是个人意见,并不代表《纽约时报》;其二作者资历平平,未必完全能懂他的作品。

在阅读余华各类访谈报道的过程中,笔者一直有一种强烈的印象:余华对《兄弟》格外溺爱——就像因为深爱而要保护有缺陷孩子的母亲——以至于有时候失去了应有的反思风度。顾彬批评中国作家视野太狭窄,日本汉学家谷川毅也曾批评过中国作家视野太封闭②,对此笔者有自己的理解:如果从见识、信息沟通、阅历等层面讲,中国当代作家、尤其是那些名家并不存在视野狭窄或封闭的问题。全球化和信息化已经开始使许多人的经验趋同。在中国大中城市生活过后再到欧洲发达资本主义国家生活,就会发现许多经验是相似的,不足以造成巨大的文化震撼。咖啡、名车、酒吧、广场、超市等等,即使涉步于阿姆斯特丹的红灯区,看着那狭窄街道里对开门内、穿着三点式比基尼妖娆和蛊惑人心的笑容,也不会产生太多的激动和感慨。趋同的生活模式和开放的信息让普通人都不再容易变得视野狭窄,何况那些满世界飞的著名作家?不过倘若从文化精神和心胸修养的角度来讲,中国当代作家的确存在一些可以争议的问题。余华是我非常喜欢和尊重的作家,却有点失望于他对《兄弟》批评意见的风度。

---

① 杰斯·罗:《中国偶像》,《上海文化》2009年第6期,原文发表于《纽约时报》书评周刊2009年3月8日。
② 《重估中国当代文学价值》,《辽宁日报》,http://news.lnd.com.cn/node_36301.htm。

与《纽约时报》形成对比的是,余华博客里有十五篇"《兄弟》在国外"的评论资料,都是欧洲报纸的评论,如法国《读书》杂志、《今日法国》、比利时《晚报》、瑞士《时报》以及《卢森堡日报》等,以法国报纸评论最多,基本没有发现负面信息①。阅读这些海外评论,我们还会发现:几乎所有报纸评论都提到了这部小说全面描写了中国当代社会这个事实。如《今日法国》讲"余华在这部巨著中讲述了一个动荡、纷乱的当代中国的故事,以及那些出生于20世纪60年代的一代人的内心感受。这就是这部书名为《兄弟》的宏篇巨作所全部关心的话题"。笔者曾撰文指出余华在《兄弟》中由"历史叙事"向"现实生活叙事"的转变,他是当代名家中唯一以四十年中国当代社会为对象写作的第一人,尽管存在小瑕疵,整体意义却非比寻常②。可惜国内批评界似乎喜欢局限于屁股之类的争议,对《兄弟》的当代性意义感受严重不足。国外评论却往往在开始就会明确指出这种意义,如法国《书店报》的标题就是"《兄弟》:当代中国的史诗",开篇即讲"尽管有很多小说家往往已经涉及了文革时期那段可怕的历史,但在探索当代中国文学上,这本书标志着一个新的台阶,因为它延伸至中国的最近几年,讨论了狂热发展的非凡数十年","在这本书中,读者还会发现昨天和今天中国民众的日常生活,这是特别令人兴奋的"等。它也指出《兄弟》"有时也会被最为粗野的行为所伤害和重创"。这些评论对小说中情节失实、语言粗糙、内容低俗等缺陷,并不像国内批评界那么在意和夸张,往往如同前文一样轻轻一提便略过。另外,这些评论或访谈多次提到的还有接近700页的长度,滑稽荒诞奇妙的情节,拉伯雷式的语言,幽默讥消的写法,翻译的成功与否等,许多人都对这部作品为什么没有在中国被禁感到惊讶,他们觉得这部小说对"文革"和现实都有明显的批判,是社会批判小说。

　　国内批评界对于《兄弟》的争论主要围绕着它的"粗鄙化"展开。依笔者观察,"拔牙派"的意见基本是"审美名义下的道德技术主义"

---

① 余华博客,http://blog.sina.com.cn/yuhua。
② 张学昕、刘江凯:《压抑的,或自由的》,《文艺评论》2006年第6期。

## 第五章 拓展认同：中国当代作家海外传播及其个案研究

批判,虽然语调夸张、言辞激烈,只是这种从内容和写作技术出发的批评实在无多少理论新意。相反,支持意见中的陈思和利用巴赫金的理论对《兄弟》的解读倒显示出某种超越的视野,虽然仍然没有摆脱他一贯的"民间"立场①。海外学者杨小滨应用拉康主义"小他物"(objet petit a)的理论来理解《兄弟》创作中的"粗鄙化"现象,认为只有从与表面现实相对的实在界遗漏出来的精神残余物中,我们才能把握内在的历史创伤②。拉康在最初界定"小他物"时曾经列举了某些具有细小裂口的身体部位如"唇、牙齿的封口、肛门的边缘、阴茎的触端、阴道、眼睑形成的裂口……"另一位拉康主义思想家齐泽克则将小他物阐释为一种"经历了符号化过程后的残余",是一种代表着虚无的否定量。作者认为小他物并不是写作所追寻的目标,而是激发欲望的原因,《兄弟》中包括着深刻的"创伤"体验,"粗鄙化"不过是这种创伤体验外在符号的表现。虽然我一直比较讨厌动辄搬出国外理论、令人半懂不懂的桀骜语句、方砖式的学术论述文章,但不得不承认其中确实也有闪烁着的思想光芒,合适的"阅读机遇"往往会促生一些意想不到的研究成果。

### 四、对《兄弟》及余华创作的再思考

《兄弟》在国内的影响可谓"商业欣然,专业哗然";而在海外则可以说是获得了双赢的局面。市场方面《兄弟》的法文精装本 700 多页,已经印刷了十多次;美国在经济十分不景气、大量书店倒闭的情况下,《兄弟》也加印了三次。评论方面如法国最大的两家报纸《世界报》和《解放报》都以两个整版的版面来报道和评论,并引发五六十篇评论,其法文翻译称这一现象十多年未见;美国的《纽约时报》等重量级媒体不断参与报道;德国出版社也反馈余华此书被很多记者一致称好。这一点,我们从浙江师范大学的余华研究中心整理的外文资料中也能看

---

① 陈思和:《我对〈兄弟〉的解读》,《文艺争鸣》2007 年第 2 期。
② 杨小滨:《欲望"主体"与精神残渣》,《上海文化·新批评》2009 年第 6 期。

出来①,仅 2009 年 4 月至 2010 年 1 月,这里就收集了包括英、德、法、日等不同语种近七十篇评论。而且,我们注意到,余华新作的翻译出版时间间隔大大缩短,这也是莫言、苏童等海外影响力很大作家的共同特点。按照余华自己说:"以前我写完一本书,差不多两年以后可以写作了,现在两年以后刚好是其他国家的出版高峰来了,所以只能放下写作,出国去。"如果站在世界文学市场的角度来观察《兄弟》,我们有理由相信海外视角很有可能拆穿了国内批评界的一种局域性盲视,笔者以为这是因为我们的批评理论模式化、僵化,批评视野狭窄并缺乏从创作实践中提升理论造成的。

在叙事美学方面,余华的《兄弟》很可能蕴含着中国当代文学的一种新的叙事美学原则,并且有望发展成一种写作理论。关于《兄弟》的叙事美学,笔者曾进行过一系列的探讨②。我们认为文学写作中充满自由的元素和压抑的元素。这些元素既包括作品的时代生活、主题内容、叙事方式、阅读体验等客体因素,也包括创作心态、叙事立场等作家主体性的因素。就作品而言,我们把那些悲伤的、暴力的、灰暗的等能引起人们压抑体验的故事内容及其叙事要素统统地归结为"压抑性"的元素;与此相反,把那些快乐的、温柔的、纯美的等引发人们愉悦感受的故事内容,及其叙事要素称为"自由性"的元素;就写作主体而言,作家创作心态的压抑或自由的调整必然会给文学带来叙事上的变化,可以说,作家的叙事立场和态度从根本上制约着作品的艺术特色和阅读感觉。但不论文学充满了多少压抑的元素,文学精神的终极指向一定是自由的。

如果我们把《兄弟》和前期的《活着》及《许三观卖血记》甚至更早的先锋文学作品作一个简单的比较,就会发现《兄弟》的变化——在叙事方法上更多地是对其"过去"作品的融会和整合,呈现出一种既"整理"又"开放"的特点;在叙事立场上则表现出一种更加自信、自由的叙

---

① 余华研究中心网站 http://yuhua.zjnu.cn/。
② 参见《压抑的,或自由的》,《文艺评论》2006 年第 6 期;《审美的沉沦亦或日常化——〈兄弟〉的叙事美学》,《文艺争鸣》2010 年第 12 期;《文学的看法与事实——论余华的随笔与小说关系》,未刊。

### 第五章 拓展认同:中国当代作家海外传播及其个案研究

述姿态;而最大的变化则体现在写作方向上:由历史叙事向现实生活叙事转变的努力。

只是余华描写现实的能力显然大大逊于历史叙事,体现在《兄弟》中,就是他的上部在整体上好于下部。当代文学存在一个有趣、同时也非常值得我们重视的文学现象:当代名家最有代表性的长篇作品都不是描写当下现实生活的,要想写出被同代人认可的现实生活叙事的长篇作品是件非常困难的事。当代文学为什么总是难于写出现实的历史感或历史的现实感来?也就是,难有能写出我们时代生活的经典之作。越是对于相对切近的年代,我们似乎越容易失去叙事的耐心,越难写出具有历史穿透力的文学艺术精品。《兄弟》无疑会成为余华创作生涯中的一个标志性的文本,无论是成功的或是失败的,它都表明了作家创作方向上的第二次变化和探索。我认为余华的第一次转变是一种形式转变。主要是作者对写作对象在叙事立场、叙事态度上的转变而导致文字风格上的强烈反差,从先前高蹈的形式实验、叙事探索、客观而冷酷的叙事态度,重新回到注重故事、人物、情感及内涵等传统的文学主题。那是一种相对容易的转变。而这一次余华试图完成的是一种内容上的转变,由从前的历史叙事向当下的现实生活叙事转变,余华的写作对象发生了很大的变化,这必然给写作带来新的挑战和希望。因此,《兄弟》的"当代性"应该引起我们足够的重视。

我始终认为《兄弟》所表现出来的一些低级失误绝非简单的原因能解释清楚,导致余华创作上出现"低俗化"嫌疑更合理的解释是:作家的叙事美学原则发生了变化。我不敢肯定《兄弟》的叙事是否对中国当代小说在整体上构成了一种挑战,但对于余华本人的叙事来说,确实是一次重大的转变:不仅仅是写作内容上由历史转向了现实生活,更重要的是同时出现了与之相适应的叙事美学原则:即极力地压缩小说和生活的审美距离。正是在这种写作内容和叙事美学原则的控制下,作者的叙事立场、方式及表现出的美学风格也都相应地发生了根本性的变化,显现出一种大众娱乐化的倾向。同时我们也不得不承认,与这种叙事原则相伴随的必然结果之一就是:诗意的沉沦。它可能失去传统文学的那份高雅和尊贵,华美和精致,也可能失去现代小说所具有的一些美学品质。

以往的小说叙事中,生活和艺术的审美距离总是或远或近地存在着。即便是现实主义或者新写实主义、自然主义的作品,它们在内容上甚至做到了"物质的还原"、"现实的写真",但叙事方式和立场及姿态却让读者分明地感受到文学面对生活时那种"高人一等"的距离。《兄弟》显然不同于这类作品,只要把《兄弟》同《遍地枭雄》《秦腔》、《人面桃花》、《碧奴》、《笨花》、《生死疲劳》、《我和上帝有个约》等作品放在一起阅读,我们就会发现《兄弟》的叙事方式及其姿态是和现实生活最为切近的,是与普通民间大众关系最亲近的一种叙事立场。原来存在于小说和生活之间的那道无形的高墙在《兄弟》里得到了最大程度的削弱。正是这种将小说艺术和时代生活的审美距离极力压缩的叙事方式冲脱了传统叙事的规范,使一些批评者开始质疑小说的艺术性。在《兄弟》中,这种压缩小说和现实审美距离的叙事现象体现在很多方面:如叙事时间与现实生活时间的合一;叙事内容对现实生活的复制;叙事语言对现实生活的还原等。

余华是一个独特的存在,他对于中国当代文坛的意义正如张清华先生所言:"事实上人们谈论余华已不仅仅是在谈论他本身,而更是在思考他的启示和意义。"[1]陈思和先生用"狂欢化"理论解释《兄弟》应该说是一种比较成功的尝试。但在我看来,这不如余华自己提炼出来"歪曲生活的小说"更充分有效。关于小说和生活整体关系方面的理解,能帮助我们更好地理解、解释《兄弟》的创作观念来自于余华一篇名叫《歪曲生活的小说》的随笔,写于2002年1月2日[2]。

在这篇随笔中,余华同样也提到了拉伯雷的《巨人传》,但主要讨论了第奇亚诺·斯卡尔帕,一个生于1963年的威尼斯、现在成了光头男人的作家。余华描述了他和斯卡尔帕阅读、交往的过程。最重要是,斯卡尔帕"歪曲生活的小说"得到了余华由衷的赞同,他写道:

---

[1] 张清华:《文学的减法——论余华》,《南方文坛》2002年第4期,第4页。
[2] 余华:随笔集《没有一条道路是重复的》,上海文艺出版社2004年2版。

## 第五章　拓展认同：中国当代作家海外传播及其个案研究

《亲吻漫画》是一部歪曲生活的小说,我的意思是第奇亚诺·斯卡尔帕为我们展示了小说叙述的另一种形式。当我们的阅读习惯了巴尔扎克式的对生活丝丝入扣的揭示,还有卡夫卡式的对生活荒诞的描述以后,第奇亚诺·斯卡尔帕告诉我们还有另外一种叙述生活的小说,这就是歪曲生活的小说[①]。

第奇亚诺·斯卡尔帕在这部小说中尽情发挥了他歪曲生活的才华,叙述是由截然不同的两组语言组成,一部分是堂皇的书面语言,另一部分则是粗俗的垃圾语言,两类风格的语言转换自如,就像道路和道路的连接一样,让阅读在叙述转变的时刻几乎没有转身的感觉。这样的叙述风格有助于第奇亚诺·斯卡尔帕写作的欲望,这个光头作家在描述生活时,甚至是浅显明白的生活时,使用的差不多是被歪曲或正在被歪曲的材料,他这样做其实是为了让生活在我们的视野里突出起来,或者说让我们的感受在我们的生活中浮现出来[②]。

用这种观点来理解《兄弟》中种种被歪曲的真实生活,显然具有更令人信服的解释效力。"歪曲生活的小说"可能只是余华在阅读斯卡尔帕小说过程中的一种体悟,但当他把这种理解应用于《兄弟》的创作中时,我突然意识到余华无意间可能创造了一种新的小说叙事理论——"歪曲生活的小说"理论。

"歪曲"是和"真实"相对的一个概念,它是介于"真实"和"虚假"之间的"无间道"。如果说以"真实"为核心产生了一系列的文学观念、理论,那么"歪曲"则因为连接了真实和虚假,使其具有了更为复杂的理论内涵与外延,甚至以"歪曲"为核心我们可以发现一系列非常有价值的文学理论思考。当然,诸如"荒诞"、"反讽"、"戏拟"、"黑色幽默"、"魔幻现实主义"、"狂欢化"等诸多文学手法和理论中,可能已经涉及了"歪曲"的理论内涵,或者说它们本来就是"歪曲"作为一种方法或理论在文学中无法抑制的表现。但它们都不能代替"歪曲",因为歪

---

[①] 余华:《没有一条道路是重复的》,上海文艺出版社 2004 年 2 版,第 158—159 页。
[②] 同上书,第 159—160 页。

曲不仅仅是一种文学方法,或者一种文学理论,它很有可能就是你我他、社会、生活、历史甚至是一种哲学。在我看来,人类在抵达"真实"之前都是"歪曲"的状态,绝对的真实和虚假都不是我们的生活本质,"歪曲"才是历史和现实的本质。

**余论**

我一向认为"对象"永远是统一的整体,而我们往往因为语言、国别、文化、生命、理论、方法等等的局限,只能如"盲人摸象"一般"切割"地研究对象。不用说对《论语》这样流传在古今中外的经典著作,即使面对《兄弟》,我们也只能在"切割研究"中努力找到一些片面的深刻,同时也必然留下更多洞见后的不察。当我们在海内外不同语境中来重新思考《兄弟》的创作时,也许就会弥补国内单一视角带来的种种局限,做出更接近于客观的判断。从《十八岁出门远行》到《兄弟》;从偏僻的海盐小城到全世界的大都市;从无名小辈到具有世界声誉的当代名家,余华二十多年的写作除了完成个人文学的经典化历程外,能否给中国当代文学贡献一些新的理论资源呢? 笔者以为:中国独特的社会发展历史和现实生活积淀到今日,已经包含有大量的理论资源,我们需要的是有想象力的"炼丹术"。《兄弟》中"歪曲生活的小说"就可能存在着这样的理论之维。

顾名思义,"歪曲"是指和"真实"、"事实"不一样,意味着程度不同地偏离"真实"与"事实",但不一定就是虚假,它广泛地存在于我们的生活和文学中。虽然"歪曲"会对"真实"与"事实"进行不同程度的篡改、变形、夸张、虚构、无中生有、黑白颠倒、蛮不讲理、言而无信……(读者可以根据自己的生活经验加入更多诸如此类的词语),但它始终不会完全脱离开"事实"与"真实"。也就是说,不论"歪曲"的原因和目的有多少分枝、分岔,它们都是由"真实"之根生发而出,我们最终可以找到"歪曲"真实的血脉之根,如果某一种"歪曲"失去了自己的"真实"之根,那么它就堕落为真正的"歪曲",失去了作为理论或哲学的意义。同样是歪曲,由于目的和技术的高下不同,产生的意义也将相距甚远。那些低劣的人只能在破坏和毁谤的层面使用"歪曲",而文学则是在建设和发现的意义上使用"歪曲"。即使这样,我也非常担心"歪曲"

第五章　拓展认同：中国当代作家海外传播及其个案研究

被一些人在相当低级的层面滥用，从而慢慢失去它应有的高度。余华《兄弟》如果用这种"歪曲"理念来衡量，既具有开创性的意义，也有许多必须反省的问题。

文学层面的"歪曲"首先同样具有以上"歪曲"的特征，但它将是一种更加自觉地利用"歪曲"来接近"真实"的努力，是一种富有艺术感和真实性的"歪曲"。高超的"歪曲"文学最后带给读者的应该没有虚假的印象，它通过艺术之路把真理之光返还给了读者和现实。作家绝不应该只是在一个简单、低级的层面呈现生活中的"歪曲"现象，甚至直接"复制"现实的苦难与荒诞。"歪曲"在具体的写作技法上应该还有很多值得继续探讨的表现，但总体而言，它可以吸收文学中已有的相关理论和手法，形成自己更为丰富的内容。比如它对"真实"会发生程度不同的变形，它同样具有"陌生化"的特征和效果，可以用"狂欢化"的语言和技巧，把作家的想法更曲折并且更有力地呈现出来。"歪曲"可以穿越平庸的现实，同时又不完全脱离真实的意义。因而，它既不应该匍匐于现实的大地上，也不应该高飞于虚无的天空中；它具有极强的伸缩性和适用性，既可以在高雅的庙堂上闪闪发光，也可以隐身于大众文化的广场；它能产生悲剧的效果，同样也可以产生喜剧的修辞，崇高的悲剧更多地指向了精英贵族文化，而热闹的喜剧则更多地服务于大众文化。在我看来，余华《兄弟》就含有利用"歪曲"把二者比较好地结合起来的尝试。如何利用"歪曲"的这一特性更好地打通"精英"与"大众"的隔阂，我们还需要做出艰辛的探索。如果说余华在《兄弟》中表现了由"精英"向"大众"一定程度的靠拢，那么一般艺人，比如因春晚走红的小沈阳则并没有表现出由"大众"向"精英"提升的能力，他们的表演只是一种低层的"歪曲"艺术。

也许，"歪曲"正是属于中国当代这个混乱而变动社会的理论。同时，作为一种理论方法，"歪曲"也是不同民族文学传播交流、接受阐释中常见的现象。在国际舞台上也到处可见它狡黠的影子，当国家新闻舆论相互指责对方时，真实就开始被"歪曲"了。套用一下马克思的话就是"歪曲"的幽灵无孔不入地飘荡在整个地球的上空。当中国的理论家们忙着从西方翻译各种理论、悲观地抱怨中国当代为什么产生不了伟大的理论家时;当我们急着学习和应用那些引进的理论,并感觉到它们并不完全适用于中国当下社会现实时,为什么不尝试着从中国社会本身去寻找一种属于自己的理论呢?

# 第六章　中国当代文学海外认同与"延异"的相互"荡漾"

## 第一节　西方对东方的想象与"延异"
### ——以文学改编电影为例

中国当代文学在海外传播接受的原因有很多,其中,作品改编成电影在海外获奖产生的影响力,是包括作家在内也承认的重要原因之一。以莫言、苏童、余华的海外接受为例,他们有一个共同点就是都有得到著名导演张艺谋改编并获国际电影大奖的作品,说句玩笑话,文学界应该给张艺谋颁发"中国当代文学海外传播最佳贡献导演奖"。日本学者谷川毅在一次采访中讲,是电影把莫言带进了日本,根据莫言的小说改编的电影在日本很受欢迎,他的小说也随之开始引起注意,所以,他进入日本比较早。莫言本人也承认:"中国文学走向世界,张艺谋、陈凯歌的电影起到了开路先锋的作用。"[①]张艺谋或者说中国当代电影其实也沾了当代优秀文学的光。对此,莫言曾在一次采访中半开玩笑地表示:《红高粱》在拍电影之前其实在中国就已经很有影响了,引起了张艺谋的注意,可以说是他先沾我的光,我们是相互沾光。笔者倒非常愿意看到中国当代电影和文学能形成一种相互"沾光"的良性发展机制,以笔者多年的电影观感,一个突出的印象是:电影界缺少优秀的编剧。那些质量说得过去的影视作品,有许多正是作家在操刀;而更多粗制滥造的作品,有时候简直就是对观众智商和审美能力的公开侮辱。

---

[①]　莫言、李锐:《"法兰西骑士"归来》,http://cul.sohu.com/20061111/n246328745.shtml。

另一方面,莫言、苏童、余华等人的海外接受也显示:电影只会对文学起到临时聚光的效应,能否得到持续的关注,还得看作品本身的文学价值。比如莫言曾表示,他的作品《丰乳肥臀》、《酒国》并没有被改编成电影,却要比被改编成电影的《红高粱》反响好很多。电影其实和小说也有相似的信息容量和艺术因素:如主题、情节、人物、民俗、文化等等。在有限的时间里完整地浓缩和演绎小说的精华,以直观的形象、声音去打动观众,其"阅读"方式和观感效果显然要比小说更直接、迅速、强烈。小说或改编的电影是既有联系又有区别的两种艺术,文学改编后的电影究竟有哪些因素打动了西方观众?本节我们将围绕着张艺谋的两部海外获奖电影展开相关的讨论。

### 一、走向世界的轰动与争议——《红高粱》

1986年《人民文学》第三期发表中篇小说《红高粱》,立刻在国内引起轰动。这年夏天,莫言与张艺谋等人合作,将《红高粱》改编成电影文学剧本。1987年春,长篇小说《红高粱家族》由解放军文艺出版社出版;1988年春,电影《红高粱》获西柏林电影节金熊奖,引起世界对中国电影的关注,《国际电影指南》把《红高粱》列为1987—1988年度世界十大佳片的第二位,这也是中国电影首次进入世界十大佳片之林。莫言的创作一直保持了旺盛的生命力,这应该归功于莫言的感觉方式有着深厚的地域和民间渊源。他以自由不羁的想象,汪洋恣肆的语言,奇异新颖的感觉,创造出了一个辉煌瑰丽的小说世界。莫言的作品神奇浓烈,野性暴力,桀骜不驯,英雄主义,语言狂欢,修辞多样,思想大胆,情节奇幻,人物鬼魅,结构新颖,散发着民间酒神精神的自由浪漫和爱恨情仇等,都会超出普通读者的阅读经验,刺激小说的生命力持久地发挥效应。莫言写作上的这些特点使他成为当代中国文学的重要象征之一。他对叙事艺术持久热情的探索,使他的小说从故乡的民间经验出发,穿越了中国人精神世界的隐秘腹地后,抵达世界读者内心的欢乐和痛苦。他对本土文学的狂欢精神裹挟着一颗热情奔放、勇于创造的心,像个老男孩一样在癫狂与文明的汉语想象中,开始了自己文学的世界之旅,把中国人的激情澎湃

第六章　中国当代文学海外认同与"延异"的相互"荡漾"

和柔情似水一股脑地抛洒在世界面前。

《红高粱》的剧本是由莫言、福建电影制片厂的厂长陈建宇、《人民文学》小说组的组长朱伟三个人合作改编的,由陈建宇执笔,当时写出来是很长的上下集。1987年张艺谋带着他的剧组到了山东高密县,导演工作本和他们写的剧本完全不是一回事了,导演工作本大概只有万把字的样子,一百多个镜头。莫言当时觉得这么简单的一点点东西不可能拍出一部电影来。抛开原作者的身份,作为一个纯粹的电影观众来看,莫言"觉得这个电影是新中国电影史上一座纪念碑式的作品,它是划时代的,第一次完整地表现了张艺谋他们这一代导演新的电影观念。无论对于镜头的运用、色彩的运用、造型的运用,都跟过去的电影有很大的区别,让人耳目一新,意识到一场电影革命已经发生了,所以我对它的评价是很高的"①。可以说,张艺谋和《红高粱》的相遇也是他艺术命运的必然结果,他说:"这几年,翻阅了不少小说、剧本,都不大能唤起我的创作激情。1986年春天,朋友把莫言的小说《红高粱》推荐给我,一口气读完,深深地为它的生命冲动所震撼,就觉得把它搬上银幕这活儿我能玩!那无边无际的红高粱的勃然生机,那高粱地里如火如荼的爱情,都强烈地吸引着我。……我觉得小说里的这片高粱地,这些神事儿,这些男人女人,豪爽开朗,旷达豁然,生生死死都狂放出浑身的热气和活力,随心所欲地透出做人的自在和欢乐。我这个人一向喜欢具有粗犷浓郁的风格和灌注着强烈生命意识的作品。《红高粱》小说的气质正与我的喜好相投。""《红高粱》实际上是我创造的一个理想的精神世界。我之所以把它拍得轰轰烈烈、张张扬扬,就是想展示一种痛快淋漓的人生态度。②"不难看出,两位艺术家某种精神气质和艺术感觉相似的追求,最终促成了这部中国当代文学和电影的经典合作,中国新时期电影创作的新篇章,也可以说是中国当代电影走向世界的新开始。

---

① 莫言:《23年中最大的困惑和痛苦》,2009年7月23日。http://q.sohu.com/forum/20/topic/45342479
② 罗雪莹:《赞颂生命,崇尚创造——张艺谋谈〈红高粱〉创作体会》,《论张艺谋》,中国电影出版社,1994年,第169—170页。

面对《红高粱》的走红,当时国内存在着巨大的争议。1988年9月14日《人民日报》(海外版)发表评论员文章,称赞由对《红高粱》毁誉不一的评论而引起的"《红高粱》现象"。文章称《红高粱》西行,从西柏林的国际电影节上捧回了"金熊奖"。然而国人对此次电影获奖毁誉不一,从参政议政的最高讲坛,到市井小民的街谈巷议,评价迥然不同。欢呼喝彩者有之,严词斥责者也有之。褒贬之辞均见诸报端。获大奖之后,敢于继续开展批评,在批评的声浪中敢于大胆赞扬,在艺术的通道上,舆论界红灯绿灯一齐开,还是件新鲜事。当时的批评意见认为:影片对我们民族精神和民族生存方式的某些概括和表现,并不是无懈可击。影片着意表现的是中国的贫穷、愚昧和落后。对于外国人的叫好,我们要冷静,要分析,不应跟着起哄。比如对《红高粱》让一个中国人去剥另一个中国人的皮的情节,"我爷爷"与"我奶奶"野合这种对中国妇女的污辱性描写无法接受等等。肯定意见则从电影改编的观念、电影语言的应用、主题等不同方面进行了阐释。如认为《红高粱》着力抒发对民族、土地和人的深情,不掩饰当时当地的环境、文化赋予他们的原始与野性,充满了生命的强悍与壮烈等。仅1988年,《当代电影》、《电影评介》、《电影新作》、《理论学刊》、《文艺理论研究》等期刊杂志就发表评论多达上百篇。在以后的中国当代电影、文学叙事中,《红高粱》作为重要的标本,也被不断地反复提及。

陈晓明曾在一篇文章中认为政治代码(意指代码)在中国当代电影叙事中起着决定性的作用。那些脱离了中国本土意识形态实践的电影叙事,以各种潜在的、文化的、类型化、符号化的方式不断地运用政治代码,来完成典型的中国电影叙事。他认为《红高粱》中,"'革命历史神话'没有构成叙事的主体,而是作为一种伪装的代码加以利用。《红高粱》不是意识形态轴心实践的直接产物,它崇尚生命强力而抓住了时代的无意识,为这个时代提示了想象性超越社会、超越文化、超越权力的欲望满足"。"《红高粱》也不可能有多少实际的意识形态功能,它以生命狂欢节的形式获取了瞬间效应,提供了一次奇观性的满足。这

## 第六章 中国当代文学海外认同与"延异"的相互"荡漾"

就是典型的 80 年代后期的意识形态自我建构和解构的存在方式。"①从《黄土地》开始,到《红高粱》,再到以后许多在国际上有影响的中国电影,一个显著的特点是,从前过于写实、政治化的电影的确退场。但它们并没有消失,只是换了种装束,以更隐蔽的方式悄然回场。只要排查一下那些在国际上有影响力的中国当代电影,不难感觉到政治的主体虽然不在现场,但它们长长的影子如鬼魅一般错落有致地投射在那里,以一种象征性行为确认着自己的中国身份。

与当年国内巨大争议不同,海外对《红高粱》的评论,从开始就持肯定意见。以 1989 年美国学者张家轩(音)在《电影季刊》的影评为例②,这篇文章开篇就讲"文革"后给了中国电影新生,列举了当时在海外获得声誉的许多电影如《黄土地》、《大阅兵》、《老井》、《盗马贼》,然后指出《红高粱》是中国电影第一次获得 A 类国际电影节的最高荣誉。作者盛赞张艺谋是新一代导演中兼具拍、演、导能力的天才。在简要回顾了电影情节后,作者认为《红高粱》是表现了中国乡村一对夫妻珍惜自由、反抗压抑的生命激情,正是这种对自由的渴望让他们反抗传统和外来的冲突,超越这种冲突的,还有混合着自由的激情和原始野性与生命力。作者分析了电影中的歌谣,指出他们在未受启蒙的文明中传承自己的原始文化传统。作者认为传统的中国文化鼓吹一种空洞的道德观念——诸如"忠诚、孝、善行、正义"等,而当代文化却乐于宣传关于社会主义或共产主义未来乐观但却毫无意义的标语。电影结局这些人死于日本的枪械下,可以视为中国传统文化观念的一种现代复活。对于电影意象的应用,比如电影中红高粱场景的反复出现,作者也分析了其象征意义,以及对于人物性格形象的塑造。文章最后介绍了这部电影在中国引起的巨大反响和争议,并用吴天明的简短评语结尾:一个人如果不能接受他的缺点,就很难再有进步;一个国家如果没有勇气承认

---

① Trans by Liu Kang, Anbin Shi, The Mysterious Other: Postpolitics in Chinese Film, *Boundary 2*, Vol. 24, No. 3, *Postmodernism and China* (Autumn, 1997), pp. 123-141. 中文名为《神奇的他者:意指代码在中国电影叙事中的美学功能》,《当代电影》1998 年第 1 期。

② Zhang Jia-Xuan, Red Sorghum, *Film Quarterly*, Vol. 42, No. 3 (Spring, 1989), pp. 41-43。

它的缺点注定要落后。

海外对《红高粱》的评论迅速而热烈,如 1988 年 10 月 21 日的《华盛顿邮报》等,并且这种评论的热情也持续出现在以后很多年的评论当中。笔者在一些著名的电影评论网站上看到许多评论,这些评论基本是新世纪以来的,充分说明这部电影的生命力像红高粱一样旺盛。① 有网友认为《红高粱》可能是他看过最好的一部中国电影!从审美的角度讲,这部电影是对美国那些使用 CGI(电脑影像显示)或者数字技术来强化影视效果电影的打击,张艺谋使用颜色、声音和场景渲染了所有的氛围……这是真正的电影。有网友认为电影叙述了 1920—30 年代(他搞错了历史年代,应该是 30—40 年代,笔者注)的政治问题,也包含一些从前没怎么表现的人物之间的性场面,总体来说,这部电影是悲剧和喜剧都有,导演很好地平衡了它们。有人认为这的确是一部沉重却值得欣赏的电影,重要的是,这是中国电影,他被电影打动的神伤落泪了,就在于它丰富、精彩的电影艺术。还有人评论这是张艺谋的第一部电影,也是巩俐的第一个角色,这是他们两人多么精彩的亮相啊!这部电影开始的时候有点像《大红灯笼高高挂》或者《菊豆》,但却走向完全不同的方向……其中许多场景有着令人震惊的美,几个场景甚至美得令人窒息,充满了如此多的活力、性欲和激情。

从中外评论界对《红高粱》的评论对比中,我们不难察觉,尽管最后两方面都走向了大致相同的评论意见,起初阶段却体现了中国对这部电影接受的某种困难。而造成这种困难的重要原因在笔者看来,既有身在其中的文化关怀,也有尚未退场的意识形态解读习惯。海外对这部电影的接受也有几方面的因素:政治意识形态在这些海外评论中已经退居次位,但前期积累下的那种惯性却很好地彰显了这部电影的艺术性;电影本身的艺术能力,如对红色、场景、音乐的应用极好地调动

---

① 海外电影评论,可参考:http://www.flixster.com/movie/red-sorghum-hong-gao-liang 和 http://www.rottentomatoes.com/m/red_sorghum/两个网站,下文中关于《活着》的评论也出于此处。

观众的艺术感觉;人物形象的塑造和小说故事的渲染等等,在许多方面都刷新了海外观众对中国电影的想象和期待,尤其是和他们熟悉的西方电影制作手段相比,可能更多地感受到了一种原生态的电影之美。

## 二、被压抑的中国"表情"与"分量"——《活着》

一般说来,小说通过文学语言所表达的内涵,要比相应的改编电影更加丰厚、复杂。电影是直接作用于视听感官,而小说却是在反复玩味文学形象的过程中,自由、灵活地调动想象去补充、完善整个欣赏过程。小说是一种语言、时间的艺术,电影则是一种视听、空间的艺术;二者虽然有联系,但不应该照搬小说的理论来理解相应的改编影视作品。余华小说《活着》除了被张艺谋改编为同名影片《活着》外,还有电视剧《福贵》,可以说各有特点。电影《活着》在部分重要情节上对原作有所改动,比如福贵的儿子有庆在电影中,是被车祸撞倒的墙压死的,而小说中是被抽血过多而死;电影以家珍、福贵、二喜和小孙子在一起生活做了一个光明的结尾,而小说最后结局是家珍患软骨病之类的病去世,二喜在工作时被砸死,小孙子吃东西时被噎死。总体来说,电影削弱了小说中的悲剧色彩,淡化了"文革"的悲惨,尽管张艺谋可能是出于审查的考虑做了许多调整,这部电影还是因为种种原因未能解禁公映。我们知道1992年《活着》的发表标志着余华在90年代的写作转型中迅速走向经典,并开始了作品的海外传播之旅。《活着》在1992年出德语版,1993年出英语版,1994年出法语版。1994年电影《活着》荣获多项国际电影奖,如法国戛纳第四十七届国际电影节评委会大奖、最佳男主角奖(葛优)、人道精神奖;香港电影金像奖、十大华语片之一;全美国影评人协会最佳外语片;美国电影金球奖;英国全国奥斯卡奖等。从时间上来看,电影《活着》对小说《活着》不一定起到像《红高粱》那样明显的推广作用,但一个客观事实是,1994年起余华的小说开始有了更多的外译。

相对于《红高粱》,小说《活着》在国内更多的是赞扬和肯定,电影《活着》因为没有公映,相关正式评论并不是很多。笔者检索到的评论文章基本都是在新世纪以后发表,除了《电影文学》、《电影评介》、《小说评论》、《当代文坛》这样一些期刊外,评论等级和规模都没法和《红高粱》相比,并且这些评论基本都是比较模式,或者从小说到电影,或者比较不同的几部电影。那么,海外对这部电影的评论意见大概是什么样?

1994年9月30日的《纽约时报》评论文章有典型的报纸风格[1],它首先从电影开篇的故事讲起,三言两语就调起读者的兴趣,文章以叙述电影故事情节为主,不时加入一些评论,如认为《活着》是张艺谋已经制作的电影中最感伤的电影,相对于其他电影,也很少有奢华的场景。这部电影所强调的个人性,也少有张艺谋早期作品的共性,即富有戏剧性,比如《红高粱》、《菊豆》,更不用说最近著名的肥皂剧(glorious soap opera)《大红灯笼高高挂》以及一个女人滑稽地不断反抗的传奇故事《秋菊打官司》。但是张艺谋娴熟而富有创造性地应用音乐,将会产生深远的影响。《活着》中一家人的悲剧证明了中国政治是如何给个人生活留下巨大的创伤。电影表演情景里,巩俐承担了故事的表情,而葛优体现了历史的分量。巩俐总是一个有力的女英雄;而葛优则是一个启示者,作为一个男人唤起人们的同情和怜悯,他的软弱让他像风中的芦苇,在中国不断变化的政治风向中弯腰屈服并承担相应的后果。这篇评论同时也可视为一个正式的广告,因为下边登出了《活着》在美国的上映信息。该文的一些观点还是很有新意的,比如对巩俐和葛优表演的评论;同时,他的一些用词(如"肥皂剧"、"滑稽")也显示了和中国观众全然不同的观影感受。比如秋菊的执著或者说执拗的个性,让这位评论者觉得有点滑稽了,也许这正是一种文化误读。

1995年,美国加州大学圣马斯科分校的学者肖志伟(音)在一篇影评中认为[2]:电影《活着》的中文名传达出一种生活的无望感,而这种感觉在英语译名(Lifetimes Living,或to live)中似乎丢失了。在电影中,福贵

---

[1] Carrn James, To Live (1994), FILM FESTIVAL; Zhang Yimou's Comic Ironies on Screen Resonate in Life, September 30, 1994.

[2] Zhiwei Xiao, Review, *The American Historical Review*, Vol. 100, No. 4 (Oct., 1995), pp. 1212-1215.

## 第六章 中国当代文学海外认同与"延异"的相互"荡漾"

和家珍渴望的仅仅是平静地生活和远离政府统治。这种渴望却变成了不可实现的梦想,社会和政治事件粗暴干涉他们的家庭生活生动地说明了这一点。福贵和家珍儿女的死亡呈现了当时政府侵入普通人生活的后果,正如电影中揭示的,他们儿子是死于 50 年代大跃进,而女儿则是死于"文革"的巨变,医学教授被红卫兵替代。两人的死亡或者说这个家庭的幸福生活遭到毁坏,都是因为政治的侵入造成的。换句话说,共产党政治应该为他们的死亡负责。这篇影评涉及如《蓝风筝》、《五魁》在内的多部影,作者在对比中表现出强烈的意识形态分析路数,通篇看不到富有艺术感悟的点评,反共色彩比较明显。虽然笔者承认一切文学都有政治,同样也十分不欣赏唯政治的文学评论。今天的中国当代文学,当然应该有开放、兼容的态度,可以从政治、文化、历史、哲学等不同的角度展开评论与研究,只是千万别忘了文学本身。当我们手持各种理论之刀,快意纵横于文学世界时,在完成刀光剑影的深刻穿刺之余,不要忘却那里有纷纷扬扬的桃花随溪水而去;有花花绿绿的蝴蝶伴古琴而舞;有缠绵悱恻的爱情千古流传。

海外观众对《活着》的评论同样也充斥于网络,和《红高粱》一样,观众对《活着》的评论热情持续不断,笔者这里摘选 2002 年以后的一些评论意见,以供参考海外一般观众对这部电影的印象。有网友说:我可以确定地说这绝不是张艺谋写给毛主席的情书。可以确定这部电影并不是在肯定和赞扬,中国在 1940—60 年代的毁坏,集中于一个最不幸、也可以说最幸运的家庭,如果说活着就是好运气的话。有网友说:喔,这部电影充满了生活和人性还有希望。名字概括了电影的基本信息,但电影却远远地多过这些。从表面来看,似乎有点像《霸王别姬》,然而,表达的信息和人物性格是完全不一样的。电影人物性格是如此真实并且得到很好的发展,电影里没有纯粹的反派人物,只有成千上万的在"文革"混乱年代的普通百姓。关于中国历史和文化的描绘也都很真实,演员葛优和巩俐也非常出色,他们在一起发生了精彩的化学反应,而不仅仅是一部电影。有网友认为张艺谋已经导演了许多好电影,这部电影比其他任何中国电影更中国。观众在等待人物的升华,但是他们(指家珍和福贵)却只是一起共患难,这就够了。该网友的母亲指出它应该被命名为"生活只是一件该死的事情接着另一件。"（Life's Just One Damn Thing After the Other）。还有网友说："《活着》是我看中国导演张艺谋的第四部电影。它是如此美丽、如此真实并且让人心碎，你可以感觉到演员的疼痛。艺谋通过三个十年使我们理解了中国人民，他们的悲惨、尊敬和对共产主义的崇拜，这真是一部精彩的电影。"有人评论："非凡出众！伟大的故事情节最终让人喜爱上它。电影集中于一个中国家庭的起伏。这是我最喜欢的张艺谋的电影之一，巩俐的表演太精彩了，绝对值得一看。"

以上，我们通过对《红高粱》和《活着》的电影评论，直接感受了海外观众对中国电影（及其文学）的接受状况。当然还有另外一些电影可以做同样的分析，比如根据苏童小说《妻妾成群》改编的电影《大红灯笼高高挂》等。相对于分析电影对中国当代文学海外传播的影响，我更有兴趣的是，海外观众对中国当代电影（文学）原生态的接受是什么样？不论是专业学术期刊的影评，还是亚文化圈子中的报纸评论，亦或基于现代网络的大众评论，《红高粱》和《活着》的评论都可以为我们提供一些直观的信息。笔者一直觉得海外电影评论中存在比文学评论更严重的意识形态分析，其中原因在于：一方面，正如陈晓明所分析的那样，电影中的确存在着各种各样的意指代码；另一方面，海外也有人喜欢或者习惯于从这个角度阐释。其实，从以上列举的评论中，我们发现大众评论的意见往往更加丰富多元，虽然也有历史、社会方面的认识和理解，却更多诉诸感情、故事、表演等方面的评价，浅显却清透。专业评论往往出于某种主题的需求，会对材料或者评论对象进行归纳化约处理，给人以深刻却片面、呆板的印象。就《红高粱》和《活着》两部电影的海内外评论而言，其实也自然地构成了一种对话和疑问：同样是中国著名作家的著名小说改编，由同一个著名导演执导，同样在海外获得了巨大的成功，国内评论界和海外评论界却形成鲜明的对比，这本身就构成一种新的寓言或者反讽。《红高粱》大气磅礴，充满生命的激情和活力；《活着》温和细腻，不失尖锐的疼痛和感情，巩俐和葛优的表演有许多值得体味的细节。如福贵从战场回到老家，在晚上看到女儿凤霞和妻子家珍送水一幕，家珍扑在福贵的怀里小声哭泣，她戴着一只破手套的手轻轻地在福贵的肩头颤抖地来回摸索;还有福贵错怪了有庆,又放不下当爹的架子,先给儿子揉了下屁股说晚上给他唱戏听,然后对着家珍傻笑一幕,都有此时无声胜有声的奇妙效果,这些细节的确正如《纽约时报》所评论的那样:是整个电影故事的"表情";而其中表露出来的内容,又确实有了某种历史的"分量"。电影改编是中国当代文学传播与接受的另一种形式,我们在欣赏电影"延异"出各种艺术魅力的同时,也能从中感受到文学本身的力量。我们也期待着中国当代电影和文学可以实现更多的完美结合,在世界舞台上不断地放大文学和电影的艺术魅力。

## 第二节 共通或独异的意识形态与文学经验

审美的核心是什么?我们阅读不同的文本,观赏不同的电影,游走不同的地方,甚至欣赏不同的美女,究竟想要寻找或经历什么?为什么我们不愿意停留于同样一个对象?答案可能是因为"重复"会让人厌倦,人们需要新鲜的体验。那么,是否可以理解"陌生感"就是审美的核心?交流沟通的结果是什么?人们因为陌生或误解进行各种各样的沟通交流,与此同时,也在不断地制造新的误解和陌生。如果以历史的眼光来看人类几千年文明的发展和交流,就会发现我们在交流和误解中越来越走向同一。现代化带来的可怕后果之一就是相似性在不断地增加,陌生感和独异性却在不断减弱。笔者在美国的一些城市游学,想象着把文字、居民置换成中文和国人后,立刻有置身于国内都市的感觉。倒是发生在日本的地震、海啸以及核污染,没用几天就牵动了许多国人敏感的神经,开始匪夷所思地抢购起食盐来了。笔者在感叹谣言之害和部分国人盲动之余,不由再次想到交流沟通的问题,我们究竟期待什么样的交流?又应该如何理解交流沟通中的各种"延异"现象?

就中国当代文学的海外接受而言,它也存在着许多亟待深入研究的交流问题。比如海外对中国当代文学的意识形态解读,和国内存在哪些异同之处?每个民族国家都有自己的传统或独异的文学经验,同时也有作为人类的共同的文学母题,读者在感受共通文学经验、审美享受的同时,如何理解或误解那些独异的经验?虽然这些问题不是三言两语就可以讲述清楚,我们却可以通过一些具体的事例来感知。

## 一、意识形态之于中国当代文学

我们都知道,所谓"中国学"是上世纪东西(中美)对抗时,美国政府提供资金,由"区域研究"发展起来的。美国学者林培瑞在1993年《近代中国》(*Modern China*)发表的一篇文章中指出:"这些资金的投入,是当时苏联第一颗人造卫星上天和不断扩大的共产主义集团震骇的直接后果,是出于'认识你的敌人'(know thine enemy)的观念","当进行文学研究时,很自然地会使用这些文本,尤其是现实主义小说,作为理解中国社会生活的材料。这一倾向也被中国作家所证实,他们几乎一致地聚焦于中国社会危机并且喜欢用文学形式来描述"[①]。这段话首先表明美国政府的资金投入,虽然当时是出于"反共"意识形态的需要,却也在客观上扶植了美国"中国学"的发展,形成了和传统"汉学"很不相同的研究路数,更多地关注于对中国当下各领域的研究,当然也包括文学。其次,当时美国开展的文学研究基本就是把文学作品当做社会学材料,政治意识形态色彩浓重,并且我们当时的文学作品本身也过于现实主义和政治化。在这种背景下发展起来的美国的中国当代文学研究,自然会将政治意识形态和文学紧紧地捆绑在一起,这一特点在早期表现得尤为突出。

就笔者调查的海外关于中国当代文学的研究著述中,不论是小说、诗歌亦或戏剧,仅从题名来看,也有许多明确使用"意识形态"的。文章如:1972年佛克玛《毛派意识形态与新京剧中的体现》、Lowell Dittmer《激进意识形态与中国政治文化:对文革样板戏的分析》(Radical Ideology and Chinese Political Culture: An Analysis of the Revolutionary

---

① Perry Link, Ideology and Theory in the Study of Modern Chinese Literature: An Introduction, *Modern China*, [J] Vol. 19, No. 1, Jan 1993, P4-12.

第六章　中国当代文学海外认同与"延异"的相互"荡漾"

*Yangbanxi*)等①；华盛顿大学的伯佑铭教授《作为类型的政治运动："十七年"时期的意识形态与影像学》②一文考察了"十七年"期间的电影创作，认为政治运动也许是当时电影的统一类型。在这一范围内，不同主题和风格的创造取决于批评和制造者的变化，政治运动已经促生了政治类型电影；通过对这些政治运动类型电影的考察，不仅提供了毛主义时期的文化现象，同时也可以反思意识形态与其他艺术形式的关系。另一篇文章陆同林（音）《中国电影中的幻想与意识形态：关于文革的一份阅读》同样也是从电影来讨论的。该文主要谈论了姜文的《太阳照常升起》③，我觉得作者的概括很准确，从幻想和意识形态这两个角度理解这部电影很合适。姜文的许多电影都很有意味，不论是《鬼子来了》还是《太阳照常升起》，以及最新的《让子弹飞》，他对意识形态与艺术形式的分寸把握、拿捏得非常到位，让欣赏者能很自然地在欣赏电影后思考一些问题。涉及意识形态的论著也不少，具体请参见本书相关章节的内容。海外博士论文也有专门考察这一领域的，如纽约州立大学穆艾黎（音）的博士论文（1996）《毛泽东的美学意识形态及其功能》(*Mao Zedong's Aesthetic Ideology and Its Function*)，甚至还有专门的期刊，如《文学与意识形态》(*Literature and Ideology*)。

　　海外评论文章，笔者也曾涉猎过一些，直观的印象是：80年代以前的文章意识形态分析相对明显一些，但也并非从头至尾都一幅政治面孔。80年代以后除一些特殊的作家、作品外，多数评论文章的基本模式和中国常见模式很相似：即情节加评析，只不过具体的方法和展开角度有所不同。为了更直观地感受海外对中国当代文学评论研究的变化，笔者根据海外不同年代发表的文章，选择典型作家进行具体分析。

　　首先是浩然。《中国农村的阶级斗争——一个小说家的观点：浩

---

① Fokkema, D. W. , Maoist Ideology and Its Exemplification in the New Peking Opera. " *Current Scene* 10, 8 (1972)：13-20.《激进意识形态与中国政治文化：对文革样板戏的分析》一文出自论文集，出版信息略。

② The Political Campaign as Genre：Ideology and Iconography during the Seventeen Years Period. " *Modern Language Quarterly* 69, 1 (March 2008)：119-140.

③ Lu, Tonglin. "Fantasy and Ideology in a Chinese Film：A Zizekian Reading of the Cultural Revolution. " Positions：East Asia Cultures Critique 12, 2 (Fall 2004)：539-64.

然的《艳阳天》》发表于1967年[①],这篇文章可以真实地反映当时海外学者对中国小说的阅读与批评方法。作者开篇就讲:对浩然《艳阳天》这部关于中国农村的作品感兴趣有好几个原因:该书表明当代中国小说对于阴暗面的描写是有争议的。在中国历史的关键时期,对一个村庄给予充分、合理、坦率的描述,也许意义将会更深远。在中国集体化运动中对一些农民行为进行了非常细致入微的描写记录,这是对中国官方中文报纸和海外国际观察的有效补充。作品对马之悦这个中国现代小说重要的反派角色的塑造,也是其一大成就。接着指出:尽管这部书是如此冗长,全书却以形象的口语风格、几乎完全摆脱了陈旧的古典主义、外国语法以及那些词藻华美的散文对20世纪中国文学的损害。尽管浩然在处理他的人物性格时,也被当时的政治要求所影响,但显然这些形象是建立在他非常熟悉的人物基础上,应用了比较典型的北方农民的语言,正面人物形象、坏分子和中间人物形象,在塑造成典型的过程中并没有丧失掉他们的个性,中国作家中能够很好地解决党的文艺路线要求和复杂真实生活的关系的并不是很多。比小说风格更有趣的是内容,即在北京东北部的一小山坳里,高级农业合作社发生的政治与阶级斗争的故事。

然而,这篇长达十五页的文章却是"述多论少",除了开头结尾外,中间大量的篇幅都是在介绍这部小说的情节和人物形象,较少展开详细的分析。在结尾部分,作者认为这部小说触及了几个有趣的点:如何调和写中间人物性格?如果写中间人物性格并非只占很少比例的话,答案很可能是错误的。党的期刊《红旗》把这种现象界定为"诽谤中国广大的贫下中农,使他们成为摇摆在社会主义和资本主义之间的中间力量"。浩然并没有这么做,相反,他坚持了多数农民拥挤社会主义、只有少数反对者或者摇摆者的路线。作者指出这部小说并非唯一处理农业合作社阶级斗争的当代小说,他列举了《风雷》、《山村新人》等作品。最后作者认为"双百"文学运动中的社会主义批评也很有价值,它

---

① W. J. F. Jenner, Class Struggle in a Chinese Village-A Novelist's View: Hao Ran's Yan Yang Tian, *Modern Asian Studies*, Vol. 1, No. 2 (1967), pp. 191-206.

## 第六章　中国当代文学海外认同与"延异"的相互"荡漾"

们最有价值的地方就在于提供了观察中国当代农村复杂政治斗争和社会发展的内部视角,至关重要的是,确保每个乡村的领导者是合格的,如果农业合作社是繁荣的话。这篇文章的作者若非同名,应该是《西游记》的英语译者,从引用的材料来看,对当时中国的期刊、杂志还是比较熟悉的,全文以介绍作品内容为主,同时结合当时中国的社会背景和文学路线,对小说创作最为突出的特点做精要概括和评论。

我们再来看对另一位中国作家白桦的评论,《中国文学》1983年发表加拿大教授杜迈可写的《春雨一滴:白桦〈苦恋〉中的人性意义》[①]。该文在题目下最显著的位置特别引用了《苦恋》里的一句经典台词:"爸爸,您爱我们的国家,苦苦地留恋这个国家,可是这个国家爱您吗?"作者在第一部分采用了我们非常熟悉的"外部"研究方式,主要介绍了这部作品发表前几年的中国政治文艺形势和白桦的身世等。随着对"文革"的反思和国内形势的变化,80年代初人们已经开始对诸如政府官僚主义、共产党特权、经济崩溃和道德沦丧等更深层次问题的反思。文章分析了当时邓小平的文艺政策以及1981年前后开展的"批评与自我批评"运动,部分激进的异议分子开始被逮捕等,1981年4月,白桦因为作品政治非难的原因而受到了类似于"文革"方式的批判。在简要回顾了当时国内针对白桦的各种批判后,文章围绕着当时的政局和文艺界批评展开分析,如权力变更及中共未实施的"庚申改革"方案,《人民日报》、《文艺报》及周扬等人对《苦恋》的批评意见,白桦自己的检讨等。第二部分名为"《苦恋》中的反讽对比与身份认同"。作者指出《苦恋》发表时的形式为"电影诗",有着散漫的叙述,有时以诗歌的形式进行,没有过多修改的对话等艺术特点,之后对其内容作了介绍。作者也对当时流行的小说叙述形式进行了总结,并以"反讽"和"身份认同"为核心展开分析,从材料可以看出,作者的视野非常开阔,对当时国内材料的掌握也很熟悉。因为《苦恋》中引用了屈原诗句,作者用了大量篇幅从古代文学中寻找材料,进行了庞杂的论证与现实的

---

① Duke, Michael S. "A Drop of Spring Rain: The Sense of Humanity in Pai Hua's Bitter Love (K'u-lien)." *CLEAB* 5 (1983): 67-89.

分析。如认为当时中国的毛主义相当于中国佛教,毛泽东本人相当于佛陀等。

总之,这篇文章的写法相当纵横捭阖,如第四部分的标题是"一种人道主义模式的爱国主义",围绕着国家、祖国与爱国主义展开;第五部分标题是"一个巨大的问题",从《苦恋》结尾处的问号展开讨论。全文可以说以《苦恋》为中心,连横了前后众多文学政治事件、人物(如胡风、刘宾雁等)和作品,是一篇整合了政治、社会、文学等复杂内容的综合评论。这种类型的文学评论在上世纪 90 年代到当下不能说没有,就笔者的阅读经验而言,我觉得这取决于国内的社会形势和讨论作品本身的性质。其他中国当代作家,比如阿城、沙叶新、张洁、余华、莫言、苏童、王安忆等人的作品,海外评论的展开角度就各有不同(相关内容可参阅本书其他章节涉及的材料),同一作家的不同作品,甚至同一作品的不同形式(比如小说和电影)引发的评论结果也会有所不同。余华的小说《活着》和电影《活着》,就笔者阅读到的材料来看,我觉得电影似乎有着更多意识形态方面的解读。当然,这不排除评论者的个人习惯等偶然性因素。

## 二、共通或独异的文学经验

张清华教授在一篇文章中曾讲到一个例子:他曾问过包括德国人在内的许多西方学者,他们最喜欢的中国作家是谁?回答最多的是余华和莫言。因为余华与他们西方人的经验"最接近";而莫言的小说则最富有"中国文化"的色彩。因此他认为文学的国际化特质与世界性意义的获得,是靠了两种不同的途径:一是作品中所包含的超越种族和地域限制的"人类性"共同价值的含量;二是其包含的民族文化与本土经验的多少[①]。笔者在哈佛大学访学时,也曾就中国文学的独异经验请教过田晓菲和王德威两位教授。田晓菲一方面认为中国文学中的一些独异的文化经验,别说外国人,就是中国人也同样不一定能体验到;

---

① 张清华:《关于文学性与中国经验的问题——从德国汉学教授顾彬的讲话说开去》,《文艺争鸣》2007 年第 10 期。

## 第六章　中国当代文学海外认同与"延异"的相互"荡漾"

另一方面她也相信这并不能阻断外国人对中国文化做出自己的理解。王德威教授对于中国当代文学独异的经验更多的是从文学体制的角度展开,而没有过多地表达对文学本身的意见。在德国和顾彬教授的访谈中,我也提过类似的问题,认为中国文学有一些审美特质其实是很难存在于中国文化之外的,这种独异的文学传统如果也用西方标准来观察的话,是否会从根本上发生偏差?如它优秀的地方西方读者可能没有感受到,一些没意思的地方,从西方的角度看反而可能会很有意思,顾彬教授承认有这种可能。这样,我们还面临着一个重要的问题:文学究竟有无共通或独异的经验?它们又是如何转化或被发现的?

第一个问题大概是可以肯定的。所谓共通的经验,并不仅仅是文学表现手法的相似性,而是基于共同人性、普世价值的理解与认同。文学中的许多母题也是这种共通经验的表现形式之一,比如世界各民族文学中都有关于"爱情"、"善良"、"同情"、"正义"、"苦难"等内容的描写。而独异的经验则和民族个性、地方风情、语言文化传统等密切相关,是文学元素中明显可以和其他民族国家相区分的那些标志,是给人带来新鲜和陌生感的内容,同时也往往是最容易遭受误解和错位、发生"延异"的内容。如果以这样的一种理解来看中国当代文学,那么首先中国当代社会生活和历史发展就是一种非常独异的经验,这从根本上奠定了我们的文学必然有许多不容易被世界兼容的东西;因此在诗歌、小说、戏剧、电影等各方面的海外接受,都存在着形态各异的"延异"误读。这也是为什么笔者越来越强烈地希望加强中国学者在国际上声音的原因。一方面是因为我对海外学者在另外一种语境中理解中国的可能性抱有一定程度的怀疑态度;另一方面是因为我相信中国社会这种独异的社会发展经验中已经蕴含中国理论的要素,我们有责任从中提取和升华它们,贡献给世界。我们需要交流来避免"不识庐山真面目"的盲视区,同时我们应该记得"他山之石"并不是拿来砸人用的,而是"出己之玉"。

相对于文学共通的经验,比如对于人性的观察、爱情的理解、家庭的悲欢等因素,那些独异的文学经验或形式又该如何被传播和接受?比如贾平凹的《秦腔》,作者就曾指出,全是一堆语言,根本没法翻译。

这种地域性很强的作品,不用说译成外语,其中一些方言,即使换成普遍话,也会让人觉得索然无味,这一点对于中国读者来说,我想并不是一件难以理解的事情。所以,"独异"首先带来的是如何传播的问题,其次才是怎么被接受的问题。笔者曾在中国当代诗歌一节中,尝试性地翻译诗歌和体验了中外诗歌翻译中的问题。以中国诗歌为例,我觉得诗歌本身的形式、节奏和传统文化意象这些富有中国文化特色的内容,往往很容易丢失。而我对外文诗的翻译,则只能局限于句意的理解和让它们在逻辑上形成一个意义链条而已,其中关于这首诗的历史、文化方面的错漏之处,笔者心中完全无底。海外对中国当代文学的接受,即使是从内容和主题的角度讲,也多有失之偏颇之处。如对小说和电影《红高粱》、《活着》的评论,一方面海外可以完全不顾及国内文化环境的限制,随心所欲进行各种政治、社会、文艺的批评;另一方面,他们在批评的理论框架中不断地支解小说,从中抽取中最有利于其理论阐释的例子和角度,完成宏大的理论构建。比如有评论者从女性主义的角度,对一些中国当代小说和电影进行评析,在文中真有一种"深挖洞、广积粮"的战略意图,然则,深则深矣,却也偏执得很,似乎这些作品的诞生只是为了"淹没"女性一样。

令人感到欣慰的是,"独异"带来的并不仅仅是困难和丢失,它同时也有机会和创新。顾彬曾强调过翻译中流失的东西,因此喜欢强调中国当代作家不懂外语。但他可能忘记了:误读带来的启迪和创新也许并不比流失的价值小。文学创造并不必然需要精准的信息,只要阅读能给他启发,即使是因为误解而产生的创新也仍然是一种肯定的价值,并且是属于个人的独创。所以笔者并不认为"独异"的文学经验造成的各种误读和"延异"是真正的问题,真正的问题是如何在误读延异中创造性地"找回"所有的流失并加倍获益。

如果说中国当代文学作品是一块块投向湖面的石头,那么每一部作品在海外都有可能形成"认同"和"延异"的涟漪。文学的影响力也许正如水中互相作用的波纹一样,它们即独立成形、运动、减弱;也会相互作用、共振、荡漾,形成复杂的合力,在彼此的消长中演绎出美丽而独特的图案。面对中国当代文学的海外接受,这种"荡漾"的局面还会继续,我们目前的分析与研究只能说大致地勾勒出它的动态图样。虽然文学研究不一定像物理研究那样精确而科学化,然而,面对复杂的海外接受状态,我们仍然需要拿出耐心和认真,对之进行不断的完善与提高。

# 结语:中国当代文学海外接受
## ——作为未完成的文学史想象

中国当代文学的海外传播与接受研究,并非"毕其功于一役"的工程。随着研究的不断推进,即使写到"结语"二字,笔者感受到的与其说是归航的喜悦,不如说是准备起航的焦虑。这是一个由陌生走向熟悉、由简单走向复杂、由想象走向现实的过程。如果说这两年来,我追随着中国当代文学这条船在海外"旅行"漂泊的话,那么现在我不过是停岸休整的待发船只,前面仍然有许多需要探索和停靠的港口。感谢当初的无知无畏引领着我不断开拓,现在因为了解倒在心中生出几份敬畏来。

### 一、现存缺陷、研究思路与问题意识

在写作的过程中,面对如此丰富的海外中国当代文学接受状况,一方面,笔者觉得很难在有限的篇幅中深入探究其中的许多重要问题,不得不删减、压缩、舍弃整理好的许多材料甚至是专节内容,使得许多研究停于浮表。比如"中国当代文学海外著述与学人"、"中国当代作家海外传播个案研究"等,呈现在这里的只是笔者接触到材料的冰山一角,在此之外仍然有许多可以拓展的研究内容。再如"海外期刊中的中国当代文学",不论是《中国文学》或是《译丛》,还是另外一些海外期刊,都值得进行更加深入、具体的研究,即使像《中国现代文学与文化》(MCLC),目前的研究也比较单薄,只有对这些材料有了更详细、深入的阅读与理解,并且能与同一时期国内文学进行纵横联系后,才能说出一些更有意思的研究意见来;与之相关的"文学的数字化——以 MCLC 资源中心为例"一节内容这里只能舍弃,另文讨论。另一方面,在整个研究过程中,随着材料的不断更新与扩展,与众多海内外学者的交流沟

通,我的研究视野变得越来越开阔,不时地涌现出许多新的研究角度和思路,甚至渐渐地形成了自己对中国当代文学研究模式的思考。其他尚未展开的研究思路入比如:从"文化代理"角度,研究国内外汉学机构、出版社、大学等在海外传播与接受中的作用,如"美国哈佛大学东亚系的中文教育发展研究"等,同理,我们也可选择日本或者欧洲国家有代表性的大学进行此类研究,形成对比。还可以选择典型学者、翻译家进行个案剖析,如王德威、葛浩文,以他们为中心展开中国当代文学海外翻译、研究的相关论述,不仅论题会十分集中,而且必然会牵连出许多重要、有趣的研究问题来。再如,笔者看到同一作品的许多不同语种版本的封面设计,如果仔细琢磨这些封面画,同样也能解读出海外出版界或者设计者对中国当代文学的不同理解。这些封面画或写意、或漫画、或抽象、或写实,从颜色、构图到形象、寓意都暴露了他们对这部作品的直观理解。同样的情形不仅出现在翻译作品中,也会出现在研究著作中。关于中国当代文学海外接受及其原因的剖析,虽然我们努力整理了大量一手资料,并在此基础上做出相关剖析,然而由于阅读量和研究角度的限制,极有可能错失了一些更有趣、形象、生动的例子,其中的遗憾和错漏希望在今后的研究中能不断地得以补正,以上算是我对这项研究心存不满和意欲改进的方面。种种迹象显示:海外中国文学(不仅仅是当代文学)的相关研究正在全面展开,相信不久的将来,会有更多的人投入到这个领域,会看到更多此方面的研究成果。只希望它不要像某些现象,因为"热"变得泛滥成灾起来,徒增许多学术"豆腐渣"工程。

　　当我从中国当代文学作品的翻译出发,在一个相对长度的文学史体系中,考察了中国当代小说、诗歌、戏剧及众多作家的翻译实绩后,结合着海外期刊、著述、博士论文、学者对中国当代文学的研究状况,逐渐形成了一个越来越强烈的观点:中国(现)当代文学及其文学史写作应该纳入"海外接受"的研究角度,按照"对象统一"的原则,站在中国文学的立场上,客观考察(现)当代文学的世界接受,并与国内接受形成有效的对话,这样可能更有利于我们重估经典作品和进行文学史定位。在中国现当代文学史中,相信这样一种被忽略的"文学史"角度——即中国文学作品海外传播与接受的文学史书写,会给我们带来许多不同于现有模式的评论。

让我们先从一个最熟悉的例子来进一步思考我提出的问题:鲁迅及其作品存在着许多语言版本和读者,凭什么我们对鲁迅的文学史叙述往往仅局限于国内或中文的范围内?这就仿佛一个人周游列国,写自传时我们却只讨论他在国内的活动一样。也许有人会反驳那是属于"海外汉学(或中国学)"的问题,是不具有学术现实可行性的。然而,首先事物果真能这么泾渭分明吗?其次,退一步讲,学科的划分也不过是一种研究的外部需要,它并不能否定来自研究内部的诉求,海外汉学的研究范畴并不代表我们失去了对这领域研究对象的话语权。至于学术现实可行性,这倒的确是个问题,因为显然此类研究对学者的要求更高,而怎么展开可靠的研究更是缺少成功的例子。

海内外学界对中文文学期刊的研究,从上个世纪末到现在已经形成一种学术气候,诞生了许多重要的研究成果,期刊杂志研究也成为中国现当代文学的一个重要学术生长点。如大陆学者王晓明《一份杂志和一个社团——重评"五四"文学传统》①、海外学者李欧梵《批评空间的开创——从〈申报〉"自由谈"谈起》等②。中国当代文学的期刊研究也同样不断地深入和系统化,如吴俊《〈人民文学〉的创刊和复刊》③、程光炜《〈文艺报〉"编者按"简论》④等。文学史家陈平原说,"曾经风光八面、而今尘封于图书馆的泛黄的报纸杂志,是我们最容易接触到的、有可能改变以往的文化史或文学史叙述的新资料"⑤。这句话其实指出了期刊中蕴藏着丰富的信息,并且有许多是我们未曾注意过的。当我们应用合适的理论与方法,对那些重要期刊进行资料开掘和研究后,很有可能打开一扇全新的窗口,看到一片新奇的景象。陈平原对文

---

① 《上海文学》1993年第4期。
② 《二十一世纪评论》1993年10月号。
③ 《南方文坛》2004年6月号。
④ 《当代作家评论》2004年第5期。
⑤ 《文学史家的报刊研究》,陈平原、〔日〕山口守著编《大众传媒与现代文学》,新世界出版社,2003年,第565页。

学史的研究很有心得,相关著述也十分丰富①。他常常能做到研究视角新颖,敢于破除思维框架;研究理论与方法灵活,善于跨越界限并有效连接研究对象,游刃于集体意志与个人趣味之间;史料丰富、准确,并且常常能使用新发现的材料;难得的是,他很少动用复杂的理论,却能把研究做得准确、丰富、有趣、深刻,并散发出一种理论的光芒。读陈平原的著作文章,除了具体的材料、观点外,我更感兴趣是他的研究思路、方法以及背后的那种学术气质。

胡适在《清代学者的治学方法》一文中讲"大胆地假设,小心地求证",顺着这种思路反观今日中国现当代文学史研究,窃以为存在理论、视野与方法方面的种种框架,首先是没有能力提出真正有价值的大胆假设。基于对"学界共识"集体意志的屈服,许多个人话语甚至在想法阶段就不断地被"规训",生怕提出一个贻笑大方的伪问题,更何谈"大胆地假设"。陈平原的学术地位给他带来了更多的学术自信和话语资源,使他的文学史研究表现出"不拘一格"、大胆开拓的特色来。比如他的文学史研究从大学教育、文学与都市等多种角度展开,往往给人一种理论与实践的"原创性"印象。然而,包括文学史家陈平原在内,在笔者的阅读视野里没有看到一部现代或当代文学史,正式地把中国现当代文学海外传播与接受纳入到文学史书写的考察视野中——即以专门章节的方式深入地探讨相关问题。

严家炎在《二十世纪中国小说史》前言中讲:"二十世纪是中国文学在东西方文化交汇、撞击下发生大变革,走向现代化的时期。《二十世纪中国小说史》不仅着眼于打通近、现、当代,扩大研究的范围,更注重于研究格局与方法的创新",对整部小说史(计划七卷,可惜这一学术出版计划没有完成)预期目标设定之一是"以世界近现代小说特别是二十世纪小说的发展为背景,来考察中国现代小说,科学地揭示中国

---

① 比如陈平原《二十世纪中国小说史》(第一卷)(北京大学出版社,1989年)、《小说史:理论与实践》(北京大学出版社,1993年)、《文学史的形成与建构》(广西教育出版社,1999年)、《中国文学研究现代化进程二编》(北京大学出版社,2002年)、《早期北大文学史讲义三种》(北京大学出版社,2005年)、《学术史:课程与作业——以"中国现代文学学科史"为例》(安徽教育出版社,2007年)等。相关文章更多,此处不再罗列。

现代小说与世界小说的历史联系、相互影响及中国现代小说与传统小说的继承、革新的关系"。中国现当代文学和西方世界文学的关系是不言自明的,问题是:我们目前看到的关于揭示二者关系的文学史论著,基本都是以"西方"对我们的"输入"为主,很少涉及我们对西方的"输出"——比如中国现当代作品在西方的翻译、出版、研究等——而从研究对象来说,这些作品确实同样也是"中国现当代文学作品",只不过是海外版,就像变身的悟空,从逻辑上来讲翻译作品应该仍属于原产国文学吧?另外,今天我们研究一部作品的出发点,不应该仅仅局限于国门之内,而必须有一种世界立场。基于中国现当代文学和海外世界文学天然而复杂的关系,我们更有理由以作品为对象来统一研究立场,即以作品为核心对象,来统一不同历史、国家、语言、理论的研究,而不是把一部作品在不同历史、国家、语言、理论中切割开来。我把前一种方法称为"对象统一法"。比如莫言、余华的作品,海外出版及接受已经成了他们文学生活的一个重要组成部分,并且和国内的文学生活遥相呼应,互相影响。我们在文学史写作中,能一点不考虑这些因素吗?我们不能总是局限于已经熟悉的资料、语言、对象,热衷于经营"熟地",而放弃对中国现当代文学作品"海外传播与接受"的文学史考察,这块文学史"飞地"同样也能带给我们意想不到的惊喜与启发。可惜,《二十世纪小说史》的计划搁浅了,否则笔者很想学习一下,看看能否真正展开20世纪中国文学作品海外传播与接受方面的文学史书写。我虽然在此处大胆地提出可能存在另一种被传统文学史忽略了的"文学史"关系,即把中国现当代文学海外传播与接受作为一种角度纳入到今后文学史写作考察视野中来。同时,我也深知,完成对这一"大胆假设"的"小心求证"绝不是一件轻松的工作。比如很快就会面临如下一系列问题的质问:中国现当代文学的海外传播与接受有哪些特别的价值,值得写入"文学史"?海外接受和国内究竟有哪些重要且不同的作家作品、文学现象?如何统一二者在评判标准上的分歧?诸如此类,我相信还有很多让人冒汗的问题。笔者并没有打算在这书中具体讨论这些问题,而更多地是想先在这里提出一个问题。我想,提出一个值得思考的问题应该是解决问题的第一步吧?尽管它有时候甚至是象征意义的。

## 二、"海外接受"文学史写作的可能

从中国现当代文学史的角度来看,纵观新中国六十年的发展,大体经历了一个由"国门以里"再次回到"世界之中"的过程。这一过程,可以说是中国自近代以来参与世界现代性进程的基本格局,尽管它表现得那么曲折、反复。如果说20世纪中国文学史上两次"西学东渐"的高潮中,我们更多地体现为把世界"请进来"的话;那么今天我们研究中国当代文学的海外传播,则更想让中国"走出去"。有中国学者呼唤中国将进入一个"还贷"的新世纪①,笔者也认为:中国文学在走向世界后又能回归传统,它应该迎来一次新的历程。相应地,中国学术也应该在与世界对话的过程中,表现出更加自信、积极、主动的立场和心态。上世纪二三十年代,第一次西学东渐时我们还可依靠强大的传统文学,作为与西方缓冲和对抗的资源;而八九十年代第二次西学东渐时,当时的中国几乎没有给我们留下多少缓冲的余地和抵抗的资源,面对海外学者及其话语资源往往会有"震荡"之感。今天反思之,一方面海外学者显然有对中国"盲人摸象"般的解读;另一方面,中国学者缺少主动、积极地学术输出,在国际学术对话中缺少有力的声音,任由"他者"在国际上代言我们的形象,始终是我们的缺憾。令人不解的是,中国当代文学现在常见的研究领域和模式中,尽管人们都承认中国现、当代文学和西方关系密切,却鲜见把它们的海外传播与接受纳入到正规的学术体系中来——即从中国现当代文学的立场出发,对相关问题进行认真的清理和总结。这一领域的研究归属至今表现模糊:它似乎属于海外汉学(中国学)的研究领域,或者成为某些国内高校外语系研究者的涉猎场,亦或偶尔也成为中文研究者的对象——当然,每个领域都有研究它的充分理由。从中国当代文学的立场来考察其海外接受,可以让我们建立起更加开阔的视野,以更积极的姿态主动介入到中文写作的世界影响中去。和笔者在导论中对中国学术的"五种研究格局"相对应,

---

① 贺绍俊:《"还贷"的新世纪:海峡两岸汉语写作的积极挑战》,《文艺争鸣》2005年第4期。

这种立足于中国文学立场,主动"走出去、看回来"的研究心态和立场,既不同于传统中国学者习惯的"在内"立场,也不同于海外学者的"外在"心态,还不同于华人学者的"在外"研究,而是一种"内在外看"的新研究心态与立场。笔者以为研究心态与立场的调整必然会深刻影响到研究展开的方方面面。这种姿态将会对我们的文学史评价,作家作品的评论,写作、批评、研究的范式等产生潜移默化的影响,在根本上更有利于打破本土语境的限制,带来文学创作和学术研究的新突破。

从中国当前的文化战略布局来看,加强中国文化的对外宣传力,重视中外文学、文化交流的局面正在不断形成,无论是政府还是民间,都表现出了极大的意愿和努力,这也是近年来中国文学发展的突出景象之一。为配合"中国文化走出去"的国家战略,许多研究和出版机构都建立或发起了相关的活动。如 1996 年 3 月华东师范大学成立"海外中国学研究中心",同年 11 月北京外国语大学成立"中国海外汉学研究中心"。进入新世纪以来,这类研究机构的成立呈现出快速发展的趋势。如 2004 年 2 月中国社会科学院成立国外中国学研究中心;2005 年 11 月苏州大学海外汉学(中国文学)研究中心正式成立;2006 年中国人民大学成立国际汉语推广研究所;2008 年国家图书馆成立"海外中国学"文献研究中心;2009 年 12 月北京大学成立汉学家研修基地。此类研究机构还包括许多大学设立的汉学院,如陕西师范大学国际汉学院等。为了推动中国文学、尤其是当代文学的海外传播,北京师范大学也于 2009 年 7 月成立由国家汉办批准的"中国文学海外传播研究中心",并与美国俄克拉荷马大学知名杂志 *World Literature Today*(《当代世界文学》)联合实施一系列项目。如力争在三年内出版 10 卷本"今日中国文学"英译丛书;在美国创办 *Chinese Literature Today*(《今日中国文学》)英文学术杂志,推动中国文学的海外传播,增强中国文学的国际影响力,有意识地培养和形成研究梯队。另外,国家新闻出版总署、清华大学等主持的《20 世纪中国文学选集》英文版也已启动;中国作协也启动"当代小说百部精品对外译介"工程。此外,国家汉办还计划将这些被译成英文的中国优秀文学作品引入全球 250 余家孔子学院的课堂,成为外国人学习汉语,了解中国文化的"工具书"[①]。纵观人类历史上强国的发展,我们会发现,一个国家、民族的真正强大,除了经济、军事实力的"硬发展"外,最终往往是以文化的"软实力"从根本上保障自己的大国地位,并赢得其他民族国家的尊重。一个暴富却没有文化影响力的国家正如个人一样,可能拥有地位却不会获得尊重。以上种种措施表明,中国正在有意识地加强文化交流的宣传力,努力使自己的文化成为一种主导。

从海外文学史写作的角度来看,海外20世纪中国文学史,除了"剑桥中国文学史"、《哥伦比亚中国文学史》(The Columbia History of Chinese Literature, Victor H. Mair 编,哥伦比亚大学出版社,2001年),《哥伦比亚东亚现代文学》(Columbia Companion to Modern East Asian Literatures, Joshua Mostow 主编,哥伦比亚大学出版社,2003年)外,专门的研究著作目前有三本:其一是我们已经很熟悉的德国汉学家顾彬独立撰写的《二十世纪中国文学史》;另外一本是杜博妮和雷金庆合著的《二十世纪中国文学》;还有一本是日本腾井省三的《20世纪中国文学史》[②]。如果说古代文学因其相对独立的发展历史,不宜把海外传播与接受直接纳入到文学史写作的话。那么20世纪中国文学则因其与西方文学直接、密切、复杂的联系,按照"对象统一"的原则,这种立足于本土、放眼世界的当代文学史写作,越来越成为一种可能。不论是中国当下与世界的联系,还是作家的个人生活经历、国际交流与合作、作品的海外出版与获奖,亦或是普通中国读者的世界认知能力,都显示出一种跨境交流的发展趋势。海外20世纪中国文学史的写作显示:它们会区分、但不会局限于地域、时代、政治等因素的干扰,很天然地把大陆、港台、海外华文、"现当代文学"视为统一的"汉语写作",放在包括中国在内世界文坛的背景中来讨论其"世界影响"。当我们的研究视野主动地伸向"海外",不仅仅是学术疆域的有效拓展,研究方法的不断升

---

① 刘昊:《中国文学发动海外攻势,百余精品3年内出英文版》,《北京日报》2010年1月15日。

② *The Literature of China in the Twentieth Century*,最早由英国伦敦 C. Hurst & Co 出版于1997年。

级，同时也将有效破除过去文学史写作的各种积习和局限，弥补海外学者的偏见，增强"诠释中国"的话语权。笔者注意到，海外也翻译出版了中国学者洪子诚著《中国当代文学史》(*A History of Contemporary Chinese Literature*，根据北京大学 1999 年版译)，该书由戴迈河译为英文，于 2007 年由荷兰 Brill 出版，这可能是被海外翻译出版的第一本由大陆学者撰写的当代文学史。笔者希望有更多的海外学者参与到 20 世纪中国文学史的写作中来，尽管目前的这三本专著，似乎都存在明显的遗憾，如杜博妮版更像一本资料简译，思想论述性相对不足；顾彬版内容不够完备，尤其是对当代文学的论述，过于单薄，其中一些观点也多有值得商榷之处，腾井省三版因未全部阅读，暂不评论。但笔者已阅读的两本海外 20 世纪中国文学史却在文学史分期、写作体例、作家作品评定等方面，和大陆学界明显不同，构成了一种有效的对话。顾彬版已有中译本，杜博妮版目前尚无中译本，中外文学史这种相互翻译参考，对于形成完整的中国当代文学的世界传播与接受版图很有帮助，它们会更真实地互相补充彼此特定的缺陷。关于中国当代文学史的写作，如果目前我们还没有条件纳入它的海外传播与接受角度的话，至少应该做好前期资料的收集与整理，探讨这种写作方式应有的理论和方法，也可以考虑通过中外学者的通力合作，完成一些基础性工作。

　　仅仅以大陆当代作家作品为例，也十分有必要展开他们的"海外接受"研究。我们曾举余华《活着》为例：它的译本多达 14 种，范围涉及欧洲、亚洲、美洲许多国家，在一些国家重印、获奖表明其经典性不断得以认同，我们可以找到铺天盖地、大量重复的国内研究，而其海外接受研究则与《活着》的翻译情况显然极不相称。很显然，我们丢掉了海外《活着》的许多重要信息，这些信息也许会和国内《活着》形成强有力的关系。从海外中国当代小说的生产机制来看，它是如何与国内大陆形成互动的？作家们是如何开拓、形成他们的海外市场的？比如莫言、余华、苏童、王安忆、阎连科、毕飞宇等，如果能在对这些作家海外接受状况有所了解的基础上，对他们与海外学者、翻译家、出版商的联系、交流进行更详细的研究，对一部小说在国内外生产的过程进行跟踪式的对比调查，我相信不但非常有趣，而且一定会更加深刻。

## 结语:中国当代文学海外接受——作为未完成的文学史想象

我们可以意识到:不论是作品翻译还是研究,中国当代文学"海外版"和国内一样,也有着自己大概的生成、发展历史,内容丰富,种类齐全,自成体系,俨然小有学科史的模样。从前因为学科视野的限制,语言能力的不足,研究立场的固执,研究理论和观念的僵化等原因,我们没有展开此方面研究。现在,不论是从国家的文化战略输出的角度,还是学科本身的建设,以及研究领域的拓展,还有全球一体化的发展,我们都无法逃避对这一"飞地"的关注。如果仍然一味地满足于已有的"熟地",固步于国门之内,将本应该统一的研究对象切割研究,自说自话,自娱自乐,也许会舒服省心许多,只是恐怕也有盲目自闭的嫌疑。

如何有效地开展中国当代文学海外接受的研究,目前仍然是个挑战。除了克服语言上的障碍外,还得思考研究方法上的创新。面对汪洋大海般的资料信息,选择恰当的研究角度把问题呈现出来就显得至关重要。如笔者在查阅、研究海外期刊"大陆当代文学"状况的同时,也意识到把"大陆当代文学"从港台、海外华文文学以及现代文学中切割出来,会失去一些直观且重要的对比方法和问题意识。一些问题只有在这样一种更为开阔的局面中才能呈现出来,使我们发现许多原来没有意识到的现象:如国内很少得到宣传的海外作家北岛、高行健和当代主流文坛作家在世界文坛的影响力,以及他们对中国的塑造。海外研究非常强调中国少数民族作家及其文学,如对阿来和张承志的研究热情就超出了笔者的想象。海外研究还呈现出关注特定地域的特点,如西藏、新疆、港台作家的相关研究,对国内涉及敏感话题的文学也往往及时做出评论,因此能了解到一些国内没有机会开展的研究对象。再如,笔者曾对北岛、高行健、莫言、余华等其他作家的海外研究情况进行粗略统计,发现海外影响力越大的作家,研究的期刊数量越多,重要期刊也往往会持续关注,这些都可以从侧面客观地反映大陆当代文学在世界文坛上的实际影响力。本书涉及的中国当代文学海外接受研究,虽然没有全面占有资料,也会遗漏一些内容,但其中还是包含了大量第一手资料的收集与整理,基本呈现了海外中国当代文学的实际状况。我们相信在这个基础上将有利于展开更多、更好、更深入地相关研究。

鲁迅先生讲,不满是前进的车轮,我虽然不满,现在却也不想前进。我需要冷静和思考,补充更多的思想资源,才有可能接近想要抵达的目标。我不是天才,所以要走得慢一点。我听到时代的车轮发出响亮的叫声,从我身边或头上疾驰而过,车上满载欢呼的人们冲向他们以为的黄金世界,留给我身后的一片黄尘,我不知道自己能坚持多久。中国的发展是如此迅速,令人眼花缭乱,欲火焚烧。置身于这样喧嚣、繁荣、混乱、疯狂的年代里,我感到兴奋,也感到疲惫和茫然。面对这个社会,正如面对这个选题——它给我存在的意义和信心,让我斗志昂扬,也让我感到力不从心、身心疲惫。我很喜欢海德格尔的《林中路》,并不是这本书,而是它的名字。如果人生注定是在路上的话,我想走在林中路上,走到无路时,就自己开拓一条路慢慢向前。因为,我也喜欢荷尔德林的另一句话:人,诗意地栖居。

# 参考文献

（注：以下仅列主要参考名录，其他各类学报、报纸、期刊、著作、作家博客、新闻网等检索资源不再详细列出，特此鸣谢）

**主要外文期刊（及其官网）：**

1、Chinese Literature
2、Modern Chinese Literature and Culture，前为 Modern Chinese Literature
3、Journal of Modern Literature in Chinese
4、Tamkang Review
5、positions: east asia cultures critique
6、China Information: A Journal on Contemporary China Studies
7、Chinese Literature: Essays, Articles, Reviews
8、World Literature Today
9、Modern China
10、The Journal of Contemporary China
11、The China Quarterly
12、The American Journal of Chinese Studies
13、The China Journal，前为 The Australian Journal of Chinese Affairs
14、Journal of the Oriental Society of Australia
15、Journal of the Chinese Language Teachers Association
16、Chinese Culture
17、The Journal of Asian Studies，前为 Far Eastern Quarterly
18、Concentric: Literary and Cultural Studies
19、China Perspectives
20、The China Review
21、China Review International

22、Asian Journal of Social Science,前为 Southeast Asian Journal of Social Scienc

23、Mini-Sinoca

24、Asian and African Studies

**主要外文著作:**

25、McDougall, Bonnie S. *The Literature of China in the Twentieth Century*. London: Hurst & Company,1997.

26、Hsu Kai-yu. *Twentieth Century Chinese Poetry: An Anthology*. NY Doubleday,1963.

27、Shiao-ling Yu. *Chinese Drama after the Cultural Revolution*, 1979-1989: *An Anthology* . Edwin Mellen,1996.

28、Martha Cheung & Jane Lai. *An Oxford Anthology of Contemporary Chinese Drama* ;Oxford UP,1997.

29、Haiping Yan. *Theater and Society: An Anthology of Contemporary Chinese Drama*;East Gate Books,1998.

30、Michacl Duke. *Contemporary Chinese Literature: An Anthology of Post-Mao Fiction and Poetry*. Armonk, NY: M. E. Sharpe, 1985.

31、Yibing Huang. *Contemporary Chinese literature: from the Cultural Revolution to the future*. Palgrave Macmillan, 2007.

32、Aili Mu, Julie Chiu, and Howard Goldblatt. *Loud Sparrows: Contemporary Chinese Short-Shorts*. NY: Columbia UP, 2006.

33、Helen Siu and Zelda Stern. *Mao's Harvest: Voices from China's New Generation*. Oxford UP, 1983.

**主要中外文电子资源:**

34、WordCat: http://www.worldcat.org

35、MCLC resource center :http://mclc.osu.edu/

36、JSTOR:http://www.jstor.org/

37、EASL: European Association of Sinological Librarians : http://www.

easl. org

38、European Center for Digital Resources in Chinese Studies：http：//www. sino. uni-heidelberg. de

39、SOAS：School of Oriental and African Studies，Center for Asian and African Literatures：http：//www. soas. ac. uk/

40、Ostasienabteilung der Staatsbibliothek zu Berlin：https：//crossasia. org/de/home. html

41、ANU AsianStudies：http：//coombs. anu. edu. au/WWWVL-Asian-Studies. html

42、Project MUSE：http：//muse. jhu. edu/

43、Google book／Scholar：http：//google. com

44、Amazon book：http：//www. amazon. com/

45、Answers：http：//www. answers. com/topic/list-of-sinologists

46、GALE CENGAGE learning：http：//find. galegroup. com/menu/start

47、IMDB：http：//www. imdb. com/

48、Flixster(海外电影评论：http：//www. flixster. com/movie/

49、烂番茄(海外电影评论)：http：//www. rottentomatoes. com/

50、中国作家网：http：//www. chinawriter. com. cn/

51、中国文学网：http：//www. literature. org. cn/

52、中国当代文学网：http：//www. ddwenxue. com/

53、浙江师范大学余华研究中心：http：//yuhua. zjnu. cn/

54、苏州大学海外汉学研究中心：http：//www. zwwhgx. com/

55、北京外国语大学中国海外汉学研究中心：http：//www. sinologybeijing. net/

56、爱问网：http：//iask. sina. com. cn/

57、中国知网(CNKI) http：//dlib. edu. cnki. net/kns50/

**主要中文期刊：**

58、《当代作家评论》2004/05；2006/03、04、06；2007/04；2008/06

59、《文艺争鸣》2006/06；2007/02、10；2009/02、05；2010/11

60、《文学评论》2003/03、05;2009/04;2010/04

61、《南方文坛》2004/04、06

62、《文艺研究》2009/05

63、《中国翻译》1994/05

64、《外国文学》2009/05

65、《二十一世纪评论》1993/10

66、《当代电影》1998/01

67、《当代文坛》2005/05

68、《中国现代文学研究丛刊》2009/02

69、《南京大学学报》(哲社)2009/02;2010/01

70、《北京大学学报》(哲学社会科学版)2005/01

71、《南开学报》(哲学社会科学版)2005/01

72、《中国人民大学学报》2009/05

73、《清华学报》(台湾)2009/06

74、《读书》1995/01、03

75、《今天》1991/03、04

76、《上海文学》1993/04;2010/03;2009/06

77、《对外大传播》2007/08

78、下列期刊只列出刊名:《当代世界文学》(中国版)、《汉学研究》、《国际汉学》、《清华汉学研究》、《法国汉学》、《复旦汉学论丛》、《汉学世界》、《世界华文文学论坛》。

**主要中文著作:**

79、王力主编:《王力古汉语字典》,中华书局,2000年。

80、赵一凡主编:《西方文论关键词》,外语教学与研究出版社,2006年。

81、王治河主编:《后现代主义辞典》,中央编译出版社,2005年。

82、〔德〕顾彬:《二十世纪中国文学史》,华东师范大学出版社,2008年。

83、洪子诚:《中国当代文学史》,北京大学出版社,2007年。

84、洪子诚:《问题与方法》,北京大学出版社,2010 年。

85、洪子诚:《当代文学的概念》,北京大学出版社,2010 年。

86、陈晓明:《中国当代文学主潮》,北京大学出版社,2009 年。

87、陈晓明:《批评的旷野》,花城出版社,2006 年。

88、陈思和:《中国当代文学教程》,复旦大学出版社,2005 年。

89、陈思和:《当代小说阅读五种》,复旦大学出版社,2010 年

90、孟繁华、程光炜:《中国当代文学发展史》,中国人民大学出版社,2004 年。

91、董健等:《中国当代文学史新稿》,人民文学出版社,2005 年。

92、〔法〕德里达:《多重立场》,三联书店,2004 年

93、〔法〕德里达:《书写与差异》,三联书店,2001 年。

94、赵稀方:《后殖民理论》,北京大学出版社,2009 年。

95、刘禾:《跨语际实践》,北京三联出版社,2008 年。

96、〔英〕伊格尔顿:《美学意识形态》,王杰等译:广西师范大学出版社,1997 年。

97、〔英〕伊格尔顿:《当代西方文学理论》,王逢振译.北京中国社会科学出版社,1988 年。

98、〔英〕特里·伊格尔顿:《二十世纪西方文学史》,北京大学出版社,2007 年。

99、〔美〕萨义德:《东方学》,王宇根译:北京三联书店,2007 年。

100、〔美〕本尼迪克特·安德森:《想象的共同体:民族主义的起源与散布》,世纪出版集团,上海人民出版社,2005 年。

101、〔德〕阿克塞尔·施耐德:《为承认而斗争》,世纪出版集团,上海人民出版,2005 年。

102、〔美〕哈德罗·布鲁姆:《西方正典》,译林出版社,2005 年。

103、陈平原,〔日〕山口守著编:《大众传媒与现代文学》,新世界出版社,2003 年。

104、陈平原:《二十世纪中国小说史(第一卷)》,北京大学出版社,1989 年。

105、陈平原:《小说史:理论与实践》,北京大学出版社,1993 年。

106、陈平原:《文学史的形成与建构》,广西教育出版社,1999年。

107、陈国球:《文学史书写形态与文化政治》,北京大学出版社,2004年。

108、张清华:《天堂的哀歌》山东文艺出版社,2005年。

109、张清华:《境外谈文》,花山文艺出版社,2004年。

110、张清华:《文学的减法》,吉林出版集团,2009年。

111、张旭东:《全球化时代的文化认同》,北京大学出版社,2005年

112、甘阳、刘小枫等:《文化:中国与世界》,北京三联书店,1987—1989年。

113、张柠:《中国当代文学与文化研究》,北京师范大学,2008年。

114、张柠:《想像的衰变:欠发达国家精神现象解析》,福建教育出版社,2008年。

115、王德威:《当代小说二十家》,北京三联书店,2006年。

116、王德威:《想像中国的方法》,北京三联书店,1998年。

117、《鲁迅全集》第13卷,人民文学出版社,1981年。

118、杨扬:《莫言研究资料》,天津人民出版社,2005年

119、洪治纲:《余华研究资料》,天津人民出版社,2007年。

120、〔日〕和田清:《中国史概说》,商务出版社,1964年。

121、张英进:《中国现代文学与电影中的城市》,江苏人民出版社,2007年。

122、王向远:《比较文学学科新论》,江西教育出版社,2002年。

123、谢天振:《译介学导论》,北京大学出版社,2007年。

124、余华:《没有一条道路是重复的》,上海文艺出版社,2004年。

125、罗雪莹:《论张艺谋》,中国电影出版社,1994年。

126、夏康达、王晓平主编:《二十世纪国外中国文学研究》,天津人民出版社,2000年

127、巴金等:《当代文学翻译百家谈》,北京大学出版社,1989年。

128、马士奎:《中国当代文学翻译研究》,中央民族大学出版社,2007年。

129、熊文华:《英国汉学史》,学苑出版社,2007年。

130、〔法〕戴仁主编:《法国当代中国学》,中国社会科学出版社,1998年。

131、李雪涛:《日耳曼学术谱系中的汉学—德国汉学之研究》,外语教学与研究出版社,2008年。

132、何培忠主编:《当代国外中国学研究》,商务印书馆,2006年。

133、牛运清、丛新强、姜智芹:《民族性、世界性:中国当代文学专题研究》,山东大学,2010年。

# 附录1：关于中国文学研究与中国当代文学
## ——与顾彬教授访谈①

访谈时间:2010年7月8日—8月4日,分5次完成。
访谈地点:波恩大学汉学系办公室
访谈人:顾彬、刘江凯(以下简称 G,L)

### 一、从怀疑开始的回应

L:教授您好,很高兴能有机会作为联合培养博士跟随您学习,在完成了对您的专节研究后,我有很多问题想当面向您请教,也希望您能通过这次访谈对我的研究提出指导和反批评,其中一些问题,我相信也是部分大陆学者比较关心的,您也可以借此机会对他们做出一些学术回应。在我的印象中,您似乎没有对任何一篇批评进行过反批评。按照学术界的习惯,似乎应该做出一些学术回应。

G:我没有回应有好几个原因,最重要的原因可能是我忙不过来。我不是光搞研究工作,我还出两个杂志,一个星期要上九个小时的课,一共五门课,另外要到处跑,开什么朗诵会,参加活动,开会。去年我在德国一共出版十一本书,今年我在德国出版虽然少一些,但因为有机会去亚洲开会,所以老写什么报告。我基本上没有时间反应别人对我的看法。另外,中国学者对我的批评基础经常是翻译,不是原文。我应该从原文来对他们的批评做出反应,可是我懒得再看我过去写的东西。我还得养孩子,考学生……

L:我了解。我这篇文章主要是对您的中国当代文学研究相关情况做出尽量客观的资料整理,并在此基础上略有分析和探讨。很荣幸

---

① 本文在《东吴学术》2010年第3期发表部分内容,这里是较完整的版本,限于篇幅,仍有删减。另可参阅《理论与创作》2011年第1期关于余华《兄弟》的访谈内容。

附录1：关于中国文学研究与中国当代文学——与顾彬教授访谈

能有机会当面听到您的回应，请您不必考虑"面子"之类的问题，谈谈对我这篇文章的意见，因为不论是从学生还是学术的角度，我都想听到真实的意见。

G：你的文章"报导"性很强，这个意思就是说你不分析，收集很多资料。另外，因为你德文有困难，所以要靠英文或中文，这是个问题。

L：这的确是我的遗憾，我对您的研究除了个别简单、短小的材料外，多数还是以英文和中文为基础，否则我可能会获得更深入、独到的研究成果。我们先从这篇文章中引申出的问题进行吧。第一个问题是：您最早是从什么时候开始怀疑起中国当代文学尤其是小说的价值的？

G：可能从2004年开始，因为那个时候我在上海写20世纪中国文学，50年代的文学，需要重新思考一批作家作品的价值。从70年代开始，我和其他德国汉学家一样，不是从文学、语言、思想来看中国当代文学，而是从政治、社会来看。所以会通过能接触的材料，文学还是报纸什么的来了解中国社会。但是2004年，我从一个文学家的角度来看。另外从2000年我慢慢开始走上了作家的路，所以今天不是和过去一样首先从政治来看，而是首先从文学来看。

L：那么您对中国当代文学从2004年开始怀疑的主要诱因或者原因是什么？是在阅读中文、译文作品的过程中自然产生的还是受到了别人批评意见影响更多一些？

G：一部分是通过阅读，更重要的是通过和别人间接的对话，包括德国人和中国人。

L：您的意思是受别人影响的因素更多一些？

G：对，首先是中国学者，比方说刘小枫。他很早，可能是90年代他就坦率地告诉我说，不应该研究中国当代文学，中国当代文学没有什么值得研究的。我应该多写中国哲学、中国思想史，中国古代。第二个人是清华大学的肖鹰，他说1949年以后的文学都是垃圾。第三个是我的妻子，她看不起中国当代文学。第四个是波恩大学的陶泽德（Rolf

Trauzettel)教授,我接他的工作,八十多岁了。因为他是从民主德国来的,所以他了解在社会主义情况下能够写的作品。他对社会主义国家文学的了解比我可能深得多,他觉得比方说王蒙的小说,和当时民主德国的小说太相似。

L:这里我想插问一句:刚才您提到了身份的变化,之前可能更多的是一种学者的角度来看中国当代文学。但2000年以后,您有了作家的角度,您还是一个重要的翻译家,从作家和翻译家的角度来讲的话,可能对文学的语言、形式感受会和学者不一样。我想问,您用三种身份评价中国当代文学,它们之间评价的标准有什么异同?比如作家可能更在意语言和形式的艺术性,而学者则需要在文学史的体系中客观地评论。这三种身份对中国当代文学的评论,在评价尺度、标准上是否一致?

G:这个异同很简单,通过翻译来提高我的德文水平,通过研究工作来提高我对历史、世界的了解,这两者的结合后,我才能够写作。作为一个作家,我可能是从美学的观点来看中国文学。作为一个学者,我可能从思想来看;作为一个翻译家,我可能从形式来看,大概是这样。

L:您有没有考虑过对中国当代小说的评论,其实是用学者的身份说出了作家的标准?

G:是这样,有些小说我作为作家会说没有意思,但作为学者来说,可能还有意思。比方说50年代,吴强写的战争小说,作为一个读者我看不下去。但是如果你想了解当时一批喜欢自大的领导干部思想的话,通过他们的小说你完全可以了解他们当时的思想。

L:您觉得中国现当代文学在海外是一个独立的学科吗?

G:是,因为不管在美国还是德国,如波鸿大学、苏黎世大学、科隆大学,他们专门有一个教授的位置,对象是中国现代、当代文学。

L:它和中国内地的中国现代、当代学科划分是一样的吗?我个人感觉好像不完全一样。

附录1:关于中国文学研究与中国当代文学——与顾彬教授访谈

G:科隆大学教授的那个位置是 Literatur Philosophie 20 Jahrhundert,中国20世纪哲学和文学,波鸿大学设立的是 Sprache und Literatur China,中国语言和文学,是不是20世纪?美国这类的教授位置好多好多,至少有一百个。

L:除了1967年和1974年分别受到李白和鲁迅影响外,还有哪些重要人事对您的中国文学研究产生过影响?2006年的评论事件能否算一次?从现在来看,您觉得这个事件对您造成了哪些影响?

G:对我来说很重要的有庄子、孟子,另外我特别喜欢中国的散文,我特别喜欢韩愈、苏东坡、欧阳修。

L:您说的主要是古代文学,在当代文学有没有特别的?

G:原来我的研究除了诗歌以外,就是妇女文学,本来想出版一本书,但因为市场的问题,都是一篇一篇发表的,因为男人写女人,女人不看,男人也不看。

L:那么您觉得2006年德国之声的报道对您来说算不算是一次比较重要的影响?

G 是,重要的。

L:请您谈一下这个事情对您造成最大的影响有哪些?

G:没有人接我的这个批评。原来我希望是好多好多人的声音,因为德国、也可能包括国外一些学者,对中国当代文学的批判比我还厉害,但他们不想公开出声。

L:这个问题您好像没有正面回答,即从您个人在中国及海外学界,2006年前后有什么明显的变化?"垃圾论"事件是否扩大了您的中国和世界的知名度与影响力?主要表现在哪些方面?

G:我的邀请更多,开会嘛,人家怕提问这个问题。中国的邀请非常非常多,美国的邀请也是,但美国邀请我的人主要还是原来在大陆出生、毕业的,所以还是中国人多,真正的美国人不可能请我谈一谈这个问题。另外记者,不论是中国还是德国、法国或其他国家,他们现在也经常找我谈这个问题,不光是报纸,还有电台、电视台等。

## 二、汉学家与中国妻子

L:您认为汉学家的中国妻子可能会对他们产生哪些方面的影响? 比如马悦然和宇文所安。您也是研究唐代出身,您对他的研究有什么评价?

G:我不太了解他们的情况,但我非常重视宇文所安,我羡慕他的作品。他的唐代研究非常高,世界上可能没第二个人可以比。最近他的学术思路、风格发生了很大的变化。原来他的思路和欧洲一样,但是受到了批判。他最近发表了两本有关中国古典诗歌的书,让我有点失望。内容没有原来他的书好看,基本上没有什么真正的思想,他好像给我们报导他阅读了什么,报导他读书的情况。

L:他走向了您批评的美国学派的做法,更多的是一种客观材料的研究?

G:是。他去年发表的两本书非常客观,我自己觉得无聊。美国学者对欧洲学者有偏见。他们老在批判我们搞的是一种形而上学。他们这么看是有道理的,我同意。但是我们不喜欢他们经常用什么报导方法介绍某一个人的作品,告诉读者谁什么时候、在什么地方产生、发表了什么书以及书的内容。在这方面,最有代表性的是现在哈佛大学、原来在荷兰的 Idema(Wilt Lukas Idema,中文名伊维德)教授,他用英文发表书,只能够给你报导,从来不分析什么。他自己也发表过一部中国文学史,这里边什么都有,但是分析、思想你找不到。这是我为什么经常对美国汉学不满意的原因,他们缺少思想,他们觉得我不应该想得太多太远,应该避免这种形而上学的方法来研究中国。他们对我的这种批判,从他们的角度来看是对的;但是我对他们的看法,从我们德国来看也是对的。

L:这其实是不同的学术风格、思路,各有各的特点,也不一定说谁就是正确的。只不过是大家有不同的传统。

附录1:关于中国文学研究与中国当代文学——与顾彬教授访谈

G:是,你说得很对,完全是不同的传统。因为美国人喜欢搞presentation(报告),德国人不太喜欢,我们觉得太无聊。因为我们需要的是思想,但是美国学者怀疑的就是思想。因为思想的基础是比较弱的、比较轻的。

L:是的。其实美国这种思路和中国的某些学术传统,比如义理、考据、辞章,也强调对材料的掌握。我自己也越来越注重对一些基本材料的梳理,然后在这个基础上提出意见、思想和一些观点,否则我会觉得这个观点很空,没有基础。

G:没错,是这样的。

L:我也看过另一个汉学家王德威的许多作品,您对他有什么评价吗?

G:王德威的观点不太绝对,他比较小心,我觉得还不够。我为什么觉得美国汉学、王德威的作品有些问题?如果有理论的话,他们都用一批固定的作品、固定的人,比方说Fredric Jameson(杰姆逊)、Jacques Derrida(德里达)等,但他们不可能会用完全新的理论,如果你看我的作品的话,我的注释可能都会用最新的理论。我不可能写上杰姆逊、德里达他们,因为太多人已经写过他们,他们不能分析一个受到社会主义影响的社会,所以,对我来说,他们的理论不一定太合适来分析中国当代文学。王德威刚刚发表了一部文集,中文是"历史怪物",失望,完全失望。因为我们德国在八九十年代发展了最基本的有关历史的理论,他都不知道。所以我没办法通过他这本书更了解中国,或者德国。所以,他在这方面是很有代表性的。他们的理论是固定的,是狭隘的,他们不能够用完全新的理论,他们好像怕用新的理论,因为别人还没有用过。他们老用本雅明、本雅明的,无聊死了。但是本雅明不能够给我们介绍1949年以后的世界。另外,这些过去的理论让他们会使用的安全。

L:您夫人对您的学术研究有影响吗?您与中国作家、学者的交往呢?能否举一些例子说明?

G:我是德语国家第一个娶中国的大陆妻子。我们1981年认识,1985年才结婚。我不是专门去找一个中国人结婚,只是偶然的。我的妻子发现我在研究什么,她会给我找出自己觉得非常有意思的书。所以我经常会受到她的影响,特别是哲学。她自己不喜欢中国当代文学,她喜欢看中国当代哲学家的作品。所以如果刘小枫、汪晖、王锦民、肖鹰这一批青年学者有比较好的文章,她肯定会给我介绍,她不一定让我看,她自己看后讲给我。所以她对我的研究方向是非常重要的。很多文章、小品、也可能包括书在内,如果没有她帮助的话,第一可能写不出来,第二写出来可能方向不一样。中国作家、学者给我的影响也一样,特别是北京大学的王锦民、清华大学的肖鹰、华东师范大学的臧克和,如果我有什么问题的话,我肯定会问他们三个人。

L:那当代文学方面呢?作家呢?

G:当代文学是肖鹰更多一些。作家是欧阳江河,还有梁秉钧,他想得很远。欧阳江河我非常重视,还有王家新。

L:您刚才提到大陆的都是诗人,有没有小说家呢?

G:没有,他们没有什么思想,根本没有,不要跟他们谈什么文学。

L:我觉得越是意见不同的,越应该加强交流。我倒很希望您和部分中国当代小说家直接交流意见。如果有可能,再加入一些诗人和中外学者,甚至国外小说家、诗人,这样可以让不同意见充分交流和碰撞起来。您可以选择一两个作家作品具体谈谈批评意见,如果有这样的机会,您愿意吗?

G:一般来说,我会同意,但是也要看看是哪些大学、作家。如果是太差的作家的话,那么公开地谈谈对他的批评意见是有问题的。另外,如果他受不了批评,希望我老给他说赞扬的话,也没什么意思。但是比较宽容的作家比如莫言就没问题,王蒙也是。

L:那比如说王安忆、铁凝、余华、苏童、阎连科等呢?

G:他们都行。我已经和王安忆在上海开过这类的座谈会,那个时

附录1:关于中国文学研究与中国当代文学——与顾彬教授访谈

候好像还有一个上海女作家,她叫陈丹燕,你们好像说她是写儿童文学的,但我们很谈得来,她也来过波恩大学。

L:老师,按照您个人的观点,如果让您给大陆这些作家大致排序的话,大概是如何的?

G:好像还是八九十年代的王蒙、九十年代的王安忆、苏州写《美食家》的陆文夫,这部小说不错,但我不知道能否代表他。我原来也比较重视90年代的王朔,但是我应该重新研究他的作品,他对我还是很重要,但已经过了十多年了,我没有再看他的作品。

### 三、师者之于学生

L:您同意我在文章中对您中国当代文学研究做出的总结吗?如"翻译大于研究,诗歌多于小说"、研究有私人交往的痕迹、缺少90年代小说等?

G:从数量上讲,诗歌翻译多于小说是正常的,因为更快点。另外如果我不搞翻译的话,可能就没有人搞了。我牺牲了自己,也牺牲了自己的写作。我每天早晨五点半到六点一刻才能写作。但是翻译的话,每天搞几个小时。我培养了不少德国学生用最好的德文翻译中国当代小说,比方说马海默(Marc Hermann),目前可能有六到十个人在翻译小说。如果我也搞,区别不太大。但是翻译诗歌的人少,而且翻译诗歌的人不一定是诗人。上个星期介绍杨炼、北岛的诗歌,他们对我的翻译非常满意,这个我不能多说,要不然不谦虚。反正我在德国不少大报纸发现他们已经注意到翻译成不少好的德文诗,所以我觉得应该继续。如果我不翻译的话,没有人做。比方说欧阳江河的诗歌太复杂、太费力气。王家新的诗歌虽然容易一些,但是因为他的中文很特别,找合适的德文不容易,如果找不到的话,他的德文诗没什么味道。

L:为什么您的文学史里90年代小说整体上所占的比例很少?。

G:因为这本书不是词典,我想介绍有意思的书。我的序说得很清楚,我不要什么词典,另外我不喜欢的作品,如果能不发表就不发表。

90年代文学写得少一些还有好几个原因,最重要的原因可能是:评论一部作品需要距离感。那距离感会包括多少年呢?一般来说会有二十、三十、四十、五十年。90年代刚刚过去,我的文学史是从2000年到2005年写的。我自己对90年代文学不一定能有距离感,当时的作品对我来说太近。我觉得90年代后的文学有一个很大的毛病就是它的商业化。第二是不少作品完全是空的,没什么内容。特别是八零后,他们的中文对我来说是"娃娃中文"、"小孩中文",基本上不需要使用字典都可以看得懂。他们主张今天写今天,没有过去和未来,所以他们的世界观是非常狭隘的。所以我对90年代文学、特别小说、话剧、散文非常不满意。我还有一个毛病,就是不想重复自己。我写过许多90年代许多作家作品,所以在《二十世纪中国文学史》中特意少写一些。当然,如果某个作家我还没有研究透彻的话,我还会写。所以,除了看我的《中国二十世纪文学史》外,还应该看我除此之外,还发表了什么文章。有关中国当代文学恐怕还会有一百篇左右的文章,包括长的文章、后记什么的。还有1992年以后,中国作家一个个放弃文学,下海赚钱去,我认为真正的作家不应该这么做。我怀疑不少作家文学方面的道德,虽然我在中国可以和不少作家谈这个问题,但有的时候,他们比我还悲观。

L:能否就中国当代小说的阅读情况具体介绍一下?这是许多中国学者在文章中多次提到的问题,希望您能正式回应一下。

G:我比中国学者看得慢,这个他们应该了解。我不想浪费我的生活,如果我发现一部小说没有什么吸引力,我立刻放弃。

L:您说的小说没有吸引力,更多是指中文的原作呢还是译文?

G:原文。无论我写什么,我都看过原文。但我的文学史不是什么辞典,不少中国学者他们写文学史的时候,根本不写什么文学史,他们编辑的是一种辞典,我讨厌(这种方式)。我的序说得很清楚,我看过的不一定都报道。我还要考虑到读者,如果我看过的都报道,我的读者会把我的书扔掉。我的书从德国来看,已经比较厚,一共五百页,你超越四五百页后,不光是出版社,可能读者也不高兴,所以应该在限制之内提出最重要的问题来。另外翻译是解释,翻译家通过翻译会表达跟我不一样的立场,所以译文也应该看。

L:您刚才提到了一个大家容易忽略的问题,即这本文学史针对的读者首先是德国,并不是中国,这一点应该重视。

G:也可能是欧洲读者,也可以说是西方的读者,是非中国的读者,我没有想到它会被翻译成中文,会引起什么影响。

L:好的,谢谢。那么您觉得自己对当代中国及小说的隔膜大吗?同意我文章中的分析意见吗?即我觉得您的精英立场和海外视角在成就您的同时也遮蔽了您,觉得您比中国人多了一份对当代文学"置身世外"的"超脱"感,而少了份本土语境中的切身"历史体察"。如对50—70年代文学的态度,我承认它们确实有问题,但这些作品中还存在其他的渠道让我产生复杂、强烈、甚至是审美的体验。我所说的隔膜就是指您和这些作品沟通的渠道似乎太少,陈晓明教授说您对这种异质化的文学找不到理解的参照系,在我看来也是指存在这种隔膜。

G:可以这么说,对,但不光是我一个人的问题。我认识的许多中国学者也是。比方说肖鹰,他跟你不一样,他跟我一样会说49—79年的文学不光是垃圾,除了一些文学作品外,完全是谎话。当然了,50年代还会有一些作品,比如《茶馆》、王蒙、丰子恺的一些书信,但是恐怕不会超过百分之十,恐怕还少。另外因为多多"文革"的时候开始写作,"文革"时他的诗歌我承认是一流的,所以这段时间会有一些作品现在值得看待,但他们是少数的,不是多数的。但有代表性吗?因为当时他们是地下的,很少有人能看到,并不代表当时的精神,不是主流的文学。另外,中国当代小说不光对我来说,也对我的同事、同行、包括研究现代当代的汉学家在内,是非常陌生的。

L:您承认存在很多隔膜?

G:对。为什么呢?就是从德国来看,中国当代小说家大部分还是在用19世纪的方法来写小说。所以我老说莫言、格非、苏童、余华他们都过时了。

L：那比如说"先锋小说"呢？

G：他们那个时候模仿西方先锋派，不能说他们那个时候太过时，可能过时了十年、二十年，不能说落后了一百年。

L：但先锋写作在中国持续时间其实很短，很快就回到了传统的故事性写作。

G：对，卖不出去是第一个问题，第二个问题不论是中国读者，也可以说是德国读者，不太喜欢看。在德国，很少会有人喜欢看先锋小说，恐怕是这样。

L：您的研究范围很广泛，您觉得自己的学术着力点主要是哪一领域？

G：从《诗经》到现在，我基本上什么都看，什么都写，什么都研究，我的心根本不是在中国当代文学，无论是台湾、大陆、香港。

L：您的意思是中国当代文学只是您众多文学研究中的一个小小分支？

G：是，它才占领很小的地方。很多人并不知道我研究什么。但是这也说明他们也不知道德国大学的样子，也不了解德国学者。中国学者可以专门研究，比如说中国当代文学，之前、之后有什么，他们不管，文学旁边有什么，他们不管。所以他们的研究对象可以是什么几十年代文学。但是德国大学，我们的研究工作是这样，我们不能够比如说：五十年之内的文学史，我们也应该看前后有什么，另外，文学和社会、政治有什么关系？所以，如果我们不从事古代的研究，我们没办法研究一些现代的、当代文学的一些现象，比方说"主观主义"的问题。好多美国学者胡说八道，会说什么汉朝、《诗经》、唐朝会有德国18世纪才有的主观主义，他们根本不知道主观主义是什么，如果要了解的话，应该先从哲学看看什么是主观主义，另外从什么时候欧洲有？为什么有？我们怎么看主观主义？中国大概从什么时间有主观主义？比如说举一个非常简单的例子，你们非常主张的"爱国主义"，从什么时候开始有"爱国主义"这个词？从法国革命以后，法国革命之前都是地方主义的意思。所以中国学者、美国学者老把这个词完全用错了。他们不是从历史来看,他们是从当前那个说法来看。今天这个词可以随便用在中国古代文学研究之上,从德国来看,完全是错的。所以说,这是一个原因,为什么我的研究并不仅仅局限于一个领域。原来我的爱好在唐朝文学,但是从中国回来以后,我为了过日子教中国现代当代文学,所以几年后,20世纪中国文学也是我研究工作的一个重心,但是1995年以后,因为我可以停止讲现代汉语,从那时起我开始思考将来可以教什么书,我觉得德国基本上没什么人研究古代文学,所以我还是应该回到中国古代文学去。这就是我为什么研究诗歌史、散文史、戏剧史等。

L:您自己对哪一领域的研究最满意?

G:唐朝的诗歌。

L:哪个领域最不满意?

G:应该这样说,我去年在德国出版的《中国戏剧史》,现在有人说这是我写得最好的。我用一种新的方法来写作,因为我不是中国戏剧的专家,另外我的读者跟我一样,他们不懂中国戏剧是什么,所以我自己觉得,但别人不一定这么看,用最简单的方法来写,每一句话非常清楚。因为我不一定太懂中国戏剧,所以我老问自己,研究当时的中国杂剧等,对我们今天的人来说意义在哪里?这样我发现了许多新的问题。比如昨天提到的 Idema 教授,他是研究中国戏剧的专家,如果他出版什么书,发表什么文章,肯定是明清、还是元朝的某一个戏剧作品。但是他不分析,只是报道,我介绍的中国戏剧,都分析。

L:有您自己的观点和研究意见?

G:对,有一些我分析了很长时间,所以,那个陶泽德教授,他看了好几遍,他说这本书写得特别有意思。另外,他说我的注释,他没有想到我把中国以外的这么多东西联合起来,所以他老看,因为他发现许多新的东西。真的是这样?因为是他说的,我不敢评论他。我自己觉得我的《中国古典诗歌史》,对我来说还是最重要的一本书,但是这本书我承认写得太复杂,普通的读者可能并不知道我在写什么。所以还要写的话,会简单一些。比方说明年开始写李白的一本书,我还会试试能否用简单的写法写出复杂的思想来。

**四、书评与中国学者**

L:您看了我从部分书评总结出来的那些评论,有什么回应?

G:我看了这些评论,觉得非常失望。有两个原因,第一,他们对我评论的基础是什么?

如果是《二十世纪中国文学史》(中文版)的话,他们根本不知道,也不考虑到这本书不能代表我,因为百分之二十的内容被出版社删掉了,都包括我最重要的思想,最重要的理论。第二,他们好像只能通过翻译了解我。但翻译是个问题,翻译是解释,另外上海还是什么地方,想出版两本顾彬文集,他们给我看校样,百分之四十他们删掉了。所以,这本文集根本不能够代表我,如果有人靠我的文学史、我的文集评论我的话,他们只能胡说八道。但是这些学者他们自己可能想不到这个问题。另外,老说我不是从"内"来看,我是从"外",从海外、国外来看。这个让我非常非常地失望,因为这是一个哲学的问题。我在中国、德国发表了好多文章,专门谈了解和理解的问题。所以如果他们说,我有一个海外的观点,我也可以说,你们中国人有什么海外的观点?所以你们没办法了解我,但是从哲学来看,这种说法一点意义都没有。这说明什么呢?这些评论我的学者,他们的思想落后,他们没有什么固定的基础可以评论我提出来的问题。

L:您提到有百分之二十被删掉了,当代文学部分也是这样吗?能否具体举个例子说明一下?

G:是。我现在想不起来,应该查一下。好像我专门谈了法国革命给我们留下什么的问题,一共三页,他们都删掉了。所以,陈晓明好像提出一个问题:我的方向是什么?我的方向就是在理论,但是理论删掉的话,这个方向当然就没有了。

L:第二个问题是关于翻译。您认为翻译存在一些问题,比如翻译者的解释,丢失一些意思,还有人为的删除,所以是靠不住的,是吗?

G:是这样的,翻译家有的时候没有用我原来的词,他去找一个少敏感的词,这样我的思想会浅薄一些。

L:您的意思是德文原文更加犀利、深刻、批判性更强,但翻译后可能会有一些软化的处理?

G:对,软化,经常这样做。

L:那您觉得中文版仍然在代表您的基本观点吗?尽管删掉或改变了一些,否则这个翻译就完全是失败的了。

G:也有。

L:您本人也是翻译家,如果您认为中国学者不应该通过翻译来研究您,读者(作家)不依靠翻译作品的话,因为您特别强调当代作家只会读翻译作品。如果不认可翻译的话,您所有的翻译不也变得没有意义了吗?翻译的价值难道不正是为那些不懂外语的人们提供了解的机会吗?因为绝大多数人是不可能靠掌握多门外语来了解世界的。您如果否认中国学者通过您的译作了解、批评您,基本上也否定了翻译存在的合理性。您怎么看待这个矛盾?

G:通过我翻译成中文的作品,读者能了解到我的部分思想。(短暂停顿)

L:您的意思是并不完全否认翻译的价值,但因为存在一些翻译问题,特别是这些问题很重要时,中国学者依据中文版对您的相关研究提出评论的话,很多重要问题判断的前提可能有问题。

G:对。

L:谢谢,我们来看下面这些书评的意见,有什么回应?

G:我最讨厌别人说我是海外视角,好像我没有去过中国,好像我没有学过中文,好像我无论有什么立场,都是海外的,好像我也没有和中国的学者交流过,好像我也没有受到他们的影响。但我都受到了刘小枫、肖鹰、王锦民的影响,现在无论我发表什么著作,文章,下边都有中国学者的注释。但是尽管我受到了他们的影响,我还是有我自己的立场。

L:我觉得您可能更多地看到中国学者用这个对您进行批评,事实上,这同时也是他们对您肯定的主要依据。它只是一个客观事实,从中既可以引出批评,也能引出赞扬,所以我觉得您不必介意中国学者拿这个说事。

G:他们(指笔者文章中提到严家炎、陈福康等人的书评)说我"误读"了,具体好像没有说。另外我对"五四"运动的观点和他们的根本不一样。我觉得中国学者对"五四"运动的了解是有问题的。

L:主要有哪些?

G:比如中国学者还是认为鲁迅代表"五四"运动,我自己觉得他根本不代表"五四"运动,他是批判"五四"运动的,觉得"五四"运动是有问题的。另外,他们说一些资料、一些作品我没有看或没使用。是这样,我不想编什么词典,有些作家我觉得太差,比方说我根本不喜欢郭小川的诗歌。上次在香港也有一个学者公开的批评我没有介绍他,没有写他,所以这位学者觉得这本书是有问题的,但我是故意没有介绍他。如果我老给德国读者介绍我觉得很差作家的话,他们看一两页以后就把书扔掉了。所以有的时候我介绍一次还可以,比方说刘白羽,他差得很,但是第二次再做,这个书会卖不出去。

L:我明白了,这个问题我们前面已谈过。我在文章中也提到作为您个人的学术想法,您有权力决定写什么,怎么写。而且您设定的目标还是非中国的读者,这可能会导致部分中国读者、包括学者的心理期待有落差。

G:文学社团是说30年代的吗?

L:应该是。

G:这个我写过,我不知道出版社是否删掉,反正德文有。

L:您怎么看这本书的译者范劲书评中的意见?因为他是德语阅读者,误差会更少一些。他在书评中对您的观点也提出了一定程度的

附录1:关于中国文学研究与中国当代文学——与顾彬教授访谈

质疑。比如他举舒婷这首诗的理解以及陈敬荣的说法。

G:舒婷这首诗如果跟着他的了解,翻成德文分析的话,所有的德国人会讨厌这首诗。所以我用女权主义的立场来分析这首诗,我是从女人角度来看的,德国读者都接受。写舒婷的那篇文章在80年代就用英语发表,美国大学学生老用。舒婷的一些诗,如果用中国人的了解来看的话,我们都不喜欢,但是如果从另外一个角度,比方说女人、女权主义来看的话,她写得非常有意思。

L:好,谢谢。您对陈晓明教授的那段书评有何回应?如果是因为我引述不准确造成的误会,责任由我来承担。

G:很简单,陈晓明他没看过我原来的文学史,他只能看到删掉百分之二十的文学史。所以他的基础是什么?和中国大陆隔裂,这个我不同意,完全不同意。我写《二十世纪中国文学史》时,总跟陈思和、王家新、欧阳江河他们交流,所以怎么说我和中国大陆是隔裂的?他们的资料我都没有用过?不对,我老用。

L:他这里强调的是从参考文献的实际引述情况来看。

G:是这样,你看一个中国学者的书,可以不看剩下的99本书,因为都一样。第二,中国学者的理论经常很差。他们的资料可以,但是理论是有问题的,有些话他们不敢说。另外,我不想老重复,我过去在文章中用的引文我不会再用。我也不是仅仅在一个西方汉学的基础上,因为我老和中国学者谈当代、现代文学的问题。

L:陈晓明教授认为,中国当代文学的这种异质性,让您在叙述中国当代文学时找不到方向,找不到理解的参照系。在他看来,您把现代文学、当代诗歌是放在世界性的参照系时能找到一种参考,但当代小说似乎找不到这种参考了?您怎么回应?

G:当代文学我也是从社会主义,从政治理论,从东欧来研究的。因为中国学者好像对当时东欧文学的概况不太了解,所以老用写东欧文学学者的文章来揭示当代文学,我可以用东欧文学研究来了解中国当代文学的概况。

L:您并不认可他们的一些判断?您觉得他们在材料上可能还好,但观点上存在一些问题?

G:但是我接受陈思和他们的观点。

L:那么中国当代文学的研究,就您了解的中国学者来说,除了陈思和教授之外,您个人还推崇哪些学者?

G:有,肖鹰,比方说,我常和他谈谈当代文学。

L:洪子诚教授呢?

G:他的书,我看过,他的书可以,但是不够深,因为他缺少理论,他的书可以。

L:但他的书,您知道在大陆是一本很重要的书。

G:我知道,他的书写得比较清楚,但是因为他不能够从外部来看中国当代文学,所以,他不知道中国当代文学的深度,如果有的话在哪里,它的问题在哪里。

L:国内以"当代文学"命名的文学史教程中,现在比较重要的,在我看来有三本,洪子诚、陈思和还有董健等主编的《中国当代文学史新稿》,各有特点吧。您刚才谈了对洪老师书的评论,能谈一下对另外两本书的看法吗?

G:我觉得陈思和勇敢一些,有些观点别人肯定不敢发表,但是他敢,另外一本书我还没有看。

### 五、中国当代小说,否定与肯定

L:我个人有一个印象,如果和王德威的研究相比较,觉得您的决断似乎多于分析,他有许多谈中国当代文学作品的著作,不论是英文还是中文。

G:这个我们谈过。原因有好几个:第一可能是我已经写过,不想再重复。如王蒙我写了一篇很长的文章,分析了他的不少作品。第二恐怕读者不感兴趣。第三可能删掉了。

附录 I：关于中国文学研究与中国当代文学——与顾彬教授访谈

L：我理解您的意思，您写过许多当代小说的分析文章，但在文学史里，并不想重复使用这些资料，所以给人一种错觉是您很少作品分析，多了一些判断。所以又回到了您前面强调的中国学者评论您的基础是什么，因为语言和翻译的问题，造成了我们对您理解上的片面和局限，甚至产生一些错误的判断。

G：是，我在文学史的序里说得很清楚，写过的东西不想再写。比方说王安忆的作品，我分析过她的很多作品。从我来看，她还能代表80年代、90年代、新世纪，因为她一直在写。但由于我写她特别多，甚至写得有点烦了，所以我在文学史里故意写她少点。因为如是我还是多写的话，我可能会说一些将来后悔的话。比方说我过去太靠陈思和他们一批人的观点，他们都觉得《长恨歌》写得不理想，所以我懒得认真地看。但这次在香港岭南大学，我不得不进行《长恨歌》的介绍，所以我看了原文和英文译本，不论是译本还是原文，我都觉得她写得很好。另外，王安忆自己也说这是她写得最糟糕的一部小说，这也是为什么我觉得可以不认真看的原因。但是通过美国的译本，译者的序，我发现陈思和、王安忆对这部小说的理解跟我的很不一样。因为我能够看美国翻译家的序还有后记，我可以从另外的角度看她的小说。现在我觉得这可能是1949年之后写得最好的小说之一，也可能是最好的小说。所以，我那个时候犯了一个错误。一个学者不应该听一个作家的话，因为作家可以误解她的小说。比方说丁玲在三四十年代说"莎菲日记"写得不好；歌德说他的"维特"写得不好。如果我们都相信他们的话，那么这些作品都没有价值了。我自己觉得"维特"、"莎菲"都写得特别好，从内容看"莎菲"，写得不错；从语言来看有点问题。《长恨歌》我那个时候太听别人的意见，所以我忽视了这部小说的重要性，这是一个很大的错误。但这也可以说，我那个时候没有距离感，现在过了快二十年，我有了距离感，我从另外一个角度来看她写上海，发现不错，很鲜活，她介绍的上海给我感觉就是：这正是上海，正是她的上海，一个有活力的上海。

L：老师，您刚才提到王安忆的这个例子，主要表达了您以前过多地相信学者包括作者的意见,导致您没有认真地去考虑或者阅读。现在经过一段距离的时间后,您有机会再次阅读,加上您可以阅读译本和原文,找到一些新的角度。这些因素结合起来,您认为《长恨歌》甚至是1949年以来最优秀的小说。我有一个小问题:您批评当代小说主要是从语言、形式、思想三个方面,您能否从这三个方面简单谈一下《长恨歌》?

G:我自己觉得《长》的语言是很漂亮的,和英语差不多一样美,是非常成功的。形式上,王安忆有一个特点,她老喜欢用重复这个方法来写作,所以这部小说好像一部音乐曲子,你开始看就不想停止。内容,世界观,这个我现在还没有考虑过,为什么呢,不论是原文还是译本,它都有很大的吸引力,所以你老想继续、继续、继续看,所以还来不及考虑有什么内容、有什么思想。你问我思想深不深,这个问题我应该再考虑。

L:还有一个问题,您在文学史里也说明了对一部中国小说的理解,随着时代的变化,您也可能会产生新的看法。那么有没有这种可能,正如《长恨歌》一样,其他您批评过,认为不好的中国当代小说,也会在今后重新的阅读、思考中,产生新的结论,给予新的更高的评价?会有这种可能性吗?

G:会。但是我现在想不起什么例子来。但这也是正常的,和年龄有关系。年龄大的时候,你会宽容一些。年龄大的时候也可能从其他角度,从最近看到的资料、小说、其他的文学作品来看。

L:谢谢。就个人阅读到的作品分析来说,我觉得大陆学者的研究意见更容易让我共鸣。海外学者,比如王德威,不,因为他毕竟还有母语基础。比如您吧,对一些作品的分析不能引起我的共鸣,这里是否也有文化差异带来的接受区别?

G:不应该老说文化差异,现在我们日常经验和经历差不多都一样。当然,我和中国学者有差异。但这个和政治、和意识形态有关。我们从八九以后,更多思考从1917年以来、1989年结束的那个社会主义。特别是德国学者，他们在这方面发展了一个很强的理论，这个理论是从苏联、民主德国基础上发展的。但是因为中国也有这种类似的历史，有些观点可以用。我敢面对一些中国学者经常面临的问题。

L：您能简单介绍一下刚才提到的这种理论的主要观点吗？

G：这个我都写过，用英文发表过，翻译成中文，但大部分都被出版社删掉了。

L：这样的理论是对社会政治模式的一种批判的态度吗？

G：分析的态度。比方说把马克思主义、社会主义叫成世俗化的基督教。另外，社会主义也包括民主德国、苏联，老用基督教的象征来歌颂自己的领导，来说明为什么他们是优越的。所以他们用一种经过转化的、宗教式的语言。比方说"新人"是来自《新约》的一个概念，但苏联用自己的方式创造了这个宗教概念，变成了一种社会政治性的概念。

L：啊，明白了。

G：你说的共鸣是了解不了解历史的问题。如果你把中国当代文学放在东欧文学历史上，如果你从"外"来看中国当代文学，你会发现，中国当代文学遇到的问题和困难，原来东欧也有过。但是，处理这些问题和困难的方法，当时东欧的作家和今天中国当代作家的方法都不一样。

## 六、两位导师之间的学生

L：老师，您和张清华教授分别是我在国外和国内的导师，有意思的他曾写过一篇文章对您提出质疑。我觉得这很有趣，我的两位导师意见相左，所以我想听一下您对他的回应。特别说明一下，虽然你们是我的导师，但也我有自己完全独立的立场。

G：是，应该的。中国学者提出来的问题说明他们对现代文学的了解和我的不一样，中国现代文学和当代文学与国际文化是分不开的。

L：老师，您说的这个"世界文学"的内涵究竟是什么？因为这也是很多中国学者的疑问,您的访谈中也多次提到这个概念,但好像都没有详细地做出过解释,让大家无法明白您所说的"世界文学"的内涵、标准到底是什么?南京大学的王彬彬教授曾指出您批评中国当代小说时有四个参考的标准,即中国古典文学,西方文学,以鲁迅为代表的中国现代文学,还有就是当代诗歌,我个人认为可能还可加上半个,即您认可的包括《茶馆》、50年代的王蒙等少量当代小说。我的问题是:您的标准更多地是以中国文学的历史延续性为主,还是以西方文学为主?

G:都是,没有主次和轻重的区别。

L:我觉得中国文学有一些审美特质其实是很难存在于中国文化之外的,这种独异的文学传统如果也用西方标准来观察的话,是否会从根本上发生偏差?如它优秀的地方您可能没有感受到,一些没意思的地方,从西方的角度看反而可能会看出一些趣味。比如说高行健,按照中国的看法,他的水平很普通,但西方可能会从小说中看到一些他们认可的东西。

G:是,有这种可能。是这样,在德国大报纸看到的有关高行健的评论都否定他小说的水平。但是有一些汉学家,也包括马悦然在内,他们觉得高行健的小说特别好。为什么这样说呢?他们不是作家,这是一个原因。另外,他们可能不太懂文学,他们没有跟我一样学过比方说日耳曼文学,因为我原来不是汉学家,原来我学的不是文学,是神学、哲学,我很晚才开始学汉学,所以我的基础和他们不一样。我经常不一定是从中国来看中国,我从世界文学、思想来看中国。另外我也写作,所以我知道德文是非常难的,语言是非常难的,不容易写出来。我对语言非常敏感。如果一个人老用别人也用的说法、思想等,会很无聊,看不下去。但是别的汉学家,如果他们不是跟我一样,每天看文学作品,无论是哪一个国家、民族,他们觉得中国文学是文学,但是中国文学外他们可能没怎么看过,所以,他们的标准是他们对中国文学的了解。

L:对,参照的体系是不一样的,所以可能对同一作品的评论标准也是不一样的,结论也自然不一样。

G：是，如果我们以鲁迅来看这个问题的话，那很简单。如果我们不是从世界文学来研究鲁迅的话，我们根本不知道他在写什么；如果我们只从中国来看鲁迅的话，那鲁迅不是一个伟大的作家。他受到了德文、日语的影响，受到了德国文学、哲学、日本文化的影响等等，在这个基础上他能创造他的作品。北岛也是，北岛没有受到西班牙朦胧诗派影响的话，我们今天没办法提到"北岛"这个名字，如果我们不是从西班牙朦胧诗派来看北岛的话，你根本不知道他在写什么，但是中国作家和学者的问题就是在这儿，他们根本不了解外语，于是根本不了解外国文学，现在连住在美国，从中国大陆过来的年轻学者，他们也觉得还是能够专门从中国来研究北岛，于是根本不知道他在写什么。

L：朦胧诗当然会受到外国文学的影响，但国内也有一种观点认为在中国本土的历史语境下，也会自发地产生了一些类似于西方的思想，也就是说朦胧诗在中国的出现，有其自然的本土因素。您觉得有这种可能性吗？

G：有，但很少。问题在哪里呢？中国学者对现代性的理解跟我的不一样。我觉得他们不够了解现代性是什么。从我来看，现代性应该和传统、跟过去尽情地决裂。

L：您是在整体地在回应这些问题，能否具体谈一下，比如第四个问题：中国当代文学在这方面做得怎么样？

G：当代文学除了诗歌外，基本上做得不怎么样。比方说莫言、余华他们回到中国的古典传统中。

L：但您不认为我们的古典小说，比如《红楼梦》等这些小说，也存在可以挖掘的资源吗？我觉得中国作家如果想在国际文学上有所发展，除了吸收西方的资源外，更应该从传统中借鉴并加以改造和转化，并和当下现实社会联系起来，写出具有时代性格的小说，这才是中国当代文学可能的发展方向。我不认可中国作家的资源都得向西方看齐，我觉得他们现在更需要向传统回归。

G：但是传统是什么呢？如果是语言美，可以；如果是有些思想，可以；如果是世界观的话，根本不行。

L：我明白您的意思，对于传统资源的现代转化，是目前中国学界的一个重要问题，但我相信中国传统里，比如说您刚才提到的语言美，包括中国传统小说里那种特殊的阅读感觉等，存在着许多可以让当代文学转化、利用的资源。比如说格非的《人面桃花》，我明显地感到他有一种回归传统的味道，小说的情境很古典，语言也比较优美。这部小说您看过吧，有什么印象吗？

G：是，但是这个小说写得太落后。

L：它的落后主要表现在什么地方？

G：先应该确定一个现代性的小说是什么样，一个现代性的小说应该集中在一个人。讲一个人的故事，一个人的灵魂，一个人的思想。但是他呢？几十个人。另外，他还在讲故事，1945年以后，我记得讲过好多次了，好的作家他们不可能讲什么故事，因为故事的时代已经过去了。

L：也就是说您认为现代性好的小说有一个很重要的依据就是：作家不应该依靠故事来吸引读者。而是在语言、文体形式上的变革、包括思想的追求。

G：是，思想。

L：还有一个问题，我曾看到您在很多访谈中谈到了中国作家缺少勇气，我个人感觉您的勇气的内涵好像是指作家应该站在社会公义的立场上，代表人民的声音，和现实的一些丑恶进行对抗，比如80年代北岛写过一些明显带有政治意识形态批判色彩的东西等。这就是您批判很多中国当代作家走向了市场，丧失了立场，背叛了文学的原因。您所说的勇气是指我刚才所说的这些吗？

G：是，对。

L：我觉得您对中国也非常了解，您能理解中国作家为什么这样吗？

G：因为他们想舒服，想好好过日子。现在国家给他们的优惠比较多，比方说王蒙还可以保留他原来的舒服待遇，他可以用国家的车。另外，不少作家在大学教书，他们也能得到国家的好处。也可以这么说，是国家把他们收买了。

L：那您认为优秀的作家、包括学者，他们就应该和政府对抗吗？

G：他们应该独立的。如果他们觉得有问题的话，应该说出来。特别是他们应该保护他们自己的人。

L：西方的民主制度要比中国更成熟一些，那您觉得东德时期，这些作家在当时的高压政策下，他们有同样的勇气吗？

G：东德原来的不少人，也包括苏联、捷克、波兰有一批人，虽然他们知道他们说话会倒霉，但他们还会说。

L：谢谢，我们看下一个问题。有不少学者认为90年代中国文学经历了一次"大转型"，即您书中"二十世纪末中国文学的商业化"时期。洪子诚老师新版的《中国当代文学史》也加强了90年代文学论述。而您的这部文学史对90年代文学似乎因为"商业化"的原因基本没有展开。有没有想过以后补充这方面的写作？

G：我同意90年代发生了一个大转型，特别是从1992年，邓小平南巡讲话以后，第一次由一个中国领袖公开地说赚钱是好的，因为1992年以前，毛泽东不会这么说，孔子不会，孙中山也不会这么说。1992年以前，赚钱不一定是最重要的，还有一些其他更重要的。

L：对，比如说一些理想和精神层面的东西，宣传的会更多一些。

G：我没有展开的原因，其实是距离的原因，可能还会需要十年以上。

L：我个人对90年代文学的观点是：尽管从文学性本身来看，可能存在很多问题，您也是批判的态度，比如私人化，商业化，甚至有点堕落。但从文学史的角度，我认为这次转型的意义甚至超过了1919和1949年。因为1990年代的文学转型标志着中国自鸦片战争以来形成的那种民族国家危机意识开始松动。我们的文学从一个半世纪以来的那种焦虑和追赶的心态中放松下来了。如果以这样的历史背景下去审视,90年代文学的意义可能仍然有许多未开掘之处。

G:是,我同意你的想法,对。

L:这个问题,我曾请教过张清华教授,他让我再多看点书,我自己也觉得这个问题的确需要看很多书才能写清楚。那么最后一个问题:尽管您已明确了卫慧、棉棉、虹影等作家作品不好,也在《二十世纪中国文学史》中谈到了一些当代主流作家的写作问题,如王安忆、苏童等,您能具体谈一下还有哪些当代主流作家作品不好吗?他们不好的原因除了语言、形式、思想外,还有其他的表现吗?比如莫言、陈忠实、贾平凹、张炜、余华、铁凝、史铁生、阎连科等,毕飞宇的作品您看过没有?

G:中国当代作家最重要的问题,如果写小说的话,第一他们不知道自己是谁。什么意思?他们不太了解自己。因为他们不能比,如果能够和一个外国作家比的话,他们就能了解到自己缺少什么。但是中国作家太自信,他们觉得自己了不起。他们没办法把自己和世界其他优秀作家比,所以他们不知道自己的水平的高低。另外,他们缺少一种cosmopolitism,字典里没有,这个意思是不论你在世界上什么地方,你都知道自己在做什么。比方说梁秉钧,他不需要翻译,可以用英文。他可以从越南来看中国,从德国来看中国,从北京看柏林,无论他在什么地方,到处都可以写。最近他发表了一组专门谈亚洲食物的诗,谈越南菜,日本菜、马来西亚菜等,所以他可以从各个地区、国家文化来看中国文化。但是除了诗人外,我恐怕其他中国当代作家没有这个视野。

L:那么我提到的这些作家的作品您都看过吗?毕飞宇作为一个新锐作家您看过吗?

G:我都看过,毕飞宇我看过,他还不够好。这些人他们都会有比较好的一篇或一部散文或小说。铁凝的短篇小说写得很好,是80年代,一个农村的小姑娘"香雪",史铁生写盲人琴师的短篇,另外,张炜也有一些好的短篇小说。贾平凹也有一些好的散文,但不一定是我最喜欢的。莫言我们很早就介绍了。陈忠实的作品《白鹿原》我不喜欢。余华的《许三观》基本上可以,《活着》行,《兄弟》我不喜欢。阎连科我才看了他的一部小说,因为他自己说写得不好,所以我不应该再批评他。

# 附录2:中国当代文学的海外接受
## ——与王德威教授访谈

访谈时间:2011年2月10日
访谈地点:哈佛大学东亚系王德威教授办公室
访谈人:王德威,刘江凯(以下简称W,L)
题记:

2011年2月10日下午,按照和王德威教授约好的时间,我来到了哈佛大学东亚语言与文明系。来得稍早一些,时间到了,敲门无应。一两分钟后,教授匆匆过来告诉我,因有个会尚未完成,需要我多等几分钟,复又匆匆而去。我喜欢这种风度,让人觉得十分平等舒服。几分钟后,教授过来,他的视力和我一样,虽然戴着眼镜,看小字还是很吃力。看着他的花白头发,不由得想起另一些教授的头发来,学者的心智损耗由此可见一斑。如果说古人还能讲"皓首穷经"的话,今天的我们,即便掉光了头发,大概也不能"穷"今日之"经"的冰山一角吧?我们相向坐定后,放大比例后看着论文目录和问卷,开始了这次访谈。

一

L:教授,让我先看着目录,给您大概介绍一下我的研究情况。我的博士论文题目是"认同与'延异':中国当代文学的海外接受"。

W:"延异"当然是在用德里达的观念喽?

L:是的,在那基础上略有引申。这个选题,从我查阅到的资料来看,在国内基本没有人系统地做过。当然,像您和顾彬教授这样知名的专著除外。从全面系统地介绍、研究海外中国当代文学的角度来看,成熟的材料很少。

W:没错,这个题目蛮不错。

附录2：中国当代文学的海外接受——与王德威教授访谈

L：我想，通过这个目录，您大概可以看出我的大概思路。我这个带有基础资料梳理的性质，同时，我也一直在努力提高使用材料的能力，在每一章节里尽量地加入对这些材料的思考。用我导师张清华教授的话说就是：要学会用材料构建美丽的建筑。

W：这个材料当然可以做，就是说中国当代文学的海外接受，你是要从1978年之后还是1949年后开始？因为一提到当代，就会想到是从1949年开始。

L：对，但我的重点其实是80年代后的大陆作家，有这样潜在范围限制，至于题目和实际研究对象，我在导论中有详细说明和限定。

W：对，你刚才讲1949年以后，应该也是以大陆作家为主，原因是以1949年作为当代的起始点。这个在国外其实是不这么说的，至少在我的背景里。但以我们的观点看当代，广义来讲就是1980年以后。你这个选题，如果以1949作为坐标的话，那么前三十年海外的接受，在台湾基本上是零，因为是政治的原因；在香港就很有趣了，在美国也很有趣，因为当时还没有太多PRC（中华人民共和国）的留学生。来自台湾的留学生，他们愿意读当代大陆的文学，尤其是戏剧，我特别记得戏曲。那么在1980年以后，台湾先是逐渐地开放，到1987年解严。之后，中国内地的作品大量涌入。那么，香港在一开始是扮演了一个中介的角色，但是到80年代末之后，我想台湾就直接承受大陆文学上各种各样的震撼吧。不止是接受当代文学，而且倒回去要接受现代文学。因为中间有个大的落差，就像我们成长的背景，其实，"五四"文学几乎是零。因为我后来来到美国学习，所以，谁是鲁迅、谁是沈从文都要重新认识。都是1980年后补上的，就像补课一样。

当代文学的话，我还记得当时80年代中期的那种震撼。最先的震撼当然就是阿城，这是无可置疑的。因为"棋王、树王、孩子王"，实在太不一样了。我本来是对大陆的文学都有所了解，对伤痕文学基本上是明白，但阿城，就让你进入到另外一个典律，另外一个话语的语境中，然后就是沈从文热，张爱玲热，渐渐让你了解到1949年以前的中国文学。之后，寻根运动起来，几乎是同步的。像余华、苏童，他们在大陆起来,大概就隔一两年,也在台湾起来。快到什么程度呢?很多时候,像余华、苏童、王安忆,他们同时在台湾和大陆有两个版权在卖,像《妻妾成群》、《红高粱》。我自己参与了一些台湾的文化出版工作,印象最深的像王安忆,可能甚至在大陆没有出版之前,那个稿子我已经拿到,有机会先看。像《长恨歌》,它在杂志登的时候,我就看过那个杂志上的原稿。台湾出版界当时还在犹豫要不要做,因为是个大的长篇小说。这个太精彩了,是张爱玲之后,又一个类似张爱玲的海派作家等等。我说,这个真的应该做。出来以后的那个轰动,包括王安忆自己都很惊讶。这一连串的,像莫言、苏童、余华,还有早期的另外一批作家,如叶兆言等。

然后你讲到"延异",的确是这样,每个华语地区有自己的语境,它接受大陆作品的同时,也会再度诠释他们的作品。余华像台湾的现代派作家,就是晚来了好像二十多年吧。但余华的作品又有很不一样的语境,所以有了对话可能。这些作家受到的欢迎和注意,就好像就特别快,也特别有趣。莫言的乡土文学,就是乡土传奇,这个传统在大陆可能有几十年被压抑了。荒乡异闻一向有传统、民间的渊源,在五六十年代有了《金光大道》、《艳阳天》之类后,莫言的这个传统就被压抑了。结果呢?台湾有,司马中原他们,这个传统一直在那里。所以,让台湾的读者觉得又惊喜,又觉得不可能,同时又觉得,这是原汁原味的,因为它是真正来自山东,第一手的、最新的、年轻的一代作家这么写。"延异"的问题即是一个理论的问题,也是一个历史的问题。真的是诉诸不同地区的读者,不同的历史经验,这些经验里面的巧合或者不巧合,它所碰撞出来的一些现象等。借你这个题目,我先稍微说一点点。

## 二

L:谢谢。很多问题,如果往深了追究的话,的确很有意思。我们先看一些具体的问题。能否介绍一下美国当代文学创作与批评的基本状态?请从创作和批评两个角度谈一下。

W:从一个最浅白的立场,中国的诺贝尔奖焦虑,这和顾彬也有一点关系。在国外,没有任何一个国家是这么焦虑的,尤其在美国。它的

附录2:中国当代文学的海外接受——与王德威教授访谈

所谓的 elite literature,就是这个所谓的高调一点的,在大陆当然是主流的文学创作,这个一方面是常态,另外一方面也是所谓的大众文学。其实这个分众文学在国外,我当然只讲美国,它一直是存在的。各有各的一块,科幻的、言情小说的,还有所谓 highbrow literature(高雅文化),我想这个在欧洲也是如此。但是在中国,分众文学现象是最近十五年到二十年,可能都没有二十年,当然网络小说是另外一回事。一直以来,"文学"这个词被国家化、被主流化,甚至被政治化,是有它特定的历史因素,但这个历史因素也不见得是中华人民共和国而已。从晚清以来,有了这个现代的观念,文学和国家就一直是纠缠不休的,所以你说现当代文学这个基本状态,在美国的话,我觉得用一句玩笑的话讲就是:各行其是嘛。主流的文学它仍然受到尊重,但也没有因此好像享有了不起的市场。批评的话,分为两种,一种像我们这样,什么理论了,文学史了,我们教书的嘛,做研究的,搞得特别的精密。另外的一种批评,报纸评论、杂志什么的,像《纽约时报》(*New York Times*)这一类的,它真的是另一种"雅文化"。一种诉诸 common sense,大众品味的批评脉络,这种在中国,广义的中国,包括台湾在内,目前没有。就是有这么一群精英分子,他们不耐烦读学院派的那种很难读的、晦涩的东西,但是他有相对的素养,也对高雅的文学关心。那么,《纽约时报》书评这一类的东西。在大陆报纸上也有评论,可是我不觉得它是这么一种自为的传统。

L:它的参与者主要还是学院派的一些人。

W:对,我们没有,台湾也没有,中间有一个很有趣的隔阂。在美国好像比较清晰,大家不同的语境、不同的脉络同时在进行,我觉得这是让我印象特别深刻的。

L:相对于美国当代文坛,您对中国当代文学的基本评价是什么?您觉得中国当代文学中哪些是其独异的文学经验?

W:这是一个很大的问题,不过,当代中国文学有它绝对的一个历史的限制。这个独异的文学经验我可以先讲。我上个月我在南京,见了一些当代作家,还是作家协会的,写作、创作是他们唯一的工作。这在美国是完全不可思议的,在台湾也不可思议,就是国家体制化这个问题。但这个体制是在逐渐崩解,年轻作家不再喜欢这一套了,他们也不靠这个。但他有了这个国家体制的支持,就有了某一种政治上的、社会上的位置,不止是经济上的。这一类的问题谈开了,有很多复杂的说法,总归一句话,就是把文学国家化、政治化了。前面三十年中华人民共和国的历史,做到了登峰造极,台湾想做,但做不到。因为二者都有列宁式的文化、政治基础:1920年代。但再往前推,甚至可以说是文以载道的现代应用,在梁启超他们那里,文学和国家等同起来。所以,诺贝尔奖情结不是一天两天的问题,没有一个国家像中国这么担心诺贝尔情结的。

L:这个诺贝尔情结,其实也是"认同"的问题,也就是中国自1840年鸦片战争以后吧,我们一直处于相对西方非常弱的角色,但这种角色在近年可能正在慢慢地缓减,我在想这个诺贝尔情结是不是也有民族国家自豪感之类的……

W:当然有国家主义,national pride。最可笑的一点,它是一个二律悖反的问题。一方面我们今天,中国所有广义的知识群众,都会哀叹怎么一直没有诺贝尔奖;但另外一方面,你回过头来看,到底有多少人真正关心文学是什么?他只关心文学的那个奖,作为一种荣誉之类的。所有我在大陆见到的出版、写作的朋友,都在哀叹这个文学市场完全在一个分崩离析的阶段。所以如果这样的话,诺贝尔奖有那么重要吗?为什么大家一提到它就表现得互相团结起来,一起往上咬牙切齿?但你问他最近看了什么文学作品?NO,绝大部分人顶多是网络小说看一看吧,所谓诺贝尔奖级的文学作品的境界,也没有人关心。这完全是一个吊诡,a paradox。另外一个问题,我还是回到国家文学的这个主线上。我们穿衣服的时候,从来不会担心什么中国式的衣服,今天你我的衣服都是西式的,我们今天消费的时候,从来不会问问题,电影作为一种传媒,它是由西方发明的一种形式,从来没有人质问那个。怎么会有人会对文学,纯粹的中国文学这么样的感兴趣?这个当然就是"国家"和"文学"的复杂关系。讲开了的话,其实这个观念是19世纪欧洲的观念,德国浪漫主义,中国人有了这个东西后,简直是关心得不得了。

讲句题外话,前些年台湾陈水扁政府时期,不少人也在问,我们怎么没有真正的、彻彻底底的"台湾"的文学?一方面又其实很不焦虑,因为没有人真正关心文学,而只是把文学作为文化资本象征。所以这里是一个绝对的吊诡、paradox矛盾、悖论的问题。这个问题一定要放开看,就是国家和文学的问题。

L:谢谢,国家和文学的确是解不清、理还乱的关系。能否推荐一些您认为比较重要的大陆以外的中国当代文学期刊、研究著作、学者等。

W:个人的话,台湾的联合文学、INK文学(全名:印刻文学生活志)

L:您说的是文学作品类的?

W:它也有评论,有相近于美国的高档文学,它现在不止是文学,也有文化的评论。《联合文学》最近这几年刻意诉求年轻族群;《印刻》是非常自觉的一种接触。但是期刊,我想目前在台湾可能还是《中外文学》,是最严谨的一个杂志,是广义的比较文学,有很多的中国文学的讨论,很 update(不断更新)的一个批评。香港的杂志,最近的《字花》,这是香港政府支持的,也是一个文学评论和创作的刊物;另外一个就是岭南大学的《现代中文文学学报》,这个我想你可能都知道的。你知道哪些呢?

L:我收集整理了两岸三地和美国、欧洲的一些英语期刊,可能美国的更多一些。我特别想了解侧重于当代文学的。

W:现在在美国主要就一个杂志,你也知道,MCLC(指《现代中国文学与文化》,其前身是葛浩文先生首创的《现代中国文学》——笔者注),它有culture进来的话,就表示它对文学的定义有所改变。在海外做中文研究,你要问关心中国当代文学的学者,你可能会访问很多人,但真正关心的我想可能很少。我想你在美国待很久会明白的,欧洲还比较严谨。我觉得以你的角度,你会对美国的这个很失望的。原因是现在很多人都在搞文化评论,从文化评论再转接到政治评论,后殖民的,他们可能和你心目中所想的那个文学相距很远。今天问他们王安忆最近十年出的小说,苏童什么什么的,我很怀疑有哪些人看过。他们现在想到的都是大的国家啦什么的。

L:(笑),民族主义什么的。

W:对,这个民族主义最近十年在国外是很了不得的,比中国国内还严重。(看到我意外的表情)这个你完全是很意外的,跟欧洲的情况也不同。顾彬还固守在他那一块,传统的文字做出来的文学研究,所以,顾彬其实在那个意义上是值得赞美的,因为他真的是在关心。在美国的很多学者,他们关心是关心,但其实不是对文本的,就是你做的研究这种关心,他把那个扩大成一个隐喻,真正关心的是民族的命运啦,怎么在美国把左派的、国家主义的这种东西落实啦,帝国主义怎么怎么欺负我们中国啦。反帝反殖民,很时髦,却又很保守;几乎像是夏志清五十年前嘲讽的现代中国知识分子、作家"情迷家国"(Obsession with China)的症状。

L:对,好像左派在美国学院里相对比较流行?

W:是,社会上真正关心左派的很少,但学院里边的话,这是另外一个悖论。左派学者的风格其实是有自由主义倾向的。在中国大陆那个壁垒分明的,右派是右派,新左是新左。在美国的话,左翼同事反而liberal 学院里还有一小群人他们对中国有一个憧憬:你们怎么不继续革命?怎么不去为你们国家做点什么,说点什么,好作为西方堕落的资本主义的对比?国内来的部分新左的同事呢,有意无意地,正好应和了西方这类左派们对中国的期望:美国都已经堕落成这个样子了,你们应该把中国共产主义最纯净的那一套经验来教导我们,应该继续批判美国资本主义、帝国主义和全球化。这里有一种很奇怪的这样一种虐恋关系,越是对美国批判,似乎越得到美国左翼的认同;国内来的新左同事附和了他们的期望。这甚至成为一个很微妙的共谋关系。另外一个方面,美国当然也可以批判。可是,话又说回来,在美国批判美国是天经地义的,美国人哪一个不公开骂他自己政府的?可是当你回到中国的话……

附录2:中国当代文学的海外接受——与王德威教授访谈

L:我明白。

W:或者我们现在这些新左同事,骂完了美国政府以后,他能不能相对地以同样批判的精神和理论深度回到中国去骂中国政府?所以这里有很多价值隐晦的地方。我之所以把这个话题拉大,原因是你心目中想象的以文本为坐标的当代文学评论,在现在美国的研究者可能并没有那么多,你会失望的。文本方面,我不确定他们对这两年中国大陆出版的东西有多少了解。如莫言的《生死疲劳》,王安忆的《天香》,贾平凹的《古炉》,这些看过没有?或者是刘兹欣现象,写《三体》,或是北京的韩松,写《地铁》,在中国最近突然起来了,对不对?张悦然最近怎么样?苏童最近的《河岸》得到曼亚洲文学奖,余华在中国被禁的《十个词汇里的中国》。

三

W:(起身找来余华台湾版的《十个词汇里的中国》)这个书你回去可以告诉顾彬,啊,我送给他好了。

L:送给他吗?那我也可以顺便看一看。

W:送给他,我只有这一本,不是不愿意送给你。

L:(笑)我明白,能现在看到就很高兴了。

W:这个书顾彬可能会特别有兴趣,这个让我对余华另眼相看,我一直觉得他《兄弟》写完之后,有点和市场妥协了。但这个书里你能看到他批判的能量。你在飞机上会看得大笑的,他现在人正在台湾。

L:这个是台湾出版的,大陆好像还没有。

W:是,大陆现在没有,将来要出,也肯定是有相当的删减。所以,你先看,看完后送给顾彬老师。

L:好的,谢谢。

W:因为我知道他(指余华)谈了很多国外版权,但可能没那么快上市。这样的话,你先从一个北师大的博士生,在波昂(即波恩)的博士生,你应该知道国外的情况,但是你只能做这么多,你不可能每一点都做到。你如果以后还是愿意从文本这个地方下手的话,就是你原来的这种思路,我就建议你把心静下来,继续好好做你该做的,然后你会做出很多有趣的结论,你的结论不见得只是观察,也可能是一个疑问,可能是一种批判,所以就回应了刚才第一个话题:这个"延异"的问题。什么是文本?这个在国外有着一个很大的背景。因为我们在国外,比如在美国是美国的语境,尤其在学院里,学生的接受能力很有限。我现在的研究生、博士生当然有很多中国背景,洋人有的念得很精彩的,那我当然可以全心全意的教。可是如果你面对学院外,或者大学部的学生,教来教去就是那点东西,一天到晚就教苏童的《妻妾成群》、余华的《十八岁出门远行》,翻译也就这么些,你只能这样。所以,看到有些研究生还在讲这个,我就说你们都研究生了,你们怎么还讲余华的《许三观卖血记》,这真是落伍二十年嘛,一点当代意识都没有。

L:对,当代文学确实要有"与时俱进"的意识。

W:是,做当代文学难道能不常常回到中国去,关心中国发生什么事吗?一些美国的同行、观察者其实不够 up to date,你像阎连科的现象,阎连科现在起来了,在国外。

L:是,在国内也是。

W:那当然是个问题,他全部都被禁掉了,阎连科后来的小说是我在台湾帮他做的。香港一个版,台湾一个版。从《为人民服务》开始,然后是《丁庄梦》、《风雅颂》出了以后,就恶评如潮,最近的书又被禁了,是《四书》,它是讲三年自然灾害人吃人的问题,讲知识分子吃人。

L:这个也不了解。

W:这个书我现在这儿没有,有的话我送你。啊,这个书还没有出,在台湾做。所以这个问题就变得很实在,海外的华语作品替中国内地的文学扮演什么样的角色?所以这个"延异"也是有生产的问题在里边。它不止是接受,对吧?所以阎连科的问题是,你出不来,我帮你出,香港也是这样。但阎连科又心有不甘了,他希望在大陆还有成就和影

附录2:中国当代文学的海外接受——与王德威教授访谈

响力。《为人民服务》也出了,但效果有限。

L:那是删节本的?

W:对呀,但问题是,你在网上都可以看到。网络是另外一个现象,今天我们谈文本的话,不得不谈网络上的文本。所以问题是阎连科要出版,这个"延异"的话就不止是批评语境的,甚至在生产方面也有许多有趣的现象。

L:您这个角度对我很有启发。其实,我有过追踪考察一个"小说生产"过程的想法。

W:包括余华的问题,为什么要在海外做?也许是他希望有繁体版。像王安忆,她每次做繁体版,会有不同的 Imagination,想有不同的反响,海外的确对她反应也非常好,我刚把《天香》海外版的序写完。像贾平凹的。葛亮,这个名字你可能不太熟悉,是南京的一个年轻的作者,现在香港教书。他的书就先在国外做,然后再回到国内去。所以,这里边就有如何生产的问题,很有趣了。你其实可以做几个这样的例子,比如阎连科你其实应该做。你有了海外的这样一种比较,你博士论文当然讨论他为什么这么做。这里有政治的、历史的语境等等,这个东西、互动的结果就变得非常有趣了。这个问题还要讲到中国国内的作家到海外定居以后,像严歌苓、虹影等,严歌苓现在打回中国大陆去了。

L:是的,她现在很红,许多作品改编成了影视作品。

W:但是在没有打回去之前,她是在台湾做。严歌苓到现在还是保持着两条 tracks,两条路线。虹影也是,就是《饥饿的郭素娥》,虹影现在也在北京定居了,严歌苓现在人在德国。

L:她现在德国吗?在哪个城市?

W:她在德国,她先生是美国驻德的外交官,你可以找到她,就地访问她。这一类都包括我刚才所说的,在广义的生产性上来讲,海外所表现的比较积极的一个位置。她一定要在德国那个语境写作,原来在台湾,她在台湾待了三年,非洲也待了几年,这些海外的语境对他们的创作会有什么样的影响和启示？像虹影,她一定要到英国去,她在英国那个经历对她非常重要。

L:嗯,谢谢。您讲得非常好,这样的研究以后可以继续深化,我这个选题其实是一个可以持续发展的研究课题,我非常清楚我现在从事的只是最基础的,刚刚开始的一种研究。以后还可以做得更详细、深入、具体、有趣。可以说,我现在的研究思路选择了打基础、做长远规划的准备。再次感谢,我们看下一个问题。在美国,从您个人的观察来看,最受关注和欢迎的中国当代作家、作品有哪些？您觉得这些作家作品受关注的原因是什么？

W:其实就像我刚才讲到的那些人,比方说 2009 年我到德国参加法兰克福书展,那个是最精彩的一个经验,就是你看中国馆陈列的作家照片,你去了吗？

L:是的,我也去了。

W:你只要看那些照片,你就知道哪些是中国大陆认为"应该"在海外受欢迎的,来了的人也是很有代表性,余华、莫言、苏童,就这些人,在美国的确也就是这些人。他们多半是 80 年代(成名),现在年纪也都不小了,他们写的真是很好。另外一方面,他们已经占了那些位置,就是 80 到 90 年代他们起来的时候,他们的作品,还有他们的时机真正错落在一起,他们的确是到目前为止最受欢迎的。我想在这里的话,就这几个人。王安忆在美国的知名度稍差一点,因为她的小说读者很难进入,所以她的《长恨歌》翻译好了后,竟然找不到出版者,最后是哥伦比亚出版的。

L:这个我了解,看到过相关的报道。关于中国当代作家在海外的传播情况,我做过一个统计调查,您看一下(我文章中的一节内容)。

W:应该差不多,我们的理解。

L:您看,这里我做了一个表格,选择了当代的十二位有不同代表性的作家,然后从同一个数据库里统计出来。要说语种数量最多的话倒是卫慧,但她的作品主要就那一个,《上海宝贝》,我觉得她是一个特

附录2:中国当代文学的海外接受——与王德威教授访谈

殊的例子,剩下的排名依次是苏童、莫言、余华等。

W:她的欢迎度是有限的,在德国很热门。对,剩下的排名比较稳当的,接下来是王蒙、阎连科、李锐、王安忆、贾平凹,这个是公平的,这个是对的。

L:您觉得这个排名和您的印象差不多?

W:我觉得是公平的,和我印象差不多。其实,中国除了你的数据之外,我猜比方说作协什么的,他们绝对有这个数据,他们过去是赞助作家出来,现在当然这个人脉广了,他们有很多出国的机会。过去送出来,总是这些人。所以,这个是合理的。

四

L:您在研究中国当代文学时,参考资料来源是以海外学者的论著为主还是以中国学者的论著为主?您对大陆学者的论著有何评价?

W:如果是问我的话,我觉得是双管齐下,海外论著是有限的。所以大量看国内评者的论述,当然会有几个点。像我认识的几个朋友,像陈思和,还有他门下的,每个人都写一大堆东西。但陈思和你可以看出来,他们有他们喜欢的对象。我其实基本上没有仔细看,但能看到的话,我就尽量的接触。

L:您更多的是在和上海一带的学者接触?

W:上海最近几年更多一些。因为有个客观因素的影响,复旦大学找了我做"长江学者",我不得不去复旦,时间这么短,和他们接触多一点。复旦他们对当代文学关注得比较积极,北大比如陈平原他们那个系统是走向了民国时期、教育史、文化史那个地方,洪子诚老师我是非常尊敬的。你们北师张清华老师他们做,都是有 insight(洞见)的。陈思和他们和实际的体制发生关系,做《上海文学》主编啦,和这些作家、刊物有很多的互动,这样会有更好的影响。所以,基本上都看。

L:之所以问这个问题,是因为顾彬教授在谈到这个问题时,或者说是德国的一些学者吧,对资料的使用方式,他们说材料方面,大陆学者还可以；但是他们理论不行。

W：理论不行，就要看你怎么解释什么是理论。在中国国内的确没有像欧美学院派里面这样，一套一套的，我今天可以告诉你什么是德里达，什么是福柯。可是，最近这些年，我不这么想，所以我跟顾彬教授不太一样的地方，我觉得它基本上是一个语境的问题。就是中国国内学者的学术文字，有时的确不够严谨，除了你们这样的博士论文外，一般的很难给你像国外那样的感觉，丁是丁，卯是卯的。但这是一个大环境的问题，我觉得你如果仔细论述的话，critical insight 是有的，就是批评的洞见，但陈述的方式不是放在一个精致的架构里来进行。这各有利弊，不好的方面就是它太松散；好的一方面是它鼓励大家各自发展不同的意见。陈思和老师对"民间"的观念很有见地，他有自己的理论架构，但他不会在文章里对西学引经据典。相对来说，我已经算是很中和，我尽量避免在文字里写成那样的，但即使如此，我还是被很多同行批评，如有同行指出我在《当代作家二十家》里，引用了多少多少洋人的东西。但是，我自问基本上是把那些东西放在附注里，尽量避免在正文里写那种看不懂的中文。所以我觉得真是无可厚非。同时最近这十年，中国国内年轻一代的批评者，眼界在改变，因为你们现在已经看到了国外的很多东西，都同步进行了。所以，我相信这个问题，将来不会是个问题，就是眼界的问题。但书写的那个 discourse，在国内翻译成论述或话语。这个没办法，他的环境表达出来就是那样的。包括我们开会，90 年代或者更早，我觉得特别不能适应，现在就严谨多了，但主要还是跟我们的话语环境不一样。所以，我觉得顾彬在某个意义上，能耐下心来仔细地做，值得尊敬。国内的期刊有参差，但总体来讲，我觉得很多第一手资料还得从这些期刊里来取。国外太有限了，就靠有限的翻译论述你来了就知道了。你在美国走一圈，我猜想，别的不用说了，阎连科，大概看过《受活》的同事还有一些，新作品恐怕就很少了。我自己很不愿意拿一个作家的一个作品当样本，把一些东西套进去。我觉得如果真正关心中国国内文学，还有基于对作家的敬重，就应该尽力多地读他的作品。

附录2:中国当代文学的海外接受——与王德威教授访谈

L:那您对大陆学者的基本评价呢?

W:有参差,这个也很难讲。很多的时候,我还是看到很多 insight(洞见)。像郜元宝、张新颖,都觉得很不错。张清华,你的老师我也读过,我都觉得有创见。

L:下一个问题:您觉得目前中国当代文学海外传播与影响存在着哪些问题?

W:这个问题也可以说不是问题吧。我从两方面来讲,传播第一重要的条件就是 translation, translation, translation(翻译)。但是这个像余华、苏童他们已经不错了,尤其像莫言,他有一个专属翻译者——葛浩文。他最痛恨《檀香刑》,我认为《檀香刑》是莫言写得最好的作品之一,他觉得洋人没有办法看,太残忍,从美国文化的环境来讲。但最后他也同意,觉得很好。我常常告诉他,你应该翻译些别的。苏童的《河岸》也是他翻的。另外一个也不是问题:美国就像大陆,你也不能期望美国这样一个中产阶级的读者,突然有一天拥抱你,平常心(就行)。法国作家,在美国有几个有名的?德国作家又有几个?美国的环境来讲,中国作家和评者太看得起美国的读者了,其实美国读者是非常非常一般的。他们不要说中国作品不太喜欢,法国、德国的他们也不太喜欢看。美国讲得不好听一点,就是一个 media circle society(媒体圈社会),在中国也何尝不是这样呢?大陆忙都忙死了。所以,这个也不算是问题。但另外如卫慧现象,那就另当另论了。随着时间的累积,慢慢就会好起来。像日本的几个作家,如川端康成,日本政府在60年代有系统地推动,那么,川端、三岛由纪夫,在美国也不过是有一席之地。所以,中国政府有心慢慢做的话,你不要看现在,十年、二十年后,对不对?但我基本上不会把这个当成一个严重的问题,平常心就好了。

L:是,那您觉得中国当代文学在海外受到关注、研究、传播的原因有哪些?这个我已经做好了选项,您选择一下就可以了。我想请您依次选择最重要的五项,这样可以稍有侧重。它们依次是:A.中国综合国力和国际影响力的提升自然地带动了中国当代文学的国际影响。

W：A 我是同意的,文学永远是地理、政治的,即有 politic(政治)的。今天中国起来了,一下子,大家就会说,啊,这是中国作家,很妙的。就像法兰克福书展,怎么会闹出那么大的动静?当然,这个中国既然已经崛起,政府就不必那么小气、太在乎了。所以,这个地方,综合国力和国际影响是真的,虽然大家都不怎么谈。那么,第二个。

L：B. 中国政府通过各种大型国际活动加强中国文化、文学的对外输出。这个其实就是一种国家文化行为了。

W：这个我觉得不是主要的。

L：第三个是,C. 中外意识形态差异造成的阅读兴趣。

W：这个逐渐会过去的。这个你只能说是,广义的地区文化、国家地理存在差异是有的,但是这种广义来讲,很难就说是政治上的。因为现在中国人出来太多了。

L：第四个,D. 文学改编后的电影在国际上的获奖影响带动了人们的阅读兴趣。

W：这个 Just so so(一般般)。

L：第五个,E. 中外作家、学者越来越多的国际交流。

W：这个有可能。所以,我选择的顺序大概是:AE,然后?

L：第六个,F. 海外汉学研究机构与翻译者、学者的积极推动。第七个,G. 中国当代文学中的异域风景、民俗风情、地方特色、传统文化、时代故事等有着吸引力,可以通过文学更好地了解中国的历史与社会现实。

W：这个可以和刚才那个异国的、意识形态的相联系。H. 是中国当代文学既有自身独特的文学经验表达,又体现了世界文学共通的特性,应当成为世界文学的一个组成部分。这个我觉得很难定义,对国外的人大概也谈不上。因为一般读者的领会力其实是有限的。那么,下一个 I 是:部分优秀的中国当代文学的写作观念与艺术性已经达到世界水平,得到世界性的关注也是应该的。YES,这个就是好就是好。我

## 附录2：中国当代文学的海外接受——与王德威教授访谈

一向就相信这个，而且你是很不一样的。你好就是好，绝对不会是因为洋人写了一个评论什么的。不是那样，它就是不一样，在风格上，在内容上，创造形式上等等，但这种不一样，不管怎么样，还是要经过翻译的介绍，所以它跟这个政府是有关系的。但绝对不是多组织几个官方代表团就能解决的，多来几个铁凝，没有什么用的。但是一个很细腻的、很慢的、大型的翻译计划，慢慢地推动，尤其是在学校里的推广，就是在中文系里的好的翻译作品，这个是有可能的。

L：最后一个，J．只是为了客观反映中国当代文学创作现状，因此对其各类文学创作都要有所译介。

W：我想那个时代已经过去了。以前是看小说就是为了看中国现状，我觉得现在以这辈的读者来讲，应该不至于了。

L：您认为中国当代文学如果想扩大在海外的影响，达到世界文学的程度，从国家到作家以及中国学者还需要在哪些方面做出努力？

W：这个其实和刚才那个回答，即 A 是有关的。但是，我今天要从学院里的立场，就是作为一个独立学者的立场来讲。我觉得文学在理论上，当然应该独立在国家机器之外，作家的本身才华，他的能量，还有他所期望的一个好的阅读环境，才是真正的理由。但这是我的一个乌托邦的说法。当然，它跟地理、政治、国家的形象、异国情调都有关系，千丝万缕，他们还需要做什么努力，我觉得这个问题很难回答。其实，刚才已经间接地回答了，如果最简单、最浮面地回答，就是作家写出好作品。但是我也不这么认为，我觉得作家写出好作品之外，他需要有好的 culture agency，也就是文化代理人，这个代理人的形象可能是海外翻译者，可能是海外像我这样的教授，也可能是一个更细腻操作的国家级的文化机构跟资金，绝对不是现在作协这种方式。我们刚刚和中国作协搞了一个中美作家论坛，作协一个办公人员叫我们安排一个哈佛大学讲软实力的、经济系的教授来作一个报告。我们觉得这完全是不懂状况。因为你安排这样一个经济系的教授来讲软实力，不但侮辱了中国代表团，也侮辱了我们邀请来的作家。这个人是经济系的教授，这个办公人员大概听说是软实力，就觉得应该安排经济学教授对文学讲软实力,这真是闹大笑话,我们后来拒绝了,请了我们自己的文学教授。这一类的问题,我觉得是一个更细腻的文化代理人的问题。

L:最后一个问题,从意识形态与文学的角度讲,目前西方(或美国)的状况是什么?大概经历了一个什么样的历史发展阶段?

W:这个,我其实刚才大概已经告诉你了,千丝万缕,"文学"的精神,其实是一个现代的发明。就是文学作为一个审美的,可以欣赏的,用翻译来交流的观念,其实是20世纪发明的。中国把文学当成我们现在定义的这个文学,是1902—1904年,北大开始有文学系后,所以,它的时间很短。你今天关心以文本为中心的研究,我想在中国国内还是主流,我也认为应该是主流,在国外的话,在英语系、法语系里应该还是主流。可是在中文系,我们现在有点混乱。每个人都告诉你文学很重要,但每个人都不会花很多精力思考文本,这是一个大的矛盾。但是,我会从比较宽容的角度讲,文学的定义不必是一成不变的。它可以改变,所以在国外的改变,也许就是国外的一种反应,一种现象,无可厚非。同时,如果讲穿了,我觉得我们也不够认真,太急于和国外的学者对话。这回应到你刚才的问题,就是太急于和美国文学的话语去挂钩、对话。这个帝国主义批判,说起来,中国人应该是最拿手的了,我们就是五六十年代,反帝、反殖民起家的呀。但是美国最近这十年、二十年突然有殖民主义、后殖民主义了。中国人的经验又搬到这里,有很多微妙的连锁,讲得难听点,就是变成了共谋的关系,它附和了某一种期待。这点,欧洲的学者其实是比较强势的,顾彬从来不搞这一套,他就搞他的,所以,他对中国的批评有他的局限,同时也有一个强势的、自觉和自为的姿态:我就这样!我没有必要去符合你们的期望,我也没有必要符合欧美流行的当代话语的期望。所以有些人愿意用一个容易的方式批评他。我承认他有一部分作品读得的确不那么多,但问题不是那个地方,而是你自己对自己的自觉。从这个意义上来讲,我觉得我的语境里,反而可能是一些同行太自觉地和目前的主流话语去挂钩。在这一点上,我自己也在不断地思考,我做过结构主义、翻译过福柯、介绍过巴赫金等。可是最近十年,我反思自己在美国的意义是什么呢?难道真的是把美国最新语境现象带回到中国,然后告诉中国同事和学生说,你们现在落伍了？其实现在不用我们来"教"了,完全同步了,翻译太快了。所以我觉得我们的位置应该从目前的位置自我提升吧？就是我能够告诉我的美国同事,中国到底跟你不一样的是什么东西；我能告诉我中国的同事和同学,美国是这样的,它不比你更好,也不比你更差。今天一天到晚在讲对等、对话,我觉得我们真的要有这个,这不只是自觉,也是自我反省。所以,我最近这五年、十年特别谨慎,对流行西方理论我教是教,可是我一再提醒学生,这个东西是这样吗？我们已经过了那个时代。洋人怎么不套套中国的理论呢？他们对中国的理论知道多少？

## 五

L:谢谢您,我的问题都问完了。我和顾彬教授访谈的时候,他对美国汉学有些评论,有一小部分是涉及您的,我想借些机会,请您回应一下他,其实,您刚才已经有所回应了。如"王德威的观点不太绝对,他比较小心,我觉得还不够"这一段。

W:没错,这个我刚才其实我已经回应了,如果早十年的话,就是写《当代小说二十家》的时候,我已经自觉地把这些东西融入成一种非常中文式的文字,但你只要看我的附注,都是这些人。现在这些人仍然作为我的基础,但是我有更多的自觉。所以,顾彬的话,我在某个意义上,必须接受。而美国的语境,我想顾彬在德国可能没有那么多的压力,你在美国呆上五年就知道了。

L:有很多现实性的压力吗？

W:学生的期许,同事在开会时每个人都这样讲的时候,语境的问题嘛。我想我已经非常特别了。人生有限,我今天已经没有必要继续追着这些莫名其妙的东西了。

L:后边是"王德威刚刚发表了一部文集,中文是'历史怪物'"一段。

W:是。但是他忘掉了,我为什么要去了解德国八九十年代发展的历史理论才能揭示中国历史?这不正是西方强势观念作祟吗?这本书里我恰恰引用的是中国最传统的一个历史的观念"桃杌",你大概还没有读过那本书?

L:是的,那本书我还没有读过。

W:完全回到中国历史的语境。我用了一个中国乡传神话里的怪兽,在楚国的时候,怎么样变成了历史的代理词,这完全是中国的,没有任何的话语能够替代,这正是我的思考。

L:接下来是"他们的理论是固定的,是狭隘的"这一段呢?

W:这个前面的评论我能接受,就是我的不足。后面我想他可能有点不太理解我的用心了。就是这里面有大量文本的东西,我想已经把那个理论解掉了。那个书我可能没有,否则可以送你(教授起身寻找,无果)。

L:这些书,我想回国后我可以自己找到阅读,谢谢。

W:对,《历史与怪兽》其实是很好的一种尝试,它把理论与历史应用到什么程度,我阅读中国,它对我有什么启发等。所以,他讲得那个我可以理解,就是我仍然在一个批评话语里边做回忆。但是另一方面,你回去告诉顾彬老师,说我理解他的意思,请他看我下一本书吧。

L:好的,谢谢。

约一个小时的访谈很快结束了,教授最后爬上高高的书架,取下他最近出版的一些印刷资料,赠送给我和顾彬教授。我们都觉得这次访谈虽然时间很短,但谈了很多内容,比较成功。在最后寒暄中,我告诉他顾彬教授在去年12月举行了65岁荣休典礼,他也让我转达对顾彬教授的问候。

# 后 记

　　写博士论文让我有了"当妈"的全部心理体验。如果说选题相当于找老公的话,构思就是精神的受孕;查找资料、整理、写作的过程就像呵护身体,精心保胎;即使这样,仍有过两次"流产"的危险;终于稳当了,又爱琢磨着怎么进行"胎教",让这个孩子变得健康、聪明、可爱;怀胎不止十月,答辩则是这个孩子正式诞生的时刻,而导师组则是我慈善的医护人员。因此,我更加理解和同情那些写博士论文的女同学了。还有另外一种深刻体会,总感觉自己像个在夜色中靠偷光生存的小鬼,每每彷徨无助,渐渐暗淡时,师长前辈著作里的文章光芒就会给予我营养,让我在绝望中感受神一样的慈爱。

　　为了完成这篇论文,连续两个春节没有和家人团聚。2009 年是在波恩宿舍中一个人索然无味地度过。在论文没有思路和春节思亲的双重夹击中,我一度发生强烈的认同危机。那种彷徨无助之感,让我仿佛退回到一个未成年孩子,像"黄昏里的男孩"被打伤后又"在细雨中呼喊",那是一个人的凄厉和无助,也是一个人的战争和光荣。2010 年的春节是在美国华盛顿过的,此时的我俨然已恢复了男子汉的本色,自然多了些英雄气概。我曾夸张地对朋友们宣称:"经历过留学做论文的挫折体验后,哥们我现在已经有了全球适应能力了。"

　　回想博士研究生三年的生活,觉得很过瘾!在人生的大悲喜中学会淡定,在命运的剧烈变化中学会沉着;大大小小的事经历了不少,形形色色的人见了不少,花花绿绿的书读了不少,里里外外的地方也走了不少;生活在奔波、痛苦和幸福中渐渐变得精彩、充实起来。成功和失败、虚无和快乐同时像冰雹一样在我的天空里不断地猛砸下来。这也是我为什么越来越喜欢余华《兄弟》的原因:一个人或者一个民族国家都有可能在短时间内经历一种"压缩"式的生活,个中滋味,岂是那些早已完成了现代化、社会机制走向成熟、几十年都缺乏激烈变化的西方人能体会的?

初到德国,我彻底被那种安静的让我快窒息的生活"噎"住了。论文毫无进展,天气终日阴郁,生活单调乏味,语言沟通不畅,让我一度怀疑自己的留学选择是否正确,担心浪费时间,终无所获。即使后来论文写作进了轨道,我也无法忍受这种缺乏生气和变化的生活。每天除了写作、做饭、运动外,无事可干,以至于有时候我会一个人在电脑的卡拉OK上,吼上几嗓子;或者搬搬家具,换换感觉;做饭成了娱乐,出门总盼艳遇。无聊单调的生活也带来巨大的好处:能让我集中时间和精力去写作,一年可以干两年的活。

刚出国的时候,还体验了一个词:母语饥渴。我觉得一个成熟后才出国的人,不论其外语有多好(况且我还不算好),他对国外生活多么熟悉或适应,他的文化经验正如饮食习惯一样,早已根深蒂固地被奠定了。我怀念母语正如怀念家乡的"杀猪肉烩菜"和"风干肉"一样。"在德国用英语做中文论文",这是我对当时的尴尬情境做的总结。那个时候,我觉得自己就像一条离开水面、非得学会在空中呼吸和飞翔的鱼。所以法兰克福书展期间和作家们交流时,我恨不得跟随作家团直接回国。我很喜欢"体验"这个词,很多概念、说法如果没有体验,其实不过是一堆死东西,有了体验才能真正让所有抽象的内容变成形象的东西,才能深刻地理解语言背后想表达的意思,和那些连语言都无法表达的内容。因此,我对缺乏中国当代生活体验的西方学者抱有怀疑态度:没有亲历性的体验作为学术的基础,基于知识的纯粹思维究竟有多少可以靠得住?这是个问题。退一步讲,理智的穿透力能否替代文学研究中的情感和体验?

感谢家人在我最为困难的时候给予的支持和鼓励,尽管我的困难已经远远超出了他们的想象范围,但简单的交流、聊聊家常还是让我觉得并没有被世界遗忘。家永远是我情感的归宿。

感谢导师张清华教授在我最为困难的时候给予精神上巨大的后援。在我最无助、消沉的那段日子,我和张老师打了一个很长的电话。他感觉到了我的意志消沉,在关心、劝慰之余,讲起了自己当年在德国海德堡大学的讲学生活和体验。他说很理解我,我当时还傻傻地问:您也会感到无聊和想家吗？好像孩子发现父亲也会害怕一样惊奇。针对论文遇到的问题，我们做了充分的交流。其实我当时想放弃这个选题，缩小范围或另换一个，甚至想申请提前回国，但张老师根本没给我开口的机会，我从他的意见里听出了两个意思：要有点男子汉的气魄；要把这个论文做好。师道威严一个明显的好处就是让你在心里有一个真正敬畏的对象。那是士兵对将军的忠诚与服从，又有孩子对父母的爱戴与信赖。老师先在情感上给予我理解，理智上给予启示，方法上给予指导，任务上给予限定，电话还没打完，我就觉得元气回归，信心满满，精神抖擞。也许张老师本人没有意识到这个电话对我多么重要，它灭绝了我逃跑、退却的心理，像一次成功的战前动员令，张老师放下电话的那一刻，他大概没有想到自己其实发出一个将军的指令：目标，山头；士兵，出发吧！

感谢我在德国的导师顾彬教授。尽管他自己的工作十分忙碌，经常在世界和德国各地飞来跑去，仍然抽出宝贵时间给予我热情的帮助。他带领我们参观波恩的历史名胜并宴请我们品尝德国风味；不辞辛劳地把大量的资料从家里带到办公室供我浏览；给我提供法兰克福书展的门票；及时通知我参加在波恩举行的各种朗诵会、学术研讨会；抽出宝贵时间指导我的论文并和我访谈，如此等等。更为重要的是，我们的交流完全平等自由，尽管有时意见相左，却依然充满自由表达的风度。他也曾指出我没好好学德语的问题，这可以说是我在德国留学最大的遗憾，迫于论文的压力，我学了一学期的德语后放弃了，希望将来能有机会弥补一下。

留学生活不但丰富了我的经历，也拓展了我的视野，让我有了很多收获。其实，对于一个成年博士生来说，我说的收获并不一定是指上了哪些课，读了哪些书，学到了哪些具体的知识。我觉得最大的收获就是我有了一段全新的体验，锻炼了在完全陌生的环境中如何适应、调整、改进、提高自己的生活和学术能力。与此同时，对西方生活有了自己切身的体验和观察，在旅游中感受他们的人文自然，风土人情；不断地拓展海外学术关系，和更多的学者进行直接的沟通与交流、咨询和访问。从德国波恩大学、科隆大学、波鸿大学到英国的牛津、剑桥，再到美国的哈佛、耶鲁以及更多的大学和教授，或生活于之，或访问之，或联系之，每一次都有不同的感慨并诱发新的想象。在德国留学及美国访学期间，哈佛大学王德威、田晓菲教授，耶鲁大学孙康宜教授，马里兰大学刘剑梅教授；俄亥俄州立大学的 Kirk A. Denton 教授，加拿大阿尔伯特大学的梁丽芳教授等，或直接接受访问，或书信来往，都给予了我许多重要的帮助。此外，北京师范大学的张健、张柠两位老师也给予我不少启发和帮助、关心与支持；北京大学的陈晓明教授曾对我提出的问题给予了肯定和鼓励；我的硕士导师，辽宁师范大学的张学昕教授，也给了许多精神的援助。更多曾经指导或帮助过我的老师，只能在这里一并表示衷心的感谢了。

也感谢我在国内外的许多同学朋友，他们从方方面面给予我许多支持和帮助。如和师兄周航、谢刚的谈笑风生；师姐王玉和同门焦红涛临别之前的宴请；甘浩以及室友康孝云的资料援助，及时的信息共享。真怀念与孝云兄的多次辩论，它是青春的证明，也是君子"和而不同"品格的证明；留学法国的赵红妹和留学日本的王升远，给予了语言翻译的帮助和留学经验的分享；越南博士生同学陶秋惠帮助我翻译、确认了许多越南语作品名；还有德国一起奋斗的王士东、蔡晓凤、刘静、郭建斌；给予我许多帮助的德国博士朱向荣；在美国访学时提供住宿的老乡白利全、乔泽宇兄弟，以及我的美国朋友 Anna Kate Miller 的精神支持、生活照顾等等。有太多需要感谢的人，他们的名单列出来将会很长。

最后，感谢北京大学出版社，特别是本书的编辑吴敏女士，她的热情、细致和负责任的精神不但令我印象深刻，也学到了许多东西。在这个商业化时代，我愿意在学术之路上多认识一些同路人。

刘江凯

2011 年 5 月 15 日于北京师范大学 E 座

2011 年 9 月 4 日于波恩修改